岩 波 文 庫
30-286-1

説 経 節

俊徳丸・小栗判官

他 三 篇

兵藤裕己編注

岩 波 書 店

凡例

一、本書は、説経節の「俊徳丸」「小栗判官」「山椒太夫」「愛護の若」「隅田川」の校訂と注釈である。

一、江戸初期に人形操りの芝居として人気を博した説経節は、読み物としての需要に応えて、上方や江戸では、人気の大夫(語り手)の名を冠した正本《しょうほん》が出版された。本書は、それらの正本のうち、可能なかぎり刊行年次の古いものを底本としたが(巻末「解説」中の「作品解題」参照)、初期の正本が現存しない「小栗判官」「隅田川」は、説経節正本をもとに作られた絵巻の詞書きや物語草子を底本とした。

一、本文は読みやすさを考えて、つぎのような操作を行なった。

1 ストーリー展開を示す小見出しを立て、小見出しの下に、アラビア数字で番号を付けた。それらの番号は、各作品冒頭の「あらすじ」の箇条書き番号に対応する。

2 本文には適宜段落を立て、句読点を補い、会話には「」を付した。ただし、語り物の文体として、会話がそのまま地の文に続くことがあり、その場合、カギ括弧を起こしの括弧のみとした箇所もある。原文にはない「　」は、基本的に通読の便宜のための一つの目安である。

3　仮名づかいは通行の歴史的仮名づかいで統一したが、一部、底本の表記を尊重した箇所がある（間投詞の「あふ」「なふ」など）。また、「ゝ」「〱」等の仮名の繰り返し記号（踊り字）は用いず、仮名を繰り返して表記した。

4　底本の仮名表記を漢字に、また、漢字表記を仮名に改めた箇所がある。

5　漢字の送り仮名は、今日一般的な形とした。振り仮名は、現代仮名づかいで付けたが、当時の実際の発音が不明なため、底本の仮名表記に拠った箇所もある（「病（やまう）」「病者（やまうじゃ）」等）。また、漢字の「御（ご、ぎょ、お、おん、み）」や、複数の読み方があり得る箇所（「商人（あきうど）」「山人（やまうど）」等々）は、他の説経節・古浄瑠璃正本の用例も参照した。

6　底本の欠巻や欠丁、また脱字・脱文、誤字・誤植とみられる箇所は、他本を参照して校訂し、その旨を脚注に記した。

一、説経節正本には、しばしば「フシ、コトバ、ツメ、キリ」等の節付けが注記される。それらがどのような節回しで、実際の演唱をどの程度反映したものか（あるいは、人気の太夫の正本を売りにした版元側の作為か）など、不明な点は多いが、人形操りと結びついた近世初期の説経節が、コトバ・フシ型の語り物であったこと(「解説」参照)は、この節付け注記からもうかがえる。よって、底本の節付けは参考までそのまま翻刻した。

一、校注にさいしては、以下の各書をはじめとする先学の研究を参照させていただいた。また、佐佐木隆(日本語史)、伊東信宏(民族音楽学)両氏からご教示を得た。ここに記して感謝申し上げる。

山田清作編『稀書複製会 第八期第十九回 せつきやうしんとく丸』米山堂、一九三四年、同『稀書複製会 第七期第二十回 せつきやうさんせう太夫』一九三二年(復刻版は、中村幸彦・日野龍夫編『新編稀書複製会叢書 浄瑠璃・説経節』第十四・十五巻、臨川書店、一九九〇年)

横山重・藤原弘共編・校訂『説経節正本集』第一・第二、大岡山書店、一九三六―三七年

横山重編『説経正本集』第一―第三、角川書店、一九六八年

荒木繁・山本吉左右編注『説経節』東洋文庫、平凡社、一九七三年

室木弥太郎校注『説経集』新潮日本古典集成、新潮社、一九七七年

信多純一・阪口弘之校注『古浄瑠璃 説経集』新日本古典文学大系、岩波書店、一九九九年

目　次

俊《しゅん》徳《とく》丸《まる》

あらすじ

1 河内の国高安の信吉長者は、申し子のため京の清水寺へ詣でる。

2 清水観音に子だねを祈ると、夢に観音が現れ、夫婦に子だねのない因縁を語る。

3 夫婦はさらに七日間、寺に籠もり、莫大な寄進をして子だねを祈る。

4 観音が再度現れ、子だねは与えるが、子が三歳のとき夫婦いずれかが命を失うと告げる。夫婦が河内へ帰ると、妻は懐妊し、生まれた子は俊徳丸と名づけられる。

5 俊徳丸は九歳から信貴山《しぎさん》で学問をする。三年後、父信吉に山から呼び下ろされ、天王寺の舞楽の舞手となる。稚児の舞を舞う俊徳丸は、蔭山長者の娘乙姫を垣間見て病となる。

6 俊徳丸の病を恋ゆえと知った家来の仲光は、旅商人に扮して蔭山長者の屋敷に赴き、屋敷の女房たちに、拾った文と偽って、俊徳丸の書いた恋文を見せる。

7 大和言葉の恋文を読みかねる女房たちの騒ぎをよそに、乙姫は読み解き、自分宛ての恋文と知って引き裂く。父の長者は、相手が信吉長者の若君ならばと、返書を書かせる。

8 俊徳丸の喜びを見た母は、生まれた子が三歳のとき、夫婦いずれかが命をなくすとの観音のお告げは嘘だったと笑う。観音の怒りで病に伏した母は、子の将来を夫信吉に頼んで死ぬ。

9 母の葬儀が終わってまもなく、信吉は一門の勧めで後妻を迎える。母を恋う俊徳丸は、父の薄情を恨み、持仏堂に籠もって経を誦む。

10 後妻の御台所に男子が生まれ、乙の次郎と名づけられる。わが子を跡継ぎにしたい御台所は、清水寺に詣で、俊徳丸が人の嫌う違例者(病者)となるよう呪い釘を打つ。

11 継母の呪いで、俊徳丸は盲目の違例者となる。継母は、夫信吉に俊徳丸を捨てるように頼み、それがいやなら離縁すると迫る。

12 信吉はやむなく、家来仲光に俊徳丸を捨てさせる。仲光は、天王寺で尊い説法があると偽って、俊徳丸を駄馬に乗せ、屋敷の裏門から引いて出る。

13 天王寺に着くと、仲光は念仏堂の縁先に俊徳丸を下ろす。慣れぬ旅の疲れで俊徳丸が寝込んでいる間に、仲光は高安に帰る。

14 朝になると仲光はおらず、傍らに物乞いの道具がある。物乞いに歩く盲目の俊徳丸は、町屋で弱法師(よろぼうし)と呼ばれる。熊野の湯で病を治せとの清水観音の教えで、熊野へ向かう。

15 熊野への道中、施行があると聞いて行くと、そこは乙姫の屋敷だった。女房たちの話し声でそれと知った俊徳丸は、恥ずかしさのあまり、天王寺での干死(ひじに)を決意する。

16 事の次第を女房から聞いた乙姫は、夫俊徳丸のあとを追う。巡礼姿で熊野へ向かうが、尋ね会えず、紀州藤白峠から引き返す。

17 住吉や天王寺を捜したが、夫俊徳丸に会えない。乙姫が池に身を投げようとするまぎわ、尋ね残した引声堂(いんぜんどう)に参って、夫に再会する。乙姫は夫をかついで物乞いに歩く。

18 氏神の清水観音に参ることを思い立ち、夫婦で清水に参って病の平癒を祈る。乙姫の夢枕に観音が立ち、継母の呪いを解く鳥箒(とりほうき)を授けられ、俊徳丸の病は平癒する。

19 父信吉は、人を呪った報いで盲目乞食となる。俊徳丸はかつて自分が受けた人びとの善意に報いるため、安倍野が原で施行を催す。

20 施行の場に、父信吉と継母と乙の次郎がやって来る。俊徳丸は、鳥箒で父の盲目を治し、継母とその子は死罪とする。その後、河内に帰って二代の長者として栄えた。

長者夫婦、申し子のため清水寺へ　1

コトバ[1]ただいま語り申す御《おん》物語り、国を申せば河内《かわち》の国[2]高安《たかやす》の郡《こおり》、信吉長者《のぶよしちょうじゃ》と申して[3]有徳人《うとくじん》のましますが、この長者と申すは、四方《しほう》に四万《しまん》の蔵《くら》をたて、八方《はっぽう》に八《や》つの蔵、なににつけても不足《ふそく》なることはなし。

しかれども、この長者、男子《なんし》にても女子《にょし》にても、[4]子《こ》といふ字《じ》があらざれば、これを明《あ》け暮《く》れ悲《かな》しみて、ある日《ひ》のことなるに、フシ[5]御台所《みだいどころ》近づけて、「いかに御台《みだい》、聞きたまへ。御身《おんみ》とわれに、子《こ》といふ字《じ》のないこそは、なによりもつて無念《むねん》なり、御台《みだい》いかに」とありければ、御台所は聞こしめし、「愚《おろ》かなる夫《つま》の[6]御諚《ごじょう》かな。御身《おんみ》とみづからは、[7]過去《かこ》の因果《いんが》の恥《は》づ

1長者夫婦…

1　底本、ここから上・中・下の「上」巻。

2　今の大阪府八尾（やお）市高安町。「伊勢物語」二三段で、男（業平）が夜半に竜田山を越えて通う地。

3　富を有する人。金持ち。

4　お子というもの。「…という字」は婉曲ないい方。

5　もとは将軍の妻などをいったが、お屋敷の奥様をいう敬称でも使われた。

6　仰せ。

7　前世での悪業の報いが恥ずかしいことよ。

8　神仏に祈って子を授かること。

9　子となる種。

10　京都東山にある清水寺（きよみずでら）。音読「せいすいじ」の呼称も行われた。本尊は十

かしや。昔が今にいたるまで、子のない人は神仏《しんぶつ》に参り、[8]申《もう》し子《ご》すれば、[9]子《こ》だね授《さず》かる由《よし》うけたまはる。信吉殿《のぶよしどの》もいかなる神《かみ》や仏《ほとけ》にもお参りあり、申《もう》し子《ご》なされ」とありければ、

コトバ長者《ちょうじゃ》げにもと思《おぼ》しめし、「いづかたへも申さんより、これより都東山《ひがしやま》、[10]清水寺《せいすいじ》の御本尊《ごほぞん》[11]な、[12]三国一《さんごくいち》の御本尊《ごほぞん》とうけたまはる。この御本尊に参らん」と、[13]大勢《おおぜい》は旅《たび》のわづらひ、小勢《こぜい》は道《みち》も[14]さうざしやと、百人ばかりの御供《おとも》にて、[15]輿《こし》や轅《ながえ》をやり続《つづ》け、[16]犬《いぬ》の鈴《すず》、鷹《たか》の鈴《すず》、轡《くつわ》の音がざざめいて、清水詣《きよみずもうで》と聞こえける。

フシお通《とお》りあるはどこどこぞ。[17]植付縄手《うえつけなわて》はや過《す》ぎて、ささ[18]ら郡《こおり》はこれとかや。[19]洞《ほら》が峠《とうげ》をはや過《す》ぎて、[20]八幡《やわた》の山はこれとかや。[21]淀《よど》の小橋《こばし》[22]をたどろもどろと踏《ふ》み渡《わた》り、伏見《ふしみ》の里《さと》はこれとかや。[23]三十三間《さんじゅうさんげん》伏し拝《おが》み、おいそぎあれば程《ほど》もなく、東《ひがし》

一面千手観音。申し子や縁結びにご利益があるとされ、庶民の信仰を集めた。
11 「な」は、助詞「は(わ)」が直前の撥音「ん」に引かれた音変化。語り物に多い。
12 本朝(ほんちょう)・震旦(しんだん)・天竺(てんじく)(日本・中国・インド)で一番の。
13 大勢での参詣の旅はわずらわしい。
14 さびしいことよ。
15 牛が引く輿車(こしぐるま)と人が担う轅輿(ながえごし)。
16 犬や鷹の鈴、馬の轡(3節・注30参照)をじゃらじゃら鳴らして。豪勢な行列をいう決まり文句。「小栗判官」19節など。
17 大阪府東大阪市の北東部、上石切(かみいしきり)町のあたり。縄手(畷)は長い直線道。
18 底本「さくら」は「さゝら」の誤写。河内の国讃良

山清水寺《やませいすいじ》にお着《つ》きある。

清水観音のお告げ　2

長者夫婦《ちょうじゃふうふ》の人びとは、[1]音羽《おとわ》の滝《たき》にお下《さ》がりあり、うがひ手水《ちょうず》で身《み》を清《きよ》め、御前《おまえ》に参りあり、[2]鰐口《わにぐち》ちやうど打ち鳴《な》らし、「南無《なむ》や[3]大悲《だいひ》の観世音《かんぜおん》、[4]徳福《とくふく》を願ふこそ、[5]神《しん》の憎《にく》みも被《こうむ》るべし。ただ願《ねが》はくは、男子《なんし》にても女子《にょし》にても、子《こ》だねを授《さず》けてたまはれ」と、深く祈誓《きせい》を参らせ、[6]弓手《ゆんで》の方《ほう》なる所にお籠《こ》もりある。

[7]夜半《やはん》ばかりのことなるに、かたじけなくも御本尊《ごほぞん》な、揺《ゆ》るぎ出《い》でさせたまひて、長者夫婦の[8]枕上《まくらがみ》にお立ちある。「いかに長者夫婦の者、はるばるこれまで参り、子だね申すこと、なによりもつて[9]不便《ふびん》なり。さりながら、[10]まるが出《い》でたるつい

（ささら）郡は、今の大東市・四條畷市・寝屋川市の一帯。

19　大阪府枚方市と京都府八幡市の間の峠。交通の要衝。

20　石清水八幡宮（いわしみずはちまんぐう）が鎮座する男山（おとこやま）。

21　宇治川に架けられていた橋で、伏見（ふしみ）へ至る。京都市伏見区。

22　ゆっくり慎重に。

23　三十三間堂。京都市東山区。

2　清水観音の…

1　清水寺の名の由来となった滝。本堂から下った石造りの樋から水が落ち、参詣人が手水に用いる。

2　神社仏閣にある扁平な鈴。布の綱で打ち鳴らし祈願する。

3　大悲は、広大な慈悲で、観音の別称。

4　徳は財産、福は幸福。

5　ここは清水観音をさす。

でに、なんぢ夫婦が[11]前生《さきしょ》の因果《いんが》を、語《かたご》つて聞かせ申すべし。

フシクドキまづ長者が前《さき》の生《しょ》は、これより[12]丹波《たんば》の国、のせの郡《こおり》の山人《やまうど》なるが、春にもなれば、ぜんまい蕨《わらび》折らんとて、山に猛火《みょうか》を放《はな》しける。地三尺《さんじゃく》下なる虫を焼き殺し、鳥はさまざま多けれど、[13]雉子《きぎす》夫婦の者にて、[14]もののあはれをとどめたり。

コトバ春にもなれば、十二の卵《かいご》を生《う》みそろへ、父鳥母鳥《ちちどりははどり》喜びなす折からに、猛火手近《みょうかてぢこ》う燃《も》え来《く》れば、父鳥母鳥悲しみて、谷水《たにみず》を含《ふく》みとり、卵《かいご》のまはりを湿《しめ》せども、猛火手近う強《つよ》ければ、十二の卵《かいご》を母鳥が、両《りょう》の羽交《はが》ひに巻《ま》き込《こ》うで、雄鳥《おんどり》と[15]嘴《はし》を食《よ》ひ合うて、引いて逃《に》げんとせしけれ、茨《いばら》、葎《むぐら》に掛《か》けられて、退《の》くべきやうのあらざれば、父鳥は[16]術計《じゅつけ》尽き、向《む》かひの[17]はばたに飛《と》び移り、「来《こ》いや来《き》たれや、母鳥よ。命《いのち》があれば、

6　左の方。馬手(てめ)、右の方に対する。
7　夜中。
8　枕元。
9　気の毒である。
10　一人称の代名詞「まろ」の転。
11　子ができない前世の因果。
12　のせの郡(能勢郡)は摂津の国で、丹波ではない。御伽草子「のせ猿草子」に「丹波の国、のせの山」とあり、幸若「築島」に「丹波ののせ」とある。山里のイメージから丹波とされたか。山人は木樵(きこり)・炭焼きのたぐい。
13　「焼け野の雉子(きぎす)」は、絶体絶命のたとえ。
14　哀れさはこの上なかった。
15　くちばしで食い合わせて、引いて逃げようとしたが、とげのある木や雑草に引っかけられて。已然形「けれ」は、逆接の意。

子を儲《もう》けてまたも見る。その子《こ》捨てて立てよ」と呼《よ》ぶ。母鳥これを聞くよりも、「情《なさ》けないとよ、父鳥よ。十二の卵《かいご》のその中に、一[18]つ巣《す》ごもりになるだにも、よにも不便《ふびん》と思ひしに、この子においてはえ捨《す》てまい」と、おのれと野火《のび》に焼《や》け死《し》する。

父鳥これを悲《かな》しみて、嘴《はし》を鳴《な》らし、翼《つばさ》をたたき、呪《のろ》ふやうこそあはれなり。フシ「けふこの野辺《のべ》に、火[19]をかけたるともがらが、生《しょう》を変《か》へであらじ。石と生《しょう》変へるならば、[20]鎌倉街道《かまくらかいどう》の石となり、上《のぼ》り下《くだ》りの駒《こま》に蹴《け》られて物思へ。過去《かこ》の行《おこな》ひめでたうて、人間《にんげん》と生まれをなすならば、長者《ちょうじゃ》と生まれをなせ。それをいかにと申すに、貧《ひん》に子あり、長者に子なしと申すなり。明《あ》けても子《こ》欲しや、暮《く》れても子《こ》欲しや、[21]案《あん》じ暮《く》らいて、さて果《は》てよ」と、[22]羽交《はが》ひの端《はし》を食《く》ひやぶり、死《し》したりし一念《いちねん》

16 手立て。
17 「はばた」は端側。崖。
18 一つの卵がかえらなくてさえ、たいへん可哀そうと思うのに。
19 火をかけた者ども（山人）が、生まれ変わらずにはいまい。
20 鎌倉への街道。上ノ道、中ノ道、下ノ道があり、人馬の往き来が多い。
21 悩み暮らして、それで命を終えよ。
22 左右の翼の重なる所。

が、胸のあひだに通《つう》じ来《き》て、下《お》るる子《こ》[23]だねを、中《ちゅう》にて取つて服《ぶく》するによりて、それにて子だねがないぞとよ。

また御台《みだい》が前《さき》の生《しょう》は、これより近江《おうみ》の国、瀬田《せた》[24]の唐橋《からはし》の下に住《す》む、大蛇《だいじゃ》にてありたるが、ここにあはれをとどめしは、常盤《ときわ》[25]の国よりも、春は来《き》て秋もどる燕《つばめ》といふ鳥《とり》夫婦にて、もののあはれをとどめたり。

橋の行桁《ゆきけた》[26]に、十二の卵《かいご》を生《う》み置きて、母鳥卵《かいご》を暖《あたた》むれば、父鳥餌食《えば》みに立つ、養育《よういく》を申せしが、ある日のことなるに、父鳥も母鳥も、連《つ》れて餌食みに立ちけるが、大蛇《だいじゃ》これを見るより、よきすき間《ま》と思ひ、巣《す》ともに取りて服《ぶく》すれば、燕《つばめ》夫婦立ち帰り、大きに驚《おどろ》き、ここやかしこと尋《たず》ぬれど、その行《ゆ》[27]き方《がた》はさらになし。「これはこの川の大蛇が服《ぶく》すべし。せめて一つは残《のこ》さいで、常盤《ときわ》へのみやだて[28]に、なにがならうぞ悲《かな》し

23　信吉長者の子だねを、途中で取って食べてしまうために。
24　琵琶湖南端の瀬田川にかかる橋。俵藤太秀郷（たわらのとうたひでさと）がこの橋で大蛇に頼まれ、むかでを退治した話は有名。
25　豊穣の源の理想郷。つばめの故郷とも考えられた。底本「つばさ」を改める。
26　橋の方向に沿って渡した板。
27　卵はどこへ行ったのか、まったくわからない。
28　みやげ。

やな。常盤へはもどるまじ」と、夫婦、嘴《はし》を食ひ違《ちが》へ、身を投《な》げければ、大蛇これを見るよりも、「これもけふの餌食《えじき》ぞ」と、取《と》つて服《ぶく》したる、この一念妄念《いちねんもうねん》が胸《むね》のあひだに通《つう》じ、下《お》るる[29]子《こ》だね取つて服《ぶく》す、それにて子だねがないぞとよ。[30]咎《とが》ないまるを恨《うら》むるな。明日《みょうにち》になるならば、いそぎ河内《かわち》に[31]下向《げこう》せよ」と、夢のあひだにお告げあり、消すがやうに[32]お見えなし。

長者夫婦の祈誓　3

コトバ 長者夫婦の人びとは、夢覚《さ》めかつぱと起きたまひ、「あら情《なさ》けなの御本尊《ごほんぞん》や、たとへ夫婦の者ども、過去《かこ》の因果《いんが》は悪《あ》しくとも、[1]方便《ほうべん》にて授《さず》けてたまはり候《そうら》へ。まことお授けないならば、[2]御前《おまえ》ふたたび下向《げこう》申すまじ。御前にて腹十文《はらじゅうもん》字《じ》にかき切り、臓腑《ぞう》つかんで繰《く》り出《い》だし、御神体《ごしんたい》に投げか

29　御台所の子だね。
30　罪のないわたしを恨むな。
31　寺社参詣から帰ること。
32　お姿が見えない。

3 長者夫婦の…
1　仏菩薩が人を救う手だて。
2　観音の御前から決して帰りますまい。
3　祟り神と呼ばれて、清水に参り下りの人びとを、捕えて食うならば。
4　鹿の寝床となるような山野にしてやろう。
5　屋敷に古くから仕える老翁。

け、[3]荒人神《あらひとがみ》と呼ばれ、参《まい》り下向《げこう》の人びとを、取《と》って服《ぶく》すものならば、七日《なぬか》がうちはいさ知らず、三年《みとせ》がうちに草木《くさき》を生《は》やし、[4]鹿《しか》の臥処《ふしど》となすべし」。ただ一筋《ひとすじ》に思ひ切つてましますが、[5]屋形《やかた》に久しき翁《おきな》は、「[6]なふいかにわが君様《きみさま》、[7]かほどはやらせたまふ霊仏《れいぶつ》に、[8]いはれぬ御難《ごなん》申したまふ。[9]七日《なぬか》で御夢想《ごむそう》ないならば、[10]大願宿願《たいがんしゅくがん》お込《こ》めあれ、かさねて七日《なぬか》お籠《こ》もりあれ、わが君様」と申しける。

フシ長者げにもと思《おぼ》しめし、[11]料紙《りょうし》、硯《すずり》取り寄せ、願状《がんじょう》書いて、[12]御内陣《ごないじん》にお込めある。御台所《みだいどころ》も、同じく御内陣にお込めあり、かさねて七日《なぬか》お籠《こ》もりある。

かたじけなくも[13]堂《どう》の別当《べっとう》は、やがて[14]高座《こうざ》にお上《あ》がりあり、[15]いらたかの数珠《じゅず》さらさらと押《お》し揉《も》うで、「ありがたの御本尊《ごほぞん》や。[16]末世《まっせ》の衆生《しゅじょう》がほむらを止《や》め、長者夫婦《ちょうじゃふうふ》の者どもに、子《こ》だ

6　呼びかけの間投詞「なあ」「のう」に相当する語。なお、間投詞「あふ」と同じく当時の発音は不明であり、原文の仮名づかいのままとした。以下同じ。
7　これほど信心を集める霊験あらたかな仏。
8　いわれのない難癖。
9　神仏への祈願や法要は、ふつう七日を単位として一七日(ひとなぬか)行われた。
10　大願の祈願状を捧げなされ。
11　祈願状を書く用紙。
12　本堂中央の、本尊を安置する場所。
13　寺の寺務を司る僧。
14　法会で師僧が着座する高い座。
15　角張った大きい玉を連ねた数珠。修験者等が用いる。
16　末世の者たちの煩悩の炎をとどめ。

ね授《さず》けてたまはるものならば、御堂建立《みどうこんりゅう》申すべし。[17]天竺《てんじく》より唐木《からき》を下《くだ》し、[18]石口《いしぐち》、桁口《けたぐち》を唐金《からかね》もつて含《ふく》ませ、竜《りょう》と鶴《たず》が舞《ま》ひ下《さ》がりたところをば、げにありありと彫《ほ》りつけて参らすべき。それも不足《ふそく》に思《おぼ》しめさるるものならば、御前《おまえ》の[19]舞台古《ぶたいふる》び、見苦《みぐる》しや。あれ取《と》り替《か》へて、[20]欄干《らんかん》、擬宝珠《ぎぼし》にいたるまで、みな金銀《きんぎん》にて磨《みが》き立《た》て参らすべし。それも不足《ふそく》に思《おぼ》しめさるるものならば、鰐口古《わにぐちふる》び、見苦《みぐる》しや。あれ取り替へて、表《おもて》は黄《こ》金《がね》、裏白金《うらしろがね》、厚《あつ》さ三[21]寸、広《ひろ》さ三尺八寸に鋳《い》たて、吊《つ》りかへ参らすべし。それも不足に思しめさるるものならば、御前《おまえ》の[22]斎《い》垣《がき》古び、見苦しや。[23]白柄《しらえ》の長刀《なぎなた》三千振《ふり》、[24]韓紅《からくれない》にて結《い》はせて参らすべし。それも不足に思しめさるるものならば、金《こがね》の砂《いさ》子《ご》三[25]升《しょう》三合《ごう》、銀砂子《しろがねすなご》三升三合、月《つき》に六升六合づつ、[26]清《きよ》めの砂《すな》と撒《ま》き替《か》へて参らすべし。それも不足に思しめさるるもの

17 仏法発祥のインドから材木を取り寄せ。
18 石口は、柱の礎石の上部。桁口は、梁(はり)を支える部材。それらを唐金(舶来の黄金)で飾り。
19 清水寺本堂の外陣を崖の上に張り出して造った礼堂を、舞台という。
20 舞台の欄干と、欄干に付ける擬宝珠。
21 一寸は約三センチメートル。十寸で一尺。
22 神聖な空間を仕切る垣根。
23 白木の柄の長刀。振(ふり)は、刀剣を数える単位。
24 舶来の紅で染めた織物で結わえて。
25 一升は約一・八リットル。十合で一升。
26 仏前を清める砂と換えて。
27 長者の家に。
28 年が明けて六歳の若々しい馬。

ならば、[27]長者が御内《みうち》に、[28]明《あ》け六歳の春駒《はるこま》に、[29]金覆輪《きんぷくりん》の鞍《くら》置かせ、銀《しろがね》の[30]轡《くつわ》を嚙《か》ませ、御前《おまえ》を引《ひ》き替《か》へ引《ひ》き替《か》へ、仏の眠《ねぶ》りを覚《さ》まいて参らすべし。男子《なんし》なりとも女子《にょし》なりとも、一人子だねの所望《しょもう》」と読み上げたり。

ツメ御台所《みだいどころ》の願状拝見《がんじょうはいけん》申すに、「子だね授《さず》けたまふなら、[31]唐《から》の鏡七面《ななおもて》、[32]真澄《ますみ》の鏡七面《ななおもて》、[33]白鑞《しろみ》の鏡七面《ななおもて》、二十一面《おもて》に、八尺の[34]掛帯《かけおび》、五尺の[35]髪文字《かもじ》、[36]十二の手具足《てぐそく》、[37]重代《じゅうだい》の宝物《たからもの》と込めて参らすべし。それも不足に思《おぼ》しめさるるものならば、[38]香炉《こうろ》、独鈷《とっこ》、鈴《れい》、錫杖《しゃくじょう》、金銀《きんぎん》にて百八、千の[39]花皿《はなざら》にいたるまで、磨《みが》きたて参らすべし。それも不足《ふそく》に思しめさるるものならば、御前《おまえ》の[40]斗帳《とちょう》古び、見苦《みぐる》しや。あれ取りかへ、[41]綾《あや》の斗帳七《なな》流れ、錦《にしき》の斗帳七《なな》流れ、金襴《きんらん》斗帳七《なな》流れ、二十一流れ、表《おもて》の[42]織《お》り付《つ》けには、天人《てんにん》、[43]二十五の菩薩《ぼさつ》、天降《あまくだ》らせたまひて、末世《まっせ》の衆《しゅ》

29　金で縁取りした鞍。
30　馬の口にかませる金具。
31　舶来（中国製）の鏡。
32　曇りのない最上の鏡。
33　白銅（錫を含んだ青銅）製の鏡。
34　社寺参詣の女性が、胸の前に掛けて背で結んだ赤い帯。
35　婦人の髪に添え加える髪。入れ髪。
36　十二（一式）の化粧道具。
37　先祖伝来の宝物。
38　以下、柄香炉（えこうろ）、金剛杵（こんごうしょ）、金剛鈴、錫杖は、祈禱や法会に用いる法具。
39　法要の散華（さんげ）に用いる花入れの皿。
40　神仏の前に垂らす帳（とばり）。
41　綾は綾織り。錦は色糸、金襴は金糸で文様を織り出した絹織物。
42　織り出す文様。
43　阿弥陀如来の来迎（らいごう）に随う二十五菩薩。

生救《じょうすく》ひ上《あ》げさせたまふところ、物の上手[44]《じょうず》に織《お》り付《つ》けさせ参らすべし。[45]日光《にっこう》、月光《がっこう》、三光《さんこう》織り付けさせ、仏の眠[46]《ねむ》り覚《さ》まいて参らすべし。男子《なんし》なりとも女子《にょし》なりとも、一人の子《こ》だねの所《しょ》望《もう》」と読み上げたり。

俊徳丸の誕生と成長　4

コトバありがたや御本尊《ごほぞん》な、内陣《ないじん》よりも揺《ゆ》るぎ出《い》で、長者《ちょうじゃ》夫婦《ふうふ》の間《あい》に立ち、「夫婦の者どもに授《さず》くる子《こ》だねはなけれども、あまり大願《だいがん》込むるにより、子だねを一つ求《もと》めたり。この子生まれ、三歳[1]になるならば、父にか母にかな、命[2]《めい》の恐れあるべきが、あけすけ[3]好《この》め」と、夢のあひだ[4]にお告《つ》げある。

長者夫婦の人びとは、夢覚《さ》めてかつぱと起き、「宵[5]《よい》に儲《もう》け、明日《あす》は空《むな》しくなるとも、子だね授《さず》けたまはれ」。「さあらば、

44　織物の名手。
45　仏教を守護する日光天子(日天)と月光天子(月天)。この二天に明星(みょうじょう)天子を加えた三光天子。
46　底本「ねむり」。前出「ねぶり」とも。

4 俊徳丸の…

1　底本「七歳」を改める。この箇所、江戸版に「三歳」とあり、底本も後出箇所に「三歳」とある。8節・注4。
2　命を失う恐れ。
3　きっぱりと好きな方を選べ。

子だね得《え》さすべし。すなはちこの子男子《なんし》にてあるべき。下向《げこう》申せ」と、夢のあひだにお告げある、消すがごとくお見えなし。

フシ長者夫婦の人びとは、夢覚めかつぱと起き、「ありありがたの御夢想《ごむそう》や」、御前《おまえ》を罷《まか》り立ち、いそげば程《ほど》なく、御供《おとも》を引《ひ》き具《ぐ》して、清水寺《きよみずでら》を立ち出《い》でて、おいそぎあれば程《ほど》もなく、河内高安《かわちたかやす》の御庄《おしょう》に御下向《おげこう》あり、お喜びはかぎりなし。6仏の誓ひあらたさよ。御台所《みだいどころ》は7月《つき》の月水《がっすい》身に止まり、七月《ななつき》の煩《わずら》ひ、九月《ここのつき》の苦しみ、当《あ》たる十月《とつき》と申すには、8御産《ごさん》の紐《ひぼ》をお解《と》きある。御前《おまえ》近き女房たち取り上げ、男子《なんし》か女子《にょし》かと見たまへば、9瑠璃《るり》を延《の》べ、玉《たま》を磨《みが》きたるごとくなる、若君《わかぎみ》にておはします。長者夫婦のお喜び、なににたとへんかたもなし。

コトバ10屋形《やかた》に久しき翁《おきな》は参り、「この若君《わかぎみ》に、御名《おんな》を付《つ》けま

4　夢の中で。
5　宵(夜の早い時間)に子をもうけ、翌朝われらは死んでも。
6　仏のお約束の霊験あらたかなことよ。
7　月経のこと。
8　妊婦の用いる腹紐を解く。出産する意。
9　瑠璃(青色の宝石)や宝玉を磨いたような。美しい赤子をいう決まり文句。
10　「小栗判官」でも、屋形の翁が若君の命名者になる。

ゐらせん。なにと付けん」とありければ、信吉《のぶよし》この由《よし》聞こしめし、「[11]この子清水《きよみず》の申し子なれば、いかやうにも計《はか》らへ」とある。翁《おきな》うけたまはり、「福徳《ふくとく》は父御《ちちご》にあやかりたまへ。[12]寿命《じみよう》は翁にあやかりたまへ」と、[13]しんととくをかたどりて、御名を俊徳丸《しゆんとくまる》とたてまつる。

この若君には、[14]御乳《おち》が六人、乳母《めのと》が六人、十二人の御乳、乳母、産湯《うぶゆ》を引かせたてまつり、御寵愛《ごちようあい》は暇《ひま》もなし。二歳、三歳暇《ひま》もなく、九《ここの》つにおなりあるは、きのふけふのごとくなり。長者夫婦、お喜びはかぎりなし。

天王寺で稚児の舞　5

フシ信吉《のぶよし》、御台所《みだいどころ》近づけて、「なふいかに御台、あの俊徳丸《しゆんとくまる》を、[1]信貴《しぎ》の寺へ上《のぼ》せん」とありければ、「もつとも然《しか》るべき」

11　この子は夫婦だけの子でなく、清水観音に祈って授かった子なので。
12　底本「ちみやう」。チミヤウの「チ」は、寿命のヂュ(拗音)の直音表記。
13　「しん」は、寿(漢音シュ、呉音ジュ)の近似的表記。底本「しんとく丸」は、シュントク丸(俊徳丸)の便宜的な直音表記。本書「解説」の「作品解題」参照。
14　御乳の人の略で、乳母(めのと)と同意。同語反復だが、語調を揃えた慣用表現。

5天王寺で…

1　信貴山(奈良県北西部の

とて、郎等《ろうどう》[2]仲光《なかみつ》召され、「いかに仲光、あの俊徳丸を、信貴《しぎ》の寺に三年《みとせ》があひだあづけ申し、よきに学問《がくもん》させてたまはれ」とて、「うけたまはる」とて、仲光、若君《わかぎみ》の御供《おとも》申し、寺入《てらい》[3]りと聞こえける。

いそげば程《ほど》なく着《つ》きしかば、阿闍梨《あじゃり》[4]に対面《たいめん》申し、「あの若君《わかぎみ》と申せしは、河内《かわち》高安《たかやす》、信吉長者《のぶよしちょうじゃ》の御子《おこ》なり。三年《みとせ》があひだあづけ申す」とありければ、「[5]やすきあひだの御事《おんこと》なり」。仲光、若君《わかぎみ》に近づいて、「よきに学問《がくもん》したまへ」と、「三年《みとせ》過ぐるものならば、御迎《おむか》ひに参らん」と、「いとま申して、さらば」とて、河内《かわち》の国へと帰りける。

俊徳丸は余《よ》[6]の幼《おさな》いに増《ま》して、師匠《ししょう》の方《かた》より、一字と聞けば二字と悟《さと》り、十字を百字、千字と悟《さと》り、寺一番の学者《がくしゃ》とおなりある。

生駒（いこま）山地の山）の朝護孫子寺（ちょうごそんしじ）。聖徳太子の建立と伝えられ、本尊は毘沙門天（びしゃもんてん）。

2　家来の仲光をお呼びになり。

3　学問のため寺に入ること。

4　高位の師僧の尊称。

5　さしつかえございません。

6　他の稚児よりも優れて。寺に預けられた若君が寺一番の学者になるのは、「小栗判官」「隅田川」にも見られる定型。

これはさておき申し、和泉《いずみ》、河内《かわち》、[7]摂津国《つのくに》、三か国の有徳《うとく》人《じん》、一つ所《ところ》に集まり、「なにか[8]栄耀《えよう》のもてあそび」と、「[9]二月二十二日と申すには、[10]天王寺《てんのうじ》[11]蓮池《はすいけ》の上に石《いし》の舞台を張《は》らせ、四方《しほう》に花《はな》を差させ、稚児《ちご》の舞《まい》の御慰《おなぐさ》み」とありしかば、「もつとも然《しか》るべき」と、おのおの同《どう》じたまふ。さて当年《とうねん》は、信《のぶ》吉殿《よしどの》、[12]頭親《とうおや》に指《さ》されたまふ。

信吉、わが家《や》に帰り、郎等仲光《ろうどうなかみつ》近づけ、「なんぢは信貴《しぎ》の寺へ参り、俊徳丸[13]具《ぐ》して参れ」とある。「うけたまはる」とて、信貴の寺へといそぎける。いそげば程《ほど》なく着きしかば、阿闍梨《あじゃり》に対面《たいめん》申し、この由《よし》かくと申す。阿闍梨聞こしめし、「やすきあひだのことなる」と、俊徳《しゅんとく》、里《さと》に送りある。

フシ父母《ちちはは》に対面ある。信吉殿の御諚《ごじょう》には、「やあいかに俊徳丸、なんぢこれまで呼び下《くだ》す、[14]別《べち》の子細《しさい》でさらになし。天王

7　摂津国は「つのくに」と通称した。紀伊国を「きのくに」というのと同じ。
8　豪華でぜいたくな遊びごと。
9　聖徳太子の忌日（きじつ）で、天王寺で太子の年忌法要の精霊会（しょうりょうえ）が行われる。法要のあと舞楽が行われ、その中で鳥の舞の迦陵頻（かりょうびん）と蝶の舞の胡蝶（こちょう）が稚児四人ずつで舞われる。
10　四天王寺の通称。聖徳太子ゆかりの寺として貴賤上下の信仰を集め、熊野へ向かう熊野街道（別名、小栗街道）の起点でもある。「小栗判官」「山椒太夫」では主人公の運命の転換点となる寺。
11　天王寺境内の蓮池の上に石の舞台があり、精霊会や二月十五日の涅槃会（ねはんえ）、九月十五日の念仏会に舞楽が行われる。

寺にて稚児《ちご》の舞《まい》のありけるが、さて当年は、それがし頭親《とうおや》に指《さ》されたり。余人《よじん》の稚児を雇《やと》はうべきか、なんぢ参り申すべきか、いかがせん」とありしかば、俊徳この由《よし》聞こしめし、「余人の稚児とあらんより、それがし参り勤《つと》めん」と、二月二十二日になりしかば、15稚児を語《かた》らひ、みな役々《やくやく》を指《さ》したまひ、稚児の舞と聞こえける。

さすが稚児《ちご》は美人《びじん》なり、16扇《おうぎ》の手《て》はよし、17人間《にんげん》な申すに及ばず、もろもろの諸菩薩《しょぼさつ》、江河《こうが》のうろくづにいたるまで浮《う》かみ出《い》で、貴賤群集《きせんくんじゅ》は満《み》ち満《み》ちて、この舞《まい》ほめぬ者はなし。七日《なぬか》の舞三日《みっか》あり、四日目《よっかめ》のことなるに、扇の手の透《す》き間《ま》より、18乾《いぬい》の座敷《ざしき》には、19和泉《いずみ》の国蔭山長者《かげやまちょうじゃ》の20乙姫《おとひめ》の、俊徳一目《しゅんとくひとめ》御覧《ごらん》じて、21「さて浮《う》き世《よ》に思ふやうになるならば、あの姫君《ひめぎみ》と22一夜《いちや》の最愛《さいない》なすならば、今生《こんじょう》の思ひよもあらじ」。これ

12　頭屋に同じ。祭礼を主宰する当番の世話役。
13　連れてまいれ。
14　ほかでもない。
15　稚児たちを仲間に引き入れ、皆に役を割り当て。
16　舞の扇の手ぶりはよいし。
17　人間はいうまでもなく、ありとある諸菩薩、大河の魚類(うろくず)に至るまで水面に浮かび出て。
18　乾(戌亥、北西)は、艮(丑寅、東北)の鬼門に対して、福の方位。「俊徳丸」の乙姫は「乾の座敷」、「小栗判官」の照手姫も「乾の御所」にいる。
19　6節に「和泉の国近木(こぎ)の庄」とある。底本「かげ山」。蔭山を宛てる。
20　乙姫を。「の」は助詞「を(お)」の音変化。乙姫は、年若い美しい娘をいう。
21　それにしてもこの世で思

が[23]恋路《こいじ》となり、その日《ひ》の舞《まい》を[24]舞《ま》ひさいて、仲光を御供《おとも》にて、高安さいて御下向《おげこう》ある。[25]一間所《ひとまどころ》に取り籠《こ》もり、[26]籐《とう》の枕《まくら》を引き寄せ、恋路《こいじ》の床《ゆか》にお伏《ふ》しある。

乙姫へ恋文　6

コトバ仲光《なかみつ》[1]この由《よし》見るよりも、若君《わかぎみ》の一間所《ひとまどころ》に参り、「なふいかに若君様《わかぎみ》、大事の御身《おんみ》の、なにとてうち伏したまふぞや。御手《おて》を給《たま》はれ。御脈《おみゃく》取り、[2]御悩《ごのう》やめて参らすべし」。若君、両の御手を仲光に給はる。取りも取ったり仲光や、「[3]上《うえ》の御脈はなどやかで、底《そこ》の御脈の乱文《らんもん》は、これは[4]四百四病《しひゃくしびょう》の病《やまう》より外《はず》れ、恋路《こいじ》の脈《みゃく》」と取りたれや。「人恋《こ》ひさせたまふぞ。[5]お包《つつ》みなくお語りあれ。恋《こい》をなびけて参らすべし」。若君この由《よし》聞こしめし、フシ重《おも》き頭軽《こうべかろ》く上げ、「[6]思ひ内《うち》にあ

い通りになるならば。

22　一夜でも夫婦の契りを結べるなら、この世に思い残すことはない。

23　恋わずらい。

24　舞うのを途中でやめて。

25　一間四方の狭い部屋。

26　籐細工の枕を引き寄せ、恋わずらいの床にお伏しになる。

6 乙姫へ恋文

1　この様子を見るとすぐに。

2　ご病気をお治し申しましょう。

3　漢方医学でいう陽脈と陰脈か。「などやか」は、おだやか、「乱文」は、乱れた調子。

4　あらゆる病の総称。仏教語。

5　お隠しなくお語りなされ。恋をかなえてさしあげましょう。「なびけて」は、なびか

れば、色外《ほか》に現《あらわ》るる、恥《は》づかしや。いまはなにをか包《つつ》むべき。稚児の舞《まい》を申せしとき、乾《いぬい》の座敷《ざしき》に、輿《こし》が三丁《さんちょう》立つたりしが、[7]中《なか》なる輿《こし》の姫君《ひめぎみ》はいづくの姫にてある、仲光よ」。仲光うけたまはつて、「それを恋《こ》ひさせたまふかや。それは和泉《いずみ》の国[8]近木《こぎ》の庄《しょう》にて、蔭山長者《かげやまちょうじゃ》の乙姫《おとひめ》にておはします。蔭山長者と信吉殿も、[9]位《くらい》も氏《うじ》、劣《おと》るべきか。[10]ことさら主《ぬし》ない姫《ひめ》なれば、一筆《ひとふで》あそばしたまへ。恋をなびけて参らすべし」。

コトバ俊徳《しゅんとく》[11]なのめに思《おぼ》しめし、硯《すずり》、料紙《りょうし》取り寄せ、墨《すみ》すり流し、筆《ふで》を染《そ》め、[12]思《おぼ》しめす御心事《ごしんじ》、申《もう》しごと、ねんごろに書きとどめ、[13]山形《やまがた》やうに押したたみ、松皮結《まつかわむす》び引《ひ》ん結び、仲光に「頼《たの》み申す」とて、仲光、御文《おふみ》受け取り、「[14]やがて参らん、さらば」とて、高安《たかやす》を立《た》ち出《い》で、[15]堺《さかい》の浜《はま》にも着きしかば、[16]数《かず》の薬《くすり》、十二の手具足《てぐそく》買ひ取りて、商人《あきうど》とさまを変へ、いそげ

せての意。
6　恋の思いが内にあると、顔色やそぶりで外に現れる。ことわざ。
7　真ん中の輿の姫君。
8　大阪府貝塚市を流れる近木川の下流にあった庄園。
9　地位も家柄も、ひけは取らない。
10　とりわけ夫のいない姫なので、恋文を一筆お書きなさいませ。
11　「なのめならず」に同じ。たいへんうれしく。
12　お思いになるお心の内と、申したいことを、念入りに書きとどめ。
13　山形やう、松皮結び、仮に漢字を当てるが不詳。「小栗判官」3節にもある。
14　ただちに参りましょう。それでは。
15　和泉・摂津・河内三国の境に位置し、交易で栄えた。

ば程《ほど》なく、和泉《いずみ》の国近木《こぎ》の庄《しょう》にも着きしかば、蔭山長者の堀《ほり》の[17]舟橋《ふなばし》うち渡《わた》り、[18]平地門《へいじもん》につつと入《い》り、[19]大広庭《おおひろにわ》にずつと立《た》ち、商《あきな》ふこそ面白《おもしろ》や。フシ「紅《べに》や白粉《うしろい》、[20]畳紙《たとうがみ》、[21]御《お》たしなみの道具《どうぐ》には、[22]沈《じん》、[23]麝香《じゃこう》召されい」と、[24]至《いた》りもどりて商《あきの》うたり。

女房《にょうぼう》たちは聞こしめし、「あら珍《めずら》しの商人《あきうど》や。なにかある」とお問ひある。仲光うけたまはりて、[25]広縁《ひろえん》に[26]連尺《れんじゃく》降《お》ろし、その身《み》は[27]落間《おちま》に腰《こし》をかけ、唐《とう》の薬《くすり》、日本《にほん》の薬《くすり》、十二の手具足《てぐそく》、[28]つづらの掛子《かけご》に包《つつ》み分《わ》けて、あれかこれかと評定《ひょうじょう》ある。

フシツメ仲光、[29]時分《じぶん》なよきと心得《こころえ》て、[30]玉梓《たまずさ》を取り出《い》だし、「なふいかに女房たち、さてそれがしはこの[31]三日《みっか》先《さき》に、河内《かわち》の国高安《たかやす》、信吉長者殿《のぶよしちょうじゃどの》にて、商《あきな》ひ申してござあるが、信吉長者の[32]裏辻《うらつじ》にて、[33]さも美《うつく》しき、したためたる文《ふみ》を拾《ひろ》うてござあるが、[34]拾《ひろ》ひ所《どころ》のゆかしさに、これまで[35]たばひ持《も》つてござある

大阪府堺市。
16 多くの薬と、ひと揃いの(十二の)化粧道具。
17 舟を並べて作った橋。
18 塀中門。表門と庭の間の中門。
19 主殿の前の広い庭。
20 上質の紙を折りたたんだふところ紙。懐紙(かいし)。
21 お化粧。
22 香木から採れる沈香。最上のものを伽羅(きゃら)という。
23 ジャコウジカの雄の香嚢(こうのう)から採れる香料。
24 行ったり来たりして。
25 座敷の外の広い縁側。
26 縄を付けた背負子(しょいこ)。荷を背負う木枠。
27 広縁より一段低い板の間。
28 つづら(藤蔓などで編んだ籠)の掛子(中仕切りの箱)に品物を包み分け、女房たちはあれかこれかと品定めする。
29 頃合いはよいと判断して。

が、良くは、お手本《てほん》にあそばせや。悪《あ》しくは、36当座《とうざ》の笑《わら》い種《ぐさ》にもなされい」と、女房たちにたてまつる。

女房たちは受け取り、たばかる文《ふみ》とは存《ぞん》じなく、さつと広げて拝見《はいけん》ある。「なに、上《かみ》なるは月《つき》や星《ほし》、中《なか》は春《はる》の花《はな》、下《しも》は雨《あめ》、霰《あられ》とも書かれたり。それは狂気人《きょうきじん》が37文字《もじ》ないことを書き、38路中《ろちゅう》に捨《す》てたは治定《じじょう》なり」と、39一字《いちじ》もわきまへず、一度にどつとぞお笑《わら》ひある。

乙姫、恋文を読みとく　7

1あらいたはしや乙姫《おとひめ》は、2七重《ななえ》八重《やえ》、九重《ここのえ》の幔《まん》の内にて、そよ吹く風《かぜ》まで人かと思《おぼ》しめさるる身《み》の、ゆるぎ出《い》でさせたまひて、フシ女房たちを近づけて、「なふいかに女房たち、なにを笑はせたまふぞや。珍《めずら》しきことあらば、3みづからも夢《ゆめ》ばか

30 手紙の美称で、多く恋文をいう。
31 わたしはこの三日前に。
32 裏通り。
33 いかにも美しい、何か書かれた手紙を。
34 拾った所に心がひかれて。
35 大切にしまい持って。
36 その場の物笑いの種。
37 意味が通らない。
38 道に捨てたに違いない。
39 一字も理解できず。

7乙姫、恋文を…
1 底本、ここから「中」巻。
2 幾重もの帳(とばり)の内。深窓の姫君の登場をいう決まり文句。「小栗判官」4節、参照。
3 わたしにもほんの少しばかり話して聞かせて。

りお語りあり、姫が心のうちも[4]慰《なぐさ》めてたびたまへ」。女房たちは聞こしめし、「いやこれなる商人《あきうど》が、文《ふみ》を得《え》させてありけるが、なにとも[5]読《よ》みが下《くだ》らいで、これを笑《わら》ひ申す」とて、もとのごとくに[6]したためて、乙姫にたてまつる。

乙姫、玉梓《たまずさ》受け取り、さつと広げて拝見《はいけん》ある。「[7]筆《ふで》の立《た》てどのけだかさよ、墨《すみ》つき文字の[8]尋常《じんじょう》さよ、文主《ふみぬし》たれとは知らねども、[9]文《ふみ》にて人を死なすとは、かやうのことをいふべきか。いかに女房たち、[10]百様《ひゃくよう》知つて一様《いちよう》知らずは、あらそふことなかれ。いかに女房たち、[11]なんぼこの文《ふみ》は、訓《くん》の読みがあるべきに、姫が文章《ぶんしょう》くだき、文《ぶん》やまとことばで読むべきか、または義《ぎ》にて読むべきか。

まづ一番の筆立《ふでた》てに、富士《ふじ》の高嶺《たかね》と書かれたは、[12]上《うわ》の空《そら》の月《つき》ながむにと、これを読む。[13]三《み》つの御山《おやま》とたとへたは、申《もう》さ

4　慰めてくださいませ。「慰めてたべ」をより丁寧に言った。

5　読んでも意味が通らなくて。

6　折りたたんで。

7　筆づかい(筆跡)の上品なことよ。

8　立派なことよ。

9　文だけで人を焦がれ死にさせるとは。

10　多くを知って肝心のことを知らぬなら、文句を言ってはならぬ。当時のことわざ。「小栗判官」4節で、大和言葉の恋文を見た照手姫の言葉にもある。

11　なにかこの手紙は、意味の通る正しい読みがあるはずで、わたしが文章を読みくだし、雅びな大和言葉で読んだらよいか、また意味だけ取って(義にて)読んだらよいか。

12　うわの空で月ばかり眺め

ばかなへと、これを読む。峰《みね》に立つ鹿《しか》とは、[14]秋の鹿ではなけれども、妻恋《つまこ》ひかぬると、これを読む。薄紅葉《うすもみじ》とは、[15]色《いろ》に出《い》だすな。[16]野中《のなか》の清水《しみず》のたとへとは、このこと人に他言《たごん》すな、心のうちで独《ひと》り済《す》ませと、これを読む。沖漕《おきこ》ぐ舟《ふね》のたとへとは、[17]浮《う》から心《ごころ》で思ふ身《み》を、いそいで着けいと、これを読む。[18]伊勢《いせ》の浜荻《はまおぎ》、塩屋《しおや》のたとへとは、から風《かぜ》吹かば、一夜《いちや》なびけと、これを読む。池の[19]真菰《まこも》のたとへとは、引《ひ》かばなびけと、これを読む。[20]根笹《ねざさ》の霰《あられ》と書かれたは、さはらば落《お》ちよと、これを読む。[21]軒《のき》の忍《しのぶ》と書かれたは、道中《どうちゅう》の暮《く》れほどの、露《つゆ》待ちかぬると、これを読む。[22]尺《しゃく》ない帯《おび》と書かれたは、いつかこの恋成就《じょうじゅ》して、めぐり逢《あ》はうと、これを読む。[23]羽抜《はぬ》けの鳥《とり》に弦《つる》ない空弓《うつゆみ》のたとへは、立《た》つも立《た》たれず、燃《も》え立つばかりと、これを読む。奥に、一首《いっしゅ》の歌のあり。恋《こ》ひる人は、河内高安《かわちたかやす》、

ている。

13　熊野三山の本宮（ほんぐう）・新宮（しんぐう）・那智（なち）。祈り申せば願いが叶う、霊験あらたかなたとえ。

14　妻を恋うて鳴く秋の鹿ではないが、わたしもあなたを恋いかねて泣く。

15　薄紅葉のように、恋の思いを色（顔色・そぶり）に出すな。

16　野の清水がおのずから澄むように、他言せずに「独りで済ませよ」。

17　浮かれ心で（落ち着かない気持ちで）漂う舟のようなわたしを、早くあなたの元へ近づけてください。

18　伊勢の浜辺の荻と塩焼き小屋のたとえは、潮風になびく荻の葉のように一夜はわたしになびけ。

19　水辺に生えるイネ科の草。莚（むしろ）の材料。

信吉長者《のぶよしちょうじゃ》の独《ひと》り子俊徳丸《ごしゅんとくまる》、恋《こ》ひられ者は乙姫《おとひめ》なり。

いままでは、[24]たれやの人《ひと》ぞと思うて、読うだることの恥《は》づかしや。兄殿原《あにとのばら》や父御《ちちご》の耳《みみ》に入《い》るならば、乙姫なにとなるべき」と、二つ三つに食《く》ひ裂《さ》き、[25]雨落《あまお》ち際《きわ》へふはと捨《す》て、簾《れん》中指《ちゅうさ》いてお忍《しの》びある。

コトバ御前《おまえ》近き女房たち、この由《よし》を聞こしめし、「これはいつも参る商人《あきうど》かと思へば、[26]人かどはかしにてあるよな。御前《おまえ》にたれかある、[27]あれはからへ」と、口々《くちぐち》に申さるる。仲光《なかみつ》この由《よし》聞くよりも、[28]由《よし》ない君《きみ》に頼《たの》まれ、[29]すは、しだいたるとは思へども、それ[30]夫《おっと》の心《こころ》と大仏《だいぶつ》の柱《はしら》は、大《おお》きても太《ふと》かれと申す。[31]女人《にょにん》は胸《むね》に知恵《ちえ》あり、心《こころ》に知恵《ちえ》ないとうけたまはる。[32]脅《おど》いてみばやと思ひ、「いかに女房たち、いまの文《ふみ》、お破《やぶ》りあつてござあるぞ、こなたへおもどしあれ」。「いや、もどすま

20　丈の低い笹竹の総称。その葉に落ちる霰。
21　軒端のしのぶ草に「忍ぶ」を掛ける。旅の道中の暮れ方の露の間(ほんの短い間)も逢うのを待ちかねる。
22　長さの足りない帯。
23　羽の抜けた鳥と弦のない弓のたとえは、あなたのもとへ飛び立つこともできず、心だけが燃え立つばかり。
24　だれか別の人への恋文かと思って、読んでしまったことの恥ずかしさよ。
25　雨が屋根から落ちる軒下。
26　人さらい。
27　捕らえよ。
28　困った主君。
29　それ、とんでもないことになった。
30　男の心と大仏殿の柱は、大きくて太くあれ。「小栗判官」の恋文の段(4節)にも類似のことわざ。

じ」との互《たが》ひの論《ろん》。

蔭山長者《かげやまちょうじゃ》聞こしめし、「うけたまはれば、河内《かわち》の高安《たかやす》、信《のぶ》吉長者《よしちょうじゃ》の独《ひと》り子《ご》、俊徳丸《しゅんとくまる》かたよりも、乙姫《おとひめ》かたへ玉梓由《たまずさよし》うけたまはる。いそぎ玉梓御返事《ごへんじ》申せ」とありければ、「うけたまはる」とて、乙姫は、硯《すずり》、料紙《りょうし》取り寄せ、[33]思《おぼ》しことの葉《は》を、こまごまと書きとどめ、山形《やまがた》やうに押したたみ、松皮結《まつかわむす》びにひん結《むす》び、女房たちにお出《だ》しある。女房たち受け取り、商人《あきうど》に渡《わた》されける。

母御台所の死　8

フシ仲光《なかみつ》、玉梓《たまずさ》受け取り、つづらの掛子《かけご》にどうど[1]入れ、連《れん》尺《じゃく》したため肩にかけ、平地門《へいじもん》[2]のつつと出で、吐息《といき》ほつとつき、[3]虎《とら》の尾《お》を踏《ふ》み、毒蛇《どくじゃ》の口を逃《のが》れたる心にて、いそげば程《ほど》

31　女は、胸先の知恵はあっても、思慮は浅い。
32　以下、文を破ったあとの展開は、「小栗判官」の恋文の段に較べてかなり簡略になっている。
33　思いをつづる大和言葉。

8母御台所の死
1　どさっと。軍記類に多い擬音・擬態語。
2　「の」は、「ん」の後の「お(を)」の音変化。
3　危機一髪の状態を脱するたとえ。

なく、河内高安《かわちたかやす》に着きしかば、若君《わかぎみ》の一間所《ひとまどころ》に参り、玉梓《たまずさ》の御返事《おへんじ》。若君なのめに思《おぼ》しめし、さつと広げ拝見《はいけん》あり、お喜びはかぎりなし。仲光は、信吉夫婦《のぶよしふうふ》にこの由《よし》申しける。

コトバ 御台所《みだいどころ》は聞きたまひ、御一門《ごいちもん》に申さるる。「あの俊徳《しゅんとく》丸《まる》を、清水《きよみず》の御本尊《ごほぞん》に申し降《お》ろすそのときに、あの子三歳[4]になるならば、父か母かな、命《めい》の恐れのあるべきと[5]仏勅《ぶっちょく》なるに、三歳、五歳過ぎ、十三になるまで、父にも母にも[6]難《なん》もなし。[7]かほどはやらせたまふ清水の御本尊《ごほぞん》さへ、嘘《うそ》をつかせたまふなり。[8]当代《とうだい》の人間《にんげん》も嘘をつき、世《よ》を渡《わた》り候《そうら》へや」。[9]上《かみ》をまなぶ下《しも》なれば、一度にどつとお笑ひある。

河内高安より都清水《きよみず》へは、程《ほど》遠いとは申せども、フシ [10]仏方《ほとけほう》便《べん》とて、このこと聞こしめし、憎《にく》い御台《みだい》が[11]楽言《らくゆ》ひや。[12]氏子《うじこ》不《ふ》便《びん》と存ずれば、長者が屋《や》の棟《みね》に立ち、良《よ》きことは祝《いわ》ひ入れ、

4 清水観音の託宣は、底本、他本ともに「三歳」とあり、底本前出の「七歳」は誤り。4節・注1、参照。
5 仏のお告げ。
6 なんの災難もない。
7 これほど人びとの信心を集めていらっしゃる。
8 当世の人間も嘘をつき、面白おかしく世をお渡りなされ。
9 主のまねをする一門従者の習いなので。
10 仏菩薩の不思議なお力で、このことをお聞きになり。
11 言いたい放題よ。

悪《あ》しきことをば千里《せんり》が外《ほか》へ払《はら》ひのけ、13守《まむ》るまるを、いつはり仏《ほとけ》となすよ。ただ、あれをそのまま置くならば、神《かみ》を神《かみ》、仏《ほとけ》を仏《ほとけ》と、14案《あん》じ申す者あらじ。御台が命、夕《ゆう》べに取らんと思《おぼ》しめし、ツメ15御《み》先《さき》の綱《つな》を切り、「いかに御《み》先《さき》、河内の高安、信吉長者御内《みうち》に、人多いとは申せども、御台が命《いのち》、夕べに取って参れ」との仏勅《ぶっちょく》なり。

御《み》先《さき》どもうけたまはり、16路次《ろし》は辻風《つじかぜ》に誘《さそ》はれ、長者の屋形《やかた》に吹き込《こ》うで、人多いと申せども、17御《み》台《だい》の五体《ごたい》に取りついて、離《はな》れてのけと責《せ》むるなり。18座《ざ》敷《しき》なかばのことなるに、御台、19一門《いちもん》にいとま乞《こ》ひて、一間所《ひとまどころ》にござありて、籐《とう》の枕《まくら》に、20万死《ばんし》の床《ゆか》にお伏《ふ》しある。

フシそのとき、信吉殿《のぶよしどの》、俊徳丸《しゅんとくまる》を、21弓手馬手《ゆんでめて》のわきに置き、「なふいかに信吉殿《のぶよしどの》、22いつ吹く風《かぜ》の身《み》にしまぬに、いま吹く

12 氏子が気の毒と思うから、長者の屋根の頂に立ち。
13 (長者夫婦を)守るわたしを。
14 祀り申す者はあるまい。
15 神仏の使い。本尊に代わってその霊威(祟り)を行使する霊物。
16 道中はつむじ風に乗って。
17 御台所の全身に取り付いて、その魂に体から離れ去れと。
18 座敷での宴の最中のことだったが。
19 一門の人々に宴席のいとま乞いをして。
20 助からない死の床。
21 左と右の両脇に座らせ。
22 いつも吹く風。

風の身にしむやう、[23]番々《つがいつがい》や折節《おりふし》に、離《はな》れてのけとしむときは、さてみづからはけふの日を、[24]え過《す》ごすまいと覚悟《かくご》あり。[25]みづからむなしくなるならば、一人の俊徳に、よきに目掛《めか》けてたびたまへ。やあいかに俊徳丸、みづからむなしくなるならば、[26]若《わこ》うみ盛《さか》りの信吉殿に、御台無《の》うてかなふまじ。後《のち》の親を親とし、仲良《なかよ》うしてあるならば、[27]草葉《くさば》の陰《かげ》にて、それうれしいと思ふべし。それがさなうてあるならば、[28]母がためとて、千部《せんぶ》万部《まんぶ》読うだるとも、受け取るまいぞ俊徳丸。やあいかに仲光《なかみつ》よ。みづからむなしくなるならば、あの俊徳丸に、[29]よきに宮づきたびたまへ。万事《ばんじ》は頼《たの》む仲光。お名残《なご》り惜《お》しの御一門《ごいちもん》。名残り惜しの信吉殿。なほも名残り惜しいは、俊徳丸にてとどめたり。たまたま子ひとり儲《もう》けてに、先立《さきだ》つ母こそ物憂《ものう》けれ」と、これが最期《さいご》の言葉《ことば》にて、[30]土《ど》おんざうとて土《つち》

23　体中の関節に。

24　今日一日を、生き延びることはできまいと覚悟しました。

25　わたしが死んでしまったならば。

26　若く男盛りの信吉殿に、奥方がなくては立ちゆくまい。

27　墓の下で、わたしはうれしいと思いましょう。

28　そうでなくて父の後妻(継母)と仲良くしないなら、わたしの供養に千部万部の経を読んでも納受すまいぞ。

29　よくよくお仕えしなさい。

30　不詳。死相の意とすれば、土色また草色の(生気の失せた)「御相」か。

の色、草《そう》おんざうとて草《くさ》の色、[31]無人声《むにんじょう》とて音もせず、朝《あした》の露《つゆ》とぞ消えたまふ。

父、後妻を迎える　9

信吉《のぶよし》この由《よし》御覧《ごらん》じて、御台《みだい》の死骸《しがい》に抱《いだ》きつき、「[1]これは夢《ゆめ》かやうつつかや、うつつのいまの別《わか》れかや。[2]いま一度《ひとたび》、物憂《ものう》き世《よ》にあってたびたまへ」と嘆《なげ》きたまふ。俊徳丸《しゅんとくまる》も母の死骸《しがい》に抱《いだ》きつき、「これは夢かやうつつかや。[3]うつつのいまのなにとてか、[4]年《とし》にも足らぬそれがしを、たれやの人にあづけおき、母は先立《さきだ》ちたまふぞや。[5]行《ゆ》かでかなはぬ道《みち》ならば、われをも連《つ》れて行《ゆ》きたまへ」と、抱《いだ》きついて、わつと泣き、押しうごかし、[6]顔と顔と面添《おもそ》へて、[7]流涕焦《りゅうていこ》がれて嘆《なげ》かるる。いまは[8]嘆いてかなはじと、[9]時合《じあい》がなれば、[10]六方龕《ろっぽうがん》にうち乗

31　人声のないこと。

9父、後妻を…

1　これは夢なのか現世なのか、現世の今の死別なのか。
2　もう一度、この憂いの多い浮き世にもどってください。
3　現世の今のなにゆえか。
4　年端（としは）もゆかぬわたしを。
5　行かねばならぬ死出の道ならば。
6　顔と顔をひたと付けて。
7　激しく涙を流し悲しむこと。決まり文句。
8　嘆いてもしかたない。
9　葬礼の時刻になると。
10　六角形の立派な輿の柩（ひつぎ）。

せて、[11]あまたの御僧供養《おんそうくよう》して、[12]野辺《のべ》の送《おく》りと聞こえたり。いたはしや若君《わかぎみ》も、野辺まで御供《おとも》なされしが、野辺すがら、[13]くどきごとこそあはれなり。「幼少《ようしょう》で母に離《はな》れ、なにとならうぞわが身や」と、泣く泣く野辺に送りつけ、[14]栴檀薪積《せんだんたきぎつ》みくべて、[15]諸行無常《しょぎょうむじょう》、[16]三つの炎《ほのお》と火葬《かそう》して、煙《けむり》も過《す》ぐれば、かの死骨《しこつ》拾ひ取り、灰《はい》かき寄せて墓《はか》を築《つ》き、塚《つか》のしるしに、[17]卒塔《そと》婆《ば》を書いてお立《た》てある。

おのおの屋形《やかた》におもどりあり。いたはしや俊徳丸、持仏堂《じぶつどう》に御経《おきょう》読うでおはします、若君の心のうち、[18]あはれともなかなか、なににたとへんかたもなし。

コトバこれはさておき御一門《ごいちもん》な、一つ所《ところ》に集まり、[19]内議評《ないぎひょう》定《じょう》とりどりなり。「若《わこ》うみ盛《さか》りの信吉殿に、御台《みだい》無《の》うてかなふまい。ここに、都《みやこ》三十六人の公家《くげ》たちのその中に、六条殿《ろくじょうどの》

11 多くの僧に布施をし供養して。
12 葬地に遺骸を送ること。
13 くどくど言う嘆きごと。
14 茶毘（びだ）に用いる薪。栴檀は、釈迦入滅のとき茶毘に用いた香木。
15 釈迦入滅を説く「涅槃経」雪山偈（せっせんげ）の初句。この世に常住不変なものは存在しない意。
16 三途の川へ送る茶毘の炎。
17 供養に立てる板。先を五輪塔の形に刻み、板面に梵字（ぼんじ）や経文を書く。
18 哀れというのも通り一遍で、なんともたとえようもない。
19 内々の相談ごと。

の[20]乙《おと》の姫《ひめ》、生年《しょうねん》十八におなりある、これはさて、信吉殿に迎《むか》へん」と、吉日選《きちにちえら》み、[21]御前迎《ごぜんむか》ひと聞こえたり。[22]左右《そう》なく迎ひとりたまひ、信吉殿に対面《たいめん》あり、[23]歌《うた》うつ舞《ま》うつ、お喜びはかぎりなし。

フシこれはさておき申しつつ、持仏堂《じぶつどう》におはします俊徳丸は、この由《よし》を聞こしめし、「さて情《なさ》けなの父御《ちちご》やな。母上様《ははうえさま》の[24]百《ひゃっ》か日《にち》経《た》つや経《た》たぬに、御台所《みだいどころ》はなにごとぞ。情けなの父御や。なににつけても[25]草葉《くさば》の陰《かげ》なる、母上様が恋《こ》ひしや」と、泣くよりほかのことはなし。あまたの経《きょう》を見たまへど、女人《にょにん》ほめたる経もなし。七日《なぬか》があひだ持仏堂《じぶつどう》に、[26]女人結界《にょにんけっかい》の高札《たかふだ》書いてお立《た》てあり、母上様の御《おん》ために、御経《おきょう》読うでおはします、若君の心のうち、あはれともなかなか、なににたとへんかたもなし。

20　ここは年若い美しい姫をいう普通名詞。
21　御前は、婦人の敬称。
22　直ちに。
23　歌ったり舞ったり。
24　命日から百日目に行う法要。
25　墓の下。
26　女人禁制。

継母、俊徳丸を呪う　10

コトバ当御台所《とうみだいどころ》は、[1]御果報《ごかほう》の瑞相《ずいそう》か、若君《わかぎみ》の出でたまふ。すなはち[2]乙《おと》の次郎《じろう》とお名《な》づけある。フシ御台《みだい》この由《よし》聞こしめし、たまたま子《こ》一人儲《もう》けてに、[3]惣領《そうりょう》となしもせで、乙《おと》の次郎《じろう》と呼ばすることの腹立《はらだ》ちや。かなはぬまでも俊徳《しゅんとく》を呪《のろ》ひ、乙の次郎を惣領になすべしと、これが謀反《むほん》となり、信吉殿《のぶよしどの》に近づいて、「なふいかに夫《つま》の信吉殿、さてみづからは都の者にてましませば、清水《きよみず》の御本尊《ごほぞん》に立《た》てたる[4]願《がん》のさぶらへば、清《きよ》水詣《みずもう》で申すべし」。信吉殿聞こしめし、「その儀《ぎ》にてあるならば、輿《こし》か馬《うま》か」とありければ、御台この由《よし》聞きたまひ、「馬よ輿よとありければ、[5]他郷《たごう》の聞けいも殊《こと》なやな。乙《おと》の次郎《じろう》を女房たちに抱《いだ》かせ、忍《しの》びやかに参らん」と[6]御意《ぎょい》あつて、旅《たび》の

10継母、俊徳丸を…

1　前世からのめでたいしるしか、若君を出産なさる。
2　弟の次郎。乙(おと)は、男女にかかわらず年下のきょうだい(弟・妹)の意。
3　家督を継ぐ嫡男。
4　願掛けがありますので。なお、中世の「さぶらう(候ふ・侍ふ)」は、おもに女性の使う丁寧語。男性は「そうろう(候ふ)」。
5　よその聞こえも、おおげさになりましょう。「聞けい」は「聞こえ」の訛った形。
6　おっしゃって。

用意《ようい》なされ、旅の[7]道者《どうじゃ》とうち連《つ》れ、高安《たかやす》を立ち出《い》で、お通《とお》りあるは[8]どこどこぞ。植付縄手《うえつけなわて》、ささら郡《こおり》、洞《ほら》が峠《とうげ》うち過《す》ぎ、伏見《ふしみ》の里《さと》はや過ぎ、おいそぎあれば程《ほど》もなく、[9]清水坂《きよみずざか》にお着《つ》きある。

コトバ鍛冶《かじ》を頼み、宿《やど》を取り、[10]六寸釘《ろくすんくぎ》夜《よ》の間《ま》にあつらへ、夜《よ》だに明《あ》くれば、清水にお参りあり、鰐口《わにぐち》ちやうど打ち鳴《な》らし、「南無《なむ》や大悲《だいひ》の観世音《かんぜおん》、みづからこれまで参ること、[11]別《べち》の子細《しさい》でさらになし。うけたまはれば俊徳《しゅんとく》は、御本尊様《ごほぞんさま》の氏《うじ》子《こ》の由《よし》をうけたまはる。さて今日《こんにち》よりも、乙《おと》の次郎《じろう》を氏子《うじこ》に参らする。その上は、俊徳が命《いのち》を取ってたまはれ」と、「それが[12]さなうてに、人の嫌《きら》ひし違例《いれい》を授《さず》けてたまへ」と、深く祈誓《きせい》たてまつり、フシ「これは俊徳が、四つの四足《よそく》に打つぞ」とて、[13]縁日《えんにち》をかたどりて、御前《おまえ》の生《い》き木《ぎ》に十八本の釘を打つ。

7　寺社参詣の案内者。
8　底本「どこどこ」。道行きの決まり文句。以下は、信吉夫婦の清水参詣(1節)とほぼ同じ道行き。
9　清水寺の参道の坂にある門前町。
10　五寸釘より大きな特製の呪い釘。九州の盲僧琵琶や山陰の大黒舞(だいこくまい)(小泉八雲「三つの俗謡」参照)の「俊徳丸」伝承では、継母が鍛冶屋にこの呪い釘を打たせる話がかなり詳しい。
11　ほかでもありません。前出、5節・注14。
12　さもなくば、人が忌み嫌う病を授けてくだされ。
13　観音の縁日十八日にちなんで、本堂前の立ち木に十八本の呪い釘を打つ。

俊徳丸、違例を患う　11

[14]下《しも》に下がりて、[15]祇園殿《ぎおんどの》、月の七日《なぬか》が縁日《えんにち》なれば、御前《おまえ》の格子《こうし》に七本の釘《くぎ》を打つ。[16]御霊殿《ごりょうどの》に八本打つ。[17]七《なな》の社《やしろ》に七本打ち、今宮殿《いまみやどの》に十四本。[18]北野殿《きたのどの》に参り、二十五本の釘《くぎ》を打つ。[19]下《しも》に下《さ》がりて、[20]東寺《とうじ》の夜叉神《やしゃじん》、二十一本お打ちある。[21]因幡堂《いなばどう》に参りては、「これは俊徳が両眼《りょうがん》に打ち申す」とて、十二本お打ちある。余つたる釘を、「鴨川《かもがわ》、桂川《かつらがわ》の水神《すいじん》[22]蹴立《けた》て」とお打ちある。

都の神社社《じんじゃやしろ》に打つたる[23]釘《くぎ》の数《かず》へてみたまへば、[24]百三十六本とぞ聞こえたり。コトバまた清水《きよみず》に参りつつ、御前《おまえ》三度伏《ふ》し拝《おが》み、「みづから[25]下向《げこう》申さぬ間《ま》に、違例《いれい》を授《さず》けてたまはれ」と、深く祈誓《きせい》をたてまつり、高安《たかやす》へと御下向《おげこう》ある。

14　清水坂を下って。
15　祇園社。今の八坂（やさか）神社。祭神の牛頭天王（ごずてんのう）は悪疫退散の疫神。
16　御霊神社。上京（かみぎょう）にあり、疫神の八所御霊を祀る。
17　上京区社横町の七野（ななの）神社と、北区紫野の疫神社、今宮社。
18　北野天満宮。非業の死を遂げた菅原道真の御霊を祀る。縁日は二十五日。
19　京の南、下京（しもぎょう）をさす。
20　東寺境内にある仏法守護の祟り神。縁日は二十一日。
21　因幡薬師。下京にあり、庶民の信仰を集めた。十二本は薬師の十二神将にちなむ。
22　荒れよ。
23　釘を。
24　あとで呪いが解けて抜ける釘は、百三十五本（18節）。なお、九州の盲僧琵琶の伝承

フシいたはしや俊徳丸《しゅんとくまる》は、母上《ははうえ》の御《おん》ため御経読《おきょうよ》うでましますが、祈《いの》る験《しる》しのあらはれ、そのうへ呪《のろ》ひ強《つよ》ければ、百三十六本の釘の打《う》ち処《ど》より、人の嫌《きら》ひし違例《いれい》となり、にはかに両眼《りょうがん》つぶれ、病者《やまうじゃ》とおなりある。いたはしや若君《わかぎみ》は、「こは情《なさ》けなの次第《しだい》」とて、一間所《ひとまどころ》にとり籠《こ》もり、籐《とう》の枕《まくら》にお伏《ふ》しある、若君の心のうち、あはれともなかなか、なににたとへんかたもなし。

コトバこれはさておき、御台所《みだいどころ》は、高安《たかやす》に御下向《おげこう》あり、間《あい》の障子《しょうじ》の隙間《すきま》より、若君の違例の由《よし》を御覧《ごらん》じて、なのめなら[1]ずに思《おぼ》しめし、都の方《ほう》を伏《ふ》し拝《おが》み、お喜びはかぎりなし。

フシそれよりも、信吉殿《のぶよしどの》に近《ちか》づいて、「なふいかに信吉殿、それ[2]都辻《つじ》すがら、人の[3]沙汰《さた》なすは、それ[4]弓取《ゆみと》りの御内《みうち》に病者《やまうじゃ》のありければ、[5]弓矢冥加七代尽《ゆみやみょうがしちだいつ》くると、沙汰《さた》をなすとうけたま

では、とどめの呪い釘の一本は打ち損じ、俊徳丸は命だけは助かる。岩波新書『琵琶法師』付録「俊徳丸」、参照。

25　清水から高安へ帰りつく前に。

11 俊徳丸、違例を…

1　たいへんお喜びになり。

2　都からの道すがら。

3　うわさをすることには。

4　武士の身内に病者がいると。

5　武運は子孫七代まで絶えると。

はれば、俊徳《しゅんとく》は人の嫌《きら》ひし違例《いれい》の由《よし》うけたまはる。いたはしうは存《ぞん》ずれども、いづくへなりと、[6]ひとまつ本《もと》へお捨《す》てあれ。[7]それがさなうてあるならば、みづからには[8]飽《あ》かぬいとま給《たま》はれや」。

信吉《のぶよし》この由《よし》聞こしめし、「長者《ちょうじゃ》の身《み》にて、あれほどの病者《やまうじゃ》が、五人十人あればとて、[9]育《はごく》みかねべきか。一つ内《うち》にいやならば、[10]別《べち》に屋形《やかた》を建てさせ、育《はごく》み申さう俊徳を」。御台《みだい》この由《よし》聞こしめし、「ただとにかくに、乙《おと》の次郎《じろう》とみづからは、飽《あ》かぬいとまをたまはれや」。

父信吉、俊徳丸を捨てる 12

信吉《のぶよし》この由《よし》聞こしめし、あの妻《つま》送り、[1]余人《よじん》の妻を頼《たの》むとも、すがたこそ変はるとも、心邪見《じゃけん》は同じこと。捨てばやと思《おぼ》し

6 ひとまず一本松の根もとにお捨てなされ。「一松（ひとまつ）」に「ひとまづ」を掛ける。神の影向（ようごう）する一本松を、子捨て（子拾い）の場とする習俗があった。
7 そうしないでおくならば。
8 不本意な離縁をしてください。
9 養えないことがあろうか。
10 別屋のこと。病者等の穢れを避ける別棟の小屋。「小栗判官」「山椒太夫」にも見える。

12 父信吉、俊徳丸を…

1 他の女を妻にしても、姿かたちは変わっても、心がよこしまなのは同じこと。

めし、コトバ郎等《ろうどう》仲光《なかみつ》御前《おまえ》に召《め》され、「やあいかに仲光よ。うけたまはれば俊徳《しゅんとく》は、違例《いれい》の由《よし》をうけたまはる。いたはしうは存ずれども、いづくへなりとも捨《す》てて参れ」。仲光うけたまはつて、「仰《おお》せにては候《そうら》へども、[2]乳房《ちぶさ》の母御《ははご》の遺言《ゆいごん》に、[3]仲光頼《たの》むと御意《ぎょい》あるに、余《よ》の郎等《ろうどう》に仰せつけられ、仲光においてはお許しあれ」。

信吉聞こしめし、「先立《さきだ》ちたる乳房《ちぶさ》の母は、なんぢが主《しゅう》にて、浮《う》き世《よ》にありし信吉、主《しゅう》にてはなきぞとよ。捨《す》ていといふに捨てぬものならば、[4]仲光ともに、浮き世の対面《たいめん》かなふまじ」とありければ、フシクドキ仲光うけたまはつて、御前《おまえ》をまかり立《た》ち、[5]一間所《ひとまどころ》にたたずみて、くどきごとこそあはれなり。[6]「かき送りて藻塩草《もしおぐさ》、進退《しんだい》ここに窮《きわ》まりて、[7]是非《ぜひ》をもさらにわきまへず。[8]身《み》かき分けたる親《おや》の身《み》で、心変《が》はりのあるとき

2　俊徳丸の実の母親。
3　仲光に頼むと故御台所の仰せがあったので、他の家来に命じて、仲光にはお許しください。
4　仲光も(俊徳丸とともに)この世での対面は許すまい。
5　一間四方の俊徳丸の部屋の前にたたずんで。
6　「かき(掻き)」は藻塩草(塩作りに用いる海藻)の縁語。かき集めた藻塩草で身動きがとれなくなる。
7　物ごとの善悪もまったくわからない。
8　血を分けた親でさえ心変わりした時は、子を捨てよと命じなさる。

は、捨《す》ていと御意《ぎょい》ある。9いはんや仲光他門《たもん》にて、思ひ切らうは易《やす》いこと」。

10間《あい》の障子《しょうじ》のこなたより、「なふいかに若君様《わかぎみ》、違例《いれい》はなにとましますぞ。仲光にてござあるが」。若君この由《よし》聞こしめし、「仲光かや、めづらしや。なにたる因果《いんが》のめぐり来《き》て、かやうの違例を受け、目が見えぬは、いつも11長夜《じょうや》の如くなり。違例を受けたるは見舞《みま》ひも受けぬ、仲光よめづらしや」。

仲光、涙《なみだ》の下よりも、「いかに申さん若君様、うけたまはれば、いつぞやの稚児《ちご》の舞《まい》をなされたる天王寺《てんのうじ》には、都より12尊《たっと》き知識《ちしき》のお下《くだ》りあり、七日《なぬか》の御説法《ごせっぽう》お述《の》べあるとうけたまはる。13お参《まい》りなきか」と申しけり。若君この由聞こしめし、14「吉日命日《きちにちめいにち》多けれど、さて明日《みょうにち》は、15乳房《ちぶさ》の母《はは》の第三年《だいさんねん》にまかりなる。参り申さう」とありければ、仲光、「御供《おとも》」と申し

9　ましてや自分は他人だから、恩愛の情を断つのは容易なことだ。
10　隔てのふすま障子のこちらから。
11　永遠に明けない夜。煩悩の闇をいう仏教語。
12　高徳の僧。
13　説法を聴きに天王寺へ参りませぬか。
14　ここは仏事に好都合の忌日(きにち)(命日)のこと。
15　生みの母上様の三回忌の命日になる。

つつ、[16]雑駄《ぞうだ》の駒《こま》に鞍《くら》置き、コトバ[17]あだ荷《に》に付《つ》くるは、なにな にぞ。[18]金桶《かなおけ》、小御器《こごき》、[19]細杖《ほそつえ》、円座《えんざ》、蓑笠《みのかさ》これ付くる。中《なか》に俊徳丸を抱《いだ》き乗《の》せ、表《おもて》の門は人目《ひとめ》繁《しげ》いとて、裏《うら》の御門《ごもん》を引《ひ》き出《い》だす。

フシいたはしや信吉殿も、いまが別《わか》れのことなれば、門《もん》まで出《い》でさせたまひて、「いかに俊徳丸、天王寺《てんのうじ》へ参るかや。[20]やがて下向《げこう》申せとよ」。若君この由《よし》聞こしめし、「父御様《ちちごさま》にてましますか。馬の上より御返《おかえ》り言《ごと》、お許《ゆる》したまへ父御様。やがて下向《げこう》申すべし」。信吉この由御覧《よしごらん》じて、「和泉《いずみ》、河内《かわち》、摂津国《つのくに》三か国にては、[21]見目《みめ》よき稚児《ちご》と沙汰《さた》なしたるに、違例《いれい》を受《う》けたは、馬乗《うまの》りすがたも見苦《みぐる》しや」と、さしもに猛《たけ》き信吉も、[22]はんらはらとぞ嘆《なげ》かるる。

16　荷物を運ぶ駄馬。
17　無駄、無益な荷。
18　以下、物乞いの持つ道具。金属製の桶、椀、細い杖、藁の丸い敷物、蓑と笠。
19　底本「おそろへ」は、「ほそつへ」の誤写ゆえ校訂した。
20　すぐに帰って参れ。
21　姿かたちの美しい稚児と評判だったのに。
22　はらはらと涙を流した。

天王寺に捨てられる　13

若君《わかぎみ》仰せけるやうは、「やあいかに仲光《なかみつ》よ。目が見えぬは、いつも長夜《じょうや》のごとくなり。[1]路次《ろし》物語りを申さい」。仲光うけたまはつて、「ここは[2]高安馬場《たかやすばば》の先《さき》、向かひに見ゆるは、[3]恋《こい》の松《まつ》、[4]玉串《たまこし》、[5]みし、[6]上《かみ》の島《しま》、[7]西部《さいべ》の橋《はし》引き渡す。

　　[8]きずるを出《い》ではくさの露《つゆ》に裾《すそ》濡れて

　　　いかが渡らん中川《なかがわ》の橋《はし》

と、かやうに詠《えい》じたまひ、[9]小《お》橋《ばせ》、[10]木《こ》野《の》村《むら》、[11]つかわし山、[12]西手《にして》をうち過《す》ぎて天王寺《てんのうじ》と、[13]南《みなみ》の門《もん》にお着きある。

仲光申しけるやうは、「なふいかに若君《わかぎみ》様、今日《こんにち》の説法《せっぽう》は、はや過《す》ぎてござあるが、[14]町屋《まちや》にお宿《やど》召されうか、または[15]宿坊《しゅくぼう》に召されうか。お好みあれ、若君《わかぎみ》様」。俊徳丸は聞こしめし、「[16]世《よ》が世《よ》の折の宿坊よ。町屋《まちや》の宿《やど》と申せしは、皆人

13天王寺に…

1　道すじの説明。以下、俊徳丸が高安から天王寺へ向かう道は、俊徳道(俊徳街道)という。

2　高安明神(玉祖(たまのおや)神社、八尾市神立)から西の天王寺への道。

3　能「高安」で、業平の高安通い(伊勢物語・二三段)にちなむ「笛吹きの松」をいう。

4　玉串(たまくし)(玉櫛とも)。東大阪市玉串町。

5　不詳。江戸版「みしま」。

6　八尾市上之島(かみのしま)町。

7　西部(さいべ)は、平野川が流れる大阪市生野区中川・舎利寺一帯の旧地名。百済郡西部郷(和名抄)。会話がそのまま地の文に続く語り物の文体(そのため、閉じの括弧は入れていない。以下同様。「凡例」参照)。

8　きずる(東大阪市衣摺(きずり))

の御覧《ごらん》じて、笑《わら》はれうことの恥《は》づかしや。今夜《こんや》は17念仏堂《ねんぶつどう》にて18通夜《つや》申さう」。仲光うけたまはつて、19願《ねが》ふところに幸《さいわ》ひと、縁《えん》まで駒《こま》を引き寄《よ》せて、とある所《ところ》に、若君どうど降《お》ろし、あらいたはしや若君は、旅《たび》はいまが初《はじ》めなり。馬に揺《ゆ》られて、20前後《ぜんご》も知らずお伏《ふ》しある。

いたはしや仲光は、21宵《よい》のあひだは物語り、はや夜《よ》も更《ふ》け候《そうら》へば、若君《わかぎみ》を捨《す》てうと思へば、夜《よ》も寝《ね》られず、若君の枕元《まくらもと》に立ち寄り、22後《おく》れの髪《かみ》をかき撫《な》でて、いまは若君起こしつつ、いとま乞《ご》ひを申さうか、いや起こして悪《あ》しからん、心でいとま申さんと、消え入《い》るやうに嘆《なげ》きける。

「23いとま申して、さらば」とて、立《た》ち帰《かえ》らんとしけれども、あまりのことの悲しさに、また立ち帰りて、若君《わかぎみ》にすがりつき、「これが別《わか》れか、悲しや」と、心づよくも仲光は、名残《なご》

を出て、はくさ（同市、蛇草（はくさ）か）の草露に裾が濡れ、どうやって渡ろう中川の橋を。平野川に架かる生野区中川の橋は、現在は俊徳橋という。

9　天王寺区小橋（おばせ）町。

10　小橋の南の旧地名。木村（このむら）とも。

11　茶臼山の東の御勝山のこと（大坂の陣以前は、岡山と称した）。生野区勝山。

12　西側の意の「西手」か（中野裕介氏の教示による）。小橋、木野村は、御勝山の西側にあり、北に迂回して山の西側から天王寺に向かったことになる。

13　天王寺の南大門。

14　町なかの家。

15　参詣人の宿泊用の寺坊。

16　病をわずらう以前、自分が栄えていた折に泊まった宿坊よ。

17　天王寺西門（さいもん）の外にあ

りの袖《そで》をふり切つて、駒《こま》の手綱《たづな》に手をかけて、帰らんとせしけれど、[24]駒《こま》も心のあればこそ、引かんとすれど五月雨《さつきあめ》、涙《なみだ》にむせて帰られず。

あらいたはしや仲光は、くどきごとこそあはれなり。「昔が今にいたるまで、[25]主《ぬし》ない駒《こま》の口引くは、よそのことかと思ひしに、身《み》の上《うえ》なりける悲しや」と、くどきごとこそあはれなり。いたはしや仲光は、若君を[26]ゆかしさうにうちながめ、河内《かわち》の国高安《たかやす》さしてぞ帰りける。[27]いそぐに程《ほど》のあらばこそ、高安になりぬれば、俊徳丸を捨てたる由《よし》、信吉殿《のぶよしどの》に対面《たいめん》し、この由かくと申しける、仲光が心のうち、あはれともなかなか、なににたとへんかたもなし。

俊徳丸の物乞い、弱法師の異名　14

る短声(たんぜい)・引声(いんぜい)の両念仏堂(現在の阿弥陀堂)。春秋彼岸の中日に念仏講が行われた。

18　終夜神仏に祈願すること。

19　願ってもない幸いと。

20　前後不覚に正体なく眠ってしまった。

21　夜の早いうちはよもやま話をし。

22　ほつれて垂れ下がった髪。

23　お別れのいとまを申します、おさらばです。

24　馬も情のあればこそ、手綱で引いても動かず、仲光は五月雨(旧暦五月の梅雨)のように流れる涙にむせんで帰られない。

25　主人が死んで馬を引いて帰る従者の話は、「太平記」等に類話が多い。

26　名残惜しそうに。

27　急げば程なく。なお、万治—貞享頃の江戸版の正本

[1]あらいたはしや若君《わかぎみ》は、御目《おめ》を覚《さ》まさせたまひてに、「やあいかに仲光よ。[2]夜《よ》が明《あ》くるやら、群烏《むらがらす》が告《つ》げ渡《わた》る。[3]手水《ちょうず》くれさい、仲光よ」と、お呼びあれども、[4]なにがはや、宵《よい》に捨《す》てたる仲光なれば、明《あ》けて訪《おとず》る者はなし。

いたはしや若君《わかぎみ》は、不思議《ふしぎ》さよと思《おぼ》しめし、枕《まくら》をさぐり御《ご》覧《らん》ずれば、不思議の物をこれさぐる。金桶《かなおけ》、小御器《こごき》、細杖《ほそつえ》、円座《えんざ》、蓑笠《みのかさ》これさぐる。[5]「さてはたばかり、お捨《す》てあつたは治定《じじょう》なり。たとへばお捨てあろとも、捨てる所《ところ》の多いに、[6]天王寺にお捨てあつたよ、[7]曲《きょく》もなや。蓑《みの》と笠《かさ》とは、雨露《あめつゆ》しのげと、これは父御《ちちご》のお情《なさ》けか。杖《つえ》は道のしるべなり。円座《えんざ》は、馬場《ばば》先《さき》に出《い》で、[8]花殻乞《はながらこ》へと、これは仲光が教へかな。この小御器《こごき》では、[9]天王寺七村《ななむら》を[10]袖乞《そでご》ひせよと、これは継母《けいぼ》の教へかな。たとひ[11]干死《ひじに》を申せばとて、袖乞《そでご》ひとて申すまい」

(本書「解説」の「作品解題」参照)では、仲光はこのあと天王寺近くで継母が遣わした討手と戦って討ち死にする。後代的な改変だが、似たような改変は、「隅田川」の江戸版正本に見られる。

14 俊徳丸の物乞い、…

1　底本、ここから「下」巻。
2　夜が明けたのか、群れた烏が朝を告げて鳴き渡る。
3　顔を洗う水をおくれ。敬意をともなう依頼・命令の「…さい」は、近世初期の説経節正本に多い。本書「解説」三八四頁参照。
4　なんともはや、夜の早いうちに俊徳丸を捨てた仲光のことなので、夜が明けても答える者はいない。
5　さてはわたしをだまし、この天王寺にお捨てしたにちがいない。「お捨て」は天王

と、12聖《ひじり》きつておはします。

清水《きよみず》の御本尊《ごほぞん》は、氏子《うじこ》不便《ふびん》と思《おぼ》しめし、俊徳丸《しゅんとくまる》の枕上《まくらかみ》にお立ちある。コトバ「いかに俊徳よ。御身《おんみ》が違例《いれい》、13真《しん》から起こりし違例《いれい》でなし。人の呪《のろ》ひのことなれば、町屋《まちや》へ袖乞《そでご》ひし、命《いのち》を継《つ》げ」とお告《つ》げあり、消すがやうに失《う》せたまふ。

フシ俊徳夢覚《ゆめさ》め、「あらありがたの御夢想《ごむそう》や。違例《いれい》も受けず、父に14ぞんき申して、袖乞《そでご》ひを申すにこそ、15わが身《み》の恥《はじ》であらうけれ、違例を受けたに、親の身《み》として育《はごく》みかね、お捨《す》てあり、16袖乞ひを申すこそ、父御《ちちご》の御面目《ごめんぼく》にてあるべきに、さらば教へに任《まか》せ、袖乞ひを申さん」と、蓑笠《みのかさ》を肩《かた》にかけ、天王寺七村《ななむら》を袖乞ひなされば、町屋《まちや》の人は御覧《ごらん》じて、「これなる17乞丐人《こつがいにん》な、物を食《く》はぬか、よろめくは。いざや18異名《いみょう》を付《つ》けん」とて、19弱法師《よろぼうし》と名を付け、一日《ひとひ》二日《ふつか》は育《はごく》めど、ついで育《はごく》

寺への敬意。

6 天王寺に捨てられるのは、廃疾者を意味した。「一遍聖絵」巻二に、天王寺の南大門脇の熊野街道(小栗街道)の起点に、多くの肢体不自由の乞丐人(こつがいにん)が描かれる。

7 なさけない。

8 施しの銭(ぜに)。

9 天王寺を守る七宮を鎮守とした上之宮(うえのみや)・小儀(おうぎ)・久保・土塔(どとう)・河堀(こぼれ)・堀越(ほりこし)・北(大江社)の七村。

10 物乞いをせよ。

11 飲食を絶って死ぬこと。

12 すっかり穀断ちの修行者のようにして。

13 避けがたい前世の宿業ゆえの病ではない。

14 わがままを申して。「ぞんき」は今も方言に残る。

15 自分の恥であろうが、違例の病を受けたので、親の身

む者はなし。

また清水の御本尊《ごほぞん》な、虚空《こくう》よりお告《つ》げある。「やあいかに俊徳丸、御身《おんみ》がやうなる違例《いれい》は、これより[20]熊野《くまの》の湯に入《い》れ。病本復《やまうほんぷく》申すぞや、いそぎ入《い》れや」と教へあり、消すがやうにお見えなし。

俊徳この由《よし》聞こしめし、いまのは、われが氏神《うじがみ》、清水《きよみず》の観《かん》世音《ぜおん》にてあるやらんと、虚空《こくう》を三度伏《ふ》し拝《おが》み、さらば教へに任《まか》せつつ、湯に入《い》らばやと思《おぼ》しめし、天王寺を立ち出《い》で、熊野を訪《と》うておいそぎある。

熊野への道中、乙姫の屋形で物乞い　15

[1]通《とお》らせたまふは、どこどこぞ。[2]安倍野《あべの》五十町《ちょう》はや過ぎて、先《さき》をいづくとお問ひある。[3]住吉四社明神《すみよしししゃみょうじん》伏《ふ》し拝《おが》み、先をいづ

では養いかね。

16　無縁の者として物乞いを致すこそ、父の面目にはなるはずで。

17　こじき。

18　あだな。

19　足弱のこじき。法師は、法師形の物乞いや芸人の類をいう。

20　熊野本宮の湯垢離場(ゆごりば)、湯の峰温泉の湯。「小栗判官」では餓鬼阿弥(小栗)を蘇生させる湯。

15熊野への…

1　以下は、天王寺から熊野へ向かう熊野街道(小栗街道)の道行き。

2　安倍野から住吉神社へ至る道。一町は約一〇九メートル。大阪市阿倍野区。

3　住吉神社。記紀神話の住吉三神と神功(じんぐう)皇后を祀る。大阪市住吉区。

くと、[4]堺《さかい》の浜は、これとかや。[5]石津《いしづ》縄手《なわて》通るとき、西《にし》をはるかにながむれば、大網《おおあみ》下ろす音がする、[6]目《め》ごとに物や思ふらん。[7]大鳥《おおとり》、[8]信太《しのだ》はや過ぎて、[9]井《ゆ》ノ《の》口千軒《くちせんげん》これとかや。近木《こぎ》の庄《しょう》に聞こえたる、[10]地蔵堂《じぞうどう》に休《やす》らひたまへば、コトバまた清水《きよみず》御本尊《ごほぞん》な、[11]旅の道者《どうじゃ》と身《み》を変化《へんげ》、俊徳丸《しゅんとくまる》に近《ちか》づいて、「いかにこれなる病者《やまうじゃ》、この所《ところ》の有徳人《うとくじん》が、御身《おんみ》がやうなる乞食《こつじき》に、[12]施行《せぎょう》を炊《た》いてお通《とお》しある。参りて施行を受け、命《いのち》を継《つ》げ」と教へ、[13]さらぬ体《てい》にてお通りある。

フシ俊徳この由《よし》聞こしめし、「さあらば、施行《せぎょう》受けん」とておいそぎあるが、[14]いにしへ文《ふみ》の契約《けいやく》なされたる、乙姫《おとひめ》の屋形《やかた》と、夢にも御存《ごぞん》じなうて、堀《ほり》の舟橋《ふなはし》うち渡《わた》り、大広庭《おおひろにわ》につつと立ち、「熊野《くまの》へ通《とお》る病者《やまうじゃ》に、[15]斎料《ときりょう》たべ」とお乞《こ》ひある。

いにしへ[16]知りた人あり、「なふいかに面々《めんめん》、あれは、いに

4 和泉の国堺浦の浜。大阪府堺市。
5 堺の良港石津のなわて道。堺市堺区石津町。
6 逢う(目にする)たびに思いわずらう意に、網の目にかかる魚の苦しみを掛ける。
7 和泉の国一宮の大鳥神社。堺市西区鳳北(おおとりきた)町。
8 現在の大阪府和泉市北部。信太森(しのだのもり)神社があり、説経節や浄瑠璃の「信太妻(しのだづま)」(葛の葉(くずのは))で有名。
9 和泉市井ノ口町。○○千軒は、市や宿場で栄えた町をいう。
10 現在の正福寺(しょうふくじ)。貝塚市地蔵堂。
11 社寺参詣の旅人に姿をかえて。
12 施しの炊き出しをして。
13 さりげなく。
14 かつて恋文で夫婦の約束を交わした。

しへ屋形《やかた》の乙姫《おとひめ》のかたへ、文《ふみ》の通《かよ》ひなされたる、河内《かわち》の国高《たか》安長者《やすちょうじゃ》の俊徳《しゅんとく》なるが、なにたる因果《いんが》まはり来《き》て、あのやうなる違例《いれい》受けたるぞ」と、人が[17]沙汰《さた》なせば、俊徳丸は、[18]目《め》こそ見えね、耳《みみ》の早さよ。[19]面目《めんぼく》と思《おぼ》しめし、門外指《もんがいさ》いてお出《い》である。

くどきごとぞあはれさよ。「病《やまう》さまざま多けれど、目《め》の見えぬこそ物憂《ものう》けれ。目が見えねばこそ、[20]かくまい恥《はじ》をかくことよ。たとひ熊野《くまの》の湯《ゆ》に入《い》りて、病本復《やまうほんぶく》したればとて、この恥を、[21]いづくの浦《うら》にてすすぐべし。天王寺へもどり、人の食事《しょくじ》を給《たま》はるとも、はつたと絶《た》つて、干死《ひじに》せん」と思《おぼ》しめし、近木《こぎ》の庄《しょう》よりひんもどり、天王寺[22]引声堂《いんぜんどう》に、縁《えん》の下《した》へとり入《い》りて、干死《ひじに》せんと思《おぼ》しめし、俊徳丸の心のうち、あはれともなかなか、なににたとへんかたもなし。

15　施し物をください。「たべ」は「たまへ」に同じ。
16　「知りたる」の「る」が発音されない近世的な語法。
17　うわさをすると。
18　目は見えないが、耳の早いことよ。
19　面目ない。合わせる顔がない。
20　かかなくてよい恥をかく。
21　どこの海辺で潮垢離(しおごり)して恥を雪(すす)ぐことができよう。
22　前出の念仏堂で天王寺西門の外にある(13節・注17)。底本「ぢせんたう」を改める。

乙姫、俊徳丸の後を追う　16

コトバ三日《みっか》過ぎて女房《にょうぼう》たちは、乙姫《おとひめ》に近《ちか》づいてお申しあるは、「いにしへ文《ふみ》の通《かよ》ひなされたる、河内《かわち》の国高安《たかやす》、信吉《のぶよし》長者《ちょうじゃ》の俊徳《しゅんとく》は、人の嫌《きら》ひし病者《やまうじゃ》とおなりあり、この屋形《やかた》へ施行《せぎょう》受けにござありた」、ありのままにお申しある。

乙姫この由《よし》聞こしめし、「なふいかに女房たち、まことや[1]、うけたまはれば俊徳丸、乳房《ちぶさ》の母御《ははご》に過《す》ぎおくれ、継母《けいぼ》の母の呪《のろ》ひにて、人の嫌《きら》ひし病者《やまうじゃ》とおなりあり、天王寺へお捨《す》てあつたとうけたまはる。それはみづから尋《たず》ねあつたは[2]治定《じじょう》なり。さてみづからも女房たちと、一つになつて笑《わろ》うたりと思《おぼ》しめし、お恨《うら》みあらうよ、悲しや」と、「さてみづからは、夢《ゆめ》にもわれは知らぬなり」と、父母《ちちはは》に近づいて、「なふいか

1　そういえば確か。何かを思い出したときに発する語。

2　わたしをお訪ねだったにちがいない。

に父御《ちちご》様《さま》、うけたまはれば俊徳殿、人の嫌ひし三病者《さんびょうしゃ》[3]とおなりあり、諸国修行《しょこくしゅぎょう》とうけたまはる。お暇《ひま》[4]たまはれ、夫《つま》の行方《ゆくえ》を尋《たず》ねうの。父母《ちちはは》いかに」とお嘆《なげ》きある。

フシ蔭山《かげやま》この由《よし》聞こしめし、「やあいかに乙姫よ。文《ふみ》一つの契約《けいやく》で尋《たず》ねうとは、なにごとぞ。ただ一時《いっとき》もかなふまい」。

乙姫この由《よし》聞こしめし、「愚《おろ》かの父の御諚《ごじょう》[5]かな。それ人の夫《ふう》婦《ふ》とて、八十、九十、百まで添《そ》うて、死《し》して別《わか》るるさへ、一《いっ》[6]旦嘆《たんなげ》きあるものを、いはんや俊徳、みづからは、花《はな》[7]の台《おてな》が露《つゆ》ほども、添《そ》ひなれ馴染《なじ》みはなきものを。良きときは添《そ》[8]はうず、悪《あ》しきときは添ふまいの契約《けいやく》は申さず。悪《あ》しきとき添うてこそ、夫婦とは申さうに。ただ一時《いっとき》のお暇《ひま》たまはれ、父母《ちちはは》[9]なふ」とお嘆《なげ》きある。

コトバ母はこの由《よし》聞こしめし、「その儀《ぎ》にてあるならば、人

3 ハンセン病など三種の難病者(日葡辞書)。「愛護の若」14節、参照。
4 いとまをくださいませ、夫俊徳丸の行方を尋ねたい。「尋ねう」は「尋ねん」に同じ。「の」は相手への呼びかけ・懇願「のお」。
5 仰せ。
6 しばらくの嘆き。
7 花びらに置いた露ほどの短い時も。
8 一緒になろうとする。「ず」は「とす」の約言。
9 「なふ(なう)」は聞き手への呼びかけ、「のお」に同じ。

を仕立《した》てて尋《たず》ねさせうぞ」。乙姫この由《よし》聞こしめし、「なふいかに母御様《ははごさま》、[10]わが身にかからぬことなれば、親身《しんみ》にかけて尋ねまい。お暇《ひま》をたまはれ」と、「夫《つま》の行方《ゆくえ》が尋ねたや」と、[11]恋路《こいじ》の床《ゆか》にお伏《ふ》しある。

フシ[12]太郎この由《よし》見るよりも、父母《ちちはは》に近づいて、「なふいかに父御《ちちご》様、乙姫が夫《つま》ゆゑ死《し》すると見えてある。[13]生《い》きて別《わか》れたその者に、またもや会ふと聞いてある。死《し》して別《わか》れたその人に、再《ふた》び会はぬとうけたまはる。お暇《ひま》取らせてたまはれや。父母《ちちはは》いかに」と申しける。

母はこの由聞こしめし、「その儀《ぎ》にてあるならば、夫《つま》に会ふとも会はずとも、[14]こなたへ便宜《びんぎ》申さいよ」と、[15]選《せん》じたる黄《こ》金《がね》取り出《い》だし、乙姫に給《たま》はれば、姫君、受け取り、[16]膚《はだ》の守《まぶ》りにお掛《か》けあり、尋《たず》ね出《い》でんとしたまへど、[17]待てしばしわが心、

10 他人ではわが身にかかわらぬことなので、親身になって探すまい。
11 恋しさのあまり病の床にお伏しになる。
12 乙姫の兄。
13 生き別れた者には、いつかまた会えるかもしれぬ。
14 こちらへ便りしなさいよ。
15 選りすぐった上等の黄金。
16 肌身離さない守り袋。
17 待て早まるなわが心よ、さてもわたしは見た目が美しいと聞いている。
18 巡礼が着る袖なしの羽織。
19 巡礼が参拝した寺(札所)

さてみづからは見目《みめ》がよいとうけたまはる。すがたを変《か》へて尋ねんと、後《うし》ろに[18]笈摺《おいずる》、前に[19]札《ふだ》、巡礼《じゅんれい》とさまを変へ、近木《こぎ》の庄《しょう》を立《た》ち出《い》で、[20]下和泉《しもいずみ》に聞こえたる、[21]信達《しだち》の大鳥《おおとり》居これとかや。[22]山中三里《やまなかさんり》を、あら夫恋《つまこ》ひしやとお尋《たず》ねあれども、その[23]行《ゆ》き方《がた》はなかりけり。紀伊国《きのくに》へ入《い》りぬれば、[24]川辺市場《かわなべいちば》をお尋ねあれど、夫《つま》の行《ゆ》き方《がた》さらになし。

紀の川に[25]便船乞《びんせんこ》うて、向かひに越《こ》して、道行《みちゆ》き人《びと》にお会ひあり、「この街道《かいどう》にて、稚児《ちご》育ちの病者《やまうじゃ》に、お会ひないか」とお問ひある。「御身《おんみ》が連《つ》れか、兄弟《きょうだい》か、[26]番《ばん》はせぬ」と申されける。これは[27]邪見言葉《じゃけんことば》なり。乙姫この由《よし》聞こしめし、「情《なさ》けなの次第《しだい》かな。[28]知らねばこそ問ひもすれ、教《おし》へぬ人の情《なさ》けなや」と、涙《なみだ》とともにいそげば、程《ほど》なく[29]藤白峠《ふじしろとうげ》に着きしかば、とある所に腰《こし》をかけ、熊野参りのそのなかに、四方《よも》の景色を、

に納める札。

20　和泉の国の南部、泉南地域。

21　熊野街道の信達宿の金熊(きんゆう)権現社(現、信達神社)の大鳥居。大阪府泉南市信達金熊寺。

22　熊野街道の山中宿を越えた山中川沿いの長い道。一里は約三・九キロメートル。阪南市山中渓。

23　夫俊徳丸の行方はわからなかった。

24　川辺宿は市場で栄えた。和歌山県日高川(ひだかがわ)町。

25　渡し船。

26　人の見張りなどしておらぬ。

27　無慈悲な言葉。

28　知らないから尋ねるのに。

29　熊野九十九王子(熊野権現の末社)でも別格の藤白王子のある峠。和歌山県海南市藤白。

筆《ふで》に写《うつ》さんとせしけれども、心の絵《え》にも写しかね、筆捨《ふです》てにより、[30]筆捨《ふです》て松《まつ》とは申せども、さてみづから、夫《つま》に会はねば面白《おもしろ》もなや。あらわが夫《つま》が恋しやな。かほど尋《たず》ねめぐれども、行《ゆ》き方《がた》さらに聞こえねば、さては、女房たちのお笑ひあつたるを、無念《むねん》に思《おぼ》しめし、いかなる淵川《ふちかわ》にも、身投《みな》げあつたは治定《じじょう》なり。[31]みづからも女房たちと一つになつて、笑《わろ》うたかと思《おぼ》しめし、恨《うら》みあらうよ。みづから夢にも知らぬなり。[32]熊野《くまの》へは尋ねまい。近木《こぎ》の庄《しょう》にもどり、死骸《しがい》になりとも尋《たず》ね会《あ》ひ、[33]とむらはばやと思《おぼ》しめし、みづからも[34]伴《とも》ならばやと思《おぼ》しめし、藤白《ふじしろ》よりもひんもどり、かなたこなたと尋《たず》ぬれど、夫《つま》の行《ゆ》き方《がた》さらになし。

30　藤白峠の名所の松。平安初期の絵師、巨勢金岡(こせのかなおか)が、熊野神の化身の童子と絵の描き比べをして負け、松の根元に筆を投げたという。

31　このわたしも女房たちと一緒になって、夫俊徳丸のみじめな姿を笑ったかとお思いになり、お恨みであろうよ。

32　病を治すのをもはや諦めた夫は、熊野の湯へは向かわないだろう。

33　死後の冥福を祈りたい。説経節の「とむらふ」は「とぶらふ」ともある。

34　夫の死の道連れになりたいと。

父のかたへもどり、かさねて暇《ひま》と申すとも、暇においては給はるまじ。とてものついでに、上方《かみがた》を尋ねんと、わが古里《ふるさと》をよそに見て、西をはるかにながむれば、大網《おおあみ》下ろす音がする。目《め》ごとに物や思ふらん、あらわが夫《つま》が恋しやと、尋《たず》ねたまへど、その行《ゆ》き方《がた》はなかりけり。

住吉《すみよし》にお参りあり、尋ねたまふはどこどこぞ。四社明神《ししゃみょうじん》に、奥《おく》の院《いん》、反橋《そりはし》の下までお尋ねあれど、夫《つま》の行《ゆ》き方《がた》さらになし。安倍野《あべの》五十町《ちょう》はや過ぎて、天王寺《てんのうじ》にお着《つ》きあり、金堂《こんどう》、講堂《どう》、六時堂《ろくじどう》、亀井《かめい》の水《みず》のあたりまで尋ねたまへど、その行《ゆ》き方《がた》はさらになし。

石《いし》の舞台《ぶたい》に上《あ》がりあり、「この舞台にて、稚児《ちご》の舞《まい》をなされたる、俊徳丸《しゅんとくまる》が恋しやな。もはや和泉《いずみ》へもどるまい、この蓮池《はすいけ》に身《み》を投《な》げばや」と思《おぼ》しめし、髪《かみ》高く結《ゆ》ひ上《あ》げ、袂《たもと》に小《こ》

1　再びいとま乞いを申しても、いとまは下さるまい。
2　どうせこうなったついでに。
3　京の方面。
4　住吉神社の太鼓橋。
5　一日に六回、時を決めて行う六時念仏の堂。
6　亀井堂の石造りの亀の口から流れる水と、その水を溜めた池。

石拾《いしひろ》ひ入《い》れ、身《み》を投げんとは思へども、待《ま》てしばしわが心、尋《たず》ね残《のこ》いた堂《どう》のあり。引声堂《いんぜんどう》を尋ねんと、引声堂にお参りあつて、鰐口《わにぐち》ちやうど打ち鳴《な》らし、「願《ねが》はくは、夫《つま》の俊徳丸に、尋《たず》ね会《あ》はせてたまはれ」と、深く祈誓《きせい》をなさるれば、[7]後《うし》ろ堂《どう》より、弱《よわ》りたる声音《こわね》にて、「[8]旅《たび》の道者《どうじゃ》か地下人《じげにん》か、花殻《はながら》たべ」とお乞《こ》ひある。乙姫この由《よし》聞こしめし、縁《えん》より下に跳《と》んでおり、後《うし》ろ堂《どう》にまはり、蓑《みの》と笠《かさ》をうばひ取り、さしうつむいて見たまへば、俊徳丸にておはします。

乙姫この由御覧《ごらん》じて、俊徳丸に抱《いだ》きつき、「乙姫にてござあるに、お名のりあれ」とありければ、俊徳丸は聞こしめし、「[9]旅の道者《どうじゃ》か、さのみおなぶりたまひそよ。[10]盲目杖《もうもくづえ》に咎《とが》はなし。そこ退《の》きたまへ」と[11]払《はら》ひある。乙姫この由《よし》聞こしめし、「乙姫にてない者が、御身《おんみ》がやうなる[12]いみじき人、抱《いだ》きつか

7 本堂の後ろ側。物置に使われるが、秘仏が祀られもする。民家の納戸、貴族の邸の塗籠(ぬりごめ)に相当する。
8 旅の修行者か参詣人か、銭(ぜに)のお恵みを。
9 寺社参詣の旅人か、そんなに盲目のわたしをいじめなさるな。
10 「山椒太夫」20節、厨子王(ずしおう)が再会した盲目の母の言葉に同じ。
11 杖で払いなさる。
12 ひどい病人。

うぞ、お名のりあれ」と、流涕焦《りゅうていこ》がれ嘆《なげ》きたまふ。

コトバ俊徳この由《よし》聞こしめし、名のるまいとは思へども、いまは[13]なにをか包《つつ》むべき、「乙姫殿かや、恥《は》づかし。乳房《ちぶさ》の母に過《す》ぎおくれ、継母《けいぼ》の母の呪《のろ》ひにて、かやうに違例《いれい》を受けたるぞや。[14]親の慈悲《じひ》なるに、わが親の邪見《じゃけん》やな。天王寺にお捨《す》てあつてござあるが、[15]熊野《くまの》の湯《ゆ》に入《い》る、よいと聞き、湯に入《い》らばやと思ひ、熊野を訪《と》うて参りしに、盲目《もうもく》のあさましや、御身《おんみ》の屋形《やかた》と知らずして、施行《せぎょう》を受《う》けに参りてあれば、女房たちのお笑《わら》ひあつたを聞きしより、[16]面目《めんぼく》と思ひ、干死《ひじに》せんと思へども、[17]死なれぬ命《いのち》のことなれば、めぐり会《お》うたよ、恥づかしや。これよりもお帰《かえ》りあれ」。

乙姫この由聞こしめし、「御供《おとも》申さぬものならば、なにしにこれまで参るべし」と、[18]俊徳《しゅんとく》とつて肩《かた》にかけ、町屋《まちや》に出《い》

13　何をかくそう。

14　人の親は子を慈しむのに、わが親の無慈悲なことよ。

15　熊野の湯に入るのがよい。

16　面目ない(合わせる顔がない)に同じ。

17　死にたくても(寿命ゆえに)死ねない命。

18　俊徳丸を肩にかついで。「○○とつて肩にかけ」「○○つかんで肩にかけ」は決まり文句。

でさせたまへば、町屋の人は御覧《ごらん》じて、これをあはれと、みな感《かん》ぜぬ者はなし。

乙姫と俊徳丸、清水へ　18

乙姫は、母の給はりたる黄金《こがね》をば取り出《い》だし、米穀《べいこく》[1]と代《しろ》ないて、俊徳育《はごく》みたまひつつ、「なふいかに俊徳丸、うけたまはれば、清水《きよみず》の氏子《うじこ》の由《よし》うけたまはる。みづからともに参り申すべし」と、夫婦《ふうふ》うち連《つ》れ、都をさしてお上《のぼ》りある。

通《とお》らせたまふはどこどこぞ。長柄《ながら》[2]の橋《はし》をうち渡《わた》り、先《さき》をいづくとお問ひある。太田《おおた》[3]の宿《しゅく》、塵《ちり》かき流す芥川《あくたがわ》[4]、先《さき》をいづくとお問ひある。まだ夜《よ》は深き高月《たかつき》[5]や。末《すえ》をいづくとお問ひある。末《すえ》は山崎宝寺《やまざきたからでら》[6]、関戸《せきと》[7]の院《いん》を伏《ふ》し拝《おが》み、鳥羽《とば》に恋塚《こいづか》[8]、秋《あき》[9]の山《やま》、おいそぎあれば程《ほど》もなく、東山清水《ひがしやまきよみず》にお着《つ》きある。

18 乙姫と俊徳丸、…
1　米の代金にして。
2　淀川下流の長柄川の橋。「長柄の橋」は歌枕。橋脚の人柱伝説は諸書に記される。
3　中世の西国街道の宿。大阪府茨木市太田。
4　西国街道の芥川宿。大阪府高槻市芥川町。淀川に合流する芥川は、「伊勢物語」で有名な歌枕。
5　高月(高槻)宿。高槻市高槻町。

[10]清滝《きよたき》にお下《さ》がりあり、三十三度《ど》の[11]垢離《こり》をとり、御前《おまえ》にお参りあり、鰐口《わにぐち》ちやうど打ち鳴《な》らし、「南無《なむ》や大悲《だいひ》の観世音《かんぜおん》、うけたまはれば俊徳丸は、氏子《うじこ》の由《よし》うけたまはる。病平癒《やまうへいゆう》なしてたまはれ」と、深く祈誓《きせい》をなしたまふ。その夜《よ》はここにお籠《こ》もりあり。

コトバ夜半《やはん》ばかりのことなるに、観世音《かんぜおん》な揺《ゆ》るぎ出《い》でさせたまひて、乙姫の枕上《まくらがみ》にお立ちあり、「いかに乙姫、昔が今にいたるまで、[12]人の頼《たの》むに頼《たの》まれより、継母《けいぼ》の母《はは》が参りつつ、まるが前に十八本釘《くぎ》を打つ。都の神社《じんじゃ》、社《やしろ》に打つたる釘《くぎ》の数《かず》、百三十五本《ほん》と聞こえたり。まるをさらに恨《うら》むるな。明日下向《みょうにちげこう》するならば、一《いち》の階《きざはし》に、[13]鳥箒《とりほうき》のあるべしぞ。俊徳丸引《ひ》つ立《た》て、上《かみ》から下《しも》、下《しも》から上《かみ》へ、[14]「善哉《ぜんざい》あれ、平癒《へいゆう》なれ」と、撫《な》づるものならば、病平癒《やまうへいゆう》あるべきぞ」とお告《つ》げあり、消《け》すがやう

6　京都府大山崎町の宝積寺（ほうしゃくじ）。宝寺の通称で呼ばれた。
7　京都府大山崎町にあった離宮跡。摂津（せっつ）と山城（やましろ）の境で関所があった。
8　文覚（もんがく）上人の出家譚で、遠藤盛遠（もりとお）が袈裟御前の首を納めた塚。京都市南区上鳥羽。
9　鳥羽離宮の築山の跡。
10　清水寺の名の由来となった音羽の滝の別称。
11　水で体を清めること。
12　「人の頼むに頼まれよ」はことわざ。人を頼むには人から頼まれよの意。
13　鳥の羽根で作ったほうき。熊野比丘尼などの絵解きにも用いる。
14　病の平癒を祈るまじない。「山椒太夫」20節で、厨子王が母の盲目平癒を祈る場面にもある。

にお見えなし。

コトバ乙姫、かつぱと起きたまひ、「あらありがたの御夢想《ごむそう》や」と、御前《おまえ》三度伏《ふ》し拝《おが》み、御下向《おげこう》なさるれば、一《いち》の階《きざはし》に、鳥箒《とりほうき》のありけるを[15]たばり、下向《げこう》申し、[16]埴生《はにゅう》の小屋《こや》に下向あり、俊徳丸を引《ひ》つ立《た》て、上《かみ》から下《しも》、下《しも》から上《かみ》へ、「善哉《ぜんざい》なれ」と、三度撫《な》でさせたまへば、百三十五本《ほん》の釘《くぎ》、はらりと抜《ぬ》け、もとの俊徳丸とおなりある。

乙姫[17]なのめに思《おぼ》しめし、俊徳丸にとりつき、さてもめでたの次第《しだい》とて、お喜びはかぎりなし。夫婦《ふうふ》うち連《つ》れ、御前《おまえ》にお参りあり、三十三度《ど》の礼拝《らいはい》をたてまつり、「さらば下向《げこう》申さん」と、[18]宿坊《しゅくぼう》に御下向《おげこう》ある。

零落した父と再会　19

15　たばる(賜ばる)は、「たまはる」の縮約。
16　粗末な小屋。
17　たいへんお喜びになり。
18　病者の泊まる「埴生の小屋」(注16)ではなく、一般の参詣人用の寺坊。

19　零落した…

これはさておき申し、河内《かわち》の国におはします、信吉殿《のぶよしどの》にてもののあはれをとどめたり。1人《ひと》を憎《にく》めば身《み》を憎《にく》む、半分《はんぶん》はわが身に報《むく》ひてござあるなり。2継母《けいぼ》の母《はは》の形《かたち》へは報《むく》はいで、信吉殿に報うてあり。両眼《りょうがん》ひつしとつぶれてに、これはこれはとばかりなり。

もはや3御内《みうち》の者までも、思ひ思ひに落《お》ちゆけば、身《み》は4貧道《ひんどう》になりぬれば、河内の国高安《たかやす》にたまられず5、丹波《たんば》の国へ6浪人《ろうにん》とぞ聞こえける。

これはさておき申し、このこと和泉《いずみ》の国にもれ聞こえ、蔭《かげ》山長者《やまちょうじゃ》この由《よし》聞こしめし、太郎を近づけ、「いかに太郎、うけたまはれば俊徳丸《しゅんとくまる》は、病本復《やまうほんぷく》したまひて、都にまします由うけたまはる。和泉の国7三百町《さんびゃくちょう》に人をまはし、いそぎ迎《むか》ひに参れ」とありければ、「うけたまはる」とて、御供《おとも》の用意《ようい》

1　他人を憎むと憎しみはわが身に返る。ことわざ。俊徳丸に対する呪いの半分は、父信吉に報いた。
2　継母の姿には報いることなく。
3　身内(親族や家来)の者たちも、思い思いに逃げ出して。
4　貧乏の意。仏教語。
5　いたたまれず。
6　郷里にいられず流浪する人。
7　三百町は、和泉の国全域の意。一町は約一ヘクタール(約一万平方メートル)。

して、都をさしてお上《のぼ》りある。

いそがせたまへば程《ほど》もなく、堺《さかい》が浦《うら》にて、俊徳丸に対面《たいめん》なされ、なのめならずに思《おぼ》しめし、俊徳丸は御馬《おうま》に召《め》され、乙姫は[8]網代《あじろ》の輿《こし》に召され、あまたの御供《おとも》引き具《ぐ》して、[9]ざざめきわたり、和泉《いずみ》の国へとおいそぎある。

おいそぎあれば程《ほど》もなく、近木《こぎ》の庄《しょう》にぞお着《つ》きある。蔭山長者は俊徳丸に対面あり、お喜びはかぎりなし。母上、乙姫に近づきて、[10]「さて、このほどの憂《う》き旅《たび》が、思ひやられてさぶらふ」と、うれし泣《な》きぞ嘆《なげ》かるる。母上申されけるは、「昔よりも申せしは、うれしいにも涙《なみだ》なり、また悲《かな》しきにも涙なりと申すことのありけるが、みづからがこの涙、[11]それがしに会《お》うたることのうれしやな」と、そのときの有様《ありさま》を、なににたとへんかたもなし。

8　檜皮（ひわだ）や竹で編んだ屋形を付けた貴人用の輿。
9　ざわざわと盛大な行列を連ね。
10　それにしても、あなたの今回の旅のつらさの程が、思いやられます。
11　あなたに再会できたのがうれしいことよ。
12　わたしの目が見えない時。

俊徳仰《おお》せけるやうは、[12]「それがしが目《め》の見えぬときに、人の[13]恩情《おんじょう》受けてあり。その主《ぬし》見知りてあるならば、いまそれとても返《かえ》さうが、その人《ひと》知らず、その主《ぬし》見知らず[14]候《そうろ》ふほどに、[15]数《かず》の宝《たから》を引《ひ》き満《み》たし、安倍野《あべの》が原《はら》にて、七日《なぬか》のあひだ[16]施《せ》行《ぎょう》お引《ひ》かせある。

20 河内に帰り、長者として栄える

このことが丹波《たんば》の国へもれ聞こえ、信吉殿《のぶよしどの》は、[1]わが子の施行《せぎょう》をば知ろしめされず、御台《みだい》、若君《わかぎみ》引き具《ぐ》して、[2]のせの里《さと》を立ち出《い》でて、安倍野が原に施行を受けに出《い》でたまふ。施行の場にもなりしかば、大《だい》の声音《こわね》さし上《あ》げ、「つかれ果《は》て、飢《う》ゑに及びしに、施行をたべ」と乞《こ》ひたまふ。[3]御内《みうち》の者《もの》どもこれを見て、「あれこそ、河内高安信吉長者《かわちたかやすのぶよしちょうじゃ》のなれの果《は》

13　めぐみ深い情け。
14　会話がそのまま地の文に続く、語り物の文体(そのため、閉じの括弧は入れていない。以下同様。「凡例」参照)。
15　莫大な財を施し物として引き広げ。
16　功徳の施しをお与えになる。

20 河内に帰り、…
1　底本末尾、「信吉殿は」の次は「さんさいにおなりあるおとの」で、以下は欠。本文の続き具合から「さんさいにおなりあるおとの」を削除し、大和屋版および貞享三年鱗形屋版で補訂した。本書「解説」の「作品解題」参照。
2　冒頭の申し子の段(2節)で、信吉長者の前世は「丹波の国、のせの郡の山人」とあった。
3　蔭山長者の家来の者ども。

て」と、一度にどつと笑《わら》ひけり。信吉聞こしめし、「出《い》づまじものを、出《い》でて物憂《ものう》きわが身《み》や」と、施行《せぎょう》の場《ば》を逃《に》げたまふ。若君《わかぎみ》御覧じて、座敷《ざしき》より跳《と》んで降《お》りさせたまひ、するすると走《はし》り寄《よ》り、「なふ父御様《ちちごさま》、俊徳《しゅんとく》参りて候《そうろ》ふ」と、抱《いだ》きつきてぞ泣《な》きたまふ。

御涙《おんなみだ》のひまよりも、かの鳥箒《とりほうき》をとり出《い》だし、両眼《りょうがん》に押し当て、「善哉《ぜんざい》なれや、平癒《へいゆう》」と、三度なでさせたまへば、一度つぶれし両眼《りょうがん》明らかになりしかば、「これはこれは」とばかりにて、お喜びはかぎりなし。かかるめでたき折から、「こなたへ」と招《しょう》じ、「御台《みだい》、乙《おと》の次郎《じろう》に、はやくいとま」と御諚《ごじょう》あり。「うけたまはり候《そうろ》ふ」と、御白州《おしらす》に引《ひ》き出《い》だし、首《くび》切つて捨《す》てにける。

さてその後《のち》、若君《わかぎみ》、父上《ちちうえ》もろともに、河内《かわち》に下向《げこう》なされつ

4 人前に出ねばよかったものを。
5 継母御台所と、その子乙の次郎に、早くこの世からいとまを取らせよ。
6 白砂を敷いた庭。

つ、7数《かず》の屋形《やかた》を建てならべ、母上様《ははうえ》の8孝養《きょうよう》とて、峰《みね》には塔《とう》を組《く》み、谷には堂《どう》を建て、9大河《たいが》には舟《ふね》を浮かめ、小川には橋《はし》をかけ、数《かず》の御僧供養《おんそうくよう》し、またあるときは、みづから御経《おんきょう》あそばし、10よきに菩提弔《ぼだいと》ひたまふ。上古《じょうこ》も今《いま》も末代《まつだい》も、ためし少なき次第《しだい》とて、上下万民《じょうげばんみん》押し並《な》べ、感ぜぬ者こそなかりけり。

7　数多くの屋敷。
8　亡き親を供養すること。
9　この前後、どれも亡母の供養のための功徳の善行。
10　よくよく死後の冥福をとむらいなさる。

小《お》栗《ぐり》判《はん》官《がん》

あらすじ

1 二条大納言兼家は、鞍馬の毘沙門天に申し子をする。授かった子は有若《ありわか》と名づけられ、七歳で東山に上り、山一番の学匠となる。

2 有若は十八歳で元服し小栗と名づけられるが、親が妻に迎えて小栗が送り返した女は七十二人に及んだ。申し妻のため鞍馬へ向かう途中で笛を吹くと、みぞろが池の大蛇は女人と変じ、小栗はその女を妻に迎える。都では、小栗は大蛇と契るとのうわさが立ち、常陸へ流される。

3 常陸の侍たちにかしずかれた小栗は、商人後藤左衛門から、武蔵相模の郡代横山の姫で日光山の申し子、照手《てるて》姫の美しさを聞き、恋文を託す。

4 後藤が持参した大和言葉の恋文を、女房たちは読みわずらうが、照手は読みとき、恋文と知って引き裂く。後藤は文字を裂いた罪業を説いて、姫に返書を書かせる。

5 返書を読んだ小栗は、十人の家来たちと照手の御所へ赴いて祝言をあげる。照手の父横山は、小栗の押しかけ婿入りに怒って殺害を企てる。

6 横山は、三男三郎の企みで、人食い馬の鬼鹿毛《おにかげ》に小栗を食わせるべく館へ招く。

7 馬屋に案内された小栗が鬼鹿毛に宣命を説き聞かせると、鬼鹿毛は小栗のすがたを見て涙を流す。小栗はみごとな曲乗りを披露し、さらに荒れ狂う鬼鹿毛を鎮める。

8 企みに失敗した横山は、小栗主従を毒殺すべく酒宴に招くが、不吉な夢を見た照手は引き留める。

9 かまわずに出かけた小栗は、家来十人とともに毒酒を飲まされ殺害される。

10　家来十人は火葬にされ、小栗は土葬となる。横山は娘の照手を石の沈めにかけるが、横山の従者が重りの石を切りはなし、牢輿は川を流れ下る。

11　ゆきとせが浦に流れ着いた照手は、村君の太夫に救われ養子に迎えられる。

12　照手の美しさを妬んだ姥(ばう)は、太夫がいない隙に姫を松葉でいぶす。観音の加護により照手は難を逃れたが、姥によってもつらが浦の人商人に売られる。

13　諸所方々に売られた照手は、美濃の国青墓宿の遊女屋に買われる。客を取るのを断ると、十六人分の水仕事を一人でやることになり、三年が過ぎる。

14　冥途の小栗は、閻魔大王のはからいで藤沢の遊行上人に託され、この世にもどされる。墓から蘇った小栗は餓鬼道に堕ちた亡者のごとき姿だが、そんな小栗を遊行上人は剃髪して餓鬼阿弥と名づけ、土車に乗せて、人々の手で熊野へ送り届けるように計らう。

15　土車は人々の手で西へ引かれてゆくが、美濃の国青墓宿で、車の引き手がいなくなる。

16　餓鬼阿弥の土車を見た照手は、亡夫小栗の供養のために車を引くことを願い、主人から五日の暇をもらい、物狂いの姿で土車を大津まで引く。

17　引き手が次々に現れて土車は熊野に着き、熊野の湯に四十九日間浸かった餓鬼阿弥は、元の小栗として復活する。

18　小栗は京に上り、父兼家に矢取りの芸を披露して親子の対面をし、帝から畿内五か国と美濃の国を給わる。

19　美濃の青墓宿に赴いた小栗は、照手と涙の対面をする。

20　さらに相模へ赴き報恩と復讐を果たしたあと、小栗・照手夫婦は常陸の国で二代長者として栄え、大往生を遂げたのち神に祀られた。

小栗の誕生と成長　1

そもそもこの物語りの由来《ゆらい》を、くはしく尋《たず》ぬるに、国を申さば美濃《みの》の国、安八《あんぱち》[1]の郡墨俣《こおりすのまた》、垂井《たるい》おなこと[2]の神体《しんたい》は正八幡《しょうはちまん》なり。荒人神《あらひとがみ》[3]の御本地《ごほんじ》をくはしく説きたて広め申すに、これ[4]も一年《ひととせ》は人間《にんげん》にてやわたらせたまふ。

凡夫《ぼんぶ》[5]にての御本地をくはしく説きたて広め申すに、それ都に、一の大臣、二の大臣、三に相模《さがみ》の左《さ》大臣、四位《しい》に少将、五位の蔵人《くらんど》、七なむ滝口《たきぐち》、八条殿、一条殿や二条殿、近衛《このえ》関白、花山《かざん》の院、三十六人の公家《くげ》、殿上人《てんじょうびと》のおはします。公家、殿上人のその中に、二条《にじょう》の大納言《だいなごん》とはそれがし[6]なり。仮名《けみょう》[7]は兼家《かねいえ》の仮名、母は常陸《ひたち》[8]の源氏《げんじ》の流れ、氏《うじ》と位《くらい》は高け

1小栗の誕生と…

1　岐阜県大垣市墨俣(すのまた)町(旧安八郡墨俣町)に八幡神社(墨俣八幡)があり、小栗伝説を伝える。

2　不詳。

3　霊威の著しい神。本地は、神仏の由来・由緒の意。神仏の本地を明かす形式の中世物語を、本地物という。

4　この神もかつて人間であらせられた。

5　人間であったときの御由緒。

6　男性の自称。「それがしなり」は唐突だが、操り芝居となった説経節の、人形の動きに合わせた語りの痕跡。

7　元服する男子が、実名のほかに付けた呼び名。ここは単に名前の意。底本「かねひ」、他の箇所により改める。

れど、男子《なんし》にても女子《によし》にても、末《すえ》の世継《よつ》ぎがござなうて、[9]鞍《くら》馬《ま》の毘沙門《びしやもん》にお参りあつて、[10]申し子《もうご》をなされける。[11]満《まん》ずる夜《よ》の御夢想《ごむそう》に、[12]三《み》つ成《な》りの有《あ》りの実《み》を給《たま》はるなり。あらめでたの御事《おんこと》やと、[13]山海《さんかい》の珍物《ちんぶつ》に、国土《こくど》の菓子《かし》を調《ととの》へて、お喜びはかぎりなし。

御台所《みだいどころ》は、[14]教《おし》へけむ慈救《じく》あらたかに、七月《ななつき》のわづらひ、九月《ここのつき》の苦しみ、当《あ》たる十月《とつき》と申すには、[15]御産《ごさん》の紐《ひも》をお解《と》きある。女房《にようぼう》たちは参り、[16]介錯《かいしやく》申し抱《いだ》きとり、「男子《なんし》か女子《によし》か」とお問ひある。[17]玉《たま》を磨《みが》き瑠璃《るり》を延《の》べたるごとくなる、御若君《おんわかぎみ》にておはします。

「あらめでたの御事《おんこと》や。[18]須達福分《しゆだつふくぶん》に御《お》なり候《そうら》へ」と、産湯《うぶゆ》を取りて参らする。[19]肩《かた》の上の鳳凰《ほうおう》に、手《て》の内の愛子《あいし》の玉《たま》、[20]桑《くわ》の木の弓《ゆみ》に、蓬《えもぎ》の矢《や》、「天地和合《てんちわごう》」と、射祓《いはら》ひ申す。

8　常陸の国(今の茨城県)に土着した源氏一門をいう。歴史上では、源義光の流れを汲む佐竹氏など。

9　京都の北の鞍馬寺。本尊は、四天王のうち北方を守護する毘沙門天。京都市左京区鞍馬本町。

10　神仏に祈って子を授かること。

11　神仏への祈願や参籠は、七日を単位として一七日(ひとなぬか)行われた。その期間が満ちた夜の夢に。

12　実が三個一緒に成る吉祥のしるし。有りの実は、梨の実の異称。

13　山と海の珍しいご馳走に、あらゆる菓子(嗜好品)を揃えて。盛大な宴を語る決まり文句。以下くり返し見られる(2、19、20節)。「国土」は世界中(仏教語)。

14　護持僧の教えた慈救(不

[21]屋形《やかた》によはひ久《ひさ》しき翁《おきな》の太夫《たゆう》は参りて、「この若君に、御《おん》名《な》を付《つ》けて参らせん。げにまこと、毘沙門《びしゃもん》の御夢想《ごむそう》に、三つ成りの有《あ》りの実《み》を給はるなれば、有りの実にこと寄せて、すなはち御名をば、「有若《ありわか》殿」とたてまつる。

この有若殿には、[22]御乳《おち》が六人、乳母《めのと》が六人、十二人の御乳や乳母があづかり申し、抱《いだ》きとり、[23]いつきかしづきたてまつる。年日《としひ》の経《た》つは程《ほど》もなし。二、三歳はや過《す》ぎて、七歳に御《お》なりある。

七歳の御時《おんとき》、父の兼家殿は、有若に師[24]の恩を付けてとらせんと、[25]東山《ひがしやま》へ学問に御上《おのぼ》せあるが、[26]なにか鞍馬《くらま》の申し子のことなれば、知恵の賢《かしこ》さ[27]かくばかり、一字は二字、二字は四字、百字は千字と悟らせたまへば、御山《おやま》一番の[28]学匠《がくしょう》とぞ聞こえたまふ。

動明王の呪文)のご利益があらたかで。
15 妊婦の用いる腹紐を解く。出産する意。
16 お世話をして赤子を抱き取り。
17 美しい赤ん坊をいう決まり文句。
18 須達長者の福徳にあやかれ。須達は、釈迦に帰依して祇園精舎を建立・寄進した長者。
19 両肩に鳳凰の作り物、手に宝玉を握らせる、吉祥をことほぐまじない。
20 桑の弓で蓬の矢を四方に射て、男子誕生を祝う。「天地和合」は矢を射るかけ声。
21 「俊徳丸」も、屋形の翁が主人公の命名者になる。太夫は従者の筆頭格。
22 御乳の人の略で、乳母(めのと)と同意。
23 大切にお仕えし育てる。

妻嫌いし、大蛇と契る　2

きのふけふとは思へども、御年《おんとし》積もりて十八歳に御《お》なりある。父兼家《かねいえ》殿は、有若《ありわか》を東山《ひがしやま》より申し下《お》ろし、「位《くらい》を授けてとらせたうは候《そうら》へども、氏《うじ》も位《くらい》も高ければ、[1]烏帽子親《えぼしおや》には頼《たの》むべき人がなきぞ」とて、ここに、[2]八幡正八幡《やわたしょうはちまん》の御前《おまえ》にて、[3]瓶子《へいじ》一具《いちぐ》取り出《い》だし、蝶花形《ちょうはながた》に口包《くちつつ》み、すなはち御名《おんな》をば、[4]常陸小栗殿《ひたちおぐりどの》と参らする。

御台《みだい》[5]なのめに思《おぼ》しめし、「さあらば、小栗に御台を迎《むか》へてとらせん」と、御台所《みだいどころ》をお迎《むか》へあるが、小栗、[6]不調《ふちょう》な人なれば、いろいろ妻嫌《つまぎら》ひをなされける。

背《せい》の高いを迎《むか》ゆれば、[7]深山木《みやまぎ》の相《そう》とて送らるる。背《せい》の低いを迎ゆれば、[8]人尺《にんじゃく》足らぬとて送らるる。髪《かみ》の長いを迎ゆれ

24　学問の師に学ばせよう。
25　京の東の山々。清水寺など寺院が多い。
26　なにぶんにも。
27　このとおり。
28　すぐれた学者。

2 妻嫌いし、…

1　元服の際に烏帽子をかぶらせ烏帽子名を付ける仮親。一般に上位の有力者に依頼する。
2　石清水八幡宮。京都府八幡市の男山にあり、伊勢神宮と並ぶ二所宗廟(にしょそうびょう)として、朝廷や武家に尊崇された。
3　酒器(とくり)一揃いを、蝶の形に折った紙で注ぎ口を包み。「瓶子一具」以下は決まり文句。なお、蝶は酒の毒を消すとされた。
4　小栗の母は「常陸の源氏の流れ」(1節)とあり、小栗はこのあと、母の「知行」す

ば、蛇身《じゃしん》の相とて送らるる。面《おもて》の赤いを迎ゆれば、鬼神《きじん》の相《そう》とて送らるる。色《いろ》の白いを迎ゆれば、雪女《ゆきおんな》見れば見冷《みざ》めもするとて送らるる。色の黒いを迎ゆれば、下種女《げすおんな》卑《いや》しき相とて送らるる。

送りてはまた迎へ、迎へてはまた送り、小栗十八歳の二月《きさらぎ》より、二十一の秋《あき》までに、以上御台《みだい》のかずは、七十二人とこそは聞こえたまふ。

小栗殿には、つひに定まる御台所《みだいどころ》のござなければ、ある日《ひ》の雨中《うちゅう》のつれづれに、「さてそれがしは、鞍馬《くらま》の申《もう》し子《ご》とうけたまはる。鞍馬へ参り、定まる妻を申さばや」[9]と思ひ、二《に》条《じょう》の御所《ごしょ》を立ち出《い》でて、[10]市原野辺《いちはらのべ》のあたりにて、[11]漢竹《かんちく》の横笛《ようじょう》を取り出《い》だし、[12]八《や》つの歌口露湿《うたぐちつゆしめ》し、[13]翁《おきな》が娘《じょう》を恋ふる楽《がく》、[14]とうひらてんに、まいひらてん、ししひらてん、といふ楽《がく》を、[15]半《はん》

る常陸へ流される。
5　なのめならずに同じ。たいへんお喜びになり。
6　淫乱の意。小栗の「不調」の解釈は、廣末保『漂泊の物語』に詳しい。
7　深山に生える高木のようだと送り返す。
8　人並みの背丈でない。
9　お願い申したい。
10　鞍馬寺への参詣路にあり、小野小町の終焉伝説で有名。京都市左京区静市市原（しずいちいちはら）町。
11　中国渡来の竹で、笛作りに適すとされた。
12　一つの吹き口と七つの指穴を合わせた呼称。
13　雅楽の曲名だろうが、不詳。
14　雅楽「団乱旋（とらでん）」（廃曲）の訛伝。謡曲「石橋（しゃっきょう）」等に「獅子団乱旋」とある。
15　約一時間。

時《じ》がほどぞ遊《あそ》ばしける。

[16]みぞろが池の大蛇《だいじゃ》は、この笛《ふえ》の音《ね》を聞き申し、あらおもしろの笛の音や。この笛の男《お》の子《こ》を、ひと目拝《おが》まばやと思ひつつ、[17]十六丈《じょう》の大蛇は、二十丈にのび上《あ》がり、小栗殿を拝み申し、あらいつくしの男《お》の子《こ》や、あの男の子と、一夜《いちや》の契《ちぎ》りをこめばやと思ひつつ、[18]年《とし》のよはひ数《かぞ》ふれば、十六、七の美人《びじん》の姫《ひめ》と身《み》を変《へん》じ、鞍馬の[19]一《いち》のきざはしに、由《よし》あり顔《がお》にて立ちゐたる。

小栗この由御覧《よしごらん》じて、これこそ鞍馬の[20]利生《りしょう》とて、[21]玉《たま》の輿《こし》に取つて乗《の》せ、二条《にじょう》の屋形《やかた》に[22]御下向《おげこう》なされ、山海《さんかい》の珍物《ちんぶつ》に、国土《こくど》の菓子《かし》を調《とと》のへて、お喜びはかぎりなし。しかれども、[23]好《こう》事門《じ》を出《い》でず、悪事千里《あくじせんり》を走る、[24]錐《きり》は袋《ふくろ》を通《とお》すとて、[25]都《みやこ》わらんべもれ聞いて、二条の屋形の小栗と、みぞろが池の大蛇と、

16　深泥池(みぞろがいけ)。京都市北区上賀茂にある。
17　一丈は約三メートル。
18　年齢。同じ意味の「とし」「よはひ(齢)」を重ね語調を整えた言い方。
19　鞍馬寺本堂へ至る一番目の階段に、いわくありげな様子で。
20　仏のご利益(りやく)。
21　貴人の乗る美しい輿。
22　寺社参詣から帰ること。
23　ことわざ。良い行いは世間に伝わらないが、悪い行いはすぐ伝わる。
24　ことわざ。すぐれた人はすぐに才が現れる。
25　京の口さがない若者たち。

夜《よ》な夜《よ》なかよひ、契《ちぎ》りをこむるとの[26]風聞《ふうぶん》なり。

父兼家《かねいえ》殿は聞こしめし、「いかにわが子の小栗なればとて、心不調《ふちょう》な者は、[27]都の安堵《あんど》にかなふまじ。壱岐《いき》、対馬《つしま》へも流さう」との[28]御諚《ごじょう》なり。御台《みだい》この由《よし》聞こしめし、「壱岐《いき》、対馬《つしま》へお流《なが》しあるものならば、また会ふことは難《かた》いこと。みづからが[29]知行《ちぎょう》は、常陸《ひたち》なり。常陸の国へお流しあってたまはれの」。兼家《かねいえ》げにもと思《おぼ》しめし、母の知行に相添《あいそ》へて、常陸《ひたち》、[30]東条《とうじょう》、玉造《たまつくり》の御所《ごしょ》の、流人《るにん》とならせたまふなり。

小栗、照手を知る　3

常陸《ひたち》[1]三箇《か》の庄《しょう》の諸侍《しょさぶらい》、とりどりに[2]評定《ひょうじょう》、「あの小栗と申すは、[3]天よりも降《ふ》り人《びと》の子孫なれば、[4]上《かみ》の都に相変《あい》はらず、奥《おく》の都」と[5]かしづき申す。[6]やがて御司《おんつかさ》を参らする。小栗の判《はん》

26　うわさ。
27　都での安住は許されない。
28　仰せ。
29　所領。
30　東条、玉造は、常陸の国の南部、現在の茨城県行方市。稲敷市と旧玉造町周辺。

3小栗、照手を…
1　常陸の母の所領に、東条、玉造を加えた三箇庄か。
2　評議して決めること。
3　天から降って来た非凡な人の子孫。「も」は強調の助詞。

官《がん》[7]ありとせ判《はん》と、大将ならせたてまつる。[8]夜番《やばん》、当番《とうばん》厳しうて、毎日の御番《ごばん》は、八十三騎とぞ聞こえたまふ。

めでたかりける折節《おりふし》、いづくとも知らぬ商人《あきうど》一人《いちにん》参り、「なに紙《がみ》か、[9]板《いた》の御用《ごよう》、紅《べに》や白粉《うしろい》、[10]畳紙《たとうがみ》、御《お》匂《にお》ひの道具にとりては、[11]沈《じん》、麝香《じゃこう》、[12]三種《みくさ》、[13]蠟茶《らっちゃ》と、沈香《じんこう》の御用」なんどと売つたりけり。

小栗この由《よし》聞こしめし、「商人が負《お》うたはなんぞ」とお問ひある。[14]後藤左衛門《ごとうさえもん》うけたまはり、「[15]さん候《ぞうろ》ふ。唐《とう》の薬《くすり》が千八品《しな》、日本《にほん》の薬が千八品、二千十六品とは申せども、まづ中へは[16]千色《ちいろ》ほど入れて、負《お》うて歩くにより、総名《そうみょう》は[17]千駄櫃《せんだびつ》と申すなり」。

小栗この由聞こしめし、「かほどの薬の品々《しなじな》を売るならば、国を巡《めぐ》らでよもあらじ。国をばなんぼう巡つた」とお問ひあ

4　京の都に変わらず、東の果ての常陸の都。常陸は日立ち、原意は日が昇る東の果ての意。
5　主君として大切にお仕えする。
6　すぐに国の長(おさ)の位を進上する。
7　延宝版「かねうぢ」。判は花押。諸侍が献じた判官の文書に署名、花押を書いて、大将におなりになった。判官は、検非違使の尉(三等官)を意味するが、源義経が九郎判官と呼ばれたように、武士の大将の象徴的な官職。
8　夜の番も昼の番も警固を厳しくして。
9　板を入れて平たく畳んだ絹織物。
10　上質の紙を畳んだふところ紙。
11　沈の香木から取れる香料(沈香)と、ジャコウジカの香

る。後藤左衛門はうけたまはり、「さん候《ぞうろ》ふ。[18]きらい、高麗《こうらい》、唐《とう》へは二度渡る。日本は旅《たび》三度巡《めぐ》つた」と申すなり。

小栗この由聞こしめし、まづ実名《じつみょう》をお問ひある。「高麗では[19]かめかへの後藤、都では三条室町《むろまち》の後藤、[20]相模《さがみ》の後藤とはそれがしなり。[21]後藤名字《みょうじ》の付いたる者、三人ならではござない」と、ありのままにぞ申すなり。

小栗この由聞こしめし、「姿形《すがたかたち》は卑《いや》しけれども、心は春の花ぞかし。[22]小殿原《ことのばら》、酒一つ」との御諚《ごじょう》なり。お酌《しゃく》に立つたる小殿原、小声《こごえ》だつて申すやう、「なふいかに後藤左衛門、これなる君《きみ》には、いまだ定まる御台所《みだいどころ》のござなければ、いづくにも、見目《みめ》よき[23]まれ人《びと》のあるならば、仲人《なこうど》申せ。[24]よきお引《ひ》き」との御諚《ごじょう》なり。

後藤左衛門、「存ぜぬと申せば、国を巡つたかひもなし。

囊から採れる香料。舶来の高価な香料の代表。
12 練り香の名。沈・白檀など三種を練る。
13 茶葉を蒸して茶臼でついて塊にした茶。団茶。
14 旅商人の名。
15 そうでございますね。「さに候(そうろ)ふ」の音変化。
16 千種類。
17 千種の商品(千駄)を入れた唐櫃。総名は、一つにまとめた呼称。
18 きらいは鬼界か。高麗、唐は、朝鮮と中国。
19 不詳。延宝版「さめがゐ」。
20 相模は、神奈川県西部。東部(川崎市・横浜市)は武蔵になる。
21 後藤の名で呼ばれる者は、この三人の他はおりません。
22 年若い家来。
23 めったに見ないほどの美

ここに、25武蔵《むさし》、相模《さがみ》両国の26郡代《ぐんだい》に、27横山殿《よこやまどの》と申すは、男子《なんし》の子は五人までござあるが、28乙《おと》の姫君《ひめぎみ》ござなうて、29下野《しもつけ》の国日《にっ》光山《こうさん》に参り、照《て》る日月《にちげつ》に申し子をなされたる、30なにか六番目の乙《おと》の姫のことなれば、御名《おんな》をば31照手《てるて》の姫と申すなり。

この照手の姫の、さて姿形《すがたかたち》、32尋常《じんじょう》さよ。すがたを申さば春の花、形を見れば秋の月、33十波羅《じっぱら》十《とお》の指《ゆび》までも、瑠璃《るり》を延《の》べたるごとくなり。34丹花《たんか》の唇《くちびる》あざやかに、笑《え》める歯《は》ぐきの尋常さよ。35翡翠《ひすい》の髪《かん》ざし黒《くろ》うして長ければ、36青黛《せいたい》の立て板に、香炉木《こうろぎ》の墨《すみ》を磨《す》り、さつと掛《か》けたるごとくなり。37太液《たいえき》に比《くら》ぶれば、なほも柳は強《こわ》かりけり。池の蓮《はちす》の朝露《あさつゆ》に、露うち傾《かたぶ》くも、及ぶも及ばざりけりや。あつぱれこの姫こそ、この御所《ごしょ》中の定まる御御台《おんみだい》ぞ」と、言葉《ことば》に花《はな》を咲かせつつ、弁舌《べんぜつ》達してぞ申すなり。

女。

24 よい引き出物(褒美)をやろう。

25 武蔵の国は、埼玉県、東京都、神奈川県東部(川崎市・横浜市)一帯の旧国名。

26 中世には在地の大名(守護代)を郡代という。

27 横山は、鎌倉期まで武蔵の国多摩郡横山庄(今の八王子市周辺)に栄えた武士団。

28 乙姫に同じ。若い美しい姫。

29 下野の国(今の栃木県)にある日光三山(男体山、女峰山、太郎山)を神体とする日光権現、二荒山(ふたらさん)神社。

30 なんといっても末の六番目に生まれた若く美しい姫なので。

31 光り輝く姫の意。

32 すばらしいことよ。

33 両手の十本の指の異称。十波羅蜜は、六波羅

小栗こそ小栗こそ、はや見《み》ぬ恋《こい》にあこがれて、「仲人《なこうど》申せや商人《あきうど》」と、黄金《こがね》十両《りょう》取り出《い》だし、「これは[38]当座《とうざ》のお引《ひ》きなり。このこと叶《かの》うてめでたくは、勲功《くんこう》は望みにより、御褒美《ごほうび》」とこそは仰せける。後藤左衛門はうけたまはり、「位《くらい》の高き御人《ごじん》の、仲人《なこうど》申さうなんどとは、[39]心多《おお》いとは存ずれど、[40]片々《へんぺん》申すくらゐにて、言《こと》の葉《は》召され候《そうら》へ」と、料紙《りょうし》、硯《すずり》を参らする。

小栗なのめに思《おぼ》しめし、[41]紅梅檀紙《こうばいだんし》の雪の薄様一重《うすようひとかさ》ね、引きやはらげ、[42]逢坂山《おうさかやま》の鹿の蒔絵《まきえ》の筆なるに、[43]紺瑠璃《こんるり》の墨《すみ》たふたふと含ませ、[44]初寒《しょかん》の窓の明《あ》かりを受け、思ふ言《こと》の葉《は》を、さも尋常《じんじょう》やかに遊《あそ》ばいて、[45]山形《やまがた》やうではなけれども、まだ[46]待《ま》つ恋《こい》のことなれば、松皮《まつかわ》に引き結《むす》び、「やあいかに後藤左衛門、[47]玉梓《たまずさ》頼む」との御諚《ごじょう》なり。

蜜(悟りに至る六種の徳)にさらに四種を加えたもの。

34 赤い花のような唇。

35 カワセミの羽のような髪は黒く長いので。

36 濃い青色の立て板に、香墨で摺った墨を掛け流したように美しい。

37 「太液の芙蓉、未央の柳」(長恨歌)は、長安城外の未央宮の太液池の蓮の花と柳の枝で、美女の顔と眉の美しさを言う常套句。

38 さしあたっての引き出物。

39 おこがましいとは存じますが。

40 ほんの少し思いを申す程度で、恋文をお書きなさいませ。

41 紅梅色の檀紙(上質の厚手の紙)に、薄くすいた真っ白な紙を一枚重ねて引き延ばし。

42 逢坂山の鹿を描いた蒔絵

照手、恋文を読み解き、返書を書く　4

　後藤左衛門、「うけたまはってござある」と、[1]つづらの掛《かけ》子《ご》にとつくと入《い》れ、[2]連尺《れんじゃく》つかんで肩にかけ、[3]天《てん》や走る、地《ち》やくぐると、おいそぎあれば程《ほど》もなく、横山の館《たち》に駆けつくる。

　その身は[4]下落《しもおち》に腰《こし》をかけ、つづらの掛子《かけご》に、薬の品々《しなじな》すつぱと積《つ》み、[5]乾《いぬい》の局《つぼね》にさしかかり、「なに紙《がみ》か、板《いた》の御用《ごよう》、紅《べに》や白粉《うしろい》、畳紙《たとうがみ》、御《お》匂《にお》ひの道具に取りては、沈《じん》、麝香《じゃこう》、三種《みくさ》、蠟茶《らっちゃ》と、沈香《じんこう》の御用」なんどと売つたりける。
　[6]冷泉《れいぜん》殿に侍従《じじゅう》殿、丹後《たんご》の局《つぼね》にあかうの前《まい》、七、八人ござありて、「あらめづらしの商人《あきうど》や、いづ方《かた》から渡らせたまふぞ。なにもめづらしき商《あきな》ひ物《もの》はないか」とお問ひある。後藤左衛門うけたまはり、「なにもめづらしき商ひ物もござあるが、

の筆。逢坂、鳴く鹿は、ともに恋の喩え。
43　紫がかった紺色をした上質の墨。
44　秋の初めの寒気。
45　恋文の結び方だが不詳。「松皮に引き結び」と一対。「俊徳丸」6節他にもある。
46　「逢瀬を待つ」を松皮に掛ける。
47　手紙の美称で、多く恋文をいう。

4 照手、恋文を…
1　つづら(葛籠。藤蔓などで編んだ籠)の縁に引っ掛けて使う中仕切りの箱。
2　縄を付けた背負子(しょいこ)。荷物を背に負うときの木枠。
3　猛烈に急ぐさまを表す成句。
4　いちばん外側の一段下がった縁側。
5　照手姫の住む北西の部屋。

これよりも常陸《ひたち》の国、小栗殿の裏辻《うらつじ》にて、[7]さも尋常《じんじょう》やかにしたためたる落《お》[8]とし文《ぶみ》、一通《つう》拾ひ持つてござあるが、[9]いくらの文《ふみ》を見まゐらせて候《そうら》へども、かやうな上書《うわが》[10]きの尋常《じんじょう》やかな文は、いまだ初《はじ》めなり。うけたまはれば[11]上臈《じょうろう》様、[12]古今《こきん》、万葉《まんよう》、朗詠《ろうえい》の、歌の心でばしござあるか。よくは御手本《おてほん》にもなされ、悪《あ》しくは引き破《やぶ》り、[13]お庭《にわ》の笑《わら》い種《ぐさ》にもなされよ」とたばかり、文《ふみ》を参らする。

女房たちは、たばかる文とは御存じなうて、さつと広げて拝見《はいけん》ある。[14]「あら面白《おもしろ》と書かれたり。上《かみ》なるは月か星か、中《なか》は花、下《しも》には雨、霰《あられ》と書かれたは、これはただ、心狂気《きょうき》、狂乱《きょうらん》の者か。[15]筋道《すじみち》にないことを書いたよ」と、一度にどつとお笑ひある。

[16]七重《ななえ》八重《やえ》、九重《ここのえ》の幔《まん》の内にござある照手の姫は聞こしめ

鬼門である北東の艮(丑寅)に対して、北西の乾(戌亥)は福神を祀る。
6　以下は、照手姫に仕える女房たち。
7　実にすばらしく書かれてある。
8　人目につく路上などに落としておく匿名の落書(らくしょ)の類。
9　たくさんの文を拝見してきましたが。
10　表書きのすばらしい文。
11　高貴なご婦人方。
12　「古今和歌集」「万葉集」「和漢朗詠集」で、上流女性の教養書。「ばし」は強意の助詞。
13　庭に捨てて笑いぐさにしなされ。笑いぐさ(笑いの種)に、庭草を掛ける。
14　ああ、面白く書かれてある。
15　わけのわからぬことを書

し、[17]中《なか》の間《ま》まで忍び出《い》でさせたまひ、「なふいかに女房たち、なにを笑はせたまふぞや。をかしいことのあるならば、みづからにも知らせい」との御諚《ごじょう》なり。

女房たちは聞こしめし、「なにもをかしいことはなけれども、これなる商人《あきうど》が、常陸《ひたち》の国、小栗殿の裏辻《うらつじ》にて、さも尋《じん》常《じょう》やかにしたためたる落《お》とし文《ぶみ》一通、拾ひ持つたと申すほどに、拾ひどころ[18]心にくさに、広げて拝見申せども、なにとも[19]読みが下《くだ》らず、これこれ御覧候《ごらんさぶら》へ」と、もとのごとくに押し畳《たた》み、御扇《みおうぎ》に据《す》ゑ申し、照手の姫にとたてまつる。

照手この由《よし》御覧じて、まづ上書《うわが》きをおほめある。「[20]天竺《てんじく》にては[21]大聖文殊《だいしょうもんじゅ》、唐土《とうど》にては[22]善導和尚《ぜんどうおしょう》、わが朝《ちょう》にては[23]弘法大師《こうぼうだいし》の[24]御手《おんて》ばし習《なら》はせたまうたか。[25]筆《ふで》の立てどの尋常《じんじょう》さよ。墨付《すみつ》きなんどのいつくしや。にほひ、心ことばの及ぶも及ばざり

いたものよ。
16　深窓の姫君の登場を語る決まり文句(「俊徳丸」7節)。底本「こゝのま」を改める。幾重もの帳(とばり)の内にいらっしゃる。
17　奥の間と表座敷の中間の部屋。
18　心ひかれて。
19　意味が通らない。
20　インドの古称。
21　文殊菩薩の尊称。知恵・学問をつかさどる。説経節「苅萱」に、弘法大師が文殊と書を競う話がある。
22　中国唐代の浄土教の高僧。源信や法然を介して日本仏教に影響を与えた。
23　日本真言密教の開祖。書は平安初期三筆の一人。
24　御筆跡。「ばし」は強意の助詞。
25　筆づかいのすばらしさよ。筆跡に気品があることよ。匂

けりや。文《ふみ》ぬしたれと知らねども、文にて人を死なすよ」と、まづ上書きをお褒めある。

「なふいかに女房たち、[26]百様《ひゃくよう》を知りたりとも、一様《いちよう》を知らずはの、知つて知らざれよ。[27]あらそふことのありそとよ。知らずは、そこで聴聞《ちょうもん》せよ。さてこの文《ふみ》の、[28]訓《くん》の読みして聞かすべし」。文の紐《ひも》をお解《と》きあり、さつと広げて拝見《はいけん》ある。

「まず一番の筆立てには、[29]細谷川《ほそたにがわ》の丸木橋《まろきばし》とも書かれたは、この文[30]中《ちゅう》にて止《と》めなさで、奥へ通《とお》いてに、返事申せと読まうかの。[31]軒《のき》の忍《しのぶ》と書かれたは、[32]道中《どうちゅう》の暮れほどに、露《つゆ》待ちかぬると読まうかの。

[33]野中《のなか》の清水《しみず》と書かれたは、このこと人に知らするな、心のうちで独《ひと》り済ませと読まうかの。[34]沖《おき》こぐ舟とも書かれたは、恋ひ焦《こ》がるるぞ、いそいで着《つ》けいと読まうかの。岸《きし》打つ波と

いたつ華やかさは、どんな褒めことばも及ばない。

26　ことわざ。多くを知っていても、肝心のことを知らなければ知らないのと同じ。「俊徳丸」7節の乙姫の言葉にみえる。

27　文句を言ってはなりません。

28　意味が通るように読み説いて聞かせよう。

29　細い谷川に丸太を渡した橋。「平家物語」巻九で平通盛が小宰相に送った恋歌「わが恋は細谷川のまろき橋ふみ返されて濡るる袖かな」。以下の恋文は、「俊徳丸」7節にほぼ同一の詞章。九州の盲僧琵琶でも、「俊徳丸」「小栗判官」の恋文の段は説経節に類似の詞章が伝承された。

30　途中で止まらず、丸木橋を一気に渡るように最後まで読んで返事を申せ。

も書かれたは、[35]くづれて物や思ふらん。[36]塩屋《しおや》の煙《けむり》と書かれたは、さて浦風《うらかぜ》吹くならば、一夜《いちや》はなびけと読まうかの。[37]尺《しゃく》ない帯と書かれたは、いつかこの恋成就《じょうじゅ》して、結び合はうと読まうかの。[38]根笹《ねざさ》に霰《あられ》と書かれたは、いつかこの恋、さはらば落ちよと読まうかの。[39]二本薄《ふたもとすすき》と書かれたは、いつかこの恋、ほに出《い》で て、乱れ逢《あ》はうと読まうかの。[40]三つのお山と書かれたは、申さばかなへと読まうかの。羽《はね》ない鳥に弦《つる》ない弓と書かれたは、さてこの恋を思ひそめ、[41]立つも立たれず、居《い》るも居《い》られぬと読まうかの。さて[42]奥《おく》までも読むまいの。ここに一首の奥書《おくがき》あり。

恋《こ》ゆる人は常陸《ひたち》の国の小栗《おぐり》なり
　恋ひられ者は照手《てるて》なりけり

[43]あら、見たからずのこの文《ふみ》や」と、二つ三つに引き破《やぶ》り、[44]御《み》

31　軒端のしのぶ草。ひそかに恋う「忍ぶ」を掛ける。しのぶと「露」は縁語。
32　道中の日暮れほど短い「露」の間も、あなたと逢うのを待ちかねる。
33　野中の清水が「独り澄む」に、他言せず独りで済ませるを掛ける。
34　舟を「こぐ」の縁で「焦がる」、また舟が港に着くように早くあなたのもとへ着きたい。
35　波がくだけ散るように千々(ぢち)に思い乱れる。
36　藻塩を焼く煙が浦風になびくように、一夜でよいからわたしになびけ。
37　長さの足りない帯。
38　丈の低い笹竹。その葉に落ちる霰のように。
39　二本の薄の穂が出るように、恋の思いを穂(表)に出してあなたと逢おう。

簾《す》より外へ、ふはと捨て、簾中《れんちゅう》深くお忍《しの》びある。

女房たちは御覧《ごらん》じて、「[45]さてこそ申さぬか。これなる商人《あきうど》が、大事《だいじ》の人に頼まれて、[46]文《ふみ》の使ひを申すは。番衆《ばんしゅ》はないか、あれはからへ」との御諚《ごじょう》なり。

後藤左衛門はうけたまはり、[47]すは、しだいた、とは思へども、[48]夫《おっと》の心と内裏《だいり》の柱は、大きても太かれと、申すたとへのござあるに、ならぬまでも、脅《おど》いてみばやと思ひつつ、連尺《れんじゃく》つかんで[49]白州《しらす》に投げ、その身は[50]広縁《ひろえん》に躍《おど》り上がり、板《いた》踏み鳴らし、[51]観経《かんぎょう》を引いて脅《おど》されたり。

「なふなふいかに照手の姫、いまの文《ふみ》をば、なにとお破《やぶ》りあつてござあるぞ。天竺《てんじく》にては大聖文殊《だいしょうもんじゅ》、唐土《とうど》にては善導《ぜんどう》和尚《おしょう》、わが朝《ちょう》にては弘法大師《こうぼうだいし》の、[52]御筆始《おふではじ》めの筆《ふで》の手《て》なれば、一字破れば、仏《ほとけ》一体、二字破れば、仏《ほとけ》二体、[53]いまの文をばお

40 熊野三山の神のように、願ったら必ず叶えてほしい。
41 羽のない鳥が飛び立てず、弦のない弓が射る(居る)ことができないように。
42 奥書までは読むまいよ。
43 ああ見たくもないこの文よ。
44 簾から外へ小栗の恋文をふわりと捨て。
45 やはり言わぬことではない。
46 恋文の使いをいたすことよ。警固の者はいないか、あの者を捕らえよ。
47 それ、しでかした。
48 男子の肝っ玉と内裏の柱は、大きくて太くあれと申すことがある。
49 白砂が敷かれた庭。
50 下落(しもおち)から広い縁側に跳び上がり。
51 浄土三部経の「観無量寿経」をいうが、ここは権威あ

破りなうて、弘法大師の二十《はたち》の指《ゆび》を食ひ裂《さ》き、引き破つたにさも似たり。あら恐ろしの照手の姫の、[54]後《のち》の業《ごう》はなにとなるべき」と、板踏《ふ》み鳴らし、観経《かんぎょ》を引いて脅《おど》いたは、これやこれ、[55]檀特山《だんどくせん》の釈迦仏《しゃかほとけ》の御説法《おせっぽう》とは申すとも、これにはいかでまさるべし。

照手この由《よし》聞こしめし、[56]はやしほしほとおなりあり、武蔵《むさし》、相模《さがみ》両国の、殿原《とのばら》たちの方《かた》からの、[57]いくらの玉梓《たまずさ》の通《かよ》ひたも、これも食ひ裂き引き破りたが、照手の姫が後《のち》の業《ごう》となろか、悲しやな。[58]ちはやぶる、ちはやぶる神も、[59]鏡《かがみ》で御覧《ごらん》ぜよ。知らぬあひだをば、お許《ゆる》しあつてたまはれの。さてこのことが、あすは父横山殿、兄殿原たちに漏《も》れ聞こえ、罪科《ざいか》に行はるると申しても、力及《およ》ばぬ次第《しだい》なり。「いまの文《ふみ》の返事《へんじ》申さうよの、侍従殿」。侍従この由《よし》うけたまはり、「その儀《ぎ》にてござあ

る仏典程度の意。
52 いろは四十七文字の創始は弘法大師とされた。「手」は文字。
53 今のは文を破ったのではなく、弘法大師の二十本の指を。
54 来世で受ける業罰。
55 釈迦が前世で布施行をした地。俗に釈迦が修行した山とも説法した山ともされる。
56 早くもしょんぼりとなり。
57 多くの恋文が通ってきたのも。
58 「ちはやぶる」(神の枕詞)を繰り返して神に祈る。
59 鏡に映して御照覧ください。知らずに犯した罪を。

らば、玉梓《たまずさ》召されさぶらへ」と、料紙《りょうし》、硯《すずり》を参らする。

照手なのめに思《おぼ》しめし、60紅梅檀紙《こうばいだんし》、雪の薄様《うすよう》一重《ひと》ね引きやはらげ、逢坂山《おうさかやま》の鹿の蒔絵《まきえ》の筆なるに、紺瑠璃《こんるり》の墨《すみ》たふたふと含ませて、初寒《しょかん》の窓の明《あ》かりを受け、わが思ふ言《こと》の葉《は》を、さも尋常《じんじょう》やかに遊《あそ》ばいて、山形《やまがた》やうではなけれども、まだ待《ま》つ恋《こい》のことなれば、松皮《まつかわ》やうに引き結《むす》び、侍従《じじゅう》殿にとお渡《わた》しある。

侍従この文《ふみ》受けとつて、「やあいかに後藤左衛門、これは先の玉梓《たまずさ》の御返事《おへんじ》よ」と、後藤左衛門に給はるなり。後藤左衛門は、「うけたまはつてござある」と、つづらの掛子《かけご》にとつくと入れ、連尺《れんじゃく》つかんで肩にかけ、天《てん》や走る、地《ち》やくぐると、いそがれければ程《ほど》もなく、常陸小栗殿にと駆《か》けつくる。

60 以下の返書を書く一節は、小栗が恋文を書く場面とほぼ同文のくり返し。

小栗、照手のもとへ婿入り　5

小栗この由御《よしご》覧《らん》じて、「やあいかに後藤左衛門、玉梓《たまずさ》の御《お》返事《へんじ》は」との御諚《ごじょう》なり。後藤左衛門は、「うけたまはってござある」と、御《み》扇《おうぎ》に据《す》ゑ申し、小栗殿にとたてまつる。小栗この由《よし》御覧じて、さつと広げて拝見ある。「[1]あら面白《おもしろ》と書かれたり。細谷川《ほそたにがわ》に丸木《まろき》橋《ばし》のその下で、文落《ふみお》ち合ふべき、と書かれたは、これはただ、一家《いっか》一門《いちもん》は知らずして、姫一人《いちにん》の[2]領状《りょうじょう》と見えてあり。一家一門は知らうと知るまいと、姫の領状こそ肝要《かんよう》なれ。はや婿入りせん」との[3]僉議《せんぎ》なり。

[4]御《ご》一門《いちもん》は聞こしめし、「なふいかに小栗殿、[5]上方《かみがた》に変はり奥方《おくがた》には、一門知らぬそのなかへ、婿《むこ》には取らぬと申するに、いま一度《いちど》、一門の御中《おんなか》へ使者《ししゃ》をお立《た》て候《そうら》へや」。小栗この由《よし》聞こしめし、「[6]なに大剛《だいこう》の者が、使者まであるべき」と、屈《くっ》

5小栗、照手の…

1　ああ面白く書かれてある。
2　承諾。
3　取り決め。
4　小栗の家来たち一門。
5　都とは異なり東国では、一門が了承しないその中へ、婿を迎え取らないと申すので。
6　どうして大剛の勇者が(承諾を得る)使者を立てる必要があろう。

強《きょう》の侍《さぶらい》を千人すぐり、千人のその中を五百人すぐり、五百人のその中を百人すぐり、百人のその中を十人すぐり、われに劣らぬ、異国《いこく》の魔王《まおう》のやうなる殿原《とのばら》たちを、十人召《め》し連《つ》れて、「やあいかに後藤左衛門、[7]とてものことに路次《ろし》の案内《あんない》」と仰せける。

後藤左衛門は、「うけたまはつてござある」と、つづらをばわが宿にあづけ置き、編笠目深《あみがさまぶか》に[8]引《ひ》つかうで、路次の案内をつかまつる。

小高《こだか》いところへさし上《あ》がり、「御覧候《そうら》へ、小栗殿。あれなる[9]棟門《むねかど》の高い御屋形《おやかた》は、父横山殿の御屋形。これに見えたる棟門《むねかど》の低いは、五人の公達《きんだち》の御屋形。[10]乾《いぬい》の方《ほう》の主殿造《しゅでんづく》りこそ、照手の姫の局《つぼね》なり。門内《もんない》に御入《おい》りあらうそのときに、[11]番衆《ばんしゅ》、たそととがむるものならば、[12]いつも参る御客来《おきゃくらい》を存《ぞん》ぜぬかと、

7　とにかく早く道案内せよ。

8　「引きかぶりて」の音便。

9　切妻屋根の門の高いお屋敷。

10　前出4節「乾の局」。主殿造りは、立派な御殿。

11　門番が「誰か」ととがめるなら。

12　いつも訪ねてくるお客を知らぬのか。

お申しあるものならば、さしてとがむる人はござあるまじ。はやこれにて御《お》いとま申す」とありければ、小栗この由《よし》聞こしめし、かねての御用意《ごようい》のことなれば、砂金《しゃきん》百両《りょう》に、[13]巻絹《まきぎぬ》百疋《びき》、奥駒《おくこま》を相添《あいそ》へて、後藤左衛門に引出物給《ひきいでものたま》はるなり。後藤左衛門は引出物を給はりて、喜ぶことはかぎりなし。

十一人の殿原たちは、門内にお入《い》りある。番衆、「たそ」とがむるなり。小栗この由《よし》聞こしめし、[14]大《だい》のまなこに角《かど》を立て、「いつも参る御客来《おきゃくらい》を存《ぞん》ぜぬか」とお申しあれば、とがむる人はなし。十一人の殿原たちは、乾《いぬい》の局《つぼね》に移らせたまふ。

小栗殿と姫君を、物によくよくたとふれば、神ならば結ぶ[15]の神、仏ならば[16]愛染明王《あいぜんみょうおう》、[17]釈迦大悲《しゃかだいひ》、[18]天にあらば比翼《ひよく》の鳥、[19]偕老同穴《かいろうどうけつ》の語らひも縁《えん》浅からじ。鞠《まり》、[20]ひようとう、笛太《ふえたい》

13　巻いた絹の反物、二反を一疋と数える。奥駒は奥州産の良馬。

14　大きな目を怒らせ。

15　男女の縁結びの神。

16　忿怒形(ふんぬぎょう)の明王。恋愛成就の仏神とされた。

17　広大な慈悲心をもつ釈迦仏。

18　「長恨歌」の詩句。「地にあらば連理の枝」と対。

19　ともに老いて同じ墓穴に入る。夫婦が終生連れ添うこと。

20　不詳。

鼓《こ》、七日七夜《なぬかななや》の[21]吹《ふ》き囃《はや》し、心言葉《こころことば》も及ばれず。

このこと父横山《よこやま》殿に漏《も》れ聞こえ、五人の公達《きんだち》を御前《おまえ》に召されれ、「やあいかに嫡子《ちゃくし》の[22]家継《いえつぐ》、乾《いぬい》の方《かた》の主殿造《しゅでんづく》りへは、初めての御客来《おきゃくらい》の由《よし》を申するが、なんぢは存ぜぬか」との御諚《ごじょう》なり。家継この由《よし》うけたまはり、「父御《ちちご》さへ御存じなきことを、それがし存ぜぬ」とぞ申すなり。横山大きに腹を立て、「一《いち》門《もん》知らぬその中へ、押し入りて婿《むこ》入りしたる[23]大剛《だいこう》の者を。武蔵、相模七千余騎を催《もよお》して、小栗討たん」との僉議《せんぎ》なり。

家継この由うけたまはり、烏帽子《えぼし》の[24]招《まね》きを地につけて、涙をこぼいて申さるる。「なふいかに父の横山殿、これはたとへでござないが、[25]鴨《かも》は寒《かん》じて水に入《い》る、鶏《にわとり》寒《さむ》うて木へ上《のぼ》る。人は滅びようとて、[26]まへなひ心が猛《たけ》うなる。油火《あぶらび》は消えんとて、なほも光が増《ま》すとかの。あの小栗と申するは、天《てん》よりも

21 管絃の宴の華やかさは、想像も筆舌も及ばないほどだった。
22 底本「いゑつぐ」。
23 勇気あるつわ者よ。「を」は詠嘆の助詞。
24 烏帽子の上部。平伏する動作。
25 理に反した行動をするたとえ。
26 賄賂で動くような邪心。

降《ふ》り人の子孫《しそん》なれば、力《ちから》は八十五人の力、荒馬《あらうま》乗つて名人《めいじん》なれば、それに劣らぬ十人の殿原たちは、さて異国《いこく》の魔王《まおう》のごとくなり。武蔵、相模七千余騎を催《もよお》して、小栗討《う》たうとなさるると、たやすう討つべきやうもなし。あはれ、父横山殿様は、[27]御存じない由《よし》で、婿にもお取りあれがなの。それをいかにと申するに、父横山殿様の、いづくへなりとも[28]御陣立《ごじんだ》ちとあらんその折は、よき[29]弓矢《ゆみや》の方人《かたうど》でござないか、父横山殿」との[30]教訓《きょうくん》ある。

横山この由《よし》聞こしめし、「いままでは、[31]家継が存ぜぬ由を申したが、悉皆許容《しっかいきょよう》と見えてある。見ればなかなか腹も立つ。[32]御前《おまえ》を立て」との御諚《ごじょう》なり。

27　知らぬふりして、このまま小栗を婿にお取りあれ。末尾の「がなの」は、聞き手への強い願望。
28　御出陣。
29　いくさの味方。
30　教えさとした。
31　家継が知らぬと申したが、すべて知って許容したと見える。
32　わしの前から立ち去れ。

鬼鹿毛による小栗殺害の企て　6

三男の三郎は、父御《ちちご》の目の色を見申し、「道理《どうり》かなや、父《ち》御《ご》様。それがしが[1]たくみ出《い》だしたことの候《そうろ》ふ。まづあすになるならば、[2]婿《むこ》と舅《しゅうと》の見参《げんぞう》とて、乾《いぬい》の局《つぼね》へ使者をお立て候《そうら》へや。大剛《だいこう》の者ならば、怖《お》めず臆《おく》せず憚《はばか》らず、御出仕《ごしゅっし》申さうその折に、[3]一献《いっこん》過ぎ、二献《にこん》過ぎ、五献《ごこん》通りてその後《のち》に、横山殿の御諚《ごじょう》には、「なにか都《みやこ》の御客来《おきゃくらい》、芸《げい》一つ」と、お申しあるものならば、それ小栗が申さうやうは、「[4]なにがしが芸には、弓《ゆみ》か鞠《まり》か[5]包丁《ほうちょう》か、力業《ちからわざ》か早業《はやわざ》か、[6]盤《ばん》の上の遊びか、とつくお好みあれ」と申さう。そのときに、横山殿お申しあらうは、「いやそれがしは、さやうの物には好《す》かずして、[7]奥《おく》よりも乗《の》りにも入《い》らぬ牧出《まきい》での駒《こま》を、一匹持つて[8]候《そう》。[9]ただ一馬場《ひとばば》」と、御所望《ごしょもう》あるものならば、常《つね》の馬よと心得《こころえ》て、引き寄せ乗らう

1　うまく思いついたことがございます。
2　婿と舅の初対面として。
3　酒宴の一杯の酒を飲み二杯目も飲み終わり、五杯目が終わったそのあとで。
4　それがし(拙者)の芸。
5　料理の包丁わざか、それとも力わざか早わざ(素早い身ごなしの武芸)か。
6　双六・囲碁・将棋の盤の遊びか、はやく(疾く)好きなものをお選びあれ。
7　奥州の牧から来たばかりで乗り馴らしていない馬。
8　「候(そうろ)ふ」を縮めた俗語。
9　ただ一度馬場で乗り馴らしてくだされと。

その折に、かの鬼鹿毛《おにかげ》が、いつもの[10]人秣《ひとまぐさ》を入《い》るると心得《こころえ》、人秣[11]さに食《は》むものならば、太刀《たち》も刀《かたな》もいるまいの、父の横山殿」と申すなり。横山この由《よし》聞こしめし、「[12]いしうたくんだ三男かな」と、乾《いぬい》の局《つぼね》へ使者が立つ。

小栗この由聞こしめし、「上《かみ》よりお使ひをうけたまはらずとも、御出仕《ごしゅっし》申さうと思うたに、お使ひを給はりて、めでたや」と、[13]膚《はだ》には青地《あおじ》の錦《にしき》をなされ、[14]紅巻《こうまき》の直垂《ひたたれ》に、[15]刈安《かりやす》やうの水干《すいかん》に、[16]玉《たま》の冠《かぶり》をなされ、十人の殿原《とのばら》たちも、[17]都《みやこ》やうにさも尋常《じんじょう》やかに出《い》で立ちて、幕《まく》つかんで投げ上げ、座敷の体《てい》を見てあれば、小栗[18]賞翫《しょうがん》と見えてあり。

一段高《たこ》う[19]左座敷《ひだりざしき》にお直《なお》りある。横山八十三騎の人びとも、[20]千鳥《ちどり》掛《が》けにぞ並ばれたり。一献《いっこん》過ぎ、二《に》献《こん》過ぎ、五《ご》献《こん》通りてその後《のち》に、横山殿の御諚《ごじょう》には、「なにか都の御客来《おきゃくらい》、芸

10　餌食の人肉。
11　「さに」は、ひたすらの意の接頭語。
12　みごとにたくらんだ三男よ。
13　身には青地の錦を召され。以下は、高貴な男主人公の出で立ちを語る決まり文句(「山椒太夫」17節ほか)。
14　紅色の絞り染め。直垂は武家の礼服。
15　カリヤス(イネ科の多年草)から取る黄の染料。水干は、狩衣の一種だが、直垂と一緒に着用することはない。
16　豪華な美しい冠。
17　都風でいかにも立派に。
18　手厚いもてなし。
19　官職の区分では左は右より上位。左側の上座に小栗主従の座を設け、横山一門は右側に並んだ。
20　千鳥が群れるように連なって。

を一つ」との御所望《ごしょもう》なり。

小栗この由《よし》聞こしめし、「なにがしが芸には、弓《ゆみ》か鞠《まり》か包《ほう》丁《ちょう》か、力業《ちからわざ》か早業《はやわざ》か、盤《ばん》の上の遊びか。とつくお好みあれ」[21]との御諚《ごじょう》なり。横山この由聞こしめし、「いやそれがしは、さやうの物には好かずして、奥《おく》よりも乗《の》りにも入《い》らぬ牧出《まきい》での駒《こま》、一匹持つて候《そうろ》ふ。ただ一馬場《ひとばば》」と、所望《しょもう》ある。

小栗この由聞こしめし、居《い》たる座敷《ざしき》をずんと立ち、馬屋《うまや》にこそはお移りある。この度《たび》は、異国《いこく》の魔王《まおう》、蛇《じゃ》に綱《つな》を付けたりとも、馬とだにいふならば、一馬場《ひとばば》乗らうものをと思《おぼ》しめし、馬屋の別当左近《べっとうさこん》[22]の尉《じょう》を御前《おまえ》に召され、四十二間《けん》[23]の名馬《めいば》のそのうちを、あれかこれかとお問ひある。いやあれでもなし、これでもなし、さはなくして、井堰隔《いせきへだ》[24]つて、八町の萱野《かやの》を期《き》して御供《おとも》ある。

21　はやく(疾く)。

22　院や摂関家の厩(うまや)の長(おさ)をいうが、ここは横山の馬屋の長。「左近の尉」は、小栗の父の家来としても名が見える(17節)。

23　四十二間(四十二頭)の馬屋。柱一間で一頭の馬を飼う。

24　水をせき止めた堰(せき)を越えて、八町(一町は約一〇九メートル)の、広い萱原をめざしてお供する。

[25]弓手《ゆんで》と馬手《めて》の萱原《かやはら》を見てあれば、かの鬼鹿毛《おにかげ》が、いつも食《は》み置いたる死骨《しこつ》、白骨《はっこつ》、黒髪《くろかみ》は、ただ[26]算《さん》の乱《みだ》いたごとくなり。十人の殿原《とのばら》たちは御覧《ごらん》じて、「なふいかに小栗殿、これは馬屋ではなうて、[27]人を送る野辺《のべ》か」とぞ申さるる。

小栗この由聞こしめし、「いや、これは人を送る野辺にてもなし。上方《かみがた》に変はり奥方《おくがた》には、鬼鹿毛があると聞く。それがしが押し入《い》りて、婿入りしたが咎《とが》ぞとて、馬の秣《まぐさ》に飼《か》はうとする、[28]やさしや」と、[29]沖《おき》をきつと御覧《ごらん》ある。かの鬼鹿毛が、いつもの人秣を入《い》るると心得《こころえ》、前掻《まえが》きし、鼻《はな》あらしなど吹いたるは、鳴《な》る雷《いかづち》のごとくなり。

小栗この由聞こしめし、馬屋の体《てい》を御覧ある。[30]四町飼《か》ひ込《こ》め、堀掘《ほり》らせ、[31]山出《やまだ》し八十五人ばかりして持ちさうなる、楠柱《くすのきばしら》を左右《さう》に八本、たうたうとより[32]込《こ》ませ、[33]間柱《まばしら》と見えし

25　左手と右手。
26　算木(占いに使う木片)を乱したよう。「算の」の「の」は「ん」の後の「お(を)」の音変化。
27　人を葬る墓地。
28　こしゃくなことよ。
29　はるか先の方。
30　四町四方の檻(おり)に閉じ込め。
31　山仕事の人足。
32　え(鐫)り込ませ。穴を掘って埋める。
33　大柱の間に立てる小柱。

には、三抱《みか》ひばかりありさうなる栗《くり》の木柱《きばしら》を、たうたうとより込ませ、根引《ねび》きにさせてかなはじと、[34]地貫《じぬき》、枷《かせ》を入れられたり。[35]鉄《くろがね》の格子《こうし》を張つて貫《ぬき》を差し、四方《しほう》八つの鎖《くさり》で駒《こま》つないだは、これやこの、冥途《めいど》の道に聞こえたる、[36]無間地獄《むげんじごく》の構《かま》へとやらんも、これにはいかで勝《まさ》るべし。

小栗この由御覧《ごらん》じて、[37]愚人《ぐにん》、夏《なつ》の虫《むし》、飛んで火に入る、笛に寄る秋《あき》の鹿《しか》は、妻《つま》ゆゑにさてその身を果《は》たすとは、いまこそ思ひは知られたれ。小栗こそ奥方《おくがた》へ、[38]妻ゆゑ馬の秣《まぐさ》にの、飼はれたなんどとあるならば、都の聞《き》けいも恥づかしや、[39]是《ぜ》非《ひ》をもさらにわきまへず。

十人の殿原たちは御覧じて、「なふいかに小栗殿、[40]あの馬に召《め》され候《そうら》へや。あの馬がお主《しゅう》の小栗殿を少しも服《ぶく》すると見るならば、[41]畜生《ちくしょう》とは申すまい、鬼鹿毛が[42]平頸《ひらくび》のあたりを、一《ひと》

34　柱の埋めた部分に、抜けないように付ける横木(地貫)と、それに付ける鉄枷。
35　鉄の格子を張り巡らして、かんぬきを差し。
36　八大地獄のうち最下位の地獄。周囲を七重の鉄城と鉄網が囲む。
37　愚人や夏の虫は、目先のことに迷って身を滅ぼす、笛の音を別の牡鹿の声と聞く秋の鹿は、妻ゆえに身を滅ぼす。
38　妻ゆえに馬の秣に食われたと伝わったら、都での評判も恥ずかしいことよ。「聞けい」は「聞こえ」の音変化。
39　もうどうしてよいやら分からなくなる。
40　あの馬にお乗りなさいませ。
41　畜生とて容赦すまい。
42　馬の首のたてがみの下、左右平らな所。

刀《かたな》づつ恨《うら》み申し、さてその後《のち》は、横山の[43]遠侍《とおさぶらい》へ駆《か》け入《い》りて、[44]目釘《めくぎ》をさかひに防《ふせ》き戦ひして、[45]三途《さんず》の大河《たいが》を、敵も味方も[46]ざんざめいて、手と手と組んで御供《おとも》申すものならば、[47]なんの子細《しさい》のあるべきぞ」。[48]われ引き出《い》ださん、人引き出《い》ださんと、[49]ただ一筋《ひとすじ》に思ひ切《き》つたる矢先《やさき》には、いかなる天魔鬼神《てんまきじん》も、[50]たまるべきやうはさらになし。

小栗、鬼鹿毛を従えて曲乗り　7

小栗この由《よし》聞こしめし、「あのやうな大剛《だいこう》な馬は、ただ力《ちから》業《わざ》では乗られぬ」と、十人の殿原《とのばら》たちを馬屋《うまや》の外へ押し出《い》だし、馬に[1]宣命《せみょう》を含めたまふ。「やあいかに鬼鹿毛《おにかげ》よ、なんぢも生《しょう》あるものならば、耳《みみ》を振り立て、よきに聞け。余《よ》なる馬と申するは、常《つね》の馬屋につながれて、人の食《は》まする餌《え》を食《は》う

43 武家の邸内で、警固の武士の詰所。
44 刀を柄(かつ)に止める釘が折れるまで。
45 冥途へ赴く途中で渡る川。
46 にぎやかにざわめいて。
47 なんの差し支えがありましょう。
48 それがしが引き出そう、いやなにがしが引き出そう。
49 ただ一心に思い切ったその先には。「一筋」と「矢先」は縁語。
50 もちこたえられようとは全く見えない。

7 小栗、鬼鹿毛を…
1 畜類を従える呪文。五位鷺(ごいさぎ)が醍醐天皇の宣旨に従った話が有名(平家物語・巻五)。

で、[2]さて人に従へば、尊《たっと》い思案《しあん》してらよ、[3]さて門外《もんがい》につながれて、経念仏《きょうねんぶつ》を聴聞《ちょうもん》し、後生大事《ごしょうだいじ》とたしなむに、さてもなんぞや鬼鹿毛は、人秣《ひとまぐさ》を食《は》むと聞くからは、それは畜生《ちくしょう》の中での鬼《おに》ぞかし。人も生《しょう》あるものなれば、なんぢも生《しょう》あるものぞかし。生あるものが生あるものを服《ぶく》しては、[4]さて後《のち》の世《よ》をなにと思ふぞ、鬼鹿毛よ。[5]それはともあれかくもあれ、よし、この度《たび》は一面目《ひとめんぼく》に、一馬場《ひとばば》乗せてくれよかし。一馬場乗するものならば、鬼鹿毛死《し》してのその後《のち》に、黄金御堂《こがねみどう》と寺《てら》を建て、さて鬼鹿毛がすがたをば、[6]真《しん》の漆《うるし》で固めてに、馬をば[7]馬頭観《ばとうかん》音《おん》と祝《いわ》ふべし。[8]牛《うし》は大日如来《だいにちにょらい》の化身《けしん》なり。鬼鹿毛いかに」とお問ひある。

人間《にんげん》は見知り申さねど、鬼鹿毛は小栗殿の[9]額《ひたい》に、米《よね》といふ字が三下《みくだ》りすわり、両眼《りょうがん》に瞳《ひとみ》の四体《したい》ござあるを、たしかに拝《おが》

2　そうして人に随えば、立派な思案をしてだな。
3　そして門外に繋がれて、人の唱える経や念仏を聞けば来世の功徳になるのに。
4　それで来世はどうなると思うか。
5　それはともかく仕方ない、ままよ、今回はわたしが面目を施すために。
6　混ぜ物のない生(き)の漆(日葡辞書)。
7　忿怒形の明王で、馬の守り神とされた。
8　牛を大日如来の化身とし、その墓石に大日の梵字を刻むのは、各地の農村習俗。
9　額には「米」という字が三行見え、両眼には瞳が四つある。「山椒太夫」(17節)や幸若舞「信太(しだ)」など、中世物語の男主人公に見られるしるし(聖痕)。東国の平将門の子孫の物語に多い。

み申し、前《まえ》ひざをかつぱと折り、両眼《りょうがん》より[10]黄《き》なる涙《なみだ》をこぼいたは、人間《にんげん》ならば[11]乗れと言はぬばかりなり。

小栗この由《よし》御覧《ごらん》じて、さては乗れとの志《こころざし》、乗らうものをと思《おぼ》しめし、馬屋《うまや》の別当《べっとう》左近《さこん》の尉《じょう》を御前《おまえ》に召され、「鍵《かぎ》くれい」との御諚《ごじょう》なり。左近この由《よし》うけたまはり、「なふいかに小栗殿、この馬と申するは、昔つないでその後《のち》に、出《い》づることがなければ、鍵《かぎ》とては預《あず》からぬ」とこそ申しけれ。

小栗この由聞こしめし、さあらば馬に、力のほどを見せばやと思しめし、鉄《くろがね》の格子《こうし》にすがりつき、「えいやつ」とお引きあれば、錠《じょう》、[12]肘金《ひじがね》はもげにけり。くわんぬき取つてかしこに置き、[13]文《もん》をばお唱《とな》へあれば、[14]馬に癖《くせ》はなかりけり。左近の尉を御前《おまえ》に召《め》され、「鞍《くら》、鐙《あぶみ》」とお乞《こ》ひある。左近の尉は、「うけたまはつてござある」と、[15]余《よ》なる馬の金覆輪《きんぷくりん》に、手綱《たづな》

10　畜類が流す黄色い涙（太平記・三十二巻の獅子国説話、御伽草子「毘沙門の本地」等）。「愛護の若」では、いたちとなってこの世に現れた亡母が、愛護との別れぎわに「黄なる涙」を流す。なお、九州の盲僧琵琶の「小栗判官」伝承では、小栗を見て涙を流す鬼鹿毛（竜馬）は、かつて小栗と契ったみぞろが池の大蛇（竜蛇）の生まれ変わり。

11　乗れといわんばかりだ。「言はぬ」の「ぬ（ン）」は「言はむ」に同じ。説経節正本によくみられる表記。「山椒太夫」9節・注25。

12　開き戸に付ける肘の形をした懸け金。

13　乗馬のときに唱える呪文。流儀により種々ある。

14　乗馬に不都合な癖はなかった。「癖ある馬」「癖なき馬」は成語。

二筋《ふたすじ》より合わせ、[16]たうりやうの鞭《むち》を相添《あいそ》へて参らする。

小栗この由御覧《ごらん》じて、「かやうなる大剛《だいこう》の馬には、金覆輪《きんぷくりん》は合はぬ」とて、[17]当座《とうざ》の曲乗《きょくの》りに、[18]肌背《はだせ》に乗りてみせばやと思《おぼ》しめし、たうりやうの鞭ばかりお取りあつて、四方《しほう》八つの鎖《くさり》をも、一《ひと》ところへ押し寄せて、「えつやつ」とお引きあれば、鎖もはらりともげにけり。これを手綱《たづな》により合はせ、[19]まん中、駒《こま》にかんしとかませ、駒引つ立てて、褒《ほ》められたり。「[20]脾腹《ひばら》、三頭《さんず》に肉《しし》余つて、左右《そう》の[21]面懸《おもがい》に肉《しし》もなく、[22]耳《みみ》小さう分《わ》け入《い》つて、八軸《はちじく》の御経《おきょう》を二巻《かん》取つて、きりきりと巻《ま》き据《す》ゑたがごとくなり。両眼《りょうがん》は照る日月《にちげつ》の灯明《とうみょう》の輝《かかや》くがごとくなり。[23]吹嵐《ふきあらし》は千年経《へ》たる法螺《ほら》の貝を、二つ合わせたごとくなり。[24]須弥《しめ》の髪《かみ》のみごとさよ。日本一《にほんいち》の[25]山菅《やますげ》を、本《もと》をそろへて一鎌刈《ひとかまか》つて、谷嵐《たにあらし》に一《ひと》もみもませ、ふはと靡《なび》いたごとくなり。

15 他の馬が使う金で縁取りした鞍。
16 いくさの頭領の持つ鞭。
17 さしあたっての曲芸の乗馬。
18 馬の肌背に(鞍を付けず)じかに乗ってみせよう。
19 鎖の手綱の真ん中を馬にしっかと嚙ませ。
20 馬のわき腹と、馬の尻骨の高くなった所。
21 面懸を懸ける肉もしまり。面懸は、轡(くつわ)を固定する緒。
22 両耳は小さくたてがみに分け入り、法華経八巻の二巻をとって巻き据えたようだ。
23 馬の鼻孔。
24 たてがみ。
25 山に生える菅。蓑や笠の材料にする。

26胴《どう》の骨の様体《ようだい》は、筑紫弓《つくしゆみ》の情張《じょうば》りが、弦《つる》を恨《うら》み一反《ひとそ》り反《そ》つたがごとくなり。尾《お》は山頂《さんちょう》の滝《たき》の水が、たぎりにたぎってたうたうと落《お》つるがごとくなり。後ろの27別足《べっそく》は、28唐《とう》のしんとほんと、はらりと落とし、盤《ばん》の上《うえ》に二面《にめん》並べたごとくなり。29前《まえ》足《あし》の様体《ようだい》は、日本一の鉄《くろがね》に、あり処《ど》に節《ふし》を磨《す》らせつつ作り付《つ》けたるごとくなり。この馬と申すは、昔つなぎてその後《のち》に、出《い》づることのなければ、30爪《つめ》は厚《あつ》うて筒《つつ》高し。31余《よ》なる馬が千里《せんり》を駆《か》くるとも、この馬においては、付《つ》くべきやうはさらになし」。

かやうにお褒《ほ》めあつて、32馬屋の出《だ》し鞭《ぶち》しつとと打ち、堀《ほり》の舟橋《ふなはし》、とくりとくりと乗り渡《わた》し、この馬が、進みに進みて出《い》づるやうを、物によくよくたとふるに、竜《りょう》が雲《くも》を引き連《つ》れ、33猿猴《えんこう》が梢《こずえ》を伝ひ、34荒鷹《あらたか》が鳥屋《とや》を破つて、雉子《きじ》に遭《あ》ふがご

26　胴の骨のありさまは、剛情な筑紫弓が、曲げようとする弦を恨んで反り返ったようだ。
27　後ろ足の股(もも)。
28　不詳。延宝版「日本一の唐の琵琶を二面おつ取り、作りつけたるごとくなり」。
29　前足のありさまは、日本一の鉄に、各所に関節を磨いて作り付けたようだ。
30　蹄が厚く伸びて筒のように高い。
31　ほかの千里を走る名馬も、この馬には追いつけない。
32　馬を馬屋から出す鞭をはっしと打ち。
33　手長猿が木の枝を伝い。
34　馴らされていない鷹が小屋を破って、野の雉を襲うようだ。

とくなり。八町の萱原《かやはら》をさつく出《だ》いては、しつとと止《と》め、しつとと出《だ》いては、さつくと止《と》め、[35]馬《うま》の性《しょう》はよかりけり。

十人の殿原たちは、あまりのことのうれしさに、五人づつ立ち分かれ、[36]や声《こえ》を上《あ》げてぞほめられたり。横山八十三騎の人びとは、いまこそ小栗が最期《さいご》を見んと、われ先《さき》せんとは進めども、「これはこれは」とばかりにて、物いふ人もさらになし。

三男の三郎は、あまりのことの面白《おもしろ》さに、[37]十二格《こ》の登り梯《はし》を取り出《い》だし、主殿《しゅでん》の[38]屋端《やばな》へさし掛《か》けて、腰《こし》の御扇《みおうぎ》にて、「これへこれへ」と[39]賞翫《しょうがん》ある。小栗この由御覧《よしごらん》じて、[40]とても乗るうへ、乗つてみせばやと思《おぼ》しめし、四足《しそく》をそろへ、十二格《こ》の登り梯《はし》を、とつくりとつくりと乗り上げて、主殿《しゅでん》の屋端《やばな》を、駆《か》けつ返《かえ》いつお乗りあつて、真《ま》つ逆様《さかさま》に乗り下《お》ろす、[41]岩《がん》

35　馬の性根（しょうね）。
36　「や」という歓声。
37　十二段のはしご。
38　屋根の端。
39　ほめはやす。
40　どうせ乗るなら、はしごも登ってみせたい。
41　大坪流の馬術秘伝書に、「岩石落し」以下「掛り」「岨伝ひ」「沼渡し」が見える。

石降《せきお》ろしの鞭《ぶち》の秘書《ひしょ》。

家継《いえつぐ》この由《よし》見るよりも、「四本掛《が》かり」[42]と好まれたり。四本掛《が》かりの松の木へ、とつくりとつくりと乗り上げて、真つ逆様に乗り下ろす、[43]岨伝《そばづた》ひの鞭《ぶち》の秘書《ひしょ》。[44]障子《しょうじ》のうへに乗り上げて、骨をも折らさず、紙をも破らぬは、沼渡《ぬまわた》しの鞭《むち》の秘《ひ》書《しょ》。[45]碁盤《ごばん》の上の四立《よつだて》なんども、とつくりとつくりとお乗りあつて、鞭《むち》の秘書《ひしょ》と申するは、[46]輪鼓《りゅうご》、そうかう、蹴上《けあ》げの鞭、あくりう、こくりう、せんたん、ちくるひ、めのふの鞭。

手綱《たづな》の秘書と申するは、[47]さしあひ、浮舟《うきふね》、浦《うら》の波《なみ》、蜻蛉返《とんぼうがえ》り、水車《みずぐるま》、鴫《しぎ》の羽返《はがえ》し、衣被《きぬかず》き。ここと思ひし鞭《むち》の秘書《ひしょ》、手《た》綱《づな》の秘書《ひしょ》をお尽くしあれば、名は鬼鹿毛とは申せども、勝《まさ》る判官《はんがん》殿に、[48]胴《どう》の骨《ほね》をはさまれて、白泡噛《しらあわか》うでぞ立つたりけり。

小栗殿は、[49]無《な》けれど裾《すそ》の塵《ちり》うち払《はら》ひ、三抱《みか》ひばかりありさ

42　蹴鞠の場の四隅に植える桜、柳、楓、松。その木に登るよう注文した。
43　岨は、絶壁。
44　ふすま障子。
45　碁盤の上に四つ足を揃えて乗ること。「太平記」第十三巻「天馬の事」に、「四つの蹄を縮むれば、双六盤の上にも立」つ竜馬の話がある。
46　輪鼓の形(数字の8の字形)に鞭に振るうことか。「そうかう」以下、不詳。
47　不詳。蜻蛉返りは、急に向きを変える、水車は、手綱をぐるぐる回すことか。
48　小栗の脚で胴を強くはさまれ。
49　汚れもしない裾の塵を(一応)払うしぐさをし。

うなる、桜の古木《こぼく》に馬《うま》引きつなぎ、もとの座敷《ざしき》にお直《なお》りある。「なふいかに横山殿、あのやうな乗《の》り下《した》[50]のよき馬があるならば、五匹も十匹も、婿引出物《むこひきでもの》[51]に給はれや。朝夕《あさゆう》、口乗《くち》[52]り和《やわ》らげて参らせう」とお申しあれば、横山《よこやま》八十三騎《き》の人びと、なにもをかしいことはなけれども、苦《にが》り笑《わら》ひといふものに、一度にどつとお笑ひある。

馬の法命《ほうみょう》[53]や起こるらん、小栗殿の御威勢《ごいせい》やらん、三抱《みか》ひばかりありさうなる、桜の古木《こぼく》を、根引《ねび》きにぐつと引き抜《ぬ》いて、堀《ほり》[54]三丈を跳《と》び越《こ》え、武蔵野《むさしの》に駆《か》け出《い》づれば、小山《こやま》の動くがごとくなり。

横山この由御覧《よしごらん》じて、いまは都《みやこ》の御客来《おきゃくらい》に、手擦《す》[55]らいではかなはぬところと思《おぼ》しめし、「なふいかに都の御客来、あの馬止《うま》めてたまはれや。あの馬が、武蔵、相模両国に駆《か》け入《い》る

50　乗り心地。
51　婿への婚礼の引出物に。
52　轡で乗り馴らして。
53　摩訶不思議な力。仏教語。
54　一丈は約三メートル。
55　手を合わせて頼まなくてはどうしようもない。

ものならば、[56]人だねとてはござあるまい」と御諚《ごじょう》なり。

小栗この由聞こしめし、[57]そのやうな手に余《あま》つた馬をば、飼《か》はぬが法《ほう》、と申したうは候《そうら》へども、それを申せば、[58]なにがしの恥辱《ちじょく》なりと思《おぼ》しめし、小高い所《ところ》へさし上《あ》がり、[59]芝繋《しばつな》ぎといふ文《もん》をお唱《とな》へあれば、[60]雲《くも》を霞《かすみ》に駆《か》くるこの馬が、小栗殿の御《お》前《まえ》に参り、[61]諸膝《もろひざ》折つてぞ敬《うやま》うたり。

小栗この由御覧《ごらん》じて、「なんぢは[62]豪気《ごうぎ》をいたすよ」と、もとの御馬屋《みまや》へ乗り入れて、錠《じょう》、肘金《ひじがね》をとつくと下《お》ろいてに、さてその後《のち》、照手の姫を御供《おとも》なされてに、[63]常陸《ひたち》の国へおもどりあるものならば、末《すえ》はめでたからうもの、また乾《いぬい》の局《つぼね》に移らせたまうたは、小栗運命《うんめい》尽きたる次第《しだい》なり。

56　武蔵・相模一帯の人の命。
57　自分の手に負えぬ馬は、飼わないのが決まりだ。
58　だれそれ(横山をさす)の恥辱になる。
59　草地で馬を繋ぐ呪文。
60　雲か霞のように駈けて姿を消した鬼鹿毛。
61　両膝を折って。
62　剛情。
63　常陸の国へ帰ったなら、行く末はめでたかったものを、照手姫の乾の御所にもどったのは、小栗の運の尽きだった。

照手の不吉な夢見　8

横山八十三騎の人びとは、一つ所へさし集《あつ》まらせたまうてに、「あの小栗と申するを、馬で殺さうとすれど、殺されず。[1]とやせん、かくやせん」と、思《おぼ》しなさるるが、三男の三郎は、[2]後《のち》の功罪《こうざい》は知らずして、「なふいかに父の横山殿、それがしがいま一《ひと》つたくみ出《い》だしたことの候《そうろ》ふ。まづ明日《みょうにち》になるならば、きのふの馬の[3]御辛労分《ごしんろうぶん》と思《おぼ》しめし、[4]蓬莱《ほうらい》の山《やま》をからくみ、いろいろの毒《どく》を集め、毒の酒を造《つく》り立て、横山八十三騎の飲む酒は、初めの酒《さけ》の酔《え》ひがさめ、[5]不老不死《ふろうふし》の薬《くすり》の酒。小栗十一人に盛《も》る酒は、[6]なにか七付子《しちぶす》の毒の酒を、お盛りあるものならば、[7]いかに大剛《だいこう》の小栗なればとて、毒の酒には、よも勝つまいの、父の横山殿」と教訓《きょうくん》ある。

横山この由《よし》聞こしめし、「[8]いしうたくんだ三男かな」と、

1　ああしようか、こうしようか。
2　後にどんな報いが来るかも知らないで。
3　ご苦労の慰め。
4　蓬莱山の作り物を組み立て(その見物の酒宴にこと寄せて)。蓬莱山は、不老不死の仙人が住むとされる中国の伝説上の山。
5　不老不死の薬の酒。
6　「なにか」はなにぶんにもの意。「七」は種類が多い意。付子はトリカブトの毒、ここは毒の総称。
7　どんな剛勇の小栗であっても。
8　みごとに企んだ。

乾《いぬい》の局《つぼね》に使者《ししゃ》が立つ。小栗殿は、一度のお使ひに[9]領状《りょうじょう》なし。二度の使ひに御返事《おへんじ》なし。以上お使ひは六度立つ。七度のお使ひには、三男の三郎殿のお使ひなり。小栗この由御覧《ごらん》じて、「御出仕《ごしゅつし》申すまいとは思へども、三郎殿のお使ひ、なによりもつて[10]祝着《しゅうちゃく》なり。御出仕《ごしゅつし》申さう」とお申しあつたは、小栗運命《うんめい》尽きたる次第《しだい》なり。

[11]人は運命尽《つ》けうとて、知恵《ちえ》の鏡《かがみ》もかきくもり、才覚《さいかく》の花《はな》も散《ち》り失《う》せて、昔が今にいたるまで、親より子より兄弟より、[12]妹背《いもせ》夫婦《ふうふ》のその中に、諸事《しょじ》のあはれをとどめたり。

あらいたはしやな照手《てるて》の姫は、夫《つま》の小栗へござありて、「なふいかに小栗殿、いま当代《とうだい》の世の中は、親が子をたばかれば、子はまた親に[13]楯《たて》を突く。さても、きのふの鬼鹿毛《おにかげ》に、お乗りあれとあるからは、[14]お覚悟《かくご》ないかの小栗殿。さて明日《みょうにち》

9　承諾の返事をしない。

10　満足に思う。

11　運命が尽きようとする時。「尽けう(ツキョウ)」は「尽きう(む)」に同じ。

12　仲むつまじい夫婦の仲で、この世の哀れをきわめたのだ。

13　敵対する。

14　あなたを殺そうとしたとお気づきでないか。

の蓬萊《ほうらい》の山《やま》の御見物《ごけんぶつ》、お止《と》まりあつてたまはれの。さてみづからがお止まりあれと申するに、それに[15]御承引《ごしょういん》のなきならば、夢物語りを申すべし。

さてみづからどもに、さて[16]七代《しちだい》伝はつたる唐《から》の鏡《かがみ》がござあるが、さてみづからが身《み》の上《うえ》に、めでたきことのある折は、表《おもて》が[17]正体《しょうたい》におがまれて、裏《うら》にはの、鶴《つる》と亀《かめ》とが舞《ま》ひ遊ぶ。中で千鳥《ちどり》が酌《しゃく》を取る。またみづからが身の上に、悪《あ》しいことのある折は、表《おもて》も裏《うら》もかきくもり、裏にて汗《あせ》をおかきある。かやうな鏡でござあるが、さて過ぎし夜《よ》のその夢に、天《てん》より鷲《わし》が舞ひ下《さ》がり、宙《ちゅう》にて三つに蹴割《けわ》りてに、半分《はんぶん》は[18]奈落《ならく》をさして沈《しず》みゆく、中は微塵《みじん》と砕《くだ》けゆく、さて半分の残《のこ》りたを、天に鷲が摑《つか》うであると夢に見た。

第二度のその夢に、小栗殿様の、常陸《ひたち》の国よりも常《つね》に御《ご》

15　お聞き入れなさらないなら。

16　先祖代々長らく伝わる舶来の鏡。

17　鏡の表に神仏のお姿が現れて。

18　地獄。

19　鎧の上から突き通す短刀。

重宝《ちょうほう》なされたる、九寸五分の鎧通《よろいどお》し[19]がの、はばき[20]元《もと》よりずんと折れ、御用《ごよう》に立たぬと夢に見た。

第三度のその夢に、小栗殿様の常に御重宝《ごちょうほう》なされたる村重《むらしげ》[21]籐《どう》の御弓《おゆみ》も、これも鷲が舞ひ下がり、宙《ちゅう》にて三つに蹴折《けお》りて、本筈《もとはず》[22]は奈落をさして沈みゆく、中《なか》は微塵《みじん》と折れてゆく、さて末筈《うらはず》の残《のこ》りたを、小栗殿のおためにと、上野《うわの》が原《はら》[23]に卒塔婆《そとば》[24]に立つと夢に見た。

さて過ぎし夜《よ》のその夢に、小栗十一人の殿原《とのばら》たちは、常《つね》の衣装《いしょう》を召し替《か》へて、白き浄衣《じょうえ》にさまを替へ、小栗殿様は、蘆毛《あしげ》[25]の駒《こま》に逆鞍《さかぐら》[26]置かせ、逆鐙《さかあぶみ》を掛《か》けさせ、後《あと》と先《さき》とには御僧《おんそう》[27]たちを千人ばかり供養《くよう》して、小栗殿のしるしには、幡《はた》[28]、天蓋《てんがい》をなびかせて、北《きた》へ北《きた》へとござあるを、照手あまりの悲しさに、跡《あと》を慕《した》うて参るとて、横障《おうしょう》[29]の雲《くも》に隔《へだ》てられ、見失《みうしの》うたと夢に
九寸五分は約三〇センチ。
20　刀を柄(つか)に固定する金具。
21　下地を黒漆で塗り、補強のために所々を白い籐で巻き締めた弓。
22　筈は、弦を掛ける弓の両端。本筈は下端、末筈は上端。
23　神奈川県藤沢市西俣野のあたり。
24　供養のために墓に立てる板。板面に梵字や経文が書かれる。
25　白または灰色の馬で、加齢とともに白馬になる。
26　前後を逆向きにした鞍と鐙(あぶみ)。
27　千僧供養。千人の僧に布施をし、経を誦んでもらう仏事。
28　竿の先に吊す幡と、上にかざす天蓋。葬礼に用いる。
29　横にたなびく煩悩の雲に遮られ。

見た。

さて夢にだに、[30]夢にさよ、心乱《みだ》れて悲しいに、[31]自然《しぜん》この夢合《あ》ふならば、照手はなにとならうぞの。さて明日《みょうにち》の蓬萊の山の門出《かどいで》に、悪《あ》しき夢ではござなきか。お止《と》まりあつてたまはれの」。

小栗主従、毒殺される　9

小栗この由《よし》聞こしめし、女が夢を見たるとて、[1]なにがしの出《い》で申せとあるところへ、参らではかなはぬところと思《おぼ》しめし、されども、気にはかかると、直垂《ひたたれ》の裾《すそ》を結び上げ、[2]夢違《ゆめちが》へ文《もん》に、かくばかり、

[3]唐国《からくに》や苑《その》の矢先《やさき》に鳴く鹿《しか》も
　ちか夢《ゆめ》あれば許《ゆる》されぞする

30　夢でさえ心が乱れて。
31　万が一この夢が正夢となるなら。

9 小栗主従、…
1　だれそれ（横山をさす）が出て参れと。
2　夢が正夢にならぬようにするまじないと呪文。
3　夢違えの呪歌。実際に歌われたのは「唐国の苑の御嶽に鳴く鹿も違へをすれば許されにけり」が有名。「二中歴（にちゅうれき）」「拾芥抄（しゅうがいしょう）」等の故実書に見える。

かやうに詠《えい》じ、小栗殿は、[4]膚《はだ》には青地《あおじ》の錦《にしき》をなされ、紅巻《こうまき》の直垂《ひたたれ》に、刈安色《かりやすいろ》の水干《すいかん》に、わざと[5]冠《かぶり》は召《め》さずして、十人の殿原《とのばら》たちも、[6]都様《みやこよう》に尋常《じんじょう》やかに出《い》で立《た》ちて、幕つかんで投げ上げ、[7]もとの座敷《ざしき》にお直《なお》りある。横山八十三騎の人びとも、[8]千鳥《ちどり》掛《が》けにぞ並ばれたり。

一献《いっこん》過ぎ二献《にこん》過ぎ、五献《ごこん》通れど、小栗殿は、「さてそれがしは、けふは[9]来《き》の宮《みや》信仰、酒断酒《さかだんしゅ》」と申してに、杯《さかずき》の交替《きょうたい》はさらになし。横山この由御覧《ごらん》じて、居《い》たる座敷をずんと立ち、あの小栗と申するは、馬で殺さうとすれど殺されず、また酒で殺さうとすれば、酒を飲まねば詮《せん》もなし、とやせん、かくやせんと、思《おぼ》しなさるるが、「ここに思ひ出《い》だしたることの候《そうろ》ふ」と、[10]身《み》もない法螺《ほら》の貝《かい》を一対《いっつい》取り出《い》だし、碁盤《ごばん》の上にどうど置き、「御覧候《ごらんそうら》へ小栗殿。武蔵《むさし》と相模《さがみ》は両輪《りょうわ》のごとく、

4　前出、6節・注13—15。
5　礼装時の冠。
6　都ふうに品良く。
7　最初に対面した座敷。
8　前出、6節・注20。
9　相模から伊豆一帯に多い来の宮神社。静岡県熱海市や河津町の同神社は有名。
10　中身がからのホラ貝。

武蔵なりとも相模なりとも、この[11]貝飲《かいの》みに入《い》れて、半分押《お》し分《わ》けて参らすべし。これを[12]肴《さかな》となされ、一つ聞こしめされ候《そうら》へや。けふの来《き》の宮《みや》信仰、[13]「酒断酒《さかだんしゅ》はなにがしが負《お》ひ申す」と、立つて舞《まい》をぞ舞はれける。

小栗この由《よし》御覧じて、[14]なにがしがなにがしに所領《しょりょう》を添《そ》へて給はるうへ、なんの子細《しさい》のあるべきと、[15]一つたんぶと控《ひか》へたまへば、下《しも》も次第《しだい》に通るなり。横山この由《よし》御覧じて、よき[16]すき間《ま》よと心得《こころえ》てに、[17]二口銚子《ふたくちちょうし》ぞ出《い》でたりけり。中《なか》に隔《へだ》ての酒を入れ、横山八十三騎の飲む酒は、初めの酒の酔《え》ひがさめ、不老不死《ふろうふし》の薬《くすり》の酒。小栗十一人に盛る酒は、[18]なにか七付子《しちぶす》の毒《どく》の酒のことなれば、さてこの酒を飲むよりも、[19]身《み》にしみじみと沁《し》むよさて。九《く》万九《く》千の[20]毛筋穴《けすじあな》、[21]四十二双《そう》の折骨《おりほね》や、[22]八十双《そう》の番《つがい》の骨《ほね》までも、離《はな》れてゆけと沁《し》むよさて。はや天井《てんじょう》も

11 貝のさかずきに酒を入れて、それを半分飲めば、武蔵・相模のどちらか分けて進ぜよう。
12 酒のさかなとされ、一杯召し上がりなされ。
13 酒断酒を破った咎は、拙者が負い申そう。
14 れっきとした人物のだれそれ(横山をさす)がだれそれ(小栗)に。
15 一杯たっぷりとついで手元に置くと、家来たちにも順に酒がまわった。
16 気のゆるみ。
17 注ぎ口が二つある銚子。中に隔てを入れ、小栗主従には毒の酒をついだ。
18 8節・注6参照。
19 身にじわじわと沁み込むよ、はてさて。
20 毛穴。
21 四十二対の背骨から腰骨。
22 八十対の関節の骨。

大床《おおゆか》も、ひらりくるりと舞《ま》ふよさて。「これは毒ではあるまいか。お覚悟《かくご》あれや小栗殿、[23]君《きみ》の奉公《ほうこう》はこれまで」と、これを最期《さいご》の言葉《ことば》にし、後ろの屏風《びょうぶ》を頼《たよ》りとし、後ろへどうど転《ころ》ぶもあり、前へかつぱと伏《ふ》すもあり、小栗殿[24]弓手《ゆんで》と馬手《めて》とは、ただ将棋《しょうぎ》を倒《たお》いたごとくなり。

まだも小栗殿様は、[25]さて大将《たいしょう》と見えてある。刀《かたな》の柄《つか》に手をかけて、「なふいかに横山殿、それ憎《にく》い[26]弓取《ゆみと》りを、太刀《たち》や刀《かたな》はいらずして、[27]寄《よ》せつめ腹《はら》を切らせいで、毒《どく》で殺すか横山よ。[28]女業《おんなわざ》な、な召《め》されそ。出《い》でさせたまへ、差《さ》し違《ちが》へて果《は》たさん」と、抜《ぬ》かん、斬《き》らん、立《た》たん、組《く》まんとはなさるれど、心ばかりは[29]高砂《たかさご》の、松《まつ》の緑《みどり》と勇《いさ》めども、次第《しだい》に毒《どく》が身に沁《し》めば、[30]五輪《ごりん》五体《ごたい》が離《はな》れ果《は》て、さて[31]今生《こんじょう》へとゆく息《いき》は、屋棟《やむね》を伝《つた》ふ[32]笹蜘蛛《ささぐも》の、糸《いと》引き捨《す》つるがごとくなり。さて冥途《めいど》へと引く

23　ご主君への奉公はこれまで。
24　左側と右側。
25　さすが大将と見えてある。
26　武士。
27　攻め寄せて腹を切らせずに。
28　卑怯なふるまいはなさるな。さあこちらで勝負せよ。
29　心が昂ぶると「高砂の」を掛け、横山を待つを「松」に掛ける。「高砂の松」は歌枕。
30　五輪は、五体の異名(仏教語)。五体は、頭・頸・胸・手・足の全身。
31　この世。
32　小さい蜘蛛。

息は、[33]三羽《みつば》の征矢《そや》を射るよりも、なほも速《はや》うぞ覚えたり。

冥途《めいど》の息《いき》が強ければ、惜《お》しむべきは年《とし》の程《ほど》、惜しまるべきは身《み》の盛《さか》り、御年《おんとし》積もり、小栗[34]明《あ》け二十一を一期《いちご》となされ、朝《あした》の露《つゆ》とおなりある。

照手、石の沈めの危難　10

横山この由《よし》御覧《ごらん》じて、[1]いまこそ気《き》は散《さん》じたれ、これも名ある弓取《ゆみと》りなれば、[2]博士《はかせ》をもつてお問ひある。博士参り、占《うらな》ふやうは、「十人の殿原《とのばら》たちは、[3]御主《おしゅう》にかかり、非法《ひほう》の死《し》にのことなれば、これをばからだを火葬《かそう》に召《め》され候《そうら》へや。小栗一《いち》人《にん》は、名大将《めいたいしょう》のことなれば、これをばからだを[4]土葬《どそう》に召され候へ」と占うたは、[5]また小栗殿の末繁盛《すえはんじょう》とぞ占うたり。

横山この由聞こしめし、[6]「それこそ安《やす》きあひだぞ」とて、

33　矢羽根が三つ。「征矢」は実戦用の矢。

34　ことし二十一歳を最期とし、朝露の如くはかなく亡くなった。

10照手、石の…

1　今こそ気は晴れたが(已然形は逆接の意)。

2　占いをする陰陽博士。

3　主君に関わって、法に外れた死に方をしたので。「死に」は死ぬの名詞形。反対語は「生き」。

4　仏教では火葬が普通だが、民間では土葬も行われた。亡きがらを火葬せずに残すのは、仏教以前の霊魂観に関係するか(折口信夫「餓鬼阿弥蘇生譚」)。

土葬《どそう》と火葬《かそう》と、[7]野辺《のべ》の送《おく》りを早めてに、鬼王《おにおう》、鬼次兄弟《おにつぐきょうだい》、御《お》前《まえ》に召《め》されて、「やあいかに兄弟よ。人の子を殺《ころ》いてに、わが子を殺さねば、都《みやこ》の聞《き》けいもあるほどに、不便《ふびん》には思へども、あの照手の姫が命をも、[8]相模川《さがみがわ》やをりからが淵《ふち》に、石の沈《しず》めにかけて参れ、兄弟」との御諚《ごじょう》なり。

あらいたはしや兄弟は、なにとも物はいはずして、[9]申すまいよの宮仕《みやづか》ひ、われら兄弟は、[10]義理《ぎり》の前、身《み》かき分《わ》けたる親だにも、背《そむ》きなさるる世の中に、さあらば、沈《しず》めにかけばやと思ひつつ、[11]安《やす》く領状《りょうじょう》なされてに、照手の局《つぼね》へござありて、「なふいかに照手様、さて夫《つま》の小栗殿、十人の殿原《とのばら》たちは、蓬莱《ほうらい》の山《やま》の御座敷《おざしき》で、[12]御生害《ごしょうがい》でござあるぞ。御覚悟《おかくご》あれや、照手様」。

照手この由《よし》聞こしめし、「なにと申すぞ兄弟は、時も時、

5　まさに小栗の末繁盛をもたらす占いだった。
6　その葬り方こそたやすいことだ。
7　葬送。
8　相模の国の中央を流れる川。「や」は語調を強める助詞(「これやこの」など)。「をりからが淵」は、不詳。
9　いたすまじきは宮仕え。
10　主従の義理の前では、身を分けた親でさえ、子に背かれる世の中で、それなら仕方ない、姫を石の沈めにかけよう。
11　たやすく命令を承諾してしまい。
12　殺害されましたぞ。

折も折、間近《まぢこ》う寄《よ》つて物申せ。さて夫《つま》の小栗殿、十人の殿原たちは、蓬萊《ほうらい》の山の御座敷《おざしき》で、御生害《ごしょうがい》と申すかよ。さても悲しの次第《しだい》やな。さてみづからが、[13]いくせのことを申すだに、つひに御承引《ごしょういん》ござなうて、いまの憂《う》き目《め》の悲しやな。みづから[14]夢ほど知るならば、蓬萊の山の座敷へ参りてに、夫《つま》の小栗殿様の、最期《さいご》にお抜きありたる刀《かたな》をば、[15]心元《こころもと》へ突《つ》き立てて、死出《しで》三途《さんず》の大川を、手と手と組《く》んで御供《おとも》申すものならば、いまの憂《う》い目《め》のよもあらじ」。

[16]泣《な》いつくどいつなさるるが、嘆《なげ》くにかひがあらばこそ、[17]縢《ちきり》村濃《むらごう》の御小《おんこ》袖《そで》、さて一重《ひとかさ》ね取り出《い》だし、「やあいかに兄弟よ。これは兄弟に取らするぞ。[18]恩無《おんな》い主《しゅう》の形見《かたみ》と見、思ひ出したる折々《おりおり》は、念仏《ねんぶつ》申してたまはれの。唐《から》の鏡《かがみ》やの、[19]十二の手具足《てぐそく》をば、上《うえ》の寺《てら》へあげ申し、[20]姫がなき跡《あと》弔《と》うてたまはれ

13　多くのさまざまな諫めごと。幾瀬で、もとは多くの逢瀬をいう歌ことば。
14　ほんの少しでも。
15　むなもと。
16　泣いたり嘆きごとを言ったり。
17　ちきり（縢、機織りの糸巻）の文様を村濃（色むら）で染めた小袖（袖の小さな着物）。
18　特に恩もない主。
19　ひと揃いの（十二の）化粧道具。
20　わたしの亡き跡を弔ってください。

の。[21]浮《う》き世《よ》にあれば思ひ増《ま》す、姫が末期《まつご》を早めん」と、[22]手《て》づから牢輿《ろうごし》に召《め》さるれば、御乳《おち》や乳母《めのと》やの、[23]下《しも》の水仕《みずし》にいたるまで、「われも御供《おとも》申すべし」「われも御供《おとも》申さん」と、輿《こし》の[24]轅《ながえ》にすがり付《つ》き、皆《みな》さめざめとお泣きある。

照手この由《よし》聞こしめし、「道理《どうり》かなや女房たち、隣国他国《りんごくたこく》の者にまで、慣《な》るれば名残《なご》りの惜《お》しいもの。ましてや御乳《おち》や乳母《めのと》のことなれば、名残りの惜しいも道理《どうり》かな。[25]千万《せんまん》の命をくれうより、沖《おき》がかつぱと鳴《な》るならば、いまこそ照手が最期《さいご》よと、[26]鉦鼓《しょうこ》おとづれ、念仏《ねんぶつ》申してたまはれの。浮き世にあれば思ひ増《ま》す、姫が末期《まつご》を早めい」と、お急ぎあれば程《ほど》もなく、相模川にとお着きある。

21　この世にあれば思いが増すから、わたしの死期を早めよう。
22　みずから牢輿(牢屋の輿)にお乗りになると。
23　水仕事をする下女。
24　輿を担う棒。
25　千万の者が死のお供をしてくれるより、沖でわたしが沈められる水音がしたら。
26　念仏に合わせて打つ鉦(かね)。

照手の牢輿、ゆきとせが浦へ　11

相模川《さがみがわ》にも着きしかば、小船一艘《しょうせんいっそう》押し下《お》ろし、この牢輿《ろうごし》を乗せ申し、[1]押すや舟、漕《こ》ぐや舟、[2]唐艪《からろ》の音に驚いて、沖《おき》の鷗《かもめ》はばつと立つ。なぎさの千鳥《ちどり》は友を呼ぶ。照手この由《よし》聞こしめし、「さて千鳥さへ、千鳥さよ、恋しき友をば呼ぶものを。さてみづからは、たれを頼《たよ》りにと、をりからが淵《ふち》へいそぐよ」と、泣《な》いつくどいつなさるるが、おいそぎあれば程《ほど》もなく、をりからが淵にとお着きある。

をりからが淵にも着きしかば、あらいたはしや兄弟は、「ここにや沈めにかけん、かしこにてや沈めにかけん」と、沈めかねたる有り様かな。兄の鬼王《おにおう》が、弟の鬼次《おにつぐ》を近づけて、「やあいかに鬼次よ、あの牢輿の内なる、照手の姫のすがたを見まゐらすれば、[3]出《い》づる日につぼむ花のごとくなり。また

11 照手の牢輿、…

1 舟を漕ぐかけ声。「や」は、調子を整える。
2 通常より長い（中国風の）櫓。
3 昇る日の光にこれから開こうとするつぼみの花。
4 沈む日に散ってゆく花の

われら両人がすがたを見てあれば、[4]入り日に散る花のごとくなり。[5]いざや、命を助けまゐらせん。命を助けたる咎《とが》ぞとて、罪科《ざいか》に行はるると申しても、[6]力及ばぬ次第《しだい》なり」。「[7]その儀《ぎ》にてござあらば、命を助けてまゐらせん」と、[8]後《あと》と先《さき》との沈めの石を切ってはなし、牢輿ばかり突き流す。

陸《くが》にまします人びとは、いまこそ照手の最期《さいご》よと、鉦鼓《しょうこ》おとづれ念仏《ねんぶつ》申し、一度にわつと叫《さけ》ぶ声、[9]六月なかばのことなるに、蚊《か》の鳴《な》く声も、これにはいかでかまさるべし。

あらいたはしやな照手の姫は、さて牢輿の内よりも、西に向かつて手を合はせ、「[10]観音《かんおん》の要文《ようもん》にかくばかり、[11]五逆消滅《ごぎゃくしょうめつ》、種々浄罪《しゅじゅじょうざい》、一切衆生《いっさいしゅじょう》、即身成仏《そくしんじょうぶつ》、よき島《しま》にお上《あ》げあつてたまはれ」と、この文《もん》をお唱《とな》へあれば、観音もこれをあはれと思《おぼ》しめし、風にまかせて吹《ふ》くほどに、[12]ゆきとせが浦《うら》にぞ吹き着《つ》

ようだ。
5　さあ。
6　それも我らの力及ばぬ運命だ。
7　そのお考え。
8　牢輿を沈めるため前後に付けた石。
9　六月なかば(旧暦の真夏)の、蚊の騒ぐ羽音も、念仏を唱える声々にどうして及ぼうか。
10　観音経の大切な文句。観音経は「法華経」普門品(ふもんぼん)のことだが、普門品に以下の四句の偈(げ)はない。
11　五逆の大罪も消滅し、種々の罪を浄め、あらゆる衆生が、その身のまま成仏しますよう、観音浄土の島(補陀落(ふだらく)浄土)へお救いください。
12　不詳。「むつらが浦」(奈良絵本)、「直江(なおい)の浦」(延宝版等)。

くる。

ゆきとせが浦の漁師《りょうし》たちは御覧《ごらん》じて、「いづかたよりも、[13]祭《まつ》りものして流《なが》いたは。見て参れ」とぞ申すなり。若き船頭《せんどう》たちは、「うけたまはつてござある」と、見まゐらすれば、「[14]牢輿《ろうごし》に口《くち》がない」とぞ申すなり。[15]太夫《たゆう》たちは聞こしめし、「口がなくは、打《う》ち破《やぶ》つてみよ」とぞ申しける。「うけたまはつてござある」と、艪櫂《ろかい》をもつて打ち破つて見てあれば、中には、[16]楊柳《ようりゅう》の風《かぜ》に吹《ふ》けたるやうな姫の一人《いちにん》、涙《なみだ》ぐみておはします。

太夫たちはこれを見て、「[17]さてこそ申さぬか。このほど、この浦に漁《りょう》のなかつたは、その女ゆゑよ。[18]魔縁《まえん》、化生《けしょう》の物か、または竜神《りゅうじん》の物か。申せ申せ」と、艪櫂《ろかい》をもつてぞ打ちける。なかにも[19]村君《むらぎみ》の太夫《たゆう》殿と申すは、慈悲《じひ》第一の人なれば、あ

13　祭りもの(供物)を海や川に流す行事は各地にある。

14　流れてきた牢輿に出入り口がない。一種のうつぼ舟。中に人ならぬものが籠もると考えられた(柳田國男「うつぼ舟の王女」)。

15　漁師の親方たち。

16　しだれ柳が風になびいたような優美な姫。

17　だから言わぬことではない。

18　魔物か、化け物か。または竜神のたぐいか。

19　村おさの漁師の親方。

の姫《ひめ》泣く声をつくづくと聞き申し、「なふいかに船頭《せんどう》たち、あの姫の泣く声をつくづくと聞くに、魔縁《まえん》、化生《けしょう》の物でもなし。または竜神《りゅうじん》の物でもなし。いづくよりも、[20]継母《けいぼ》の仲の讒《ざん》により、流《なが》され姫《ひめ》と見えてあり。御存じのごとくそれがしは、子もない者のことなれば、[21]末《すえ》の養子《ようし》と頼《たの》むべし。それがしに給はれ」と、太夫は姫をわが宿《やど》に御供《おとも》をなされ、[22]内《うち》の姥《うば》を近づけて、「やあいかに姥、浜路《はまじ》よりも、養子《ようし》の子をもとめてあるほどに、よく育《はごく》んでたまはれ」とぞ申しける。

松の葉いぶしの危難　12

姥《うば》この由《よし》を聞くよりも、「なふいかに太夫《たゆう》殿、それ養子子《ようしご》なんどと申するは、山へ行《ゆ》きては、木を樵《こ》り、浜へ行《ゆ》きては、太夫殿の[1]相艪《あいろ》も押すやうなる、十七、八な[2]わつぱこそ、[3]よき

20　継母の讒言で流し捨てられた姫。中世の物語や神話(寺社縁起等)に類話が多い。

21　将来(老後)を頼れる養子としよう。

22　妻の老婆。

12松の葉いぶしの…

1　二人で漕ぐ櫓。

2　若い男。

3　良い頼りになる養子といいますが。「申せ」(已然形)は逆接。

末《すえ》の養子なれと申せ、あのやうな楊柳《ようりゅう》の、さて風に吹《ふ》けたるやうな姫をば、もつらが浦《うら》[4]の商人《あきうど》に、料足《りょうそく》[5]一貫文《かんもん》か二貫文《かんもん》、やすやすと打ち売るものならば、銭《ぜに》をばまうけ、よき末の養子にてあるまいか。太夫いかに」と申すなり。

太夫この由《よし》うけたまはり、あの姥《うば》と申するは、子があればあると申し、なければないと申す[6]。「御身《おんみ》のやうな、邪見《じゃけん》な姥と連《つ》れ合《あ》ひをなし、ともに魔道《まどう》[7]へ落ちやうより、家《いえ》、財宝《ざいほう》は姥のいとまに参らする[8]」と、太夫と姫は諸国修行《しょこくしゅぎょう》と志《こころざ》す。

姥この由を聞くよりも、太夫を取《と》り離《はな》いては大事《だいじ》と思ひ、「なふいかに太夫殿、いまのは座興《じゃきょう》[9]言葉でござある。御身《おんみ》も子もなし、みづからも子もない者のことなれば、末《すえ》の養子と頼《たの》[10]むまいか。おもどりあれや太夫殿」。太夫、正直人《しょうじきひと》なれば、おもどりあつて、わが身の能作《のうさ》[11]とて、沖《おき》へ釣《つ》りにお出《い》で

4　六浦（むつら）が浦。横浜市金沢区六浦。三浦半島の東岸、鎌倉近郊の要港。六浦の日光山千光寺（現在は横浜市金沢区朝比奈）は、照手姫の身代わり仏の千手観音を祀る。
5　代金。一貫は銭一千文。
6　子があればあるで文句を申し、なければないで文句を申す。
7　悪魔の道。仏道を妨げる天魔をいう。
8　姥と離縁する手切れにあげよう。
9　一時の冗談ごと。
10　頼りにしましょうか。
11　仕事。

ありたるあとの間《ま》に、姥がたくむ謀反《むほん》ぞ恐ろしや。

それ[12]夫《おっと》と申すは、色の黒いに飽《あ》くと聞く。あの姫の色黒《くろ》うして、太夫に飽《あ》かせうと思《おぼ》しめし、浜路《はまじ》へ御供《おとも》申しつつ、塩《しお》焼くあま[13]へ追ひ上げて、生松葉《なままつば》を取り寄《よ》せて、その日は一日[14]ふすべたまふ。

あらいたはしやな照手様、煙《けぶり》の目《め》、口《くち》へ入《い》るやうは、なににたとへんかたもなし。[15]なにか照《て》る日月《にちげつ》の申《もう》し子《ご》のことなれば、千手観音《せんじゅかんおん》の影身《かげみ》に添《そ》うてお立《た》ちあれば、そつとも煙《けむ》うはなかりけり。

日も暮《く》れ方《かた》になりぬれば、姥は、「姫下《お》りよ」と見てあれば、色の白き花に、薄墨《うすずみ》差いたるやうな、なほも美人《びじん》の姫《ひめ》とおなりある。

姥この由《よし》見るよりも、さてみづからは、けふは[16]身《み》なし骨《ほね》折

12　男というものは。

13　天(まあ)。かまどの上の棚。

14　燻(ふす)ぶ。いぶすこと。

15　どうしてどうして照手姫は日光山の申し子なので、千手観音が影が身に添うようにお守りになるので。日光権現の本地仏は千手観音。

16　むだ骨。

つたることの腹立《はらだ》ちや。ただ売らばやと思ひつつ、もつらが浦《うら》の商人《あきうど》に、料足《りょうそく》二貫文《かんもん》にやすやすと打ち売つて、銭《ぜに》をばまうけ、[17]胸《むね》のほむらは止《や》うであるが、[18]太夫の前の言葉《ことば》に、はつたことを欠《か》いたよ。[19]げにまこと、昔を伝《つた》へて聞くからに、[20]七尋《なないろ》の島《しま》に八《や》尋《いろ》の舟《ふね》をつなぐも、これも女人《にょにん》の知恵《ちえ》、賢《かしこ》い物語り申さばや、と待ちゐたり。

太夫は釣《つ》りからおもどりあつて、「姫は、姫は」とお問ひある。姥この由《よし》を聞くよりも、「なふいかに太夫殿、けさ、姫は御身《おんみ》の跡を慕《した》うて参りたが、若き者のことなれば、海上《かいしょう》へ身を入《い》れたやら、もつらが浦の商人《あきうど》が、舟にも乗せて行きたやら、[21]思ひも恋もせぬ姥に、思ひをかくる太夫や」と、まづ姥は、[22]空泣《そらな》きこそははじめける。

太夫この由うけたまはり、「なふいかに姥、心《しん》から悲しう

17　胸中の嫉妬の炎。
18　太夫への言いわけに、はったと言葉をなくしたことよ。
19　ああそうだ、昔から伝え聞くように。
20　不可能を可能にすること。一尋（ひろ）は両腕を広げた長さで、約一・八メートル。
21　年をとり物思いも恋もしない姥のわたしに、物思いをさせる太夫よ。
22　うそ泣き。

てこぼるる涙《なみだ》は、九《く》万九《く》千の身の毛の穴が、潤《うるお》ひわたりてこぼるる。御身《おんみ》の涙のこぼれやうは、もつらが浦の商人に、料足一貫文か二貫文にやすやすと打ち売つて、銭《ぜに》をばまうけ、首[23]より空《そら》の憂《うれ》ひの涙と見てあるが、[24]やはか太夫が目がすがめか。御身のやうな邪見《じやけん》な人と連れ合ひをなし、ともに魔道《まどう》へ落ちやうより、家《いえ》、財宝《ざいほう》は姥のいとまに参らする」と、太夫は[25]元結《もとい》切り西へ投げ、濃《こ》き墨染《すみぞめ》にさまを変へ、鉦鼓《しょうこ》を取りて首《くび》にかけ、山里《やまざと》へ閉《と》ぢこもり、[26]後生大事《ごしょうだいじ》とお願ひあるが、皆人《みなひと》これを御覧《ごらん》じて、村君《むらぎみ》の太夫殿をほめぬ人とてさらになし。

照手、転々と売られ、青墓宿へ　13

[1]これは太夫殿御物語《たゆうどのおんものがた》り。さて置《お》き申し、ことにあはれをと

23　首から上だけの、うそ泣きの涙。
24　どうしてこの太夫の見まちがいなものか。「すがめ」(眇)は、片目や斜視。
25　もとどりを切り、西方浄土の方へ投げ。
26　来世での極楽往生こそが一大事と。

13照手、転々と…
1　以上は太夫殿の御物語り、それはさて置いて。

どめたは、もつらが浦《うら》にござある照手の姫にて、諸事《しょじ》のあはれをとどめけり。

あらいたはしやな照手の姫を、もつらが浦《うら》にも買ひ止《と》めず、[2]釣竿《つりざお》の島にと買《こ》うてゆく。釣竿の島の商人《あきうど》が、価《あたい》が増《ま》さば売《う》れやとて、[3]鬼《おに》が塩屋《しおや》に買うてゆく。鬼の塩屋の商人が、価《あたい》が増さば売れやとて、[4]岩瀬《いわせ》、水橋《みずはせ》、六渡寺《ろくどうじ》を、氷見《ひび》の町屋《まちや》へ買うてゆく。氷見の町屋の商人が、能《のう》がない、職《しょく》がないとてに、能登《のと》の国とかや、[5]珠洲《すず》の岬《みさき》へ買うてゆく。あら面白《おもしろ》の里《さと》の名や。[6]よしはら、さまたけ、りんかうし、[7]宮《みや》の腰《こし》にも買うてゆく。宮の腰の商人《あきうど》が、価《あたい》が増さば売れよとて、加賀《かが》の国とかや、[8]本折《もとおり》、小松《こまつ》へ買うてゆく。本折、小松の商人が、価が増さば売れやとて、越前《えちぜん》の国とかや、[9]三《み》国湊《くにみなと》へ買うてゆく。三国湊《みくにみなと》の商人が、価が増さば売れやと

2 不詳。
3 越後の国、荒川河口の港町。新潟県村上市塩谷。「鬼が」「鬼の」は不詳。
4 岩瀬は、富山市の神通(じんづう)川河口。水橋は、富山市の白岩川河口。六渡寺は、高岡市の庄川河口。氷見は、氷見市を流れる上庄(かみしょう)川河口。どれも港町として栄えた。町屋は、商工民の住む民家。
5 能登半島の先端(岬)の港町。石川県珠洲市。
6 不詳。
7 加賀の国犀(さい)川河口の港町。金沢市金石の旧地名。
8 本折、小松は、石川県小松市。梯(かけはし)川河口の港町。
9 九頭竜(くずりゅう)川の河口の港町。福井県坂井市三国町。

て、[10]敦賀《つるが》の津《つ》へも買うてゆく。敦賀の津の商人が、能《のう》がない、職《しょく》がないとてに、[11]海津《かいづ》の浦《うら》へ買うてゆく。海津の浦の商人が、価が増さば売れやとて、[12]上《のぼ》り大津《おおつ》へ買うてゆく。上り大津の商人が、価が増すとて売るほどに、商《あき》ひものの面白《おもしろ》や。あとよ、さきよと売るほどに、美濃《みの》の国、[13]青墓《あおはか》の宿《しゅく》、よろづ屋《や》の[14]君《きみ》の長殿《ちょうどの》の、[15]代《しろ》を積《つ》もつて十三貫《かん》に買ひ取つたはの、[16]諸事《しょじ》のあはれと聞こえたまふ。

君《きみ》の長《ちょう》は御覧《ごらん》じて、「あらうれしの御事《おんこと》や。百人の[17]流《なが》れの姫《ひめ》を持たずとも、あの姫一人《いちにん》持つならば、君《きみ》の長夫婦《ちょうふうふ》は楽々《らくらく》と、過《す》ぎやうことのうれしや」と、一日《ひとひ》二日《ふつか》は、よきに寵愛《ちょうあい》をなさるるが、ある日《ひ》の雨中《うちゅう》のことなるに、姫を御前《おまえ》に召《め》され、「なふいかに姫、[18]これの内《うち》には、国名《くにな》を呼うで使ふほどに、御身《おんみ》の国を申せ」とぞ申すなり。

10　敦賀湾の港町で、越前の国の一の宮気比(ひけ)神宮の門前町。敦賀市。
11　琵琶湖北岸の港町。滋賀県高島市マキノ町海津。
12　琵琶湖交通の要衝。京への入り口で「上り」を冠した。滋賀県大津市。
13　東山道(中山道)の宿場で、古来、遊君(遊女)で有名。岐阜県大垣市青墓町。
14　遊君を抱える宿屋(遊女屋)の長(おさ)。
15　代金がかさんで十三貫文。もつらが浦で最初に売られた時は二貫文。
16　聞き手に念を押す「の」。
17　遊女。「川竹の流れ」は、寄る辺ない遊女をいう。
18　遊女屋の中では、遊女を出身の国の名で呼んで使うので。

照手この由《よし》聞こしめし、常陸《ひたち》の者とも申したや、相模《さがみ》の者とも申したや、ただ[19]夫《つま》のふるさととなりとも名《な》に付《つ》けて、朝夕《あさゆう》さ呼《よ》ばれてに、[20]夫《つま》に添《そ》ふ心をせうと思《おぼ》しめし、こぼるる涙《なみだ》のひまよりも、「常陸《ひたち》の者」との御諚《ごじょう》なり。

君《きみ》の長《ちょう》は聞こしめし、「その儀《ぎ》にてあるならば、けふより御身《おんみ》の名をば、常陸小萩《ひたちこはぎ》と付《つ》くるほどに、明日《みょうにち》にもなるならば、これよりも鎌倉関東《かまくらかんとう》の、下《お》り上《のぼ》りの商人《あきうど》の、[21]袖《そで》をも控《ひか》え、御茶《おちゃ》の替《か》はりをもお取りありて、[22]君《きみ》の長夫婦《ちょうふうふ》も、よきに育《はごく》んでたまはれ」と、[23]十二単《じゅうにひとえ》を参らする。

照手この由《よし》聞こしめし、さては[24]流《なが》れを立《た》ていとよ。いま流れを立つるものならば、草葉《くさば》の陰《かげ》にござあるの、夫《つま》の小栗殿様の、さぞや無念《むねん》に思《おぼ》すらん。なにとなりとも申してに、流れをば立てまいと思しめし、「なふいかに長殿《ちょうどの》様、さてみづ

19　夫のふるさとの常陸なりとも呼び名に付けて、朝夕その名で呼ばれて。「朝夕さ」の「さ」は「帰るさ」等と同じ時を示す。
20　亡き夫に寄り添う気持ちでいよう。「せう」は「せん（む）」に同じ。
21　袖をも引き。
22　われわれ夫婦を楽々と過ごさせてくだされ。
23　遊女の正装。
24　遊女の勤めをせよと。

からは、[25]幼少《ようしょう》で二親《にしん》の親に過《す》ぎおくれ、[26]善光寺《ぜんこうじ》参《まい》りを申すと て、路次《ろし》にて人がかどはかし、あなたこなたと売らるるも、[27]内に悪い病《やまう》がござあれば、夫《おっと》の肌を触《ふ》るればの、かならず病《やまう》が起こりて、悲しやな、病《やまう》の重《おも》るものならば、値《ね》の下《さ》がらうは[28]一定《いちじょう》なり。値の下がらぬその先《さき》に、いづくへなりともお売りあつてたまはれの」。

君《きみ》の長《ちょう》は聞こしめし、二親《にしん》の親に[29]後《おく》れいで、一人の夫《おっと》に後《おく》れ、[30]賢人《けいじん》立つる女と見えてある。なにと賢人立つるとも、[31]手《て》痛《いた》いことをあてがふものならば、流《なが》れを立てさせうと思《おぼ》しめし、「なふいかに常陸小《ひたちこ》萩《はぎ》殿、さて明日《みょうにち》になるならば、これよりも[32]蝦夷《えぞ》、佐渡《さど》、松前《まつまい》に売られてに、[33]足《あし》の筋《すじ》を裁《た》ち切《き》られ、日《ひ》にて一合《いちごう》の食《しょく》を服《ぶく》し、昼は粟《あわ》の鳥《とり》を追ひ、夜《よる》は魚鮫《うおさめ》の餌《え》にならうか、十二単《じゅうにひとえ》を身に飾《かざ》り、流れを立てうか。[34]あけすけ好《この》

25　幼少で両親に先立たれ。
26　三国伝来の阿弥陀仏を祀る寺として、平安末以来、庶民の信仰を集めた。長野県長野市。
27　体内に悪い病がございまして。
28　確実です。
29　死に後れたのではなくて。
30　賢人ぶって貞操を守る女。底本「けいじん」の「い」は撥音「ん」の近似的表記。
31　手ひどい目にあわせるといえば。
32　蝦夷地、佐渡島。松前は北海道渡島(おしま)半島の西南端。
33　足の筋を切られ、一日に一合(一升の十分の一)の食で、粟畑で鳥追いをする。「山椒太夫」で、蝦夷が島へ売られた母の境遇に同じ。
34　はっきりと好きな方を選べ。

め、常陸小萩殿」との御諚《ごじょう》なり。

照手この由《よし》聞こしめし、「愚《おろ》かなる長殿《ちょうどの》の御諚《ごじょう》やな。たとはば明日《みょうにち》は、蝦夷、佐渡、松前に売られてに、足の筋を裁《た》ち切られ、日にて一合の食を服《ぶく》し、昼は粟の鳥を追ひ、夜を魚鮫の餌《え》になるともの、流れにおいては、え立てまいよの、長殿様」。

君《きみ》の長《ちょう》は聞こしめし、「憎《にく》いことを申すやな。やあいかに常陸小萩よ、さてこれの内にはの、さて百人の流れの姫がありけるが、その[35]下《しも》の水仕《みずし》はの、十六人してつかまつる。十六人の下の水仕をば、[36]御身《おんみ》一人して申さうか、十二単《じゅうにひとえ》で身を飾《かざ》り、流れを立てうかの。あけすけ好《この》まい、小萩殿」。

照手この由聞こしめし、「愚かな長殿の御諚やな。たとはば、それがしに[37]千手観音《せんじゅかんおん》の御手《おんて》ほどあればとて、その十六人

35 水仕事(水くみ・洗濯・煮炊き等)をする下女。
36 おまえ一人でするか。
37 千手観音ほど多くの手があったとて。

の下《しも》の水仕《みずし》がの、みづから一人してなるものか。[38]うけたまはれば、それも女人《にょにん》の諸職《しょしょく》とうけたまはる。たとはば十六人の下《した》の水仕《みずし》は申すとも、流れにおいてはの、え立《た》てまいよの、長殿様」。

君の長は聞こしめし、「憎いことを申すやの。その儀《ぎ》にてもあるならば、下の水仕をさせい」とて、[39]十六人の下の水仕をば、一度《いちど》にはらりと追ひ上げて、照手の姫に渡《わた》るなり。

[40]下《くだ》る雑駄《ぞうだ》が五十匹《ぴき》、上《のぼ》る雑駄が五十匹《ぴき》、百匹《ぴき》の馬《うま》が着いたは、「[41]糠《ぬか》を飼《か》へ、百人の[42]馬子《まご》どもの、足《あし》の湯《ゆ》、手水《ちょうず》、飯《はん》の用《よう》意《い》つかまつれ」、「[43]十八町《ちょう》の野中《のなか》なる御茶《おちゃ》の清水《しみず》をあげさいの」、「百人の流れの姫の、足の湯、手水《ちょうず》、[44]お鬢《びん》に参《まい》らい、小萩殿」。こなたへは常陸小萩、あなたへは常陸小萩と、召《め》し使《つか》へども、なにか照《て》る日月《にちげつ》の申《もう》し子《ご》のことなれば、千手観音《せんじゅかんおん》

38　聞くところでは、下の水仕も女人の仕事とのこと。たとえ十六人の水仕はしても、遊女の仕事はいたすまいよ。
39　十六人の下の水仕たちを一度にやめさせて、十六人分の仕事が照手姫に渡った。
40　東国へ下る雑荷を負った駄馬が五十匹、京へ上る駄馬が五十匹。
41　馬の飼料。
42　馬方どもの足を洗う湯、手や顔を洗う水。
43　十八町(一町は約一〇九メートル)離れた野の清水を、お茶の水として汲み上げよ。
44　髪を整える水に差し上げよ。

の影身《かげみ》に添《そ》うてお立《た》ちあれば、いにしへの十六人の下《しも》の水仕《みずし》より、[45]仕舞《しま》ひは早《はよ》うおいである。

あらいたはしや照手の姫は、それをも辛苦《しんく》に思《おぼ》しなされいで、立《た》ち居《い》に念仏《ねんぶつ》をお申しあれば、流《なが》れの姫《ひめ》は聞こしめし、「[46]年《とし》にも足《た》らぬ女房《にょうぼう》の、後生大事《ごしょうだいじ》とたしなむに、いざや醜名《しこな》を付《つ》けて呼ばん」とて、常陸小萩《ひたちこはぎ》を引き換《か》へて、念仏小萩《ねんぶつこはぎ》とお付《つ》けある。

あなたへは常陸小萩よ、こなたへは念仏小萩と、召《め》し使《つか》ふほどに、[47]賤《しず》が仕業《しわざ》の縄《なわ》だすき、[48]人にその身《み》をまかすれば、たすきの緩《ゆる》まるひまもなし。御髪《おぐし》の黒髪《くろかみ》に、櫛《くし》の歯《は》の入《い》るべきやうもさらになし。かかる物憂《ものう》き奉公《ほうこう》を、三年《みとせ》があひだなさるるは、諸事《しょじ》のあはれと聞こえたまふ。

45　仕事は早くていらっしゃる。

46　年若い女が年にも似ず来世を願う念仏にはげむので、さああだ名(醜名)を付けて呼ぼう。

47　賤しい者がする縄のたすきをして。

48　人の言うまま働くので、たすきをゆるめて休む暇もない。

閻魔大王、小栗を蘇らせる　14

これは照手の姫の御《おん》物語り。さておき申し、ことにあはれをとどめたは、冥途黄泉《1めいどこうせん》におはします、小栗十一人の殿原《とのばら》たちにて、諸事《しょじ》のあはれをとどめたり。

閻魔大王《2えんまだいおう》様は御覧《ごらん》じて、「さてこそ申さぬか、[3]悪人《あくにん》が参りたは。あの小栗と申するは、娑婆《しゃば》にありしそのときは、善《ぜん》と申せば遠《とお》うなり、悪《あく》と申せば近《ちこ》うなる、大悪人《だいあくにん》の者なれば、あれをば悪修羅道《4あくしゅらどう》へ落とすべし。十人の殿原たちは、お主《5しゅう》にかかり、非法《ひほう》の死《し》にのことなれば、あれをばいま一度《いちど》、娑婆《しゃば》へもどいてとらせう」との御諚《ごじょう》なり。

十人の殿原たちはうけたまはり、閻魔大王様へござありて、「なふいかに大王様、われら十人の者どもが、娑婆へもどりて、本望遂《6ほんもうと》げうことは難《かた》いこと。あのお主《しゅう》の小栗殿を一人《いちにん》、

1　冥途は、仏教で死者が赴く世界。黄泉は、中国で死後の地下世界だが、日本では地獄と混同された。
2　人の生前の行いを裁く地獄の主神。
3　だから言わぬことではない、悪人が冥途に参ったことよ。
4　戦いで死んだ者が赴く闘諍(とうじょう)の世界。悪は修羅の地獄をいう。
5　主君にかかわり、法に外れた死を遂げたので。
6　横山への恨みを晴らす本望。

おもどしあつてたまはるものならば、われらが本望まで、お遂《と》げあらうは一定《いちじょう》なり。われら十人の者どもは、浄土《じょうど》へならば浄土へ、悪修羅《あくしゅら》道《どう》ならば修羅道へ、7咎《とが》に任《まか》せて、やりてたまはれの、大王様」とぞ申すなり。

大王この由《よし》聞こしめし、「さてもなんぢらは、主《しゅう》に孝《こう》あるともがらや。その儀《ぎ》にてあるならば、さても8末代《まつだい》の後記《こうき》に、十一人ながらもどいてとらせう」と思《おぼ》しめし、9みる目とうせん御前《おまえ》に召《め》され、「日本《にほん》にからだあるか見て参れ」との御諚《ごじょう》なり。「うけたまはつてござある」と、10八葉《はちよう》の峰《みね》に上がり、11にんは杖《じょう》といふ杖《つえ》で、虚空《こくう》をはつたと打てば、日本は一目《ひとめ》に見ゆる。

閻魔大王様へ参りつつ、「なふいかに大王様、十人の殿原《とのばら》たちは、お主《しゅう》にかかり、非法《ひほう》の死《し》にのことなれば、これをば

7　生前の罪科に応じて、どの悪道へでもやって下さい。

8　末の世までの手本として。

9　「みる目」は閻魔の使い（「みる目かぐ鼻」とも）。娑婆での人の行状を報告する鬼。「愛護の若」12節にも閻魔の使いとして出る。「とうせん」は不詳。

10　高野山（弘法大師の霊地）を胎蔵界曼荼羅（たいぞうかいまんだら）の八葉九尊になぞらえ、八葉の峰という。ここは閻魔王の在所を言ったもの。

11　不詳。ここでは「みる目」の使う杖だが、あとで閻魔王が、墓から小栗を蘇生させるのに振るう杖。

12　仕方がない。

からだを火葬《かそう》につかまつり、からだがござなし。小栗一人《いちにん》は、名大将《めいたいしょう》のことなれば、これをばからだを土葬《どそう》につかまつり、からだがござある、大王様」とぞ申すなり。

大王この由《よし》聞こしめし、「さても末代《まつだい》の後記《こうき》に、十一人ながらもどいてとらせうとは思へども、からだがなければ[12]詮《せん》もなし。[13]なにしに十人の殿原たち、悪修羅道へは落とすべし。われらが[14]脇立《わきだ》ちにたのまん」と、[15]五体づつ両《りょう》の脇《わき》に、十王十《じゅうおうじっ》体《たい》とお祝《いわ》ひあつて、[16]いまで末世《まっせ》の衆生《しゅじょう》をお守《まも》りあつておはします。

「さあらば小栗一人《いちにん》をもどせ」と、閻魔大王様の自筆《じひつ》の[17]御《ご》判《はん》をお据《す》ゑある。「この者を[18]藤沢《ふじさわ》のお上人《しょうにん》の[19]めいだう聖《ひじり》の一《いち》の御弟子《みでし》に渡《わた》し申す。[20]熊野《くまの》本宮湯《ほんぐうゆ》の峰《みね》に、お入《い》れあつてたまはれや。熊野本宮湯の峰に、お入れあつてたまはるものなら

13　どうして(忠義な)十人の殿原を悪修羅道へ落とせよう。
14　主神(ここは閻魔王)を守る脇侍。
15　五体ずつを閻魔王の両脇に十体の十王として祀って。十王は亡者を裁く十人の王(十王経)。本来は閻魔王もその一。
16　今でも。
17　御判物(ごはんもつ)。花押で署名した文書。
18　藤沢道場の遊行(ゆぎょう)上人。神奈川県藤沢市の時宗(じしゅう)総本山、清浄光寺(しょうじょうこうじ)の住職。
19　時宗当麻(たいま)道場、二十七世の明堂智光(?～一五四九)に関係するらしい。相模原市の無量光寺で、周辺に照手・小栗伝説が伝わる。
20　熊野本宮の湯垢離場(ゆごりば)で栄えた湯の峰温泉。和歌山県田辺市本宮町。

ば、[21]浄土《じょうど》よりも薬《くすり》の湯《ゆ》を上《あ》げべき」と、大王様の自筆《じひつ》の御判《ごはん》をお据《す》ゑある。

にんは杖《じょう》といふ杖《つえ》で、虚空《こくう》をはつたとお打《う》ちあれば、ありがたの御事《おんこと》や、築《つ》いて三年《ねん》になる小栗塚《おぐりづか》が、四方《しほう》へ割《わ》れてのき、卒塔婆《そとば》は前へかつぱと転《ころ》び、群烏《むらがらす》笑ひける。

藤沢のお上人は、[22]なんとかたへにござあるが、「上野《うわの》が原《はら》に、[23]無縁《むえん》の者があるやらん、鳶《とび》、烏《からす》が笑ふや」と、立ち寄り御覧《ごらん》あれば、あらいたはしや小栗殿、[24]髪《かみ》ははとして、足手《あして》は糸《いと》より細《ほそ》うして、腹《はら》はただ鞠《まり》を括《くく》つたやうなもの、あなたこなたを這《は》ひまはる。両《りょう》の手《て》を押し上げて、物書《か》くまねぞしたりける。[25]かせにやよひと書かれたは、[26]六根《ろっこん》かたはなど読《よ》むべきか。さてはいにしへの小栗なり。このことを横山一門に知らせては大事《だいじ》と思《おぼ》しめし、[27]押《お》さへて髪《かみ》を剃《そ》り、なりが餓鬼《がき》

21　浄土から薬の湯を熊野本宮の湯の峰に湧き上がらせよう。
22　どこそこへいらっしゃる途中で。
23　無縁ぼとけの死骸。
24　「はは(皤皤)」は髪が白くなる意。餓鬼阿弥のすがたは「餓鬼草紙」の餓鬼の絵に似る。
25　不詳。
26　目・耳・鼻・舌・身・意の六つに障害があること。
27　這いまわるのを押さえつけて。

に似《に》たぞとて、餓鬼阿弥陀仏《がきあみだぶ》とお付《つ》けある。

上人、28胸札《むなふだ》を御覧《ごらん》ずれば、閻魔大王様の自筆《じひつ》の御判《ごはん》をお据《す》ゑある。「この者を藤沢のお上人の、めいだう聖《ひじり》の一の御弟《みで》子《し》に渡《わた》し申す。熊野本宮湯《くまのほんぐうゆ》の峰《みね》に、お入《い》れありてたまはれや。熊野本宮湯の峰に、お入れありてたまはるものならば、浄土《じょうど》よりも薬《くすり》の湯《ゆ》を上げべき」と、閻魔大王様の自筆《じひつ》の御判《ごはん》据《す》わりたまふ。「あらありがたやの御事《おんこと》や」と、お上人も胸札に、書き添《そ》へこそはなされける。「この者を、29一引《ひとひ》き引《ひ》いたは千《せん》僧供養《ぞうくよう》、二引《ふたひ》き引いたは万僧供養《まんぞうくよう》」と書き添《そ》へをなされ、30土《つち》車《ぐるま》を作り、この餓鬼阿弥を乗せ申し、31女綱男綱《めづなおづな》を打《う》つて付《つ》け、お上人も車《くるま》の手縄《てなわ》にすがりつき、「えいさらえい」とお引きある、上野《うわの》が原《はら》を引き出《い》だす。

28　餓鬼阿弥の胸に掛けた札。
29　一引き引いたら、千僧供養(千人の僧侶に布施をして仏事を営むこと)と同じ功徳がある。
30　土などを運ぶ車。病者の移動にも用いた。
31　左右一対の引き綱。

餓鬼阿弥、土車で引かれて西へ　15

[1]相模《さがみ》縄手《なわて》を引く折は、横山家中《よこやまかちゅう》の殿原《とのばら》は、かたき小栗をえ[2]知《し》らいで、照手のために引けやとて、[3]因果《いんが》の車《くるま》にすがりつき、[4]五町切《き》りこそ引かれける。

[5]末《すえ》をいづくと問ひければ、[6]九日峠《ここのかとうげ》はこれかとよ。坂《さか》はなけれど[7]酒匂《さかわ》の宿《しゅく》よ。[8]をひその森《もり》を「えいさらえい」と引き過《す》ぎて、はや小田原《おだわら》に入《い》りぬれば、[9]せはひ小路《こうじ》にけはの橋《はし》、[10]湯本《ゆもと》の地蔵《じぞう》と伏し拝《おが》み、[11]足柄箱根《あしがらはこね》はこれかとよ。[12]山中三里《やまなかさんり》、[13]四《よ》つの辻《つじ》、伊豆《いず》の[14]三島《みしま》や浦島《うらしま》や、[15]三枚橋《さんまいばし》を「えいさらえい」と引き渡《わた》し、流れもやらぬ[16]浮島《うきしま》が原《はら》、小鳥《ことり》さへづる[17]吉原《よしわら》の、富士《ふじ》の裾野《すその》をまん上《のぼ》り、はや[18]富士川《ふじかわ》で垢離《こり》を取り、[19]大宮浅間富士《おおみやせんげんふじ》浅間《せんげん》、心静《しず》かに伏し拝《おが》み、物をもいはぬ餓鬼阿弥《がきあみ》に、「さらばさらば」といとまごひ、藤沢さいて下《くだ》らるる。

15 餓鬼阿弥、…

1　藤沢から小田原近辺までの東海道。縄手(畷)は長い直線道。各地の地名に残る。
2　知らずに、亡き照手の供養のため(餓鬼車を)引けや。
3　罪の報いがめぐる車。
4　五町だけ。
5　道行きを語る慣用句。
6　不詳。
7　小田原市酒匂の宿場。
8　不詳。
9　不詳。
10　箱根湯本の白岩地蔵は有名。箱根町湯本。
11　足柄は相模・駿河の境の山々で、南半分が箱根。
12　山中宿を経て三里。一里は約三・九キロメートル。
13　不詳。
14　伊豆一の宮三島大社。浦島は三島社に隣接する祓戸(はらえど)社の別称。
15　沼津宿の入り口の橋。

[20]檀那《だんな》が付《つ》いて引くほどに、[21]吹上六本松《ふきあげろっぽんまつ》はこれかとよ。[22]清見《きよみ》が関《せき》に上《あ》がりては、南《みなみ》をはるかにながむれば、[23]三保《みほ》の松《まつ》原《ばら》、[24]田子《たご》の入《い》り海《うみ》。

[25]袖師《そでし》が浦《うら》の一《ひと》つ松《まつ》、あれも名所《めいしょ》か面白《おもしろ》や。音にも聞いた[26]清《せい》見寺《けんじ》、[27]江尻《えじり》の細道《ほそみち》引き過《す》ぎて、駿河《するが》の[28]府内《ふない》に入《い》りぬれば、昔はないが[29]今浅間《いませんげん》、[30]君《きみ》のお出《い》でに[31]冥加《みょうが》なや。

蹴上《けあ》げて通《とお》る[32]丸子《まりこ》の宿《しゅく》、[33]雉子《きじ》がほろろを宇津《うつ》の谷《や》の、宇津の谷峠を引き過《す》ぎて、[34]岡部縄手《おかべなわて》をまん上《のぼ》り、松にからまる[35]藤《ふじ》枝《えだ》の、[36]四方《しほう》に海はなけれども、島田《しまだ》の宿《しゅく》を「えいさらえい」と引き過《す》ぎて、[37]七瀬《ななせ》流れて八瀬《やせ》落ちて、夜《よ》の間《ま》に変《か》はる大井《おおい》川《がわ》、鐘《かね》をふもとに[38]菊川《きくかわ》の、月さし上《のぼ》す[39]小夜《さよ》の中山《なかやま》、[40]日坂峠《にっさかとうげ》を引き過ぎて、雨《あめ》降り流せば路次《ろし》悪《わる》や。車に情《なさ》けを[41]掛川《かけがわ》の、けふは掛《か》けずの掛川を、「えいさらえい」と引き過《す》ぎて、[42]袋井《ふくろい》

16 沼津市から富士市に至る海岸をいう。
17 吉原に葭(よし)原を掛ける。富士市吉原。
18 富士川水系の潤井(うるい)川。
19 富士浅間神社の本宮を大宮という。富士宮市宮町。
20 車の引き手。土車を引くことは、布施行(檀那)の功徳。
21 蒲原宿の海辺。六本松は、義経が浄瑠璃姫の献身で蘇生した話で有名(浄瑠璃物語)。静岡市清水区蒲原。
22 清水区奥津にあった関。
23 謡曲「羽衣」の舞台。
24 富士山を望む歌枕。
25 清水区袖師町の海岸。
26 清水区興津の古刹。
27 袖師の南の宿場。
28 現在の静岡市。
29 駿府の浅間神社。
30 徳川家康の入府をいう。
31 ありがたや。
32 駿河区丸子(まりこ)の宿場。

縄《なわ》手を引き過ぎて、花は[43]見付《みつけ》の郷《ごう》に着く。

あの餓鬼阿弥《がきあみ》が、あすの命《いのち》は知らねども、けふは[44]池田《いけだ》の宿《しゅく》に着く。昔はないが[45]今切《いまぎれ》の、両浦《りょううら》ながむる[46]潮見坂《しおみざか》、[47]吉田《よしだ》の今《いま》橋《ばし》引き過《す》ぎて、[48]五井《ごい》のこた橋《はし》これとかや。夜《よ》はほのぼのと[49]赤坂《あかさか》の、糸繰《く》りかけて[50]矢作《やはぎ》の宿《しゅく》、三河《みかわ》に架《か》けし[51]八橋《やつはし》の、[52]蜘《く》蛛手《もで》に物や思ふらん。沢辺《さわべ》ににほふかきつばた、花は咲かぬが実《み》は[53]鳴海《なるみ》、頭護《とうご》の地蔵《じぞう》と伏し拝《おが》み、一夜《いちや》の宿《やど》を取りかねて、まだ夜《よ》は深き[54]星《ほし》が崎《さき》、[55]熱田《あつた》の宮《みや》に車《くるま》着く。
[56]車の檀那御覧《だんなごらん》じて、かほど涼《すず》しき宮《みや》を、たれが熱田《あつた》と付《つ》けたよな。熱田大明神を引き過《す》ぎて、坂はなけれど[57]うたう坂《ざか》、新しけれど[58]古渡《ふるわたり》、緑の苗《なえ》を引き植《う》ゑて、[59]黒田《くろだ》と聞けば、いつも頼《たの》もしのこの宿《しゅく》や、[60]杭瀬《くんぜ》川の川風が、身に冷《ひ》ややかにしむよさて。[61]おほくま河原《がわら》を引き過《す》ぎて、おいそぎあれば程《ほど》もな

「蹴上げ」の縁語で鞠。
33 雉子がほろろを打つ(鳴く)と、宇津ノ谷峠を掛ける。
34 藤枝市岡部町の縄手。
35 藤枝市藤枝の宿場。
36 「島」の序詞。
37 大井川の難所。「八瀬落ち」に痩せ落ちを掛ける。夜の間に川の瀬が変わる。
38 島田市菊川の宿場。鐘を聞くを掛ける。
39 掛川市東端の峠。
40 小夜の中山の西麓。
41 情けを掛けると、掛川名産の葛布を掛けて干すを掛ける。
42 袋井から見付への縄手道。
43 磐田市見付の宿場。
44 磐田市池田の宿場。「池田」に「生け」を掛ける。
45 浜松市舞阪。地震で浜名湖が海から切れ、この名がある。両浦は浜名湖と遠州灘。
46 湖西市白須賀の地。

く、土《つち》の車《くるま》をたれもただ引くとは思はねど、施行車《せぎょうぐるま》のことなれば、美濃《みの》の国青墓《あおはか》の宿《しゅく》、よろづ屋《や》の君《きみ》の長殿《ちょうどの》の門《かど》となり、なにたる因果《いんが》の御縁《ごえん》やら、車が三日《みっか》すたるなり。[62][63][64]

照手、青墓宿から土車を引く 16

あらいたはしや照手の姫は、御茶《おちゃ》の清水《しみず》を上《あ》げにござあるが、この餓鬼阿弥《がきあみ》を御覧《ごらん》じて、くどきごとこそあはれなれ。[1][2]「夫《つま》の小栗殿様の、あのやうなすがたをなされてなりともよ、浮《う》き世《よ》にござあるものならば、かほどみづからが辛苦《しんく》を申すとも、辛苦とは思ふまいものを」と立ち寄り、胸札《むなふだ》を御覧ある。「この者を、一引《ひとひ》き引《ひ》いたは千僧供養《せんぞうくよう》、二《ふた》引き引《ひ》いたは万僧供養《まんぞうくよう》」と書いてある。[3]

さて一日《ひとい》の車道《くるまみち》、夫《つま》の小栗の御《おん》ためにも引きたやな。さて

47 豊橋市吉田、同今橋。
48 豊橋市下五井町の橋。
49 夜が明けるに赤坂を掛ける。東山道の赤坂宿(岐阜県不破郡)とすれば順路に混乱。
50 岡崎市矢作町の宿場。糸で巻きしめて矢を作る(矧《は》ぐ)。
51 知立市八橋町。業平東下りの歌枕。
52 「八」に掛けて蜘蛛手。あれこれの物思い。
53 実が成るを掛ける。鳴海宿の頭護山如意寺の地蔵。名古屋市緑区鳴海町。
54 名古屋市南区星崎。
55 熱田神宮。
56 功徳のための車の引き手。
57 烏頭(うと)坂。熱田区尾頭町。
58 中区の古渡宿。
59 一宮市木曽川町の黒田宿。
60 岐阜県大垣市の川。
61 羽島市小熊町の宿場。

一日《ひとい》の車道、十人の殿原《とのばら》たちの御《おん》ためにも引きたやな。二日《ふつか》引いたる車道、必ず一日《ひとい》にもどらうに、三日《みっか》の暇《ひま》の欲しさよな。[4]よき御機嫌《ごきげん》をまもりてに、暇乞《ひまこ》はばやと思《おぼ》しめし、君《きみ》の長《ちょう》へござあるが、げにやまことにみづからは、いにしへ御奉《ごほう》公《こう》申ししときに、夫《つま》ない由《よし》を申してに、いま夫《つま》の御ためと申すものならば、暇《ひま》を給はるまいと思しめし、[5]浮き世にござの二親《にしん》の親《おや》にもてないて、暇乞《ひまこ》はばやと思しめし、また長殿《ちょうどの》へござありて、「なふいかに長殿様、門《かど》にござある餓鬼阿弥が、さて胸札を見てあれば、この者を、一引《ひとひ》き引《ひ》いたは千僧供養《せんぞうくよう》、二引《ふたひ》き引《ひ》いたは万僧供養《まんぞうくよう》と書いてある。さて一日《ひとい》の車道《くるまみち》、父の御《おん》ために引きたやの。さて一日《ひとい》の車道、母の御《おん》ために引きたやな。二日《ふつか》引いたる車道、かならず一日《ひとい》にもどらうに、情《なさ》けに三日《みっか》の暇を給はれの」。

62　ひとえに引くとは。
63　功徳のために引く車。
64　捨て置かれた。

16 照手、青墓宿から…

1　汲み上げに。
2　嘆きごと。
3　夫の小栗様が、あんな姿になっていても、この世に生きていさえすれば、こんなに辛い思いをしても、辛くは思うまいものを。
4　君の長殿のご機嫌のよい時を見はからって。
5　この世においでだった両親のことにして。

君の長は聞こしめし、「さてもなんぢは憎《にく》いことを申すよな。いにしへ流《なが》れを立《た》ていと申すその折に、流れを立つるものならば、三日《みっか》のことはさておいて、十日《とおか》なりとも暇取らせんが、[6]烏《からす》の頭《あたま》が白《しろ》くなつて、駒《こま》に角《つの》が生《は》ゆるとも、暇においては取らすまいぞ、常陸小萩《ひたちこはぎ》」とぞ申すなり。

照手この由《よし》聞こしめし、「なふいかに長殿様《ちょうどのさま》、これはたとへでござないが、[7]費長房《ひちょうぼう》、丁令威《ていれいい》は、鶴《つる》の羽交《はが》ひに宿《やど》を召す。[8]達磨尊者《だるまそんじゃ》のいにしへは、蘆《あし》の葉《は》に宿《やど》を召す。[9]張博望《ちょうはくぼう》のいにしへは、浮《う》き木《ぎ》に宿《やど》を召すとかや。旅は心《こころ》、世は情《なさ》け、さて[10]廻船《かいせん》は浦《うら》がかり、捨《す》て子《ご》は村の育《はごく》みよ。木があれば鳥も棲《す》む、湊《みなと》があれば舟も入《い》る。[11]一時雨《ひとしぐれ》一村雨《ひとむらさめ》の雨宿《あまやど》り、これも百生《ひゃくしょう》の縁《えん》とかや。三日《みっか》の暇《ひま》を給はるものならば、[12]自然後《しぜんのち》の世《よ》に、君《きみ》の長夫婦御身《ちょうふうふおんみ》の上《うえ》に、大事《だいじ》のあらんその折は、引き

6　ありえないことのたとえ。
7　以下は、「山椒太夫」2節で母御台所が山岡太夫に宿を借りるとき、ほぼ同文で見えるたとえ。「費長房」は、後漢の仙術使い。仙人から壺中の別天地を見せられたという(後漢書・方術伝)。「丁令威」は、漢の仙術使い。鶴と化して故郷を去ったという(捜神後記)。
8　禅宗の初祖。インドから中国に渡り、梁の武帝に会うも機が至らず、長江を蘆の葉に乗って去ったという。
9　張騫(ちょうけん)。博望侯とも。前漢の武帝の命で西域へ行き、いかだで黄河を遡り、天の川に至ったとも伝える。
10　廻船は浦々の港を頼りにし、捨て子は村で育まれる。
11　急な雨で同じ所で雨宿りするのも、前世の因縁とか。
12　万一のこと将来に。

代《か》はりみづからが、身代《みが》はりになりとも立《た》ち申さうに、情けに三日《みっか》の暇《ひま》を給はれの」。

君の長は聞こしめし、「さてもなんぢは優《やさ》しいことを申すやな。暇取らすまいとは思へども、自然後《しぜんのち》の世《よ》に、君の長夫婦が身の上に、大事《だいじ》のあらんその折は、引き代はり身代《みが》はりに立《た》たうと申したる、一言《いちごん》のことばにより、慈悲《じひ》に情《なさ》けを相《あい》添《そ》へて、五日《いつか》の暇《ひま》を取らするぞ。五日《いつか》が六日《むいか》になるものならば、二親《にしん》の親《おや》をも、[13]阿鼻無間却《あびむげんごう》に落とすべし。車を引け」とぞ申されける。

照手この由《よし》聞こしめし、あまりのことのうれしさに、[14]徒《かち》やはだしで走り出《い》で、車の手縄《てなわ》にすがりつき、一引《ひとひ》き引《ひ》いては千僧供養《せんぞうくよう》、夫《つま》の小栗の御《おん》ためなり、二引《ふたひ》き引《ひ》いては万僧供養《まんぞうくよう》、これは十人の殿原《とのばら》たちの御《おん》ためとて、よきに[15]回向《えこう》をなされて

13 最悪の阿鼻地獄。無間地獄に同じ。却は、永却の意。
14 はだしで歩く「かちはだし」に「や」を入れ、語調を整える。
15 功徳を他へふり向ける意。
16 姿と顔かたち。
17 男に言い寄られて浮き名を立てられては一大事。
18 「さんてを」に同じ。さいて(裂布)を幣帛(へいはく)として

に、うけたまはればみづからは、[16]なりと形《かたち》がよいと聞くほどに、町屋《まちや》、宿屋《しゅくや》、関々《せきぜき》で、あだ[17]名《な》取られてかなはじと、また長殿《ちょうどの》に駆《か》けもどり、古き烏帽子《えぼし》を申し受け、[18]さんての髪《かみ》に結《むす》びつけ、[19]丈《たけ》と等《ひと》せの黒髪《くろかみ》をさつと乱いて、面《おもて》には油煙《ゆえん》の墨《すみ》をお塗《ぬ》りあり、さて召《め》したる小袖《こそで》をば、[20]裾《すそ》を肩《かた》へと召しないて、[21]笹《ささ》の葉《は》に幣《しで》をつけ、心は物《もの》に狂《くる》はねど、すがたを狂気《きょうき》にもてないて、「引けよ引けよ子供《こども》ども、物《もの》に狂《くる》うて見せうぞ」と、姫が涙《なみだ》は[22]垂井《たるい》の宿《しゅく》、美濃《みの》と近江《おうみ》の境なる、[23]長競《たけくらべ》、二本杉《にほんすぎ》、寝物語《ねものがたり》を引き過《す》ぎて、[24]高宮河原《たかみやがわら》に鳴《な》くひばり、姫を問《と》ふかよ優《やさ》しやな。御代《みよ》は治《おさ》まる[25]武佐《むさ》の宿《しゅく》、[26]鏡《かがみ》の宿《しゅく》に車《くるま》着く。

照手この由聞こしめし、人は鏡《かがみ》といはばいへ、姫が心はこの程《ほど》は、あれと申しこれといひ、あの餓鬼阿弥《がきあみ》に、心の闇《やみ》がかきくもり、鏡の宿《しゅく》をも見も分かず。[27]姫が裾《すそ》に露《つゆ》は浮かねど

髪に付けた。
19　背丈に等しい長い黒髪。
20　小袖を上下逆さまに着て、物狂いを装う。
21　笹を手にするのは物狂いを示す。幣(しで)は紙や布の幣帛。「隅田川」11節、参照。
22　岐阜県垂井町の宿場。涙が垂るを掛ける。
23　近江の国の東端。美濃と近江の山が高さを競ってこの名がある。二本杉は、不詳。寝物語は、長久寺村の別名。滋賀県米原市長久寺。
24　彦根市高宮町。犬上川の河原。
25　近江八幡市武佐町の宿場。武者の世(徳川の世)を掛ける。
26　蒲生郡竜王町鏡の宿場。
27　姫の裾が草の露で濡れるわけではないが。「露」は「草」の縁語。草津は東海道と東山道が合流・分岐する。草津市草津。

草津《くさつ》の宿《しゅく》、28野路篠原《のじしのはら》を引き過《す》ぎて、三国一《さんごくいち》の29瀬田《せた》の唐橋《からはし》を、「えいさらえい」と引き渡《わた》し、30石山寺《いしやまでら》の夜《よる》の鐘《かね》、31耳に聳《そび》えて殊勝《しゅしょう》なり。32馬場《ばば》、松本《まつもと》を引き過ぎて、おいそぎあれば程もなく、西近江《にしおうみ》に隠《かく》れなき、上《のぼ》り大津《おおつ》や33関寺《せきでら》や、玉屋《たまや》の門《かど》に車着く。

照手この由御覧《よしごらん》じて、あの餓鬼阿弥に添ひなれ申さうも、今夜《こんや》ばかりと思《おぼ》しめし、34別屋《べちや》に宿《やど》をも取るまいの。この餓鬼阿弥が車の35わだてを枕《まくら》となされ、36八声《やこえ》の鳥《とり》はなけれども、夜《よ》すがら泣いて夜《よ》を明かす。

37五更《ごこう》の天も開《ひら》くれば、玉屋殿《たまやどの》へござありて、料紙《りょうし》、硯《すずり》をお借《か》りあり、この餓鬼阿弥が胸札《むなふだ》に、書《か》き添《そ》へこそはなされけり。「海道七《かいどうしち》か国《こく》に、車《くるま》引いたる人は多くとも、美濃《みの》の国青墓《あおはか》の宿《しゅく》、よろづ屋の君《きみ》の長殿《ちょうどの》の下水仕《しもみずし》、常陸小萩《ひたちこはぎ》といひし

28 草津市野路。野路の篠原は歌枕。
29 琵琶湖から流れる瀬田川の橋。唐橋造り。三国一は、天竺・震旦・本朝で随一。
30 瀬田川沿いの大寺。
31 耳をそばだてる鐘の音。白居易の詩句「遺愛寺の鐘は枕を欹(そばだ)て」が原拠。
32 大津市馬場、同松本。
33 大津市逢坂にあった寺。小野小町伝説で有名(能「関寺小町」)。跡地に時宗寺院長安寺がある。玉屋の名は説経節「苅萱」にも見える。
34 病者のための別棟。
35 車輪。
36 明け方に度々鳴く(八声の)鶏ではないが。
37 一夜を五分した五番目。寅の刻、午前四時頃。

姫、さて青墓《あおはか》の宿《しゅく》からの、上《のぼ》り大津《おおつ》や関寺《せきでら》まで、車を引いて参らする。熊野《くまの》本宮湯《ほんぐうゆ》の峰《みね》に御入《おい》りあり、病本復《やまうほんぷく》するならば、かならず下向《げこう》には、一夜《いちや》の宿《やど》を参らすべし。返《かえ》す返《がえ》す」とお書きある。

なにたる因果《いんが》の御縁《ごえん》やら、蓬萊《ほうらい》の山《やま》の御座敷《おざしき》で、夫《つま》の小栗に離《はな》れたも、この餓鬼阿弥と別《わか》るるも、いづれ思ひは同じもの、[38]あはれ身《み》がな二つやれ。さて一つのその身は、君《きみ》の長殿《ちょうどの》にもどしたや。さて一つのその身はの、この餓鬼阿弥が車も引いてとらせたや。心《こころ》は二つ、身《み》は一つ、見送りたたずんでござあるが、おいそぎあれば程《ほど》もなく、君の長殿におもどりあるは、諸事《しょじ》のあはれと聞こえける。

38 ああ、わが身が二つあればなあ。

小栗、熊野の湯で復活して京へ　17

車の檀那《だんな》出《い》で来《き》ければ、上《のぼ》り大津《おおつ》を引き出《い》だす。1関《せき》、山科《やましな》に車《くるま》着く。物憂《ものう》き旅《たび》に2粟田口《あわたぐち》、3都《みやこ》の城《じょう》に車着く。4東寺《とうじ》三社《さんじゃ》、5四つの塚、6鳥羽《とば》に恋塚《こいづか》、7秋《あき》の山、月の宿《やど》りはなさねども、8桂《かつら》の川を「えいさらえい」と引き渡《わた》し、9山崎千軒《やまざきせんげん》引き過《す》ぎて、これほど狭《せば》きこの宿《しゅく》を、たれか10広瀬《ひろせ》とつけたよな。塵《ちり》かき流す11芥川《あくたがわ》、12太田《おおた》の宿を「えいさらえい」と引き過《す》ぎて、13中島《なかじま》や三宝寺《さんぽうじ》の渡《わた》りを引き渡し、おいそぎあれば程《ほど》もなく、14天王寺《てんのうじ》に車着く。

15「七不思議《ななふしぎ》の有り様を、拝《おが》ませたうは候《そうら》へども、耳も聞こえず、目も見えず、ましてや物をも申さねば、16下向《げこう》に静《しず》かに拝《おが》めよ」と、17安倍野《あべの》五十町《ちょう》引き過ぎて、18住吉四社《すみよしししゃ》の大明神《だいみょうじん》、19堺《さかい》の浜《はま》に車着く。松は植《う》ゑねど20小松原《こまつばら》、わたなべ、南部《みなべ》

17 小栗、熊野の…

1　逢坂の関跡。それを越えると、京の東郊の山科。
2　東国から京への入り口。京都市東山区。
3　都城（とじょう）の平安京。
4　東寺（教王護国寺）の鎮守八幡宮の、僧形八幡神と二女神の三社をいう。
5　朱雀大路の南端にあった羅生門の跡。京都市南区四ツ塚町。
6　文覚の発心譚で、遠藤盛遠が誤って殺した袈裟御前を弔った塚。南区上鳥羽。
7　鳥羽離宮の築山の跡。
8　月に生える桂を掛けて桂川。京の西を流れる。
9　京都府乙訓郡大山崎町。○○千軒は市で栄えた町をいう。
10　大阪府三島郡島本町広瀬。
11　高槻市を流れる川。歌枕。
12　茨木市太田。中世の西国

引き過ぎて、四十八坂《よんじゅうはちさか》、長井坂《ながいざか》、糸我峠《いとがとうげ》や蕪坂《かぶらざか》、鹿《しし》が瀬《せ》を引き過ぎて、心を尽くすは仏坂《ほとけざか》[21]、こんか坂《ざか》にて車着く。

こんか坂にも着きしかば、これから湯《ゆ》の峰《みね》へは、車道《くるまみち》の険《けわ》しきにより、これにて餓鬼阿弥《がきあみ》をお捨《す》てある。[22]大峰《おおみね》入りの山《やま》伏《ぶし》たちは、百人ばかりざんざめいて[23]お通りある。この餓鬼阿弥を御覧《ごらん》じて、「いざこの者を、熊野《くまの》本宮湯《ほんぐうゆ》の峰《みね》に入《い》れてとらせん」と、車を捨《す》てて、籠《かご》を組み、この餓鬼阿弥を入《い》れ申し、[24]若先達《わかせんだつ》の背中《せなか》にむんずと負《お》ひたまひ、上野《うわの》が原《はら》を打つ立《た》ちて、日日《ひにち》積もりてみてあれば、四百四十四か日《にち》と申すには、熊野《くまの》本宮湯《ほんぐうゆ》の峰《みね》に御入《おい》りある。

なにか[25]愛洲《あいす》の湯《ゆ》のことなれば、[26]一七日《ひとなぬか》御入《おい》りあれば、両眼《りょうがん》が明き、二七日《ふたなぬか》御入りあれば、耳が聞こえ、三七日《みなぬか》御入りあれば、はや物をお申しあるが、以上[27]七七日《なななぬか》と申すには、[28]六《ろく》

街道の宿場。
13 摂津の国中島の三宝寺の渡し。大阪市東淀川区。
14 「俊徳丸」5節・注10。
15 天王寺の七不思議。三水四石と総称された。
16 神仏参詣からの帰り。
17 安倍野から住吉への道。
18 住吉三神と神功皇后を祀る住吉神社。大阪市住吉区。
19 和泉・摂津・河内三国の境の交通の要衝。大阪府堺市。
20 以下は、小栗街道(熊野街道)だが、道順が前後する。順序を正すと、蕪坂(和歌山県有田市)、糸我峠(有田市糸我町)、鹿が瀬(日高郡日高町)、小松原(御坊市湯川町)、南部(日高郡みなべ町)、わたなべ(田辺か)、仏坂(西牟婁郡すさみ町)、長井坂(すさみ町)。四十八坂は多くの坂。
21 不詳。「ごんけん坂」(佐渡七太夫豊孝正本)。

尺二分豊《しゃくにぶんゆた》かなる、もとの小栗殿とおなりある。

小栗殿は夢の覚《さ》めたる心をなされ、熊野三山《くまのさんざん》、三《み》つのお山《やま》を[29]御入堂《ごにゅうどう》なさるるが、権現《ごんげん》この由御覧《よしごらん》じて、「あのやうな大《だい》剛《こう》の者に、[30]金剛杖《こんごうつえ》を買はせずは、末世《まっせ》の衆生《しゅじょう》に買ふ者はあるまい」と、山人《やまうど》と身を変化《へんげ》、金剛杖を二本お持ちあり、「なふいかに修行者《しゅぎょうしゃ》、熊野へ参つたるしるしには、[31]なにをせうぞの、この金剛杖をお買《か》ひあれ」との御諚《ごじょう》なり。

小栗殿は、いにしへの[32]威光《いこう》が失《う》せずして、「さてそれがしは、[33]海道七《かいどうなな》か国《こく》を、さて餓鬼阿弥《がきあみ》と呼ばれてに、車に乗つて引かれただに、[34]世《よ》に無念《むねん》なと思ふに、金剛杖を買へとは、それがしを[35]調伏《ちょうぶく》するか」との御諚《ごじょう》なり。

権現《ごんげん》この由聞《よし》こしめし、「いや、さやうではござない。この金剛杖と申するは、天下にありしその折に、弓《ゆみ》とも楯《たて》とも

22　熊野から大峰・吉野へ向かう山伏。
23　ざわめいて。
24　先導する若い山伏。
25　愛洲薬(中世末から近世に使われた疵薬)のような効能のある温泉。
26　祈願や参籠は七日を単位として(一七日)行われた。
27　四十九日。
28　六尺二分に余る。並みの身長(五尺)を大きく上回る。
29　入堂は、寺社参り。
30　密教法具の金剛杵(こんごうしょ)に擬した杖で、山伏が突く。
31　何をおいても。
32　人を畏れ敬わせる勢い。
33　東海道をいうが、餓鬼車は、尾張から美濃を経て近江まで東山道を通った。
34　じつに口惜しいと思うのに。
35　呪詛して従えるのか。

なつて、天下の運《うん》開く杖《つえ》なれば、[36]料足《りょうそく》がなければただ取らする」とのたまひて、権現は二本の杖をかしこに捨《す》て、かき消《け》すやうにぞお見えない。

小栗この由御覧《ごらん》じて、「いまのは権現様を、[37]手《て》に取《と》り拝《おが》み申したることのありがたさよ」と、三度の礼拝《らいはい》をなされ、一本は突《つ》いて、都に御下向《おげこう》なさるる。

よそながら父兼家《かねいえ》殿の屋形《やかた》を、見て通らうと思しめし、御《ご》門《もん》の内《うち》にお入《い》りあり、「[38]斎料《ときりょう》」とお乞《こ》ひある。[39]時《とき》の番《ばん》は左近《さこん》の尉《じょう》がつかまつる。左近はこの由《よし》見るよりも、「なふいかに修行者《しゅぎょうしゃ》、御身《おんみ》のやうな修行者は、この御門の内へは禁制《きんぜい》なり。[40]とう御出《おい》であれ。とう御出《おい》でないものならば、この左近の尉が出《い》だすべし」と、持つたる箒《ほうき》で打ち出《い》だす。小栗この由御覧じて、憎《にく》の左近《さこん》が打つよな、打つも道理《どうり》、知らぬも道理《どうり》と

36　代金がないなら、ただで与えよう。
37　まのあたり拝んだ。
38　修行者へのお布施。
39　その時の番人。
40　早く出ていきなされ。

思《おぼ》しめし、41八条《はちじょう》の原《はら》をさしてお出《い》である。

父と再会、みかどに所領を賜る　18

折しも東山《ひがしやま》1のをぢ御坊《ごぼう》は、2花縁行道《はなえんぎょうどう》をなされてござあるが、いまの修行者を御覧《ごらん》じて、兼家殿《かねいえどの》の御台所《みだいどころ》を近づけて、「いかに御台所、われら一門《いちもん》にばかり、3額《ひたい》には米《よね》といふ字が三《み》くだり据《す》わり、両眼《りょうがん》に瞳《ひとみ》の四体《たい》ござあるかと思へば、いまの修行者にもござありたる。ことにけふは小栗が命日《めいにち》ではござないか。呼びもどし、斎料《ときりょう》参らせ候《そうら》へや、左近《さこん》の尉《じょう》」との御諚《ごじょう》なり。

左近はこの由《よし》、「うけたまはつてござある」と、ちりちりと走り出《い》で、「なふいかに修行者、おもどりあれ。斎料《ときりょう》参らせう」とぞ申されける。小栗殿は、いにしへの威光《いこう》が失《う》せ

41　底本「八ちやうのはら」。次に「東山のをぢ御坊」とあるから鴨川の八条河原。

18父と再会、…

1　母方の伯父。「愛護の若」も、母方の伯父の高僧が登場する。

2　散華（さんげ）、花びらを散布して本尊の周囲を巡る法要。以下に「けふは小栗の命日」とあり、小栗の追善法養。

3　前出、7節・注9、参照。

ずして、「さてそれがしは、一度追ひ出《だ》いた所へは、参らぬが法《ほう》[4]」との御掟《ごじょう》なり。

左近はこの由うけたまはり、「なふいかに修行者、御身《おんみ》のさうして諸国修行《しょこくしゅぎょう》をなさるるも、一つは人をも助《たす》けう、または御身《おんみ》も助かりたいと、お申しあることにてはござないか。いま御身のおもどりなければ、この左近は生害《しょうがい》[5]に及ぶなり。おもどりあつて、斎料《ときりょう》もお取りあり、この左近が命も助けてたまはれの、修行者」とぞ申すなり。

小栗この由聞こしめし、名のらばやと思《おぼ》しめし、大広庭《おおひろにわ》[6]にさしかかり、間《あい》[7]の障子《しょうじ》をさらと開《あ》け、八分《はちぶん》[8]の頭《こうべ》を地《ち》に着けて、「なふいかに母上《ははうえ》様、いにしへの小栗にてござあるよ。三年《みとせ》があひだの勘当《かんどう》を許《ゆる》いてたまはれの」。御台《みだい》[9]なのめに思《おぼ》しめし、このこと兼家殿にかくとお語りある。

4　決めたやり方。

5　罰せられて殺されます。

6　主殿(母屋)の広い前庭

7　広庭と座敷との隔てのふすま障子。

8　丁重に頭を下げて。八分は、八分目でひかえめの意。

9　たいへんお喜びになり。

兼家この由聞こしめし、「[10]率爾《そつじ》なことをお申しある御台《みだい》かな。わが子の小栗と申すは、これよりも相模《さがみ》の国横山《よこやま》の館《たち》にて、毒《どく》の酒《さけ》にて責《せ》め殺《ころ》されたと申するが、さりながら修行者、わが子の小栗と申するは、幼《おさな》い折よりも教《おし》へきたる[11]調法《ちょうほう》あり。[12]御聊爾《ごりょうじ》ながら、受《う》けて御覧候《そうら》へ」と、[13]五人張《ば》りに十三束《そく》、[14]まちを拳《こぶし》に、間《あい》の障子《しょうじ》のあなたから、よつ引《ぴ》きひやうど[15]放す矢《や》を、一《いち》の矢《や》をば右で取り、二《に》の矢《や》をば左で取り、三《さん》の矢《や》があまり間近《まぢか》く来《く》るぞとて、[16]向歯《むかば》でかちとかみ止《と》めて、三筋《みすじ》の矢《や》を押し握《にぎ》り、間《あい》の障子《しょうじ》をさつと開け、八分《はちぶん》の頭《こうべ》を地《ち》に着けて、「なふいかに父の兼家殿、いにしへの小栗にてござあるぞ。三年《みとせ》があひだの勘当許《かんどうゆる》いてたまはれ」。

兼家殿も母上も、一度死したるわが子にの、会ふなんどとは、[17]優曇華《うどんげ》の花《はな》や、たまさかや、ためし少なき次第《しだい》ぞと、喜

10　軽々しいこと。
11　相手を懲らす法。ここは武芸を意味する。
12　だしぬけで失礼ながら。
13　五人がかりで張る強弓に、十三束の長い矢。束は(親指を除く指四本の)一握り分の長さ。平均は十二束。
14　まちは鏃(やじり)を矢柄に差し込んだ部分。弓を握った拳まで鏃のまちを引き絞り。「よつ引き」(よく引きの音便)に係る。
15　ひょうっと。矢を放つ音。
16　前歯。
17　仏典で三千年に一度咲く花。きわめて稀なたとえ。

びの中にもの、[18]花《はな》の車《くるま》を五輌飾《りょうかざ》り立《た》て、親子連れに、みかどの[19]御番《ごばん》にお参りある。

みかど[20]叡覧《えいらん》ましまして、「たれと申すとも、小栗ほどな大《だい》剛《こう》の者はよもあらじ。さあらば、[21]所知《しょち》を与へてとらせん」と、[22]五畿内《ごきない》五か国《こく》の[23]永代《えいたい》の[24]薄墨《うすずみ》の御綸旨《ごりんじ》、御判《ごはん》を給《たま》はるなり。

小栗この由《よし》御覧じて、「五畿内五か国に[25]欲《ほ》しうもござない。美濃《みの》の国に相替《あいか》へてたまはれ」とぞ申されける。みかど叡覧《えいらん》ましまして、「大国《たいこく》に小国《しょうこく》を替《か》への望み、思ふ[26]子細《しさい》のあるらん。その儀《ぎ》にてあるならば、美濃の国を馬の飼料《かいりょう》に取らする」と、重《かさ》ねての御判《ごはん》を給はるなり。

小栗、照手と再会する　19

小栗この由《よし》御覧《ごらん》じて、「あら有《あ》り難《がた》の御事《おんこと》や」と、山海《さんかい》の

18 美しく飾った腰車。
19 お仕えする当番。
20 帝が御覧になること。
21 所領。
22 都の周囲の山城・大和・摂津・河内・和泉の畿内五か国。律令では、畿内は朝廷の中心地域で、天皇の直轄地。
23 末代までの。
24 すき返した薄灰色の紙。帝の意向を下達する綸旨に用いた。御判は、花押で署名した文書。
25 欲しいものはござらぬ。
26 なにか事情があるのだろう。

珍物《ちんぶつ》、国土《こくど》の菓子《かし》を調《ととの》へて、お喜びはかぎりなし。[1]高札《たかふだ》書いてお立《た》てある、「いにしへの小栗に奉公《ほうこう》申す者あらば、[2]所知《しょち》に所領《しょりょう》を取らすべし」と、高札書いてお立てあれば、「われもいにしへの小栗殿の奉公《ほうこう》を申さん」、「判官殿に[3]手《て》の者《もの》」と、中三日《なかみっか》がそのあひだに、三千余騎と聞こえたる。

三千余騎を催《もよお》して、美濃《みの》の国へ所知《しょち》入《い》りとぞ触《ふ》れがなる。[4]三日《みっか》さきの宿札《やどふだ》は、君《きみ》の長殿《ちょうどの》にお打ちある。君の長は御《ご》覧《らん》じて、百人の[5]流《なが》れの姫《ひめ》を一つところへ押《お》し寄《よ》せ申し、「いかに流れの姫に申すべし。このところへ、都からして所知《しょち》入《い》りとあるほどに、[6]参り、憂《う》き慰《なぐさ》みを申してに、いかなる所知《しょち》をも給《たま》はつて、君の長夫婦もよきに育《はごく》んでたまはれ」。十二単《ひとえ》で身を飾《かざ》り、「いまよ、いまよ」とお待ちある。

三日と申すには、[7]犬《いぬ》の鈴《すず》、鷹《たか》の鈴《すず》、くつわの音がざざめい

1 触れを告知するため高くかかげる札。
2 所知と所領は同じ。語調を整えるくり返し。
3 家来。
4 三日後に小栗が宿とする旨の高札は、遊女屋(よろづ屋)の亭主殿の館にお立てになる。類似の展開は、「山椒太夫」末尾で厨子王の丹後の国入りにみられる。
5 遊女。
6 参上し、国司の無聊をお慰めして。
7 犬や鷹の鈴と馬の轡をにぎやかに鳴らして。豪勢な行列をいう決まり文句。「俊徳丸」1節・注16。

て、上下《じょうげ》花やかに悠々《ゆうゆう》と出《い》で立ちて、君の長殿にお着《つ》きある。百人の流れの姫は、[8]われ一《いち》われ一《いち》と参り、憂《う》き慰《なぐさ》みを申せども、小栗殿は少しも[9]お勇《いさ》みなし。君の長夫婦を御前《おまえ》に召され、「や、いかに夫婦の者どもよ。これの内の下《しも》の水仕《みずし》に、常陸《ひたち》小萩《こはぎ》といふ者があるか、御酌《おしゃく》に立《た》てい」との御諚《ごじょう》なり。君の長は、「うけたまはつてござある」と、常陸小萩殿へお参りあつて、「なふいかに常陸小萩殿、御身《おんみ》の見目《みめ》かたち、[10]いつくしいが都《みやこ》の国司《こくし》様へもれ聞こえ、御酌《おしゃく》に立《た》ていとあるほどに、御酌に参《まい》らひ」との御諚《ごじょう》なり。

照手この由《よし》聞こしめし、「愚《おろ》かな長殿《ちょうどの》の御諚《ごじょう》やな。いま御酌に参るほどならば、[11]いにしへの流れをこそは立《た》てうずれ。御酌にとては参るまい」とぞ申しける。君の長は聞こしめし、「なふいかに常陸小萩殿、さても御身は、うれしいことと悲

8　われ先にと。
9　気分がはずまない。
10　美しいことが。
11　ずっと前から遊女勤《つと》めをしようものを。

しいことは、早う忘るるよな。いにしへ餓鬼阿弥《がきあみ》と申して、車を引くその折に、暇《ひま》取らすまいと申してあれば、[12]自然後《しぜんのち》の世《よ》に、君の長夫婦が身の上に、大事《だいじ》のあらんその折は、引き代はり身代《みが》はりに立たんと申したる。一言《いちごん》のことばにより、慈悲《じひ》に情《なさ》けを相添《あいそ》へ、五日《いつか》の暇《ひま》を取らしてあるが、いま御身《おんみ》が御酌《おしゃく》に参らねば、君の長夫婦の者どもは、[13]生害《しょうがい》に及ぶなり。なにとなりとも計《はか》らひ申せ、常陸小萩」とぞ申しける。

　照手この由《よし》聞こしめし、[14]一句の道理《どうり》に詰《つ》められて、なにとも物はのたまはで、[15]げにやまことにみづからは、いにしへ車を引いたるも、夫《つま》の小栗の御《おん》ためなり。またいま御酌《おしゃく》に参る[16]もの、夫《つま》の小栗の御ためなり。[17]深き恨《うら》みな、な召《め》されそ。変《か》はる心のあるにこそ、変はる心はないほどにと、心の内に思《おぼ》しめし、「なふいかに長殿《ちょうどの》様、その儀《ぎ》にてござあらば、御酌

12　万一のこと将来に。

13　罰として殺されてしまう。

14　一言の道理にやりこめられて。

15　なるほどその通り。

16　「参るもの」の「の」は聞き手(ここは亡き小栗)へ語りかける助詞。

17　深い恨みはなさいますな。心変わりがあればこそ(お恨みも道理ですが)、心変わりはございませんのでと。「深き恨みな」の「な」は助詞「は」の転訛。

に参らう」との御諚《ごじよう》なり。君の長は聞こしめし、「さてもうれしの次第《しだい》やな。その儀《ぎ》にてあるならば、十二単《ひとえ》で身《み》を飾《かざ》れ」とぞ申すなり。

照手この由聞こしめし、「愚かな長殿の御諚《ごじよう》やな。流れの姫とあるにこそ、十二単《ひとえ》もいらうずれ[18]。下《しも》の水仕《みずし》とあるからは、あるそのままで参らん」[19]と、たすきがけの風情《ふぜい》にて、前《まえ》垂[20]《だれ》しながら銚子《ちようし》を持つて、御酌にこそはお立ちある。

小栗この由御覧《よしごらん》じて、「常陸《ひたち》小萩とは、御身《おんみ》のことでござあるか。常陸の国ではたれの御子《おこ》ぞよ。お名のりあれの、小萩殿」。照手この由《よし》聞こしめし、「さてみづからは、主命《しゆめい》にて御酌《おしやく》にこそは参りたれ。初めて御所様《ごしよさま》と、懺悔《さんげ》物語りには参らぬよ[21]。酌《しやく》がいやなら待たうか」[22]と、銚子《ちようし》を捨《す》て、御酌をこそはお退《の》きある[23]。

18　必要でしょう。
19　今のこのままの姿で参りましょう。
20　前掛け。
21　初対面のあなた様と、身の上話とは参りませんよ。
22　お酌がいやなら待ちましょうか。
23　おやめになる。

小栗この由御覧《ごらん》じて、「げにも道理《どうり》や、小萩殿。人の[24]先祖《せんぞ》を聞く折は、わが先祖を語るとよ。さて、かう申すそれがしを、いかなる者とや思《おぼ》し候《そうろ》ふらん。さて、かう申すそれがしは、常陸《ひたち》の国の小栗と申す者なるが、相模《さがみ》の国の横山殿《よこやまどの》のひとり姫、照手の姫を恋にして、押し入つて婿入《むこい》りしたが咎《とが》ぞとて、毒《どく》の酒《さけ》にて責《せ》め殺《ころ》されてはござあるが、十人の殿原《とのばら》たちの情《なさ》けにより、[25]黄泉路帰《よみづがえ》りをつかまつり、さて餓鬼阿弥《がきあみ》と呼ばれてに、海道七《かいどうなな》か国《こく》を、車に乗りて引かるるその折に、海道七《かいどうなな》か国《こく》に、車引いたる人は多くとも、美濃《みの》の国青墓《あおはか》の宿《しゅく》、よろづ屋《や》の君《きみ》の長殿《ちょうどの》の下水仕《しもみずし》、常陸小萩といひし姫、「さて青墓の宿からの、上《のぼ》り大津《おおつ》や関寺《せきでら》までの、車《くるま》を引いて参らする。熊野《くまの》本宮湯《ほんぐうゆ》の峰《みね》にお入りあり、病本復《やまうほんぷく》するならば、下向《げこう》には、一夜《いちや》のお宿《やど》を参らすべしの、返《かえ》す返《がえ》す」とお書きあつ

24　家系・家柄。

25　冥途から蘇生をいたし。底本「よみづがへり」。後出「よみがへり」。

たるよ。胸《むね》の木札《きふだ》はこれなり」と、照手の姫に参らせて、「この[26]御恩賞《ごおんしょう》の御《おん》ために、これまで御礼《おれい》に参りてござあるぞ。常陸《ひたち》の国にては、たれの御子《おこ》ぞよ、お名のりあれや、小萩殿」。

照手この由聞こしめし、なにとも物はのたまはで、涙にむせておはします。「[27]いつまで物を包むべし。さてかう申すみづからも、常陸の者とは申したが、常陸の者ではござないよ。相模《さがみ》の国の横山殿《よこやまどの》のひとり姫、照手の姫にてござあるが、人の子を殺《ころ》いてに、わが子を殺さねば、都の[28]聞《き》けいもあるほどにと思《おぼ》しめし、鬼王《おにおう》、鬼次《おにつぐ》、さて兄弟の者どもに、「沈《しず》めにかけい」と、お申しあつてはござあるが、さて兄弟の情《なさ》けによりて、かなたこなたと売られてに、あまりのことの悲しさに、静かに数《かぞ》へてみてあれば、[29]四十五てんに売られてに、こ

26　ご報恩。

27　いつまでも身の上を包み隠してはおけません。

28　聞こえ(評判)の音変化。

29　四十五か所。「てん」は手、方面・場所の意。

の長殿《ちょうどの》に買ひ取られ、いにしへ流《なが》れを立《た》てぬその咎《とが》に、十六人してつかまつる下《しも》の水仕《みずし》を、みづから一人してつかまつる。御身《おんみ》に逢《お》うてうれしやな」。[30]かき集めたる藻《も》塩草《しおぐさ》、進退《しんだい》ここにてに、[31]是非《ぜひ》をもさらにわきまへず。

復讐と報恩、小栗・照手は神に祀られる　20

小栗この由《よし》聞こしめし、君《きみ》の長夫婦《ちょうふうふ》を御前《おまえ》に召《め》され、「やあいかに夫婦の者どもよ。人を使ふも[1]由《よし》によるぞや。十六人の下《しも》の水仕《みずし》が、一人してなるものか。なんぢらがやうな邪見《じゃけん》な者は、[2]生害《しょうがい》」との御諚《ごじょう》なり。

照手この由聞こしめし、「なふいかに小栗殿、あのやうな慈悲第一《じひだいいち》の長殿《ちょうどの》に、[3]いかなる所知《しょち》をも与へてたまはれの。[4]それをいかにと申するに、御身《おんみ》のいにしへ、餓鬼阿弥《がきあみ》と申して

30　かき集めた藻塩草が足手まといで。「進退ここにてに云々」を導く序詞。
31　どうしてよいか全くわからない。

20 復讐と報恩、…

1　やり方によるぞ。
2　死罪。
3　どれほど多くの所領をも与えてくだされよ。
4　それをどういうわけかと申しますと。

に、車を引いたその折に、三日《みっか》の暇《ひま》を乞《こ》うたれば、慈悲《じひ》に情《なさ》けを相添《あいそ》へて、五日《いつか》の暇《ひま》を給《たま》はつたる、慈悲第一の長殿に、いかなる所知《しょち》をも与へてたまはれの、夫《つま》の小栗殿」との御諚《ごじょう》なり。

小栗この由聞こしめし、「その儀《ぎ》にてあるならば、御恩《ごおん》の妻に免《めん》ずる」と、美濃《みの》の国[5]十八郡《こおり》を[6]一色進退《いっしきしんだい》、[7]総政所《そうまんどころ》を君の長殿に給はるなり。君の長はうけたまはり、「あら有《あ》り難《がた》の御事《おんこと》や」と、山海《さんかい》の珍物《ちんぶつ》に、国土《こくど》の菓子《かし》を調《ととの》へて、喜ぶことはかぎりなし。君の長は、百人の流《なが》れの姫《ひめ》のその中を、三十二人選《よ》りすぐり、玉《たま》の輿《こし》に取つて乗せ、これは照手の姫の女房たちと参らする。それ女人《にょにん》と申するは、[8]氏《うじ》なうて玉の輿に乗るとは、ここの[9]たとへを申すなり。

常陸《ひたち》の国へ所知入《しょちい》りをなされ、七千余騎を催《もよお》して、横山攻《ぜ》

5　多芸(たき)、石津(いしづ)、不破(ふわ)、安八(あんぱち)、池田、大野、本巣(もとす)、席田(むしろだ)、方県(かたがた)、厚見(あつみ)、各務(かがみ)、山県(やまがた)、武芸(むげ)、郡上(ぐじょう)、加茂(かも)、可児(かに)、土岐(とき)、恵奈(えな)の十八郡。
6　一括して支配すること。
7　所領を統括する長官。
8　氏素性の確かでない女でも、貴人の美しい輿に乗る。
9　先例。

めと触《ふ》れがなる。横山あつと肝《きも》をつぶし、「いにしへの小栗が、[10]黄泉帰《よみがえ》りをつかまつり、横山攻めとあるほどに、さあらば城郭《じょうかく》を構《かま》へよ」と、空堀《からぼり》に水を入れ、[11]逆《さか》もがり引かせてに、用心厳《きび》しう待ちゐたり。

照手この由《よし》聞こしめし、夫《つま》の小栗へござありて、「なふいかに小栗殿、昔を伝《つた》へて聞くからに、父の御恩《ごおん》は[12]七逆罪《しちぎゃくざい》、母の御恩《ごおん》は五逆罪《ごぎゃくざい》、十二逆罪《じゅうにぎゃくざい》を得ただにも、それ悲しいと存ずるに、いまみづからが世《よ》に出《い》でたとて、父に弓《ゆみ》をばの、え引くまいの、小栗殿。さて明日《みょうにち》の横山攻めをば、お止《と》まりあつてたまはれの。それがさなうて、[13]いやならば、横山攻めの門《かど》出《いで》に、[14]さてみづからを害《がい》召され、さてその後《のち》に、横山攻めはなされいの」。

小栗この由聞こしめし、「その儀《ぎ》にてあるならば、御恩の

10　冥途から帰ること。蘇生。

11　逆茂木（さかもぎ）に同じ。棘のある木の枝などで敵の侵入を防ぐ防御柵。

12　仏教の重罪。父を殺し、母を殺し、阿羅漢を殺し、僧団の和合を破り、仏身を傷つける五逆罪に、師僧を殺し、阿闍梨を殺す二逆を加えて七逆罪。合わせて十二逆罪。

13　そうでなくて。

14　それではわたしを殺害なされ。

妻に免《めん》ずる」との御諚《ごじょう》なり。照手[15]なのめに思《おぼ》しめし、「[16]その儀にてあるならば、夫婦の御仲《おんなか》ながら、御腹《はら》いせを申さん」と、[17]内証《ないしょう》を書きて、横山殿にお送りある。横山この由御覧《ごらん》じて、さつと広げて拝見《はいけん》ある。「昔が今にいたるまで、[18]七珍万宝《しっちんまんぼう》の数《かず》の宝《たから》より、わが子《こ》に増《ま》したる宝はないと、いまこそ思ひは知られたり。いまはなにをか惜《お》しむべし」と、[19]十駄《だ》の黄金《こがね》に、鬼鹿毛《おにかげ》の馬を相添《あいそ》へて参らする。

これもなにゆゑなれば、三男の三郎がわざぞとて、三郎には七筋《ななすじ》の縄《なわ》をつけ、小栗殿にお引《ひ》かせある。小栗この由御覧《ごらん》じて、「[20]恩《おん》な恩《おん》、仇《あたん》は仇《あたん》で報《ほう》ずべし。十駄《だ》の黄金《こがね》をば、欲《よく》にしてもいらぬ」とて、黄金御堂《こがねみどう》と寺を建て、さて[21]鬼鹿毛がすがたをば、真《しん》の漆《うるし》で固《かた》めてに、馬をば馬頭観音《ばとうかんおん》とお祝《いわ》ひある。牛《うし》は大日如来化身《だいにちにょらいけしん》とお祝《いわ》ひある。

15 たいへん喜ばれ。
16 そのお考えでしたら、夫婦二人の父ではありますが、こちらの鬱憤を文で伝えましょう。
17 内々の事情や意向。
18 あらゆる宝物。仏教語。
19 馬十頭に荷わせた黄金。
20 「恩は恩」の転訛。
21 鬼鹿毛の姿を、生(き)の黒漆でかたどって、馬頭観音と祀る。

これもなにゆゑなれば、三男の三郎がわざぞとて、三郎をば[22]荒簀《あらす》に巻《ま》いて、西の海に[23]ひし漬《づ》けにこそなされける。舌《した》三寸《さんずん》の操《あやつ》りで、[24]五尺の命《いのち》を失ふこと、悟《さと》らざりけるはかなさよ。それから[25]ゆきとせに御渡《わた》りあり、売り初《そ》めたる姥《うば》をば、肩から下を掘《ほ》りうづみ、竹のこぎりで首をこそはお引かせある。太夫《たゆう》殿には所知《しょち》を与へたまふなり。

それよりも小栗殿、常陸《ひたち》の国へ御もどりあり、[26]棟《みね》に棟《みね》、門《かど》に門《かど》を建て、富貴《ふっき》万福《ばんぷく》、[27]二《に》代《だい》の長者《ちょうじゃ》と栄《さか》えたまふ。その後《のち》、[28]生者必滅《しょうじゃひつめつ》の習《なら》ひとて、八十三の御時《おんとき》に、大往生《だいおうじょう》を遂《と》げたまへる。神《かみ》や仏《ほとけ》、一緒《いっしょ》に集《あつ》まらせたまひてに、かほどまで真実《しんじつ》に大剛《だいこう》の弓取《ゆみと》りを、いざや神《かみ》に祝《いわ》ひこめ、末世《まっせ》の衆生《しゅじょう》に拝《おが》ませんがそのために、小栗殿をば、美濃《みの》の国安八《あんぱち》の郡《こおり》墨俣《すのまた》、垂井《たるい》おなことの神体《しんたい》は正八幡《しょうはちまん》、荒人神《あらひとがみ》とお祝ひある。同じく

22　竹や葦を粗く編んだむしろ。
23　柴漬（ふしづ）け。荒簀で巻いて水中に入れる刑。
24　並みの身長で、男子一人の意。
25　ゆきとせが浦。
26　「みね」は「むね」の転訛。
27　二代にわたる長者。当時のことわざ「長者に二代なし」をふまえ、没落することのない長者の意。
28　生ある者は必ず滅す。「涅槃経」雪山偈（せっせんげ）の一句。

照手の姫をも、十八町[29]下《しも》に、[30]契《ちぎ》り結《むす》ぶの神《かみ》とお祝ひある、契り結ぶの神の御本地《ごほんじ》も語り納《おさ》むる、所も繁盛《はんじょう》、御代《みよ》もめでたう、国も豊《ゆた》かにめでたかりけり。

29　約二キロメートル南。
30　縁結びの神。安八町の結(ぶ)《むす》神社。墨俣八幡の南西約二キロメートルにある。

山《さん》椒《しょう》太《だ》夫《ゆう》

あらすじ

1 安寿と厨子王の姉弟、流謫の身の父の赦免と、所領安堵を帝に請うため、母と乳母に伴われて、奥州信夫《しのぶ》の庄を発ち、京へ向かう。

2 越後直江の浦まで来て、橋の下で夜を明かすが、人商人の山岡太夫に騙され宿を借りる。

3 山岡太夫は、陸路の難儀を説いて四人に船路を勧め、直江の浦から沖へ漕ぎ出す。

4 沖では人買い舟が二艘待ち受け、母と乳母、姉と弟は、別の舟に乗せられる。騙されたと知った乳母は海に身を投げ、母は打ち伏せられ、蝦夷《ぞえ》が島へ売られる。

5 安寿と厨子王は、丹後由良《ゆら》の山椒太夫に買い取られ、譜代下人として使われる。

6 姉の安寿は海で潮汲み、弟の厨子王は山で柴刈りをする。慣れぬ仕事を、山人や海人《あまうど》が手伝うと、太夫の三男三郎は、手伝った者は罪科に処すと触れを出す。

7 姉弟は自害を決意し、海に身を投げようとすると、同じく太夫に買われた伊勢の小萩に止められる。三人は義姉弟の契りを交わす。

8 正月になり、別屋に入れられた姉弟が逃げる相談をすると、三郎に立ち聞かれる。

9 姉弟は譜代下人の印として、顔に焼き金を当てられる。さらに松の木湯舟に閉じこめられるが、太夫の次男の二郎が、湯船の底に穴をあけて食事を与える。

10 弟とともに山入りを願う安寿は、三郎に髪を切られる。山へ向かう姉弟は、地蔵菩薩が身代わりとなって顔の焼き金を受けたことを知る。安寿は地蔵の守りを弟に託して逃げさせる。

11 厨子王が帰らないのを怒った太夫は、三郎に命じ、安寿を湯責め・水責め・三つ目錐の拷問にかけ、最後は炭火の熱で責め殺す。

12 太夫や三郎らに追われた厨子王が、丹後の国分寺に逃げ込むと、聖は厨子王を皮籠(かわご)に入れて隠す。三郎は寺中をくまなく探しまわるが、見つからない。

13 太夫と三郎は、聖が厨子王を隠していない証しとして、偽りのない旨の大誓文を立てさせる。

14 皮籠を怪しんだ三郎が、ふたを開けると、守り袋の地蔵菩薩が金色の光を放って三郎の目をくらます。

15 厨子王は聖に素性を明かし、京へ行きたいと頼む。聖は皮籠を背負い、丹後から京の朱雀権現堂に着く。皮籠のなかで足腰の立たなくなった厨子王を置き、聖は丹後へ帰る。

16 京の童たちの作った土車に乗せられ、都から摂津天王寺まで来た厨子王が、石の鳥居に取り付くと足腰が立つ。おしやり大師の情けで、寺の稚児若衆となる。

17 清水観音に申し子をした梅津院が、観音のお告げで天王寺に養子選びに来る。百人の稚児若衆の中から厨子王を選び、湯殿で身を清めると、美しい若者になる。

18 内裏で大臣たちに同席を嫌われた厨子王が、帝に系図の巻物を差し出すと、奥州五十四郡の本領安堵に加えて、丹後の国を給わる。

19 厨子王は丹後の国分寺で聖と再会する。山椒太夫と三郎を呼び出して鋸引きにし、太郎と二郎と伊勢の小萩には恩に報いる。

20 蝦夷が島に渡り、盲目の母と再会する。地蔵の霊験で母の目を治し、また直江の浦では人商人の山岡太夫を柴漬(ふしづ)けにする。

21 その後、姉の安寿姫の菩提のため、守り袋の地蔵を丹後の金焼(かなやき)地蔵として祀り、父と母、命の恩人の聖、伊勢の小萩らとともに、本領の奥州で末代まで栄えた。

安寿と厨子王、京へ旅立つ　1

コトバ[1]ただいま語り申す御《おん》物語り、国を申さば丹後《たんご》の国、[2]金焼地《かなやきじ》蔵《ぞう》の御《ご》本地《ほんじ》を、あらあら説《と》きたて広《ひろ》め申すに、これも一度《ひとたび》は人間《にんげん》にておはします。

人間にての御本地を尋《たず》ね申すに、国を申さば[3]奥州日《おうしゅうひ》の本《もと》の将軍、[4]岩城判官正氏殿《いわきのはんがんまさうじどの》にて、[5]諸事《しょじ》のあはれをとどめたり。この正氏殿と申すは、[6]情《じょう》の強《こわ》いによつて、[7]筑紫《つくし》安楽寺《あんらくじ》へ流されたまひ、憂《う》き思ひを召されておはします。フシあらいたはしや[8]御台所《みだいどころ》は、姫《ひめ》と若《わか》、[9]伊達《だて》の郡信夫《こおりしのぶ》の庄《しょう》へ御浪人《ごろうにん》をなされ、御《お》嘆《なげ》きはことわりなり。

ある[10]日《ひ》の中《うち》の事なるに、いづくとも知らずして、燕《つばめ》夫婦舞《ま》

1安寿と厨子王、…

1　ここから、上・中・下の「上」巻。底本は冒頭三丁分を欠く。本書「解説」の「作品解題」に述べたが、明暦版および他本を参照して補訂した。

2　安寿と厨子王に当てられる焼き金の身代わりとなる地蔵(10節)。「本地」は由来・由緒。

3　「日の本」は、文字どおり日が出る東の果て。中世に蝦夷管領を世襲した安東氏が「日の本将軍」と称した例があり、「太平記」第十九巻には、東国を管領した足利直義を「日の本将軍」に任じたとある。

4　明暦版「いわき」、正徳版「岩城」。岩城氏は、福島県磐城地方に室町末まで栄え

ひ下《さ》がり、御庭《おにわ》の塵《ちり》をふくみ取り、[11]長押《なげし》の上に巣《す》をかけて、十二の卵《かいご》を温《あたた》めて、[12]父鳥餌食《えばみ》に立つ折は、母鳥卵《かいご》を温むる。母鳥餌食《えばみ》に立つ折は、父鳥卵《かいご》を温めて、互ひに養育《よういく》つかまつり、連《つ》れて[13]橘《たちばな》の小枝《こえだ》に並《なら》びゐるを、[14]厨子王丸《ずしおうまる》は御覧《ごらん》じて、「なふ母御《ははご》様、あの鳥、名をなにと申す」とお問ひある。母御この由《よし》聞こしめし、「あれは[15]常磐《ときわ》の国よりも来たる鳥なれば、燕《つばめ》とも申すなり、または[16]耆婆《ぎば》とも申すなり。なんぼうやさしき鳥ぞかし」。

コトバ厨子王丸は聞こしめし、「あら不思議《ふしぎ》やな、けふの日や、あのやうに天《てん》をかくる燕さへ、父、母とて、親をふたり持つものを、[17]姉の安寿《あんじゅ》とそれがしに、[18]父といふ字《じ》ござないぞ。[19]それ弓取《ゆみと》りのならひにて、時の口論《こうろん》[20]笠咎《かさとが》め、討《う》ち死《じ》にばしなされしか。いつが[21]忌日《きにち》か命日《めいにち》ぞ、教えてたべや母御様」。

た桓武平氏維茂流。
5　この世の哀れをきわめた。
6　かたくなで我意を通す。
7　菅原道真が流罪となった寺。現在の太宰府天満宮の場所にあった。
8　「御台所」は、将軍など高位者の妻の敬称。
9　奥州の伊達郡と信夫郡。今の福島市周辺。浪人は、流浪の身。
10　昼間。日中。
11　柱と柱を繋ぐ横木。
12　この箇所、明暦版は母鳥のことが脱落。草子本で補う。
13　柑橘系の木の総称。
14　底本「つし王」。浄瑠璃正本は「都志王」「津志王」「対王」等とあるが、標題の「山椒太夫」に合わせて「厨子王」とした。本書「解説」の「作品解題」参照。
15　不老不死の理想郷。福徳をもたらす源とされた。

母御この由《よし》聞こしめし、「御身《おんみ》が父の岩城殿《いわきどの》は、一年《ひととせ》みかどの22大番調《おおばんととの》へさせたまはぬ御罪科《ございか》に、筑紫《つくし》安楽寺《あんらくじ》へ流されて、憂《う》き思ひしておはします」。

厨子王は聞こしめし、「父は浮《う》き世《よ》にござないかと思ひてござあれば、父だに浮き世にましまさば、姉御《あねご》やそれがしに暇《ひま》を給《たま》はり候《そうら》へ。都に上《のぼ》り、みかどに23安堵《あんど》の御判《ごはん》を申しうけ、24奥州《おうしゅう》五十四郡《ぐん》の主《ぬし》とならうよ、母御様」。

母御この由聞こしめし、「さほどに思ひたつならば、みづからともに上《のぼ》らん。25大勢《おおぜい》は旅のわづらひ、小勢《こぜい》は道も心安《やす》し」と、乳母《めのと》26うわたきの女房《にょうぼう》一人御供《おとも》となされ、国を三月十七日に27事《こと》かりそめに立ち出でて、のちの後悔《こうかい》とぞ聞こえける。

山岡太夫に宿を借りる　2

16　耆婆鳥は想像上の鳥だが、燕の異称かは不明。草子本は、「なんぼうやさしき鳥ぞかし」のあと、燕が法華経の句をさえずるなど母の言が続くが、正本類になく、末尾「…教へ給ふ」も説経節の古い語り口ではない。

17　明暦版「あねごやそれがしに」。寛文版・延宝版「あねのあんじゅとそれがしに」で補う。

18　父というもの。「…といふ字」は婉曲に言う語法。

19　そもそも武士の慣いで。以下の厨子王の言は、正徳版で修正して補う。草子本に類似句があるが、やや文意不明。

20　笠が触れて起こる争い。「ばし」は強意の助詞。

21　亡くなった日。同意の語をくり返して語調を整えた。

22　内裏や院御所の警固役を勤めて不都合があった咎(とが)

三十日《みそか》ばかりの路次《ろし》[1]の末《すえ》、越後《えちご》の国直江《なおい》[2]の浦《うら》にお着きある。日《ひ》も陽谷《ようこく》[3]を立ち出《い》で扶桑《ふそう》[4]を照らし、日も暮《く》れ端《ば》[5]なりぬれば、「宿《やど》取りたまへ、うわたき、[6]うけたまはり、直江《なおい》[7]千軒《せんげん》の所を、「一夜《いちや》、一夜《いちや》」と借《か》るほど、九百九十九軒ほど借れど、貸《か》す者さらになし。

　フシあらいたはしやな四人《よつたり》の人びとは、とある所に腰《こし》をかけ、「さても凡夫《ぼんぷ》[8]世界《せかい》のこの里《さと》や。一夜《いちや》の宿を貸さざることの悲しさよ」。コトバ嘆《なげ》かせたまふ所に、浜路《はまじ》よりもどる女房《にょうぼう》、この由《よし》聞き、「旅の上臈《じょうろう》[9]様の御意《ぎょい》もつともなり。これは直江《なおい》の浦《うら》と申して、慈悲第一《じひだいいち》[10]の所にてさぶらふが、悪い者が一人二人あるにより、越後《えちご》の国直江《なおい》[11]の浦こそ、人売《ひとう》りがあるよとの風聞《ふうぶん》なり。このこと地頭《じとう》[12]聞こし召し、所詮宿貸《しょせんやどか》[13]す者あるならば、隣《となり》[14]三軒罪科《ざいか》に行ふべきと、あれあれ[15]御覧《ごらん》さぶらへや、

で。
23 所領を認める。帝の花押（御判）のある文書。
24 陸奥の国全土。現在の福島・宮城・岩手・青森県。
25 以下の言は草子本で補う。
26 寛文版・正徳版等「うわ竹」。
27 ほんの一時のつもりで。

2 山岡太夫に…

1 道中。
2 北陸道の宿場。海運でも栄えた。新潟県上越市直江津。
3 太陽の昇る東の果て（書経・堯典）。
4 中国の東の果て。転じて日本の異称。
5 暮れはじめ。
6 会話がそのまま地の文につづく語り物の文体。
7 〇〇千軒は、市や宿場で栄えた町の呼称。
8 ほとけ心のない俗人ばか

制札《せいさつ》が立つてあるにより、思ひながらもお宿を貸す者ござあるまい。あれに見えたる黒森《くろもり》の下に、16逢岐《おうぎ》の橋と申して、広い橋のござある。これへござありて、一夜《いちや》明《あ》かいてお通《とお》りあれ」と申しける。

フシ御台《みだい》この由聞こしめし、これは17氏神《うじがみ》の教へたまふかと、四人連《よつたりづ》れにて逢岐《おうぎ》の橋に着きしかば、昔が今にいたるまで、親と子の御中《おんなか》にて、諸事《しょじ》のあはれをとどめたり。

北風の吹くかたは、18いづくもつらいと思《おぼ》しめし、うわたきに風を防《ふせ》かせたまふなり。南から吹く風を御台所《みだいどころ》の防《ふせ》きたまひ、19滕村濃《ちきりむらごう》の御小袖《おんこそで》を取り出《い》だし、御座《ござ》のむしろに参らせて、中には姉弟《きょうだい》お伏しある。

コトバこれは直江《なおい》の浦の御《おん》物語り。ここに20山岡《やまおか》の太夫《たゆう》と申して、人を売つての名人なり。さても21上臈《じょうろう》たちにお宿《やど》を申し

りのこの地。

9　上臈様（貴婦人）の仰せ。

10　人の情けを第一とする所。草子本、寛文版で補う。

11　直江津は人商いが横行したらしい。能「婆相天」では、同地で姉弟が母と離れて東国と西国の舟に売られる。

12　ここは在地の領主の意。

13　要するに（どんな理由であれ）。

14　両隣も合わせて三軒。

15　草子本で補う。寛文版に類似句。制札は、禁令の高札。

16　直江津を流れる荒川の橋。底本「あふぎ」。寛文版・正徳版「あふげ」。以下の由来譚から「逢岐」を宛てる。

17　氏神様が（浜の女房の口を借りて）お教えになったか。

18　どちらも寒くてつらかろうとお思いになり、うわたきの女房に。

19　滕（ちきり）（機織りの糸巻）の

損《そこ》なうて、腹立《はらだ》ちや、たばかり売りて、[22]春過《はるす》ぎをせうと思ひ、女人《にょにん》の足のことなれば、よも遠くへはござあるまい。浜路《はまじ》をさいてゆくべきか。[23]まつた逢岐《おうぎ》の橋へとゆくべきと、[24]草鞋《わらんじ》脛巾《はばき》の緒《お》を締《し》めて、[25]鹿杖《かせづえ》をついて、逢岐の橋へぞいそぎける。

逢岐の橋にも着きしかば、四人《よったり》の人びとは、旅《たび》くたびれにくたびれて、前後《ぜんご》も知らず伏《ふ》しておはします。ひと脅《おど》し脅《おど》さばやと思ひ、持つたる鹿杖《かせづえ》にて、橋のおもてをだうだうと突き鳴らし、「これに伏したる旅人《たびうど》は、御存《ごぞん》じあつてのお休みか、まつた御存じござないか。この橋と申すは、[26]供養《くよう》のない橋なれば、山からはうはばみが舞《ま》ひ下《さ》がり、池から大蛇が上《あ》がりて、夜《よ》な夜《よ》な逢《お》うて、契《ちぎ》りをこめ、さて暁《あかつき》がたになりぬれば、逢うて別るるによつて、さてこそ橋の俗名《ぞうみょう》を逢岐《おうぎ》の橋《はし》と申すなり。[27]七《なな》つ下《さ》がれば人を取《と》り、[28]行《ゆ》き方《がた》ないと風聞《ふうぶん》する、

文様を村濃(色むら)で染めた小袖(袖の小さな着物)を取り出し、敷物の代わりにして。
20　太夫は、親方格の呼称。
21　昼の貴婦人たちに宿を貸すのに失敗して。
22　衣替えの物入りをいう。「春過ぎてけふぬぎ替ふるから衣身にこそなれね夏は来にけり」(新千載和歌集・二条為定)。以下、底本による。
23　または逢岐の橋へ行っただろうかと。
24　わらじと脚絆の紐。
25　上部が鹿角のように二股の杖。
26　橋供養(橋の厄除け供養)を行わなかった橋。
27　七つ時(午後四時頃)過ぎれば。たそがれ時の意。
28　行くえがわからないとうわさする。

あらいたはしや」と、いひ捨てて、[29]さらぬ体《てい》にておもどりある。

フシ御台《みだい》この由《よし》聞こしめし、[30]かつぱと起きさせたまひて、[31]月の夜《よ》かげよりも、太夫《たゆう》のすがたを見たまひてあれば、五十あまりの太夫殿、慈悲《じひ》ありさうなる太夫殿に、宿借《やどか》り損《そん》じてかなはじと、太夫のたもとにすがりつき、「なふいかに太夫殿、われらばかりのことならば、[32]虎狼変化《ころうへんげ》の物どもに、取《と》らるるとても[33]力なし。あれあれ御覧《ごらん》さぶらへや、これに伏した[34]るわつぱこそ、奥州《おうしゅう》五十四郡《ぐん》の[35]主《ぬし》とならうず者なるが、さて[36]不思議《ふしぎ》なる論訴《ろんぞ》に、都へ上《のぼ》り、みかどにて安堵《あんど》の御判《ごはん》を申しうけ、[37]本地《ほんじ》に帰るものならば、[38]やわか、太夫殿に[39]所知《せち》に所《せ》領《りょう》が惜しかるべきか。一夜《いちや》の宿《やど》」とお借りある。

コトバ太夫この由聞くよりも、宿借《か》るまいといふとも、押[40]

29　そしらぬふりで。
30　勢いよく跳ね起きて。
31　夜の月あかりで。
32　恐ろしい獣や化け物ども。
33　仕方ない。
34　子ども。
35　あるじとなる者。
36　理不尽な訴訟のため。
37　ここはもとの所領の意。
38　よもや。強い打ち消し。
39　所領を惜しみましょうか。所知・所領は、同意語のくり返し。
40　無理にでも宿を貸したいのに、向こうから宿を借りたいと申す。

さへて宿の貸したいに、宿借らうと申す、うれしやな、さりながら偽《いつわ》らばやと思ひ、「なふいかに上臈《じょうろう》様、お宿を参らせたうはござあるが、御存じのごとく、[41]上《うえ》の政道《せいどう》が強ければ、思ひながらも、お宿をばえ参らすまい」とぞお申しある。

フシ御台この由聞こしめし、「なふいかに太夫殿、これはたとへでなけれども、[42]費長房《ひちょうぼう》や丁令威《ていれいい》は、鶴の羽交《はが》ひに宿を召す。達磨《だるま》尊者《そんじゃ》は蘆《あし》の葉に召す。[43]旅は心、世は情《なさ》け。さて大船《たいせん》は浦《うら》がかり、捨て子は村の育《はごく》みよ。木があれば鳥が住む、湊《みなと》があれば舟も寄る。一通《ひととお》り[44]一時雨《ひとしぐれ》、一村雨《ひとむらさめ》の雨宿《あまやど》り、これも[45]他生《たしょう》の縁《えん》と聞く。[46]ひらさら一夜《いちや》」とお借りある。

コトバ太夫この由うけたまはり、「お宿を参らすまいと思へども、あまりに[47]御意《ぎょい》の近ければ、さらばお宿参らせん。路次《ろし》にて人に会うたりとも、[48]太夫にばかり物いはせ、お忍びあ

41　お上の取り締まりが厳しくて、宿を貸したくても。

42　「小栗判官」16節に、同じたとえが同文で見える。

43　旅は思いやり、世は情けが大切。だから大船も入り江を頼りとし、捨て子は村で育てる。

44　底本は以下二丁欠。明暦版を底本とし、草子本と寛文版・正徳版で補う。

45　雨宿りで一緒になるのも、前世からの因縁。

46　ぜひとも一夜の宿を。

47　熱心におっしゃるので。

48　わたしだけに話をさせ、黙っておられよ。

れ」と申し、太夫が宿へ御供《おとも》ある。上臈様の運命尽《つ》くれば、路次にて人に会ひもせず、太夫が宿にお着きある。

母子主従四人、舟に乗せられ沖へ 3

太夫《たゆう》は女房《にようぼう》を近づけて、「いかに姥《うば》、昼の上臈《じようろう》様にお宿《やど》を申してあるぞ。飯《はん》[1]を結構《けつこう》にもてなせ」。女房聞いて、「さても太夫殿は、若い折の癖《くせ》[2]が失《う》せたると思へば、まだ失せずして、あの上臈様にお宿を申さうとお申しあるか。あの上臈にお宿をお申しあらば、みづからには飽《あ》[3]かぬいとま」とお乞《こ》いある。

太夫、はつたとにらんで、「さてもわ殿《どの》は、生道心《なまどうしん》[4]ぶつたることを申すものかな。ことしは親の十三年[5]にあたつて、慈《じ》悲《ひ》のお宿《やど》を申すが、それも惜《お》しいか、女房」。

姥《うば》この由《よし》聞いて、「さて、いままでは、売《う》らうためかと思

3 母子主従四人、…

1 食事をよくお世話せよ。寛文版、正徳版で補う。
2 若い時の女癖と人商いの悪癖。
3 不本意ながら離縁して下さい。
4 中途半端な信心めいたこと。
5 親の十三回忌の供養で、功徳として慈悲で貸す宿。

ひ申してござあれば、慈悲のお宿とあるなれば、こなたへ」と申し、[6]洗足《せんそく》取つて参らせ、中の[7]出居《でい》へ入れ申し、飯《はん》を結構《けっこう》にもてないて、女房は、[8]夜半《やはん》のころ参り申しけるは、「なふいかに上臈様、御《お》物語りに参りたよ。さても昼、お宿を参らすまいと申したは、[9]さぞ憎《にく》しとや思《おぼ》すらん。われも女人《にょにん》、人も女人でありながら、お宿を参らすまいではなけれども、あの太夫と申すは、七つのときよりも、人買《ひとか》ひ舟《ぶね》の[10]相櫓《あいろ》を押し、人売《ひとう》りの名人《めいじん》なり。もし上臈様をも売り申し、[11]情《なさ》けなの太夫《たゆう》やな、うらめしの姥《うば》やと、お申しあらう悲しさに、さてお宿申すまいと申してござある。慈悲《じひ》のお宿とあるならば、五日《いつか》も十日《とおか》も、[12]足を休めてお通りあれ。それとても油断《ゆだん》な召されそ。太夫が売ると知るならば、[13]みづから知らせ申さうぞ」。

太夫は立ち聞きをつかまつり、姥がなにやうに申すとも、

6　汚れた足を洗う湯水。
7　土間に面した座敷。
8　真夜中の頃。
9　以下、「…お宿を参らすまいではなけれども」まで、草子本で補う。類似句は寛文版・正徳版にある。
10　相方で漕ぐ櫓。
11　無慈悲な太夫よ、恨めしい姥よと、おっしゃろうことの悲しさに。
12　ゆっくり足を休めて京へお上りなされ。
13　わたしがお知らせします。

たばかり売りて春過《はるす》ぎをせんと思へば、寝られはせず、中の出居《でい》に参り、「いかに上臈様《じょうろうさま》に申すべし。宿の太夫でござあるが、御物語りに参りたり。もとも[14]京へ御上《おのぼ》りか」と問ひければ、御台《みだい》運命尽《つ》きぬれば、「いまがはじめ」とお申しある。太夫この由《よし》聞くよりも、いまがはじめのことならば、[15]舟路《ふなじ》売るとも、陸《くが》を売るとも、しすまいたと思ひ、「いかに上臈様、舟路《ふなじ》を召されう、陸《くが》を召されうか」と問ひければ、御台《みだい》この由《よし》聞こし召し、「舟路なりとも、陸なりとも、道に難所《なんしょ》のなきかたを、教へたまはれ」と仰せける。

太夫この由聞くよりも、[16]陸《くが》に難所はなけれども、脅《おど》さばやと思ひ、「まづ陸道《くがみち》と申すは、[17]かい取り、ひつ取《と》り、くら取《と》り坂、比丘尼転《びくにころ》び、合子投《ごうしな》げ、犬戻《いぬもど》り、駒返《こまがえ》り、猿《さる》すべり、親知《おやし》らず子知《こし》らず。難所《なんしょ》四十八か所《しょ》」と教へ、[18]「ただただ舟《ふな》

14　以前にも。

15　舟で売っても陸で売ってもわからないから、しめたもの。

16　以下の難所の説明は明暦版にない。寛文版で補う。

17　以下、急峻な道の説明だが、詳細は不明。「比丘尼」は尼、「合子」は蓋付きの容器。

18　以下、底本による。

路《じ》を召《め》され候《そうら》へや。[19]太夫がよき小船一艘《しょうせんいっそう》持つてあるあひだ、沖《おき》まで漕《こ》ぎ出《い》だし、便船乞《びんせんこ》うて参らすべし。[20]とかう申す間《ま》に、夜が明けさうにござある。夜が明《あ》け離《はな》れば、宿の大事《だいじ》になるほどに、はやはやお忍《しの》びあつてたまはれや、上臈様」とぞたばかりける。

フシあらいたはしやな、四人《よったり》の人びとは、売るとも買ふとも知らずして、太夫の内《うち》を忍《しの》び出《い》で、[21]人の軒端《のきば》を伝《つと》うてに、浜路《はまじ》をさいてお下《くだ》りある。さて浜路にも着きしかば、太夫が[22]夜《よ》舟《ふね》に取つて乗せ、[23]とも綱解《づなと》く間《ま》が遅いとて、[24]腰《こし》の刀《かたな》をするりと抜き、とも綱《づな》ずつと切つて、あつぱれ、[25]切《き》れ目《め》の商《あきな》ひかなと、心の内にうち祝《いわ》ひ、「えいやつ」というて、[26]櫓拍子《ろびょうし》踏《ふ》んで押すほどに、夜《よ》の間《ま》に[27]三里《り》押し出だす。

19　わたしがよい小舟を一艘持っているので、沖まで漕ぎ出して、都合のよい船を頼んであげよう。
20　あれこれ話すうちに。
21　家々の軒下を伝って(ひそかに)。
22　夜に航行する舟。
23　船尾をつなぎ留める綱。
24　腰に差す短刀。
25　品不足の時のいい商いよ。
26　櫓を勢いよく(拍子を取って)漕ぐうちに。
27　一里は約三・九キロメートル。

乳母は入水し、母は蝦夷が島へ　4

コトバ沖《おき》をきつと見てあれば、霞《かすみ》のうちに舟が二艘《にそう》見ゆる。「あれなる舟は、商《あきな》ひ舟《ふね》か、漁舟《りょうふね》か」と、問ひかくる。[1]一艘は「[2]江戸《えど》の二郎《じろう》が舟」、一艘は「宮崎《みやざき》の三郎《さぶろう》が舟候《ぞう》[3]」と申す。「[4]おことが舟は、たが舟ぞ」。「これは山岡《やまおか》の太夫《たゆう》が舟」。「あらめづらしの太夫殿や。商《あきな》ひ物《もの》はあるか」と問ひければ、「それこそあれ」と、片手をさし上げ、[5]大指《おおゆび》を一つ折《お》つたるは、[6]四人《よつたり》あるとの合点《がってん》なり。「四人《よつたり》あるものならば、五[7]貫《かん》に買《か》はう」と、はや値《ね》さす。宮崎の三郎がこれを見て、「おことが五貫に買ふならば、それがしは[8]先約束《せんやくそく》にてあるほどに、一貫増《ま》いて六貫に買はう」、われ買《か》はう、ひと買《か》はうと口論《こうろん》する。[9]かたな突《つ》きにもなりぬれば、太夫は舟《ふね》に跳《と》んで乗り、「[10]手《て》

1　二艘の舟に問いかける。
2　底本・明暦版・草子本「ゑど」、寛文版・正徳版「さど」。
3　「に候(さう)(ろ)ふ」の縮約形。
4　そなたの舟は、だれの舟か。
5　親指。
6　商い物が四人と承知した。
7　五貫文(五千文)で買おうと、早くも値を付けた。
8　以前からの契約。
9　刀で突きあう争い。
10　争いをするな、獲物の鳥が逃げるから。「若鳥」は若い女を言う隠語。

な打つそ、鳥《とり》の立つに。ことにこの鳥若鳥《わかとり》なれば、末《すえ》の繁昌《はんじょう》するやうに、両方へ売《う》り分《わ》けて取らせうぞ。まづ江戸の二郎が方《ほう》へは、[11]上臈二人《じょうろうににん》買《こ》うてゆけ。まつた宮崎の三郎が方《ほう》へは、姉弟《きょうだい》二人買《こ》うてゆけ。負《ま》けて五貫に取らする」と、またわが舟に跳《と》んで乗り、「なふいかに旅の上臈《じょうろう》様、いまの口論《こうろん》はたれゆゑと思《おぼ》しめす、上臈様ゆゑにてござあるぞ。二《に》艘《そう》の舟の船頭《せんどう》どもは、太夫がためには甥《おい》どもなり。をぢの舟に乗つたる旅人《たびうど》を、われ送らう、ひと送らうと口論する。人の気《き》[12]に合《あ》ふはやすいこと、[13]里《さと》も一つ、湊《みなと》も一つのことなれば、舟《ふね》の足を軽《かる》う召され、類船《るいせん》召され候へや。まづ上臈二人《じょうろうににん》は、あの舟に召され候へ、[14]おこと姉弟《きょうだい》は、この舟に召され候へ」と、太夫は[15]料足《りょうそく》五貫にうち売つて、直江《なおい》の浦《うら》にもどらるる。[16]ことにあはれをとどめたは、二艘の舟にてとどめたり。五[17]

11　御台と乳母。
12　二人が仲直りはたやすいこと。
13　出た港も同じ、行く港も同じだから、船足を軽くするため、同行の二艘(類船)にお乗りなされ。
14　そなた達。
15　代金。
16　ことさらの哀れは、二艘の舟に乗せられた主従四人にきわまった。
17　一町は約一〇九メートル。

町ばかりは類船《るいせん》するが、十町ばかりもゆき過ぎて、北と南へ舟がゆく。御台《みだい》この由御覧《ごらん》じて、「さてあの舟とこの舟の、間《あい》の遠いは不思議やな。同じ湊へ着かぬかよ。舟漕《こ》ぎもどいて、静[18]かに押さいよ、船頭《せんどう》殿」。コトバ「なにと申すぞ。け[19]さ朝恵比寿《あさえびす》を祝《いわ》ひ損《そこ》なひ、買《か》ひ負《ま》けたるだにも腹の立つに、上臈二人《じょうろうににん》は買《こ》うてあるぞ。舟底《ふなぞこ》に乗れ」とばかりなり。

フシ御台この由《よし》聞こしめし、「やあやあ、いかにうわたきよ。さて売られたよ、買われたとよ。さて情《なさ》けなの太夫やな、うらめしの船頭殿や。たとへ売るとも買《こ》うたりとも、一つに売りてはくれずして、親と子のその中を、両方《りょうほう》へ売り分けたよな、悲しやな」。宮崎の方《ほう》をうち眺め、「やあやあ、いかに姉弟《きょうだい》よ。さて売られたとよ、買はれたぞ。命[20]を惜《たば》へ姉弟よ。またも御世《みよ》には出《い》づまいか。姉[21]が膚《はだ》に掛《か》けたるは、地蔵菩薩《じぞうぼさつ》

18 ゆっくり櫓を押してくださいな。
19 朝一番の商いを福神恵比寿に見立て、商い物四人を一緒に買い損ねたこと。
20 命を大事にしなさい姉弟よ。必ずやまた世に出るはずですから。
21 姉の安寿が肌身離さず守り袋に掛けているのは。
22 万が一。
23 よくよくその地蔵のお守りを信じてお掛けなさい。

でありけるが、[22]自然《しぜん》姉弟が身の上に、自然《しぜん》大事があるならば、身代《みが》はりにもお立ちある、地蔵菩薩でありけるぞ。[23]よきに信じて掛けさいよ。また弟《おとと》が膚《はだ》に掛《か》けたるは、[24]信太玉造《しだたまつくり》の系図《けいず》の物。死して冥途《めいど》へゆく折も、[25]閻魔《えんま》の前のみやげにもなるとやれ。それ落とさいな、厨子王丸《ずしおうまる》」と、声の届《とど》く所では、とかくの御物語りをお申しある。

次第《しだい》に帆影《ほかげ》は遠《とお》うなる。声の届かぬ所では、[26]腰の扇《おうぎ》取り出《い》だし、ひらりひらりと招《まね》くに、舟も寄らばこそ。けさ越後《えちご》の国直江《なおい》の浦《うら》に[27]立つ白波《しらなみ》が、横障《おうしょう》の雲と隔《へだ》てられ、「わが子見ぬかな、悲しやな。[28]善知鳥《うとう》安方《やすかた》の鳥だにも、子をば悲しむ習《なら》ひあり。なふいかに船頭殿、舟漕《こ》ぎもどいて、今生《こんじょう》にての対《たい》面《めん》を、も一度させてたまはれの」。

コトバ船頭は聞くよりも、「なにと申すぞ。一度出《だ》いたる舟

24　奥州五十四郡の主の証しの系図。寛文版は、姉弟の父岩城正氏は平将門の孫とする。幸若舞曲「信太(しだ)」は、将門の遺児信太小太郎が、「信太玉造」の地券を奪回する物語。
25　生前の行いを裁く地獄の主神。
26　腰に差した扇を取り出し、姉弟の舟を招いたが、舟は近寄らず遠ざかるばかり。
27　立つ白波が、煩悩の雲のように姉弟の舟を遮(さえぎ)り。
28　陸奥の国の外(そと)の浜にいたという鳥。「みちのくの外の浜なる呼子鳥(よぶこどり)鳴くなる声はうたふやすかた」(夫木和歌抄)。母鳥が「うとう」と呼ぶと子が「やすかた」と応えた。謡曲「善知鳥」では、漁師が母鳥の声をまねて子を捕らえ、母鳥は空で血の涙を流す。

を、後《あと》へはもどさぬが法《ほう》ぞかし。舟底《ふなぞこ》に乗れ」とばかりなり。うわたきの女房、「うけたまはつてござある」と、「[29]賢臣《けんしん》二君《くん》に仕《つか》へず、貞女両夫《ていじょりょうぶ》に見《まみ》えず、[30]二張《にちょう》の弓は引くまい」と、[31]舟《ふな》梁《ばり》に突つ立ち上がり、[32]呪遍《じゅへん》の数珠《じゅず》を取り出《い》だし、西に向かつて手を合はせ、[33]高声高《こうしょうだか》に念仏を十遍《じっぺん》ばかりお唱へあつて、直《なお》江《い》の浦へ身を投げて、底の藻屑《もくず》とおなりある。

フシ御台この由御覧《ごらん》じて、「さて親とも子とも姉妹《きょうだい》とも、[34]頼《たの》みに頼《たの》うだうわたきは、かく成《な》り果《は》てさせたまふなり。[35]さて身はなにとなるべき」と、[36]流涕焦《りゅうていこ》がれてお泣きある。こぼる涙をおしとどめ、滕村濃《ちきりむらごう》の御小袖《おんこそで》取り出《い》だし、「なふいかに船頭殿、これは不足《ふそく》にさぶらへど、これはけさの[37]代物《しろもつ》なり。さてみづからにも、暇《ひま》を給《たま》はりさぶらへや。身を投《な》げうよ、船頭殿」。

29 原拠は「史記」田単伝。「平家物語」以下、多くの中世文芸に引かれる。
30 武士が二心をもつ、また女が操を守らないたとえ。
31 船の両舷に渡した材。
32 呪文を唱えるときの数珠。
33 高く大きな声で。
34 この上なく頼りにした。
35 それでわたしはどうなることか。
36 激しく涙を流し恋い焦がれて泣いた。
37 金銭に代わる品物。

コトバ船頭この由《よし》聞くよりも、「なにと申すぞ。一人こそは損《そん》にするとも、二人まで損にはすまい」とて、持つたる櫂《かい》にて打ち伏せ、舟梁《ふなばり》に結《ゆ》ひ付けて、[38]蝦夷《えぞ》が島へぞ売つたりけり。蝦夷が島の商人《あきうど》は、「[39]能《のう》がない、職《しょく》がない」とて、足手の筋を裁《た》ち切つて、[40]日に一合を服《ぶく》して、粟《あわ》の鳥を追うておはします。

姉弟、丹後の山椒太夫に買われる　5

これは御台《みだい》の御《おん》物語り。さておき申し、ことにあはれをとどめたは、さて宮崎の三郎が、姉弟《きょうだい》の人びとを二貫五百に買ひ取つて、あとよ先よと売るほどに、ここに丹後《たんご》の国[1]由良《ゆら》の湊《みなと》の山椒太夫《さんしょうだゆう》が、[2]代《しろ》を積《つ》もつて十三貫に買《こ》うたるは、ただ諸《しょ》事《じ》のあはれと聞こえける。

38　今の北海道以北の北方の島々。
39　とりえがない、役に立たない。
40　一日に一合(一升の十分の一)の粟飯を与えられて、粟畑の鳥追いをして。

5 姉弟、丹後の…

1　由良は歌枕。京都府宮津市。「山椒太夫」の表記は本書「解説」の「作品解題」参照。
2　元は二貫五百文だった代金を積みあげて。

太夫はこの由御覧《よしごらん》じて、「さてもよい[3]譜代下人《ふだいげにん》を、買ひ取つたることのうれしやな。孫子曽孫《まごこひこ》の末《すえ》までも、譜代下人と呼《よ》び使《つか》はうことのうれしさよ」と、喜ぶことはかぎりなし。

ある[4]日《ひ》の中《うち》のことなるに、姉弟《きょうだい》をお前に召され、「これの内には、名もない者は使はぬが、御身《おんみ》が名をばなにと申す」とお問ひある。姉御《あねご》この由《よし》聞こしめし、「[5]さん候《ぞうろ》ふ。それがし姉弟《きょうだい》は、これよりも[6]奥方《おくがた》、山中《やまなか》の者にてござあれば、姉は姉、弟《おとと》は弟《おとと》と申して、つひに[7]定《さだ》まる名《な》もござない。ただよき名を付けてお使ひあれ」。太夫この由聞こしめし、「[8]げにもなることを申す者かな。その儀《ぎ》にてあるならば、国里《くにさと》はいづくぞ。国名《くにな》を付けて呼ばう」との[9]御諚《ごじょう》なり。

姉御《あねご》この由聞こしめし、「さん候《ぞうろ》ふ。それがし姉弟《きょうだい》は、伊《だ》達《て》の郡信夫《こおりしのぶ》の庄《しょう》の者でござあるが、国を三月十七日に、こと

3　代々当家に仕える下人。

4　昼間。

5　そのことでございます。「さに候(さぶら)ふ」を縮約した言い方。

6　奥州の山中に住む者ですので。

7　決まった名も持ちません。

8　もっともなことを申す者よ。

9　仰せ。

かりそめに立ち出《い》でて、越後《えちご》の国直江《なおい》の浦《うら》から売《う》り初《そ》められ、それがしあまりの[10]物憂《ものう》さに、静かに数《かぞ》へてみてあれば、この太夫殿までは七十五[11]てんに売られたが、[12]あなたにては代物《しろもつ》よ、こなたにては商《あきな》ひ物よとこそ申したれ、つひに定まる名もござない。ただよき名を付けてお使ひあれや、太夫殿」。

太夫この由《よし》聞こしめし、「その儀《ぎ》にてあるならば、伊達の郡信夫の庄をかたどりて、御身《おんみ》が名をば[13]しのぶと付くる。しのぶに付くは[14]忘《わす》れ草《ぐさ》、よろづのことを思ひ忘れて、太夫によきに奉公つかまつるやうに、弟《おとと》が名をば忘れ草と付くるなり。まづ姉のしのぶは、明日《みょうにち》にもなるならば、浜路《はまじ》に下がり、[15]潮《しお》を汲《く》んで参るべし。まつた弟の忘れ草は、日に[16]三荷《さんか》の柴《しば》を刈《か》りて参りて、太夫をよきに育《はごく》まい」とお申しある。[17]五更《ごこう》に天《てん》も開《ひら》くれば、鎌《かま》と[18]朸《おうこ》と、桶《おけ》と柄杓《ひしゃく》を参らする。

10　あまりのつらさに。
11　「てん」は手(て)、方面・場所の意。
12　あちらでは代金よ、こちらでは商品よと申しましたが。
13　「陸奥(みちのく)のしのぶもぢずりたれゆゑに乱れそめにし我ならなくに」(伊勢物語・初段)。シノブは、シダ科の植物。「偲(しの)ぶ」意を掛ける歌ことば。
14　「忘れ草生(お)ふる野辺とは見るらめどこはしのぶなりのちも頼まむ」(伊勢物語・一〇〇段)。ユリ科の植物、萱草(かんぞう)の異名、夏にユリに似た花を付ける。
15　塩作り(塩焼き)の海水を汲んでまいれ。
16　荷(か)は肩に担える量。
17　午前四時前後、空が明るくなり始めると。
18　両端に物をかけて担う棒。

潮汲みと柴刈り　6

フシあらいたはしや姉弟《きょうだい》は、鎌《かま》と朸《おうこ》と桶《おけ》と柄杓《ひしゃく》を受け取りて、山と浜とにござあるが、あらいたはしや姉御《あねご》様は、とある所に立ちやすらひ[1]、桶と柄杓をからりと捨て、山の方《ほう》をうちながめ、「さてみづからは、この目の前に見えたる多い潮《しお》さへえ汲《く》まぬに、鎌手《かまて》[2]取つたることはなし、手元《てもと》覚えず手や切りて、峰《みね》の嵐《あらし》が激《はげ》しうて、さぞ寒かるらう、悲しや」と、姉は嘆かせたまふなり。

まつた弟《おとと》の厨子王《ずしおう》殿も、ある岩鼻《いわはな》[3]に腰《こし》をかけ、浜の方《ほう》をうちながめ、「さてそれがしは、このあたりに多い柴《しば》さへえ刈《か》らぬに、あの立つ白波《しらなみ》にも、女波《めなみ》男波《おなみ》[4]が打つと聞く。男波の潮《しお》を打たせては、女波の潮《しお》を汲むとかや。女波も男波もえ知

6 潮汲みと…

1　立ちどまり。

2　弟は鎌など手にしたこともない。手元がおぼつかずに手を切ったら。

3　岩の先端。

4　高低ある波の、高い男波と低い女波。

らいで、桶《おけ》と柄杓《ひしゃく》を波《なみ》に取られて、浜嵐《はまあらし》が激《はげ》しうて、さぞ寒《さむ》かるろ、悲しや」と、その日は山と浜にて泣き暮らす。

コトバかかりけるところに、[5]里《さと》の山人《やまうど》たち、山より柴《しば》を刈《か》つておもどりあるが、「これなるわつぱは、山椒太夫の[6]御内《みうち》なる、いま参《まい》りのわつぱにてあるが、山へゆき、柴を刈らいでもどるならば、[7]邪見《じゃけん》なる太夫、三郎が、責《せ》め殺《ころ》さうは[8]一定《いちじょう》なり。人を助《たす》くるは、[9]菩薩《ぼさつ》の行《ぎょう》と聞く。いざや[10]柴勧進《しばかんじん》をしてとらせん」と、柴を少しづつ刈つて、やうやう柴を三荷《さんか》ほど刈り寄せて、「さあ、荷《に》作つて持て」と申す。厨子王殿は聞こしめし、「さん候《ぞうろ》ふ。それがしは刈つたることがござなければ、持つたることも候《そうら》はず」。山人《やまうど》たちは聞こしめし、[11]「げにもなることを申すものかな」と、面々《めんめん》の重き荷《に》の端《はな》に付《つ》けて、[12]あすみが小浜《こばま》までお出しある。上代《じょうだい》より、[13]重荷《おもに》に小《こ》

5　村里の樵夫(きこり)たち。
6　家に仕える、新参者の小わっぱ(小僧)。
7　無慈悲な太夫と三郎。
8　確実だ。
9　利他の行いをして成仏に至る行。
10　勧進は、浄財を募ること。柴を刈ってやるのを勧進の菩薩行にたとえた。
11　もっともなこと。
12　後に「やすみが小浜」(19節)。寛文版「やすみがはま」、明暦草子本「あすみが浜」、明暦版「はま」。
13　重い負担にさらに負担が加わる意。「年の数積まんとすなる重荷にはいとど小付けを樵(こ)りも添へなむ」(後撰和歌集・村上天皇)。

付《づ》けとは、その御代《みよ》よりも申すなり。

フシあらいたはしやな厨子王殿は、三荷《さんか》の柴《しば》をお運びある。三郎がこれを見て、わつぱを片手、柴を片手に引つさげて、太夫殿に参り、「なふいかに、太夫殿に申すべし。わつぱが刈つたる柴を御覧候《ごらんそうら》へ」、太夫この由《よし》御覧じて、「さてもなんぢは柴をえ刈らぬと申したが、柴をえ刈らぬものならば、[14]元《もと》口《くち》が揃《そろ》はいで、もんどり打たせて束《たば》ねうが、[15]なんぼう、所《ところ》の習《なら》ひにいつくしく刈《か》つたよな。これほどの柴の上手《じょうず》ならば、三荷《さんか》は無益《むやく》。三荷の柴に七荷《しちか》増し、十荷《じっか》刈れ。十荷刈らぬものならば、[16]わつ殿《との》らが命はあるまいぞ」と責《せ》めにける。

あらいたはしやな厨子王殿は、門外《もんがい》へ立ち出でて、姉御様をお待ちある。あらいたはしやな姉御様、[17]裳《も》裾《すそ》は潮風《しおかぜ》、袖《そで》は涙にしよぼぬれて、桶《おけ》を[18]かづいておもどりある、御衣《ぎょい》のたも

14 元口(根元に近い切り口)が揃わずに、ひっくり返して束ねようが。
15 なんとまあ、この地の者のようにみごとに刈ったものよ。
16 「わ殿ら」(お前ら)の語調を強めた。
17 衣の裾。底本「すそ」だが、7節の「もすそ」に合わせる。
18 頭に載せて。

とにすがりつき、「なふなふいかに姉御様、さてそれがしは、けふの柴《しば》をばえ[19]刈《か》らいで、里《さと》の山人《やまうど》たちの、情《なさ》けに刈つてたまはりたを、[20]いつくしいが咎《とが》よとて、三荷の柴に七荷増し、十荷刈れとよ姉御様。[21]三荷にわびてたまはれの」。

姉御この由《よし》聞こしめし、[22]「さのみに嘆《なげ》いそ、厨子王丸。さてみづからも、けふの潮《しお》をばえ[23]汲《く》まいで、桶《おけ》と柄杓《ひしゃく》を波《なみ》に取られて、[24]海人《あまうど》の情《なさ》けに汲《く》んでたまはりたが、けふの役《やく》は務《つと》めたが、あすをば知らぬぞ厨子王丸。うけたまはれば太夫殿、五人ござある二番目の、二郎《じろう》殿と申すは、慈悲第一《じひだいいち》のお人《ひと》と聞いてあり。三荷にわびてとらすべし。さのみ嘆《なげ》いそ、厨子王丸。[25]連《つ》れて心の乱《みだ》るるに」と、姉弟《きょうだい》連れ立つておもどりある。

コトバ姉御は柴を三荷にわびてお出しある。邪見《じゃけん》なる三郎

19　刈ることができないで。
20　立派に刈ったのが罪とがよ。
21　お詫びを言って三荷に減らしてもらってください。
22　そんなに嘆きなさるな。
23　汲めなくて。
24　「あま」に同じ。漁をする人。
25　わたしも一緒に悲しくなるから。

がこれを聞き、「なふいかに太夫殿、きのふの柴を、わつぱが刈つたかと思ひ申してござあれば、里《さと》の山人《やまうど》どもが、[26]末《すえ》も遂《と》げぬ柴と聞いてござある。[27]由良《ゆら》千軒《せんげん》を触《ふ》れ申《もう》さん」といふままに、邪見なる三郎が、由良《ゆら》千軒《せんげん》を[28]触《ふ》るるやうこそおそろしや。「山椒太夫の御内《みうち》には、いま参《まい》りの姫とわつぱをお使ひある。山にて柴《しば》を刈《か》つてとらせたる者も、まつた浜にて潮《しお》を汲《く》んでかあるならば、[29]隣七軒両向《となりしちけんりょうむか》ひ、罪科《ざいか》に行ふべき」と、触《ふ》れたる三郎を、鬼かといはぬ者はなし。

コトバあらいたはしや厨子王殿は、三郎が触れたも御存《ごぞん》じなうて、まつたきのふの所へござありて、[30]柴の勧進《かんじん》をしてたまはれかしと思《おぼ》しめし、立ちやすらうておはします。山人《やまうど》たちはこれを見て、[31]「御身《おんみ》に柴を惜《お》しい者はなけれども、邪見なる太夫殿から、触《ふ》れが参りてあるにより、思ひながらも、

26　一時的に刈った柴。

27　前出2節「直江千軒」と同じ。由良は海運で栄えた。

28　触れを出す。

29　両隣三軒ずつ合わせて七軒と、前後向かいの二軒。

30　柴を恵んでくだされよ。

31　あなたに柴を惜しむ者はいませんが。

柴を刈《か》つてやる者はござあるまい。かう持つて、かう刈るものよ」と、[32]鎌《かま》手教へて皆《みな》通る。

コトバあらいたはしやな厨子王殿は、[33]心弱うてかなはじと、腰なる鎌を取りなほし、なに木《き》とは知らねども、木をば一本《いっぽん》切りたるが、[34]こなす法を知らずして、元《もと》を持つてお引きあれば、[35]またもしや川へ山を、柴を逆《さか》さまに引くやうなとて、[36]進退《しんだい》にはならぬなり。[37]「世《よ》にしたがへば、柴さへ進退にならぬよ」と、[38]くどきごとこそ道理《どうり》なり。

「それ人の寿命《じゅみょう》と申すは、八十、九十、百までとは思へども、年《とし》にも足《た》らぬそれがしは、[39]十三を一期《いちご》とすれば安い」とて、[40]守《まぶ》り刀《かたな》の紐《ひぼ》を解《と》き、自害《じがい》をせうと思《おぼ》しめす。「待てやしばしわが心。ここで自害をするならば、浜路《はまじ》にござある姉御《あねご》様の、[41]さぞや名残《なご》りが惜しかるべき」と、さて浜路へ参りて

32 鎌の使い方だけ教えて。
33 気落ちしても仕方ないと。
34 切った木を柴にするやり方。
35 底本「またもしやかはへ山を」。寛文版「いばらうくろ(むぐらカ)にかかり、木はしんだい(進退)に及ばねば」。
36 思うままにならない。
37 世間並みの仕事をしようとすれば。
38 嘆きごと。
39 十三歳を寿命(自分の一生)と思えば自害はたやすい。
40 護身用の短刀。
41 さぞ名残惜しく思うだろう。

に、姉御様に[42]暇請《ひまこ》はばやと思《おぼ》しめし、守《まぶ》り刀《かたな》をまた収め、鎌《かま》と杁《おうこ》をうちかたげ、浜路を指《さ》してお下《くだ》りある。

伊勢の小萩、姉弟の自害を止める　7

あらいたはしやな姉御様、裳裾《もすそ》は潮風《しおかぜ》、袖《そで》は涙にしよぼぬれて、潮《しお》を汲《く》んでおはします、御衣《ぎょい》のたもとにすがりつき、「なふなふいかに姉御様、さてそれがしは自害《じがい》せうと思うたが、御身《おんみ》に名残《なご》りが惜しうてに、これまで参りてござあるぞ。暇《ひま》を給《たま》はり候《そうら》へや。自害せうよの、姉御様」。

姉御この由《よし》聞こしめし、「さても御身《おんみ》は弟《おとと》なれども、[1]男子《なんし》とて自害せうと申すかや。さてみづからも身《み》をも投《な》げうと思うたに、待つて待ちえてうれしやな。その儀《ぎ》にてあるならば、いざさらば来い。身を投げう」と思《おぼ》しめし、たもとに小石《こいし》を

42　最期のお別れをしたい。

7　伊勢の小萩、…

1　男子だから潔く自害しようと申すか。

2　底本「さておん身をばみ

拾ひ入れ、岩鼻《いわはな》にお上《あ》がりあつて、「ややあいかに厨子王丸、[2]さて御身《おんみ》はみづからを、越後《えちご》の国直江《なおい》の浦《うら》で別れ申したる、[3]母上拝《おが》むと思うてに、みづから一目《ひとめ》拝まいよ。また御身《おんみ》が顔をみづからは、筑紫《つくし》安楽寺《あんらくじ》に流されておはします、父岩《いわ》城殿《きどの》を拝むと思うてに、御身が顔を拝む」とて、[4]すでに投げうと召さるるが、同じ内《うち》に使はれたる、[5]伊勢《いせ》の小萩《こはぎ》がこれを見て、「ややあいかに姉弟《きょうだい》よ、命を捨《す》つると見てあるが、命を惜《たば》へ姉弟よ。[6]命があれば、蓬莱山《ほうらいさん》にも遇《あ》ふと聞く、またも御世《みよ》には出づまいか。命を惜《たば》ふものならば、[7]みづからが先《せん》祖《ぞ》をぞ、いまは語りて聞かすべし。さてみづからも、あの太夫殿に伝はりたる、譜代下人《ふだいげにん》にてもさぶらはず。国を申さば大和《やまと》の国、[8]宇陀《うだ》の者にてありけるが、継母《けいぼ》の仲《なか》の[9]讒訴《ざんそう》により、伊勢《いせ》の国[10]二見《ふたみ》が浦《うら》から売られてに、それがしあまりの物憂《ものう》さ

づから□」。他本により改める。
3　母上を拝むと思って、わたしをひと目でも拝みなさい。
4　もはや海に身を投げようとなさったが。
5　「小栗判官」13節で、照手姫が美濃青墓の遊女屋で使われたときの名は常陸小萩。
6　生きてさえいれば、希有な幸運にもめぐりあうと聞く。あなた方もいつかまた世に出るでしょう。蓬莱山は、不老不死の理想郷。
7　わたしの出自を、今語って聞かそう。
8　後出の国分寺の聖も「宇陀の郡の者」。現在の奈良県宇陀郡。
9　事実をまげて人を落としいれる告げ口。
10　現在の三重県伊勢市二見町にある。古くから知られた景勝の地。

に、ついたる杖《つえ》に刻《きざ》をして、数《かず》を取つてみてあれば、この太夫殿までは、[11]四十二てんに売られたが、ことし三年《みとせ》の奉公《ほうこう》をつかまつる。[12]はじめからは慣《な》らはぬぞ、慣らへば慣るる習《なら》ひあり。柴《しば》をえ刈《か》らぬものならば、柴を刈つて参らすべし。潮《しお》をえ汲《く》まぬものならば、潮をも汲んで参らすべし。命を惜《たば》へ」とお申しある。

姉御この由《よし》聞こしめし、「[13]あふその職《しょく》が成《な》らいでに、命を捨《す》てうとの申しごとなれ。その職だにも成るならば、[14]なにしに命が捨《す》てたかるべきぞ」。「その儀《ぎ》にてあるならば、けふよりも太夫の内に、姉を持つたと思ふべし」。「[15]弟《おとと》を持つたと思《おぼ》しめせ」とて、浜路《はまじ》にて[16]おとといの契約《けいやく》を召され、姉弟《きょうだい》連れ立《だ》ちて、太夫殿におもどりある。

11　四十二か所。「てん」は前出(5節・注11)。
12　最初からは(下人の仕事に)慣れないものよ。
13　呼びかけに応える「ああ」「おう」に相当する語。なお、間投詞「なふ」と同じく当時の発音は不明であり、原文の仮名づかいのままとした。以下同じ。
14　どうして命を捨てたいことがあろう。
15　弟(おとと)は、男女にかかわらず、年下の弟妹。
16　「おとと い」は、弟(おとと)兄(え)で、兄弟姉妹をいう。

姉弟、別屋に置かれる　8

コトバ[1]太夫は、[2]きのふけふとは存ずれども、はや[3]師走大晦日《しわすおおつごもり》にまかりなる、三郎を近づけて、「やあいかに三郎、あの姉弟《きょうだい》の者どもは、これよりも奥方《おくがた》、山中《やまなか》の者なれは、正月といふことも知らずして、いつも泣き顔をしてゐるものならば、一年中の[4]物ぶの悪いことにてはあるまいか。あれら姉弟の者どもをば、[5]三《さん》の木戸《きど》のわきに、[6]柴《しば》の庵《いおり》を作つて、年を取《と》らせい、三郎いかに」との御諚《ごじょう》なり。「うけたまはり候《そうろ》ふ」とて、三の木戸《きど》のわきに、柴の庵を作つて年を取らする、姉弟の[7]くどきごとこそあはれなり。

フシクドキあらいたはしやな姉弟《きょうだい》は、「さて去年《こぞ》の正月までは、御浪人《ごろうにん》とは申したが、伊達《だて》の郡信夫《こおりしのぶ》の庄《しょう》で、殿原《とのばら》たち上《じょう》臈《ろう》たちの、[8]破魔《はま》、胡鬼《こぎ》の子の相手となつて、寵愛《ちょうあい》なされてあ

8 姉弟、別屋に…

1 底本、ここから「中」巻。

2 つい昨日か今日のことと思ったが。

3 十二月の大晦日。

4 縁起が悪い。ぶ(符)は運勢。「あだぶ(仇符)が悪い」とも(道成寺現在蛇鱗・四段目)。

5 城柵(館の外郭)の出入り口、その第三。

6 柴で作った粗末な小屋で、新年を迎えさせよ。

7 嘆きごと。

8 正月の子どもの遊び。「破魔」は弓矢で邪気をはらう。「胡鬼」は羽子板遊び。

るものを、ことしの年の取り所、柴の庵で年を取る。われらが国の習ひには、[9]忌《い》みや忌《い》まるる者をこそ、[10]別屋《べちや》に置くとは聞いてあれ。忌みも忌まれもせぬ者を、これは丹後《たんご》の習ひかや。寒いかよ、厨子王丸。ひもじなるよ、厨子王丸。やあいかに厨子王丸、この太夫殿に[11]遂《と》げての奉公《ほうこう》はなるまいぞ。この国の[12]初山《はつやま》が、正月十六日と聞いてあり。初山にゆくならば、姉に暇《いとま》を請《こ》はずとも、[13]山からすぐに落《お》ちさいよ。落《お》ちて世《よ》に出《で》てめでたくは、姉が迎《むか》ひに参《まい》らひよ」。

厨子王殿は聞こしめし、姉御《あねご》の口に手を当てて、「なふなふいかに姉御様、いま当代《とうだい》の世の中は、[14]岩《いわ》に耳《みみ》、壁《かべ》の物いふ世《よ》時《とき》なり。[15]自《し》然《ぜん》このことを、太夫一門《たゆういちもん》聞くならば、さて身《み》はなにとなるべきぞ。落ちたくは、姉御ばかり落ちたまへ。さてそれがしは落ちまいよの」。

9 忌んだり忌まれたりする者をこそ。
10 難病等の穢れに触れぬように、母屋と別に設ける小屋。
11 終生の奉公。
12 初山入り。山での仕事始め。
13 山からそのまま逃げなさい。
14 密談などが漏れやすいたとえ。
15 万が一。

姉御この由聞《よし》こしめし、[16]「みづから落《お》てうは安けれど、女に氏《うじ》はないぞやれ。また御身《おんみ》は、家に伝はりたる、系図《けいず》の巻《まき》物《もの》をお持ちあれば、一度は世に出《い》でたまふべし」。いや姉に落ちよ、弟《おとと》に落ちよ、[17]落ちい落ちじと問答《もんどう》を、邪見《じゃけん》なる三郎が、[18]藪《やぶ》に小鳥《ことり》をねらひゐて、立《た》ち聞《ぎ》きこそはしたりけり。

コトバ三郎は太夫殿に参り、「なふいかに太夫殿、姉弟《きょうだい》が、姉に落ちよ、弟に落ちよと問答す。かう申す間《ま》に、[19]はや落ちたも存《ぞん》ぜぬ」と申す。太夫聞いて、「連《つ》れて参れ」との御諚《ごじょう》なり。「うけたまはる」と申して、三の木戸のわきにお使ひ立つ。

焼き金と松の木湯舟の危難　9

フシいたはしや姉御《あねご》様は、[1]「さてこそ申さんかや。正月三日

16 わたしが逃げるのはたやすいが、女には継ぐべき氏や系図はない。
17 逃げよ逃げないとの姉弟の問答を。
18 藪で小鳥を狙うように、こっそりと。
19 もう逃げたかもしれない。

9焼き金と…
1 だから申したでしょう。正月三日の祝いの膳を、今きっと給わるでしょう。

のお祝《いわ》ひ、いま給《たま》はらうは一定《いちじょう》なり。いまこそは太夫殿、譜《ふ》代下人《だいげにん》と呼び使はるとも、いにしへ伊達《だて》の郡信夫《こおりしのぶ》の庄《しょう》で、[2]殿《との》原《ばら》たち上臈《じょうろう》たちの、正月初《はつ》の御礼《おれい》のときの式次第《しきしだい》をば忘れさいな」とのたまひて、姉弟《きょうだい》連れ立ちて、太夫殿にお参りある。

コトバ太夫は[3]大《だい》のまなこに角《かど》を立て、姉弟をはつたとにらんで、「さてもなんぢらは、[4]十七貫《かん》で買ひ取つて、まだ十七文《もん》ほども使はぬに、落《お》てうと申すよな。落《お》てうと申すとて落とさうか。いづくの[5]浦わにありとても、[6]太夫が譜《ふ》代下人《だいげにん》と呼び使ふやうに、印《しるし》をせよ。三郎いかに」との御諚《ごじょう》なり。

ツメ邪見《じゃけん》なる三郎が、「[7]なにがな印《しるし》にせん」といふままに、天井《てんじょう》より[8]からこの炭《すみ》を取り出《い》だし、[9]大庭《おおにわ》にずつぱと移《うつ》し、[10]尻《し》籠《こ》の丸根《まるね》を取り出《い》だし、大団扇《おおうちわ》をもつてあふぎたて、いたはしや姫君の、[11]丈《たけ》と等《ひと》せの黒髪《くろかみ》を、手にくるくるとひん巻い

2 侍や女房たちの年始の拝礼の時の、式次第を忘れなさるな。
3 大きな眼を怒らせ。
4 一貫は一千文。
5 浦曲(うらわ)。入り組んだ海岸。
6 太夫に仕える代々の(末代までの)下人。
7 何かないか、印にしよう。「がな」は探し求める意。
8 「からこ」は殻粉で、炭くず。消し炭の類。
9 母屋のおもての広庭。
10 尻籠(矢入れ)に入った丸根(棒状の鉄を尖らせたやじり)。
11 背丈に等しい長い黒髪。

て、[12]膝《ひざ》の下にぞかい込《こ》うだり。

フシいたはしや厨子王殿は、「なふいかに三郎殿、[13]それは実《じち》か、座興《じゃきょう》かや。おどしのために召さるるか。そもやその焼《や》き金《がね》を、お当てなさるるものならば、そもや命がござらうか。たとへ命がありとても、[14]五人ござある嫁御《よめご》たちの、月見《つきみ》花見《はなみ》の御供《おとも》に参《まい》らうずるときは、あのやうなる見目形《みめかたち》もよい姫が、なにたる咎《とが》をしたればとて、あの焼き金を当《あ》てられたといふならば、[15]主《ぬし》の咎《とが》をば申さいで、これはお主《しゅう》の御難《ごなん》なり。姉御にお当てある焼き金を、二つなりともそれがしにお当てあつて、姉御は許《ゆる》いてたまはれの」。

コトバ三郎この由《よし》聞くよりも、「[16]なんの、面々《めんめん》に当ててこそは、印《しるし》にはなるべけれ」と、金真赤《かねまっか》いに焼き立て、十文字《じゅうもんじ》にぞ当てにける。厨子王丸は御覧《ごらん》じて、[17]おとなしやかにはおは

12　膝の下に掻き込んだ。

13　それは本気か、この場の戯れか。

14　太郎以下の五人の兄弟の嫁御たち。

15　焼き金を当てられた本人の咎は言わずに、当てた主人への非難になる。

16　いやどうして、姉弟二人に当ててこそ、譜代下人の印になるだろう。

17　姉をかばって、一人前のおとなのような態度をとっていたが。

しけれども、姉御《あねご》の焼《や》き金《がね》に驚いて、ちりりちりりと落《お》ちらるる。[18] 三郎この由見るよりも、「さてもなんぢは、口ほどにはない者よ。[19] なに逃げば逃がさうか」と、たぶさを取つて引きもどし、膝《ひざ》の下にぞかい込うだり。[20]

フシあらいたはしやな姉御様は、わが焼き金に手を当てて、「なふなふいかに三郎殿、さても御身様《おんみさま》は、[21] 罰《ばち》も利生《りしょう》もないことをなさるるぞ。姉こそ弟《おとと》に落《お》ちよと申したれ、弟《おとと》は太夫殿のためには、よい教訓《きょうくん》を申したる。それ[22] 夫《おっと》の面《おもて》の傷《きず》は、買《こ》うても持つとは申せども、[23] 傷こそは傷によれ。これは恥辱《ちじょく》の傷なれば、二つなりとも三つなりとも、みづからにお当《あ》てあつて、弟《おとと》は許《ゆる》いてたまはれの」。

コトバ三郎この由《よし》聞くよりも、「なんの面々《めんめん》に当ててこそは、印《しるし》にはなるべけれ」と、じりりじつとぞ当てにける。太夫こ

18 じりじり後ずさりでお逃げになる。
19 なんの逃げようとて逃がそうか。
20 まげを結い束ねた部分。もとどり。
21 神仏の罰も利生も気にかけぬ非道な行い。
22 男の顔の向こう傷は、勇士の証しとなるから金を払っても持て。
23 顔の傷でも、傷の付いた理由による。

の由御覧《よしごらん》じて、「さてもなんぢらは、口ゆゑに熱い目をして[24]よいか」と、一度にどつとぞお笑ひある。「あのやうなる口[25]のさがない者どもは、命《いのち》の果《は》つることも言はぬものぞかし。浜《はま》路《じ》に連れて下《さ》がり、八十五人ばかりして持ちさうなる、[26]松《まつ》の木湯舟《きゆぶね》のその下で、年《とし》を取らせい。食事《しょくじ》をもくれな。ただ干《ほ》[27]し殺《ころ》せ」との御諚《ごじょう》なり。「うけたまはり候《そうろ》ふ」とて、浜路へ連れて下《さ》がり、松の木湯舟《ゆぶね》のその下で、年を取らする姉弟《きょうだい》の、くどきごとこそ道理《どうり》なり。

フシあらいたはしやな姉御《あねご》様は、厨子王殿にすがりつき、「やあいかに厨子王丸、われらが国の習《なら》ひには、六月晦日《つごもり》に、夏越《なごし》[28]の祓《はら》ひの輪《わ》に入《い》るとは、聞いてあれ、これは丹後《たんご》の習ひかや。さらば、食事《しょくじ》を給《たま》はらず、干《ほ》し殺《ころ》すかや、悲しや」と、姉は弟《おとと》にすがりつき、弟《おとと》は姉に抱《だ》きつきて、流涕焦《りゅうていこ》

24　減らず口ゆえに熱い目にあってよい気分か。
25　口の減らぬ者どもは、命など要らないとも言うだろうよ。「言はぬ」の「ぬ(ン)」は「言はむ」に同じ。「小栗判官」7節・注11。
26　八十五人ほどでやっと持ち上がりそうな、松の木で作った浴槽。
27　飢え死にさせよ。
28　六月晦日の祓い。茅(ち)の輪をくぐって厄祓いする。

がれてお泣きある。

太夫殿五人ござある二番目の、二郎《じろう》殿と申すは、慈悲第一《じひだいいち》の人にてござあるが、[29]主《ぬし》のお参りある飯《はん》を、少しづつお分《わ》けあつて、御衣《ぎょい》のたもとにお入《い》れあり、父母兄弟《ちちははきょうだい》の目を忍《しの》び、夜々《よるよる》浜路へお下《さ》がりあつて、松の木湯舟の底を掘《ほ》り抜《ぬ》いて、食事を通《かよ》はしたまはつたる、二郎殿の御恩《ごおん》をば、[30]報《ほう》じがたうぞ覚へたり。

地蔵の身代わり、厨子王の逃亡　10

コトバ太夫は、きのふけふとは存《ぞん》ずれども、はや正月十六日にまかりなる。三郎を近《ちか》づけて、「やあいかに三郎、それ人の命《いのち》といふものは、もろいやうで、まつたつれ[1]ないものでありけるぞ。浜路《はまじ》の姉弟《きょうだい》が命があるか、見て参れ」との御諚《ごじょう》

29　本人の召し上がる飯。

30　報いがたいほどの大恩と思われた。

10　地蔵の…

1　しぶといもの。

なり。「うけたまはってござある」と、浜路へ下《さ》がり、松の木湯舟《ゆぶね》をあふのけて見てあれば、あらいたはしやな、姉弟の人びとは、土色《つちいろ》になつておはします。太夫殿へ連《つ》れてお参りあるが、太夫この由御覧《ごらん》じて、「命めでたい[2]者よな。もはや山へもゆけ、浜へもゆけ」との御諚《ごじょう》なり。

姉御《あねご》この由《よし》聞こしめし、「さん候《ぞうろ》ふ。山へならば山へ、浜へならば浜へ、一つに[3]やつてたまはれ」とお申しある。太夫聞こしめし、「あふ、それ[4]人の内《うち》には、笑《わら》[5]ひ種《ぐさ》とて、一人なうてかなはぬものよ。姉だに[6]山へゆかうといはば、大童《おおわらわ》[7]にないて山へやれ。三郎いかに」との御諚なり。「うけたまはってござある」と、あらいたはしや姉御様の、丈《たけ》と等《ひと》せの黒髪《くろかみ》を、手にくるくるとひん巻いて、元結《もとゆい》[8]ぎはより、ふつと切りて、大童《おおわらわ》にないて山へやる。姉弟のくどきごとこそあはれな

2　命冥加な者たちよ。

3　姉弟一緒に働かせてください。

4　そもそも家の中には。

5　物笑いの種の道化役として、一人はいなくてはならぬもの。

6　姉でさえ(女の身で)山へ行くというならば。山仕事は男の仕事とされた。

7　髪を短く切って大童(髻を結わない成人男性)のざんばら髪にして。

8　髪を結い束ねた紐のきわから。

れ。

フシあらいたはしやな厨子王《ずしおう》殿は、姉御様を先に立て、つくづく後《あと》から御覧じて、「それ人のすがたと申すは、[9]三十二相《そう》と申すが、姉御様の御《お》すがたは、一際《ひときわ》増いて、四十二相《そう》の形なり。[10]四十二相のそのうちに、一《いち》、髪形《かみかたち》と申するが、姉御様の髪がござなければ、[11]それがし後《あと》から見てだにも、頼《たよ》り力《ちから》のござらぬに、さぞや姉御様の力《ちから》のほどの、思ひやられて悲しやな」とお嘆《なげ》きある。

姉御この由《よし》聞こしめし、「[12]世が世の折の髪形《かみかたち》。かくなりゆけば、髪も形もいらぬもの。姉弟《きょうだい》連れ立《だ》ちて、山へゆくこそうれしけれ」。

とある[13]獣道《ししみち》をお上《あ》がりあるが、[14]雪《ゆき》のむら消《ぎ》えたる岩の洞《ほら》に立ち寄りて、膚《はだ》の守《まぶ》りの地蔵菩薩《じぞうぼさつ》を取り出《い》だして、岩鼻《いわはな》に掛《か》

9 仏がもつ三十二種の相好。安寿はそれを上回る四十二相の美しさを持つ。

10 安寿の四十二相の美しさの中で、第一番は髪形の美しさであるというのに。

11 わたしが後ろから見てさえも、頼りなく思われますので。

12 世が世の折ならば髪形も役に立とうが。

13 けもの道。

14 雪がまだらに融けた岩の洞。

け申し、「母上様の御諚《ごじょう》には、自然《しぜん》姉弟が身《み》の上《うえ》に、もしや大事《だいじ》のあるときは、身代《みが》はりにもお立ちある、地蔵菩薩とお申しあるが、かくなりゆけば、神や仏の勇力《ゆうりき》も尽《つ》き果《は》てて、お守《まぶ》りなきかよ、悲しやな」。

厨子王殿は聞こしめし、姉御の顔《かお》を御覧《ごらん》じて、「なふなふいかに姉御様、さても御身《おんみ》の顔には、焼《や》き金《がね》の跡《あと》もござない」とお申しある。姉御この由聞こしめし、「げにまことに御身《おんみ》が顔にも、焼き金はござないよ」。地蔵菩薩の[15]白毫《びゃくごう》どころを見たてまつれば、姉弟の焼き金を受け取りたまひ、身代はりにお立ちある。「そもやその焼《や》き金《がね》を、お取りなさるるものならば、あの邪見《じゃけん》なる太夫、三郎が、[16]また当《あ》てうは一定《いちじょう》なり。痛《いと》うも熱《あつ》うもないやうに、おもどしあつてたまはれの」。[17]なにか一度再《いちどふたた》び身代はりにお立ちあれば、あとへはも

15　仏の眉間にあって光を放つ毛で、仏像では水晶などを嵌めて表す。

16　また焼き金をあてるのは必定です。

17　何しろ一度ならず二度まで(姉と弟で二度)身代わりに立ったので、焼き金の跡は元にもどらない。

どらず。

「さてもよい[18]みやうせやな。これをついでに落《お》ちさいよ。落ちて世に出《で》てめでたくは、姉が迎《むか》ひに参《まい》らいよ」。厨子王殿は聞こしめし、「[19]一度には懲《こ》りをする、二度に死《し》にをするとは、姉御様の御事《おんこと》なり。落ちたくは、姉御ばかり落ちたまへ。さてそれがしは落ちまいよの」。

姉御この由《よし》聞こしめし、「さて今度《こんど》の焼き金をば、姉が口ゆゑに当てられたと思ふかよ。さてみづからが落ちよと申すその折に、[20]おうと領状《りょうじょう》するならば、なにしに焼き金をば当てらるべきぞ。その儀《ぎ》にてあるならば、けふよりも太夫の内《うち》に、姉を持つたと思はいな。弟《おとと》があるとも思ふまい」とて、鎌《かま》と鎌とで、[21]金《かね》ちやうちやうど打《う》ち合はせ、谷底《たにぞこ》さいてお下《くだ》りある。

18　よいめぐり合わせよ。「みやうせ」は名詮（名詮自性（みょうせんじしょう）の略）で、名は体をあらわす意の仏教語。室町中期の古辞書には、「名詮（ミャウセン）仕合ノ事ナリ」ともある（雑事類書）。

19　一度目は懲りて、二度目は死んでしまう。

20　おうと承知していたら、けして焼き金など当てられなかったはずだ。

21　金打（きんちょう）。金物を打ち合わせる誓約の作法。姉弟の縁を切ったと、金打のしぐさをした。

厨子王殿は御覧《ごらん》じて、「さても[22]腹《はら》の悪《あ》しい姉御やな、落《お》ちよならば落てうまで。おもどりあってたまはれの」。姉御この由《よし》聞こしめし、「落てうと申すか、[23]なかなかや。その儀《ぎ》ならば暇乞《いとまご》ひの盃《さかずき》せん」とのたまへど、酒《さけ》も肴《さかな》もあらばこそ。谷の清水《しみず》を酒とは名づけ、柏《かしわ》の葉《は》をば盃《さかずき》にて、姉御の一《ひと》つお[24]参《まい》りあって、厨子王殿にお差《さ》しあって、「けふは膚《はだ》の守《まぶ》りの地蔵菩薩も、御身《おんみ》に参らする。[25]自然《しぜん》落ちてありけるとも、たんじやうなる心をお持ちあるな。たんじやうはかへって未練《みれん》の相《そう》と聞いてあり。落ちて行《ゆ》きてのその先《さき》で、[26]在所《ざいしょ》があるならば、まづ寺を尋《たず》ねてに、[27]出家《しゅっけ》をば頼《たの》まいよ。出家は頼みがひがあると聞く。もはや落ちよ、はや落ちよ、[28]見れば心の乱《みだ》るるに。やあやあいかに厨子王丸、かやうに薄雪《うすゆき》の降《ふ》つたるその折は、足に履《は》いたる草鞋《わらんじ》を、[29]後《あと》を先《さき》へ履《は》きないて、右に

22　おこりっぽい姉御よ。逃げよというなら逃げるまで。
23　それはよい。そういうことなら別れの盃をしましょう。
24　お飲みになって。
25　もし逃げられても、短気な心ではいけない。短気をおこすとやがて後悔する意。「たんじやう」は短慮《たんりょ》の音変化。ラ行音(リ)はダ行音(ヂ・ジ)に紛れやすい。寛文版「たんき(短気)はかへってみれんのさう」。
26　村里。
27　僧侶を頼りにしなさい。
28　あなたの顔を見ると決心が鈍るので。
29　前後を逆にして履いて。

ついたる杖《つえ》を、左の方《ほう》へつき直《なお》し、上《のぼ》れば下《くだ》ると見ゆるなり。下れば上ると見ゆるなり。もはや落ちさい、はや落ちよ」と、さらばさらばの暇乞《いとまご》ひ、[30]ことかりそめとは思へども、永《なが》の別《わか》れと聞こえける。

いたはしや姉御様は、「[31]けふは見つ、あすより後《のち》に、たれやの者か弟《おとと》と定めてに、御《お》物語りを申さう」と、[32]泣《な》いつくどいつ召さるるが、こぼるる涙《なみだ》を押しとどめ、[33]人の刈《か》つたる梢《こずえ》も末《すえ》を拾《ひろ》ひとり、わづかの柴《しば》に束《たば》ねて、つきいただいて、太夫殿におもどりある。

安寿の死　11

コトバ太夫は、正月十六日のことなるに、[1]表《おもて》の櫓《やぐら》に、遠目《とおめ》を使うてゐたりしが、姉御《あねご》の柴《しば》を御覧《ごらん》じて、「さてもなんぢは、

30　一時的な別れとは思ったが、これが永遠(とわ)の別れとなったとか。
31　今日は会えたが、明日からは誰を弟として話をしたらよいだろう。
32　泣いたり嘆きごとを言ったりなさったが。
33　底本「こずへもつゑを」、草子本「こずゑもすゑを」で補訂。他人の刈った梢(木の枝)もその切れ端を拾い取り、わずかの柴に束ねて、頭にかついで。

11安寿の死

1　表門の物見櫓。遠目は、遠くの様子を見る。

弟《おとと》に増《ま》して、よい木を刈《か》つて参りたに、どれ弟は」との御諚《ごじよう》なり。姉御この由《よし》聞こしめし、「さん2候《ぞうろ》ふ。けさそれがしが、浜へとは申さいで、山へと申してさぶらへば、「髪を切られた3愚痴《ぐち》ない姉と連れうより」と申して、里《さと》の山人《やまうど》たちと、うち連《つ》れ立《だ》ちて参りたが、自然《しぜん》道にも踏《ふ》み迷《まよ》ひ、まだ参らぬかよ、悲しやな。それがし参りて尋《たず》ねて参らう」とお申しある。

太夫この由《よし》お聞きあつて、「あふそれ涙《なみだ》にも、五つの品《しな》がある。4めん涙《るい》、怨涙《おんるい》、感涙《かんるい》、愁《しゆう》、嘆《たん》とて、涙五つの品《しな》があるが、御身《おんみ》が涙のこぼれやうは、5弟《おとと》をば山からすぐに落といて、首《くび》より空《そら》の喜び泣きと見てあるぞ。三郎いづくにゐるぞ、責《せ》めて問へ」との御諚《ごじよう》なり。

ツメ邪見《じやけん》なる三郎が、「うけたまはり候《そうろ》ふ」とて、十二格《ご》6の登り梯《はし》に絡《から》みつけて、湯責《ゆぜ》め水責《みずぜ》めにて問ふ。それにも、さ

2　そのことでございます。5節・注5、参照。

3　ひどく愚かな姉と一緒にいるより。「ない」は「なる」の音変化。

4　不詳。

5　弟を山から逃がして、首から上の、嘘の喜び泣きと見てとったぞ。

6　十二段のはしご。

らに落ちざれば、三つ目錐《ぎり》を取り出《い》だし、膝《ひざ》の皿《さら》をからりからりと揉《も》うで問ふ。[7]いまは弟《おとと》を落《お》といたと申さうか、申すまいとは思へども、「物をばいはせてたまはれの」。

コトバ太夫この由《よし》お聞きあつて、「物をいはせうためでこそある。物をいはばいはせい」とお申しある。フシ「いまにも弟《おとと》が山からもどりたものならば、「姉は弟ゆゑに責《せ》め殺《ころ》された」とお申しあつて、[8]よきに御目《おめ》をかけて、お使ひあつてたまはれの」。太夫この由聞くよりも、「問ふことは申さいで、[9]問《と》はず語《がた》りする女めを、物もいはぬほど責めて問へ。三郎いかに」との御諚《ごじょう》なり。

ツメ邪見なる三郎が、天井《てんじょう》よりもからこの炭《すみ》を取り出《い》だし、大庭《おおにわ》にずつぱと移し、大団扇《おおうちわ》をもつてあふぎ立てて、いたはしや、姫君のたぶさを取つて、あなたへ引いては、「熱くば

7　余りの痛さに、今は弟を逃がしたと申そうか、いや申すまいと思ったが。

8　よくよく弟に目をかけて使ってください。

9　問われもしない勝手なおしゃべり。

[10]落ちよ、落ちよ、落ちよ」と責めければ、責め手は強し、身《み》は弱し。[11]なにかはもつて堪《こら》ふべきと、正月十六日、[12]日《ひ》ごろ四《よ》つの終わりと申すには、十六歳を[13]一期《いちご》となされ、姉をばそこにて責め殺す。

コトバ太夫この由《よし》見るよりも、「脅《おど》しのためにしてあれば、命のもろい女かな。それはそこに捨てて置け。幼い者のことなれば、よも遠くへは落ちまいぞ。追《お》つ手《て》をかけい」と言ふままに、[14]八十五人の手《て》の者《もの》を、四つに作つて追《お》つかくる。厨《ず》子《し》王《おう》殿の方《ほう》へは、太夫、子どもぞ追つかくる。

国分寺の聖、厨子王をかくまう　12

いたはしや厨子王殿は、いまは姉御《あねご》を打つか、たたくか、さいなむか、あとへもどらうものをと思《おぼ》しめし、[1]あるく峠《とうげ》に

10　白状せよ。
11　どうして堪えられようか。
12　日中の午前十一時頃。
13　一生の終わり。
14　八十五人の手下を、四手に分けて。

12国分寺の聖、…
1　不詳。草子本「ありく峠」。

腰《こし》をかけ、あとをきつと見たまへば、先に進むは太夫、あとに続くは五人の子ども。[2]すは八幡《はちまん》も御知見《ごちけん》あれ、逃れぬところと思しめし、守《まぶ》り刀《かたな》の紐《ひぼ》を解き、[3]太夫が心《こころ》もとに差《さ》し立《た》て、あすは閻浮《えんぶ》の塵《ちり》とならばなれ、と思しめさるるが、待てよしばしわが心、姉御様の、[4]たんじやう心を持つな、とお申しあつてござあるに、かなはぬまでも落《お》ちてみばやと思しめし、ちりりちりりと落ちらるるが、里人《さとびと》にはたと会ひ、「この先に在所《ざいしょ》はなきか」とお問ひある。「在所こそ候《そうら》へ、[5]渡《わた》りの在所」。「寺はないか」とお問ひある。「寺こそ候《そうら》へ、[6]国分《こくぶん》寺《じ》」。「本尊《ほぞん》はなんぞ」とお問ひある。「[7]毘沙門《びしゃもん》」と答へける。「あらありがたの御事《おんこと》や。それがしが膚《はだ》に掛けたるも、[8]神体《しんたい》は毘沙門なり。力を添《そ》へてたまはれ」と、ちりりちりりと落ちらるるが、かの国分寺へお着きある。

2　さあ八幡神も御照覧あれ、ここは逃れられぬところとお思いになり。
3　太夫の胸元に刀を突き立てたら、明日は俗世の塵(死骸)となってもままよ。
4　短慮な心を持つな。10節・注25。
5　由良川の渡しの村。京都府舞鶴市中山。
6　舞鶴市中山の国分寺址の弥勒堂を、聖の僧坊と伝える(貝原益軒「西北紀行」)。
7　四天王の一で、北方を守護する軍神。多聞天とも。
8　地蔵菩薩の神体は毘沙門。坂上田村麻呂は、勝軍地蔵と毘沙門天を本尊として戦勝祈願を行なった(元亨釈書)。

お聖《ひじり》は、[9]日中《にっちゅう》の勤《つと》めを召されておはしますが、厨子王殿は御覧《ごらん》じて、「なふいかにお聖様、あとよりも追《お》つ手《て》のかかりて、[10]大事《だいじ》の身《み》にて候《そうろ》ふ。[11]影《かげ》を隠《かく》してたまはれ」。お聖この由《よし》聞こしめし、[12]「なんぢほどなる幼《おさな》いが、なにたる咎《とが》をしたればとて、さやうの儀《ぎ》を申すぞ。語れ、助けう」との御諚《ごじょう》なり。厨子王丸は聞こしめし、「命のありての物語り、まづ影を隠してたまはれ」との御諚《ごじょう》なり。

お聖は聞こしめし、「さてもなんぢは、[13]げにもなることを申す者かな」と、[14]眠蔵《めんぞう》よりも、古き[15]皮籠《かわご》を取り出《い》だし、皮籠の中へ[16]どうど入れ、縦縄横縄《たてなわよこなわ》むんずと掛《か》けて、棟《むね》の[17]垂木《たるき》に吊《つ》つておき、[18]さらぬ体《てい》にて、日中の勤めを召されておはします。

[19]なにか正月十六日のことなれば、雪道《ゆきみち》のあとを慕《した》うて、国分寺の寺へぞ追《お》つかけたり。太夫は表《おもて》の[20]楼門《ろうもん》に番《ばん》をする。五

9　昼夜六度の勤行のうち、正午に行う勤行。
10　危うい身。
11　姿を隠させてください。
12　そなたほどの幼い者が。
13　もっともなこと。
14　寺院で納戸や寝所に用いる部屋。
15　皮を貼った物入れの箱。
16　どさっと。
17　屋根を支える部材。
18　そしらぬ様子で。
19　なにしろ。
20　二階造りの門。

人の子どもはお聖《ひじり》に参り、「いかにお聖、ただいまここへ、わつぱが一人入《はい》り候《そうろ》ふ。お出《だ》しあれ」とぞ申しける。お聖この由《よし》聞こしめし、耳《みみ》は遠《とお》うなけれども、「なにと候ふや。[21]春《はる》夜《よ》の徒然《とぜん》なに、斎《とき》の檀那《だんな》に参れ、とお申しあるか」。三郎聞いて、「さてもお聖は、[22]川流《かわなが》れが杭《くい》に掛《か》かつたお聖かな。斎《とき》の檀那は追つてのこと。まづわつぱをお出しあれ」と怒《いか》りける。お聖は「いまぞ聞きて候《そうろ》ふ。この法師《ほうし》にわつぱを出せとお申しあるか。それがしは百日[23]の別行《べちぎょう》にこそ心が入《い》れ、わつぱやらすつぱやら、番はせぬ」との御諚《ごじょう》なり。

ツメ「につくいお聖の御諚かな。さあらば、寺中《じちゅう》を探《さが》させん」とお申しあれば、「[24]なかなか」とお申しある。身の軽《かる》き三郎が、尋《たず》ぬる所はどこどこぞ。[25]内陣《ないじん》、長押《なげし》、庫裏《くり》、眠蔵《めんぞう》、仏壇《ぶつだん》、縁《えん》の下《した》、築地《ついじ》の下、天井《てんじょう》の裏板《うらいた》外《はず》いて尋ぬれども、わ

21　春の夜は退屈なので、ご馳走するから参れというか。斎(とき)は僧に出す食事、檀那は施主。

22　川で溺れた者が杭にかかる。杭に食いを掛け、どんな折にも食事にありつこうとするの意。

23　百日間の特別の仏事に打ち込んでいて、子供(わっぱ)やら泥棒(すっぱ)やらの番はせぬ。

24　いかにも、どうぞ。

25　内陣は、本尊を安置する場所。長押は、柱と柱をつなぐ横材。庫裏は、寺の台所。

つぱがすがたは見えざりけり。

聖、大誓文を立てる　13

コトバ「あら不審《ふしん》やな、背戸《せど》[1]へも門《かど》へも行《ゆ》き方《がた》のなうて、わつぱのないは不審なり。いづれお聖《ひじり》の心の内《うち》にござあるは[2]一定《いちじょう》なり。わつぱをお出しあれ。わつぱをお出しないものならば、身《み》[3]にも及《およ》ばぬ大誓文《だいせいもん》をお立てあらば、由良《ゆら》の湊《みなと》へもどらう」との御諚《ごじょう》なり。

ツメお聖は、「わつぱとては知らねども、誓文を立てていならば立て申すべし。そもそもこの法師《ほうし》と申すは、この国の者でもなし。国を申さば大和《やまと》の国、宇陀《うだ》の郡《こおり》の者なるが、七歳のときに播磨《はりま》の書写《しょしゃ》[4]へ上《のぼ》り、十歳にて髪《かみ》を剃《そ》り、二十歳《はたち》で高座《こうざ》[5]へ上《あ》がり、幼《おさな》い折より、習《なら》ひおいたる御経《おんきょう》を、ただいま誓文《せいもん》

13聖、大誓文を…

1　裏口へも表門へも。
2　いずれか隠れ場所は聖が知っているに違いない。
3　身分不相応な神仏へ厳重な誓詞を唱えるなら。
4　書写山円教寺。姫路市書写の天台宗寺院。
5　法要を主宰する道師の座。

に立て申すべし。

そもそも御経《おんきょう》の数々《かずかず》、華厳《けごん》に阿含《あごん》、方等《ほうどう》、般若《はんにゃ》、法華《ほっけ》に涅《ね》槃《はん》、ならびに五部の大蔵経《だいぞうきょう》、薬師経《やくしきょう》、観音経《かんのんきょう》、地蔵御経《じぞうおんきょう》、阿《あ》弥陀御経《みだおんきょう》に、[6]小文《こふみ》に小経《こきょう》は、数を尽《つ》くいて、七千余巻《かん》に記されたり。よろづの罪《つみ》の滅《めっ》する経が、血盆経《けつぼんきょう》、浄土《じょうど》の三部御経《さんぶおんきょう》、倶舎《くしゃ》が三十巻、天台が六十巻、大般若《だいはんにゃ》が六百巻、それ法華経《ほけきょう》が[7]一部《いちぶ》八巻二十八品《ぼん》、文字《もんじ》の流れが六万九千三百八十四つの文字《もんじ》に記されたり。この神罰《しんばつ》と、厚《あつ》う深《ふこ》う被《こうむ》るべし。わつぱにおいては知らぬなり」。

太夫この由《よし》聞くよりも、「なふいかにお聖《ひじり》様、それ誓文《せいもん》などといふものは、[8]日本国《にほんこく》の高い大神《だいじん》、低い小神《しょうじん》を、[9]勧請《かんじょう》申し驚《おどろ》かしてこそは、誓文などと用《もち》ゐるものなり。いまのはお聖の幼《おさな》い折より習ひおいたる、[10]檀那誑《だんなだら》しの経尽《きょうづ》くしといふも

6　短い経文。
7　全八巻。
8　日本国の神格の高い大神と低い小神。
9　神を請じ申して神威を発揮させてこそ。
10　施主をたぶらかす経の列挙。

のにてはなきか。ただ誓文をお立てあれ」とぞ責《せ》めにける。

クドキいたはしやお聖様は、いま立《た》てたる誓文だにも、出《しゅっ》家《け》の上では、[11]なんぼう物憂《ものう》う思うたに、また立ていとは[12]曲《きょく》もなや。いまはわつぱを出さうかよ。また誓文を立てうかよ。いまわつぱを出せば、[13]殺生戒《せっしょうかい》を破《やぶ》るなり。またわつぱを出さいでに、誓文を立つれば、[14]妄語戒《もうごかい》を破るなり。破らば破れ妄語戒、殺生戒を破るまい、と思《おぼ》しめし、「なふいかに太夫、三郎殿。誓文を立てていならば立て申すべきぞ。お心安《こころやす》かれ、太夫殿」。

ツメ[15]お聖はうがひにて身《み》を清《きよ》め、[16]湯垢離《ゆごり》七度、水垢離《みずごり》七度、潮垢離《しおごり》七度、二十一度の垢離《こり》をとつて、[17]護摩《ごま》の壇《だん》をぞ飾《かざ》られたり。[18]矜羯羅《こんがら》、制吒迦《せいたか》、[19]倶利伽羅不動明王《くりからふどうみょうおう》の、剣《けん》を呑《の》うだるところをば真《ま》つ逆様《さかさま》に掛《か》けられたり。眠蔵《めんぞう》よりも、紙を[20]一《いち》

11　ひどく辛く思ったのに。
12　情けなや。
13　不殺生戒。五戒の一。殺生は生類を殺すこと。
14　不妄語戒。五戒の一。偽りを言うこと。ほかは、不偸盗(ふちゅうとう)戒、不邪淫戒、不飲酒(ふおんじゅ)戒。
15　以下は、説経節「苅萱」で、苅萱が法然上人に立てる誓文の場面と似る。
16　湯で体を清めること。水垢離は水で清める、潮垢離は海水で清める。
17　密教の祈禱で護摩木を焚く壇。
18　不動明王の脇侍の二童子。
19　不動明王の左手の索が倶利伽羅竜王に変じ、右手の剣を上から真っ逆さまに呑み込み巻きついた像容。
20　紙を数える単位。半紙は二十枚で一帖。

帖《じょう》取り出《い》だし、十二本の21御幣《ごへい》切つて、護摩の壇に立てられたは、ただ誓文ではなうて、太夫を22調伏《ちょうぶく》するとぞ見えたりけり。「敬《うやま》つて申す」。23独鈷《とっこ》握《にぎ》つて鈴《れい》を振《ふ》り、24いらたかの数珠《じゅず》をさらりさらりと押し揉《も》うで、25「謹上散供再拝再拝《きんじょうさんぐさいへいさいはい》、上《かみ》に梵天帝《ぼんてんたい》釈《しゃく》、下《しも》には四大天王《しだいてんおう》、閻魔法王《えんまほうおう》、五道《ごどう》の冥官《みょうかん》、大神《だいじん》に泰山府《たいさんぽ》君《くん》、下界《げかい》の地には、伊勢《いせ》は神明天照大神《しんめいてんしょうだいじん》、外宮《げくう》が四十末社《まっしゃ》、内宮《ないくう》が八十末社、両宮《りょうくう》合はせて百二十末社の御神《おんかみ》、ただいま勧請《かんじょう》申したてまつる。

熊野《くまの》には新宮《しんぐう》、本宮《ほんぐう》、那智《なち》に飛滝権現《ひろうごんげん》、神《かん》の倉《くら》には26神蔵権現《じうぞうごんげん》、滝本《たきもと》に千手《せんじゅ》観音、初瀬《はせ》は十一面観音、吉野《よしの》に蔵王《ざおう》権現、子守《こもり》、勝手《かって》の大明神《だいみょうじん》、大和《やまと》に27鏡作《かがみつくり》、笛吹《ふえふき》の大明神、奈良は七堂大伽藍《しちどうだいがらん》、春日《かすが》は四社《ししゃ》の大明神、28転害牛頭天王《てんがいごずてんのう》、29若宮八幡《わかみやはちまん》大菩薩《だいぼさつ》、30下《しも》つ河原《がわら》、上《かみ》つ河原《かわら》、31たちうち、べつつい、32石清水《いわしみず》、

21 紙を幣串(へいぐし)に挟んだ祭祀用具。
22 怨敵を呪う密教の祈禱。
23 密教法具。鈴(れい)は左手に持つ鈷鈴(これい)。
24 珠が大きく角ばり、揉むと音が大きい。
25 以下は、神下ろしの誓文。修験系の聖・山伏が唱える。
26 底本「十ぞう」は、神蔵(かみくら)の音読み。新宮摂社の神倉神社。
27 奈良県田原本町の鏡作神社と、葛城市の笛吹神社。
28 東大寺転害(てがい)門南の祇園社。
29 東大寺建立の際に勧請された手向山(たむけやま)八幡社。
30 下津加茂(しもつかも)神社(鴨都波(かもつわ)神社とも)の訛伝。奈良県御所市。
31 不詳。「へっつい」はかまど神。
32 石清水八幡宮。京都府八

八幡《やわた》は正八幡《しょうはちまん》、[33]西《にし》の岡《おか》に向日《むこう》の明神《みょうじん》、山崎に[34]宝寺《たからでら》、宇治《うじ》に神《しん》明《めい》、伏見《ふしみ》に御香《ごこう》の宮、藤《ふじ》の森《もり》の大明神、稲荷《いなり》は五社の御神《おんかみ》、祇園《ぎおん》に[35]八大天王《はちだいてんのう》、吉田《よしだ》は四社《ししゃ》の大明神、[36]御霊八社《ごりょうはっしゃ》、今宮三社《いまみやさんしゃ》の御神《おんかみ》、北野殿《きたのどの》は南無天満天神《なむてんまんてんじん》、[37]梅《うめ》の宮《みや》、松《まつ》の尾《お》七社《しちしゃ》の大明神、[38]高きお山に地蔵権現《じぞうごんげん》、ふもとに[39]三国一の釈迦如来《しゃかにょらい》、鞍馬《くらま》の毘沙門《びしゃもん》、貴船《きぶね》の明神、賀茂《かも》の明神、比叡《ひえ》の山に伝教大師《でんぎょうだいし》、ふもとに[40]山王《さんのう》二十一社、[41]打下《うちおろし》に白鬚《しらひげ》の大明神、湖《うみ》の上に竹生《ちくぶ》島《しま》の弁才天《べんざいてん》、[42]お多賀《たが》八幡大菩薩《はちまんだいぼさつ》、美濃《みの》の国にながへの天王《てんのう》、尾張《おわり》に津島《つしま》、熱田《あつた》の明神。

坂東《ばんどう》の国に鹿島《かしま》、香取《かんとり》、浮洲《うきす》の明神、出羽《でわ》に羽黒《はぐろ》の権現《ごんげん》、越中《えっちゅう》に立山《たてやま》、加賀《かが》に白山《しらやま》、敷地《しきじ》の天神《てんじん》、能登《のと》の国に石動《ゆするぎ》の大明神、信濃《しなの》の国に戸隠《とがくし》の明神、越前《えちぜん》に御霊《ごりょう》の御神《おんかみ》、若狭《わかさ》に小《お》浜《ばま》の八幡《はちまん》、丹後《たんご》に[43]切戸《きれと》の文殊《もんじゅ》、丹波《たんば》に[44]大原八王子《おばらはちおうじ》、摂津国《つのくに》に

幡市。

33　京の西郊、向日(むこう)神社。京都府向日市。

34　宝積寺(ほうしゃくじ)(宝寺は通称)、宇治神明社、御香の宮神社、藤の森神社。

35　八王子権現。牛頭(ごず)天王の王子神。

36　八所御霊を祀る上・下御霊神社、今宮神社。

37　梅宮大社。松尾大社。京都市右京区梅津。

38　京の西の愛宕山。東の比叡山と並び称される。

39　三国伝来の釈迦像を祀る清涼寺。

40　比叡山の鎮守日吉大社。上中下の各七社から成る。

41　滋賀県高島市鵜川にある白鬚神社周辺の旧地名。

42　多賀大社。八幡との関係は不詳。

43　京都府宮津市の智恩寺。

44　大原神社。福知山市。

ふり神《がみ》の天神《てんじん》、河内《かわち》の国に[45]恩地《おんじゅ》、枚岡《ひろうおか》、誉田《こんだ》の八幡、天王寺《てんのうじ》に聖徳太子《しょうとくたいし》、住吉四《すみよしし》社《しゃ》の大明神、堺《さかい》に[46]三つの村、大鳥《おおとり》五社の大明神、高野《こうや》に弘法大師《こうぼうだいし》、根来《ねごろ》に[47]覚鑁上人《かくばんしょうにん》、淡路《あわじ》島《しま》に[48]諭鶴羽《いづりは》の[49]権現、備中《びっちゅう》に吉備《きび》の宮《みや》、備前《びぜん》にも吉備の宮、備後《びんご》にも吉備の宮、三が国の守護神《しゅごしん》を、ただいまここに勧請《かんじょう》申し、驚《おどろ》かしたてまつる。

さて、筑紫《つくし》の地《ち》に入りては、[50]宇佐《おさ》、羅漢《たかに》、英彦《しこ》、求菩提《くぼてん》、鵜戸《うど》、霧島《きりしま》、伊予《いよ》の国に[51]一宮《いっくう》、[52]ぼだいさん、[53]滝《たけ》の宮《みや》の大明神。総《そう》じて神の総政所《そうまんどころ》、出雲《いずも》の大社《おおやしろ》、神の父は[54]佐陀《さだ》の宮、神の母が田中《たなか》の御前《ごぜん》、山《やま》の神《かみ》が三十五王、[55]いはんや梵天《ぼんてん》、鬼魅《きみ》、樹神《こだま》、屋《や》の内に[56]地神荒神《じじんこうじん》、三宝荒神《さんぽうこうじん》、八大荒神《はちだいこうじん》、[57]三十六社の竈《へっつい》、七十二社の宅《やけ》の御神《おんかみ》にいたるまで、みなことごとく誓《せい》文《もん》に立《た》て申す。

45 恩智神社(大阪府八尾市)と枚岡神社(東大阪市)。
46 堺市の三村神社と鳳神社。
47 根来寺(和歌山県岩出市)を開いた興教大師覚鑁。
48 諭鶴羽(ゆづるは)神社。兵庫県南あわじ市。
49 以下、底本は中巻末尾が欠丁。草子本と明暦版で補う。
50 以下、訛伝が多いが漢字を宛てる。
51 大三島神社。
52 五台山(高知市)か。
53 滝宮神社。香川県綾歌郡。
54 出雲の国二の宮の佐太神社。境内摂社に田中神社。
55 「岩に梵天、木に木霊」(苅萱)。
56 地神・荒神は、西日本に多い屋敷神。主に盲僧が祀った。
57 数多い竈(かまど)の神と屋敷神。

かたじけなくも、神《かみ》の数《かず》九万八千七社《しゃ》の御神《おんかみ》、仏《ほとけ》の数《かず》が一万三千仏《ぶつ》、この神罰《しんばつ》と、厚《あつ》う深《ふこ》う被《こうむ》るべし。その身《み》のことは[58]恩《おん》でもなし。一家《いっか》一門《いちもん》、六親眷属《ろくしんけんぞく》にいたるまで、堕罪《だざい》[59]の車《くるま》に誅《ちゅう》せられ、修羅《しゅら》[60]三悪道《さんまくどう》へ引き落《お》とされ、浮《う》かぶ世《よ》さらにあるまじ。わつぱにおいては知らんなり」。

皮籠の危難 14

コトバ太夫[1]この由《よし》聞こしめし、「殊勝《しゅしょう》なりやお聖《ひじり》。明日《みょうにち》よりも斎《とき》[2]の檀那《だんな》にまかりならう」との御諚《ごじょう》なり。三郎この由《よし》聞くよりも、「なふいかに、太夫殿に申すべし。ここに不思議《ふしぎ》なることを一つ見出《みだ》いてござある。あれに吊《つ》つたる皮籠《かわご》は古けれども、掛《か》けたる縄《なわ》が新《あたら》しし。風も吹《ふ》かぬに、ひと揺《ゆ》るぎふた揺るぎ、ゆつすゆつすと動いたが、これが不思議に候《そうろ》ふ。

58　自分のことは当然のこと（恩に着せるのではない）。以下、明暦版で補う。
59　罪業がめぐる因果の車。
60　修羅道と地獄・畜生・餓鬼道。

14 皮籠の危難

1　底本、ここから「下」巻。
2　食事のお布施を致そう。

あれを見いで、もどるものならば、一年中の[3]炎《ほむら》の種《たね》となるまいか。おもどりあれや太夫殿」。

フシ兄の太郎はこれを聞き、「やあいかに三郎よ、[4]父こそ老《お》いにほれたりと、わ殿《どの》は老いにほれまいぞ。このやうなる古《ふる》寺《でら》には、古経《ふるぎょう》、古仏《ふるぼとけ》の、破れた[5]反古《ほうぐ》のいらぬをば、[6]いらいで吊《つ》つてあるものよ。きのふ吊るも習《なら》ひなり、また、けふ吊るも習ひなり。外は風が吹かねども、[7]屋鳴《やな》りて、上《うえ》は樹霊《こだま》の響《ひび》きとで、内《うち》は風が吹くぞやれ。たとはばあの皮籠の中なるが、わつぱにてもあれ、いまお聖の誓文《せいもん》を聴聞《ちょうもん》するからは、[8]使はうかたはないぞやれ。あのわつぱでなければ、[9]太夫の内《うち》に、人は使ひかねた身か。まづこの度《たび》は、われに免《めん》じてまづもどれ」。

コトバ三郎この由《よし》聞くよりも、「太郎殿の御意見《ごいけん》、聞くこと

3　気に病む火だね。

4　父こそ老いて呆けていても、お前は。

5　不要となった紙。

6　いらないので。

7　「屋鳴り」は、家の木材がきしんで発する音。「樹霊」は、樹木の精霊。

8　気を使う(心配する)ことはないぞ。

9　太夫の身内に、使用人がないわけでない。

もあらうず、また聞かぬこともござらう。10生道心《なまどうしん》ぶつたることを申しあるものかな、そこのきたまへ」といふままに、11打《う》ち物《もの》の鞘《さや》をはづいて、吊つたる縄《なわ》を切つて降ろいて、宙にて12要《かな》めを引いて、「わつぱある」と喜うだり。下《した》へ降《お》ろす間《ま》が遅いとて、縦縄横縄《たてなわよこなわ》むんずと切つて、ふたを開《あ》けて見てあれば、膚《はだ》の守《まぶ》りの地蔵菩薩《じぞうぼさつ》の、金色《こんじき》の光が放つて、三郎が両眼《りょうがん》に霧降《きりふ》り、縁《えん》から下へこけ落《お》つる。

太郎この由御覧《ごらん》じて、「13さてこそ申さぬかや、当座《とうざ》に命をお取りないは、なんぢが14冥加《みょうが》よ。もとの如くに吊《つ》っておけ」と、縦縄横縄むんずと掛《か》けて、もとの如くに吊つておき、三郎は兄弟の肩にかかつて、由良《ゆら》の湊《みなと》へもどりたは、ただ15面無《おもな》い体《てい》とぞ見えたりけり。

10　中途半端に信心ぶったことを。
11　かたな。
12　結び目。
13　だから言わぬことではない。その場で命を取らないのは。
14　神仏の御加護よ。
15　面目ない。

国分寺から朱雀権現堂へ 15

フシいたはしやお聖《ひじり》様は、いまの皮籠《かわご》を降《お》ろすと見てあるが、皮籠を降ろすものならば、わつぱを連《つ》れてゆかうは一定《いちじょう》なり。わつぱを連れてゆくならば、さてこの聖にも、縄《なわ》を掛《か》けうと申さうが、皮籠《かわご》の中なるは[1]神方便《かみほうべん》、仏神通《ほとけじんづう》の者か。

さて皮籠の下へ立《た》ち寄《よ》りて、「わつぱはあるか」とお問ひある。厨子王《ずしおう》殿は弱《よわ》りた声をして、「わつぱはこれにござあるが、もはや太夫の一門《いちもん》は、あたりにはござないか」。お聖この由《よし》聞こしめし、「[2]心安《やす》く思《おも》はい」と、皮籠を降ろし、ふたを開《あ》けて見たまへば、あらありがたや、地蔵菩薩は、金色《こんじき》の光を放《はな》つておはします。

皮籠の中より跳《と》んで出《い》で、お聖様にすがりつき、「なふなふいかにお聖様、名のるまいとは思へども、いまは名のり申

1 神が方便で人に化身したか、それとも仏が神通力で化身したか。

2 安心なさい。

すべし。われをばたれとか思しめす。奥州《おうしゅう》五十四郡《ぐん》の主《ぬし》、岩《いわ》城判官正氏殿《きのはんがんまさうじどの》の[3]惣領《そうりょう》に、厨子王丸とはそれがしなり。さて[4]不《ふ》思議《しぎ》なる論訴《ろんぞ》により、都へ上《のぼ》り、みかどにて[5]安堵《あんど》の御判《ごはん》申し受けに上《のぼ》るとて、越後《えちご》の国直江《なおい》の浦《うら》から売られてに、あなたこなたと売られてのち、あの太夫に買ひ取られ、刈《か》りもならはぬ柴《しば》を刈り、汲《く》みもならはぬ潮《しお》を汲み、その職《しょく》が成《な》らいでに、これまで落《お》ちてござあるが、また太夫の内《うち》に姉が一人ござあるが、[6]自然《しぜん》都の路次《ろし》をお問ひあらば、教へてたまはれお聖様。それがしは都へ落ちたうござあるよ」。

お聖この由《よし》聞こしめし、「さても[7]あどない厨子王や。太夫が[8]あまたある人を、五里《り》三里《り》も先《さき》へ、追《お》ひ手《て》がかかりてござらうぞや。[9]まつこと落ちたうござあらば、[10]とてものことに、それがし送りとどけて参らせん」と、もとの皮籠へどうど入

3　跡継ぎの長男。
4　理不尽な訴訟。
5　所領を認める証文。
6　万が一(姉がこの寺にやって来て)都への道順を尋ねたら、教えてやってくださいませ。
7　子供っぽい(たわいのない)ことを言う厨子王よ。
8　たくさんいる手下を使って、五里、三里も先まで(一里は約三・九キロメートル)追っ手をかけているだろう。
9　どうしても逃げたくお思いなら。
10　なんとかして。

れ、縦縄横縄《たてなわよこなわ》むんずと掛けて、聖の背中《せなか》にどうど負ひ、上には古き衣《ころも》を引き着《き》せて、「[11]町屋《まちや》、関屋《せきや》、関々《せきぜき》で、聖の背中《せなか》はなんぞ、と人が問《と》ふ折は、「これは丹後《たんご》の国国分寺《こくぶんじ》の、金焼《かなやき》地蔵《じぞう》でござあるが、あまりに古《ふる》びたまうたにより、都へ上《のぼ》り、[12]仏師《ぶっし》に彩色《さいしき》しに上《のぼ》る」といふならば、さしてとがむる者はあるまい」と、丹後の国を立ち出でて、[13]菟原《いばら》、細見《ほうみ》はこれとかや。[14]鎌谷《かまだに》、井尻《みじり》をうち過ぎて、船井《くない》、桑田《くわた》はこれとかや。[15]口郡《くちこおり》にも聞こえたる、[16]花に浮《う》き木《ぎ》の亀山《かめやま》や、[17]年は寄らねど老《おい》の坂《さか》、[18]沓掛峠《くつかけとうげ》をうち過ぎて、桂《かつら》の川《かわ》をうち渡り、[19]川勝《せんしょう》寺《じ》、[20]八町畷《はっちょうなわて》をうち過ぎて、おいそぎあれば程《ほど》はなし、都の西に聞こえたる、[21]西《にし》の七条《しちじょう》 [22]朱雀権現堂《しゅしゃかごんげどう》にもお着きある。

コトバ 権現堂にも着きしかば、皮籠《かわご》を下ろし、ふたを開けて見てあれば、皮籠の内の窮屈《きゅうくつ》やらん、[23]まつた雪焼《ゆきや》けともな

11 町中、番小屋、また関所で。
12 仏師に彩色してもらうため京へ上る。
13 菟原(うばら)、細見(ほそみ)は、福知山市三和町の地名。
14 京都府船井郡の鎌谷、井尻、船井。桑田は、丹波の国六郡の一つ桑田郡(京都府北桑田郡)の旧地名。
15 丹波の国六郡のうち、都に近い郡を口郡(くちこおり)という。
16 「花に浮き木の」は、亀山(亀岡市の旧名)をいう序詞。優曇華(うどんげ)の花と盲亀浮木(もうきふぼく)で、めったに遇えない幸運のたとえ。
17 底本「としはよらねとおもひの山」、寛文版で改める。老の坂は、丹波と京(山城)の国堺の丹波路(山陰道)の難所。大枝山(おおえやま)とも。なお、延

し、腰《こし》が立《た》たせたまはざれば、お聖《ひじり》この由御覧《ごらん》じて、「それがし都へ参り、安堵《あんど》の御判《ごはん》を申し受け参らせたうはござあるが、出家《しゅっけ》の上《うえ》ではならぬこと。これからお暇申《いとま》す」との御諚《ごじょう》なり。

フシあらいたはしやな厨子王殿は、「命《いのち》の親《おや》のお聖《ひじり》様は、丹後の国へおもどりあるか、[24]けなりやな。物憂《ものう》ひも丹後の国、姉御《あねご》一人ござあれば、また恋しいも丹後なり。命の親のお聖様に、[25]なにがな形見《かたみ》を参らすべし。地蔵菩薩《じぞうぼさつ》を参らせうか、守《まぶ》り刀《かたな》を参らせうか」。

お聖この由《よし》聞こしめし、「さて今度《こんど》の命をば、この聖が助けたと思《おぼ》しめさるるか。膚《はだ》の守《まぶ》りの地蔵菩薩の、お助けあつてござあるぞ。よきに信じてお掛《か》けあれ。それ侍《さぶらい》と申するは、守り刀をば七歳よりも差《さ》すと聞く。[26]出家の上の刃物《はもの》には、

宝版は寛文版と近い本文を持つが、この道行きの前後だけは少なからぬ独自増補がある。

18　老の坂の東の峠、さらに東に桂川が流れる。

19　秦川勝(はたのかわかつ)の建てた川勝寺にちなむ地名。京都市右京区西京極。

20　桂川から西七条へ至る長い縄手道。

21　西七条は、京から西国方面への出入り口。

22　下京区朱雀裏畑町の権現寺。地蔵堂に厨子王所持の身代わり地蔵を祀る(山州名跡志)。

23　また凍傷というのでもなし。

24　異(け)なり。うらやましい意。

25　何かないか。「がな」は、探し求める意。

26　出家の身で刃物は。

剃刀《かみそり》ならではいらぬなり。まつこと形見たまはりたくは、鬢《びん》の髪《かみ》をたまはれや。聖の方《ほう》の形見には、衣《ころも》の片袖《かたそで》参らすべし」とて、鬢の髪を一房《ひとふさ》[27]生《は》やいてお取りあり、衣《ころも》の片袖《かたそで》参らせて、お聖は、涙とともに丹後の国へぞおもどりある。

朱雀権現堂から天王寺へ　16

コトバ あらいたはしや厨子王《ずしおう》殿は、朱雀権現堂《しゅしゃかごんげどう》にござあるが、朱雀七村《しゅしゃかななむら》のわらんべどもは集まりて、「[1]いざや育《はごく》み申さん」と、一日《ひとひ》二日《ふつか》は育《はごく》むが、かさねて育む者もなければ、「いざや土車《つちぐるま》[2]を作つて、都《みやこ》[3]の城《じょう》へ引いてとらせん」とて、都の城へぞ引いたりける。

都は広いと申せども、五日《いつか》十日《とおか》は育《はごく》むが、かさねて育む者もなし。「いざやこれより南北天王寺《なんぼくてんのうじ》[4]へ引いてとらせん」と

27 「切る」の忌み言葉（不吉な物言いを避ける言い方）。

16 朱雀権現堂から…

1 さあ皆で養ってあげよう。

2 土などを運ぶ車。病者の移動にも用いた。

3 王城としての都。ここは京の市街をいう。

4 四天王寺のこと。聖徳太子ゆかりの寺として信仰され、南大門（五間）と北大門（三間）を持つ大寺。「俊徳丸」では、乙姫と俊徳丸は天王寺で出会い、「小栗判官」では、餓鬼阿弥（小栗）は天王寺を経由して熊野へ向かう。大阪市天王寺区。

て、[5]宿《しゅく》送り、村《むら》送りして、南北天王寺へぞ引いたりけり。あらいたはしや厨子王殿は、[6]石《いし》の鳥居《とりい》に取りついて、「えいやつ」というてお立ちあれば、[7]御太子《おだいし》の御計《おはか》らいやら、また厨子王殿の御果報《ごかほう》やら、腰《こし》が立《た》たせたまひける。

折節《おりふし》、御太子の守《もり》をなさるる[8]おしやり大師《だいし》のお通りあるが、厨子王殿を御覧《ごらん》じて、「これなる若侍《わかさぶらい》は、[9]遁世《とんせい》望みか、また奉公《ほうこう》望みか」とお問ひある。厨子王殿は聞こしめし、「奉公望み」とお申しある。おしやり大師は聞こしめし、「それがしが内には、百人の稚児《ちご》若衆《わかしゅ》を置き申す。その古《ふる》ばかまを召されて、お茶《ちゃ》の給仕《きゅうじ》なりとも召《め》されうか」との御諚《ごじょう》なり。「[10]なかなか」とお申しある。

おしやり大師に御供《おとも》ありて、稚児たちの古ばかまを召されて、あなたへは[11]声なまりの茶頭《さどう》と、こなたへは声なまりの茶

5　宿場から宿場へ、村から村へ送られ。
6　天王寺の西門(西大門)外側の石造りの鳥居。天王寺西門は極楽の東門に当たるとされ、彼岸の中日、海に沈む夕日に極楽浄土を観想する日想観が行われたことは、能「弱法師」で有名。鳥居はもと木造だったが、永仁二年(一二九四)、忍性(にんしょう)によって石造りとされた。
7　聖徳太子。
8　阿闍梨(高位の師僧の尊称)の訛伝。あるいは「お舎利」か。天王寺は仏舎利信仰の一大中心地だった。
9　出家が望みか、また奉公勤めが望みか。
10　もちろん致します。
11　東国なまりの茶頭(茶坊主)。

頭と、よきに寵愛《ちょうあい》せられておはします。

梅津の院の養子となる　17

これは厨子王《ずしおう》殿の物語り。さておき申し、花の都におはします、三十六人の臣下《しんか》大臣《だいじん》の御中《おんなか》に、[1]梅津《うめづ》の院《いん》と申すは、男《なん》子《し》にも女子《にょし》にも、末《すえ》の世継《よつ》ぎがござなうて、[2]清水《きよみず》の観音《かんのん》へ参り、申《もう》し子《ご》を召《め》さるるが、清水の観音は、[3]内陣《ないじん》よりも揺《ゆ》るぎ出《い》でさせたまひて、枕上《まくらがみ》にぞ立ちたまふ。「梅津の院の養子《ようし》は、これよりも南北天王寺《なんぼくてんのうじ》へお参りあれ」との[4]仏勅《ぶっちょく》なり。「あらありがたの御事《おんこと》や」と、梅津の御所《ごしょ》に御下向《おげこう》ありて、お喜びはかぎりなし。三日先《みっかさき》に、南北天王寺参りと聞こえける。

ツメおしやり大師《だいし》は聞こしめし、「都の梅津の院の、この所

17 梅津の院の…

1　梅津に院（邸宅）を構える高位の貴族。京都市右京区梅津は、梅宮（うめのみや）神社に因む地名。

2　清水寺の観音に申し子や申し妻をする話は、中世物語に数多い。

3　本堂中央の、本尊を安置する場所。

4　仏のお告げ。

へお参りとうけたまはる。さあらば、座敷《ざしき》を飾《かざ》らん」とて、天井を綾錦《5あやにしき》、金襴《きんらん》をもつて飾られたり。柱をば豹虎《ひょうとら》の皮にて包ませたり。高麗縁《6こうらいべり》の畳《たたみ》をば、千畳《せんじょう》ばかり敷《し》かれたり。座敷に掛《か》かつた本尊《ほぞん》は、そのころ都にはやりける、牧谿和尚《7もっけおしょう》の墨《すみ》絵《え》の、観音《かんのん》、釈迦《しゃか》、達磨《だるま》、三幅一対《8さんぷくいっつい》掛けられたり。花瓶《かびん》に立てたる花は、天上天下唯我独尊《9てんじょうてんげゆいがどくそん》と立てられたり。百人の稚児《ちご》若衆《わかしゅ》も、花《はな》の如《ごと》くに飾り立て、「いまよ、いまよ」とお待ちある。

コトバはや三日《みっか》と申すには、南北天王寺へお参りあるが、「あらおもしろの花の景色《けしき》や」と、[10]座敷に直らせたまひて、百人の稚児《ちご》若衆《わかしゅ》を、上《かみ》から下《しも》へ、三遍《さんべん》まで御覧《ごらん》ずれども、養《よう》子《し》になるべき稚児はなし。

梅津《うめづ》の院は御覧《ごらん》じて、はるかの下《しも》におはします、厨子王殿

5　ぜいたくな織物の総称。

6　貴人の用いた高麗錦の縁の畳。

7　牧谿(もっけい)は中国の宋末元初の禅僧画家。その水墨画は特に日本で珍重された。

8　仏画の三尊形式に由来する三幅を一対とした掛け物。室町期の会所の飾りとして流行した。

9　釈迦が誕生して右手で天、左手で地を指して初めて発した言葉。そのように上下垂直に花を生けた。

10　座敷にお座りになって。底本、約四字分欠「さしき□□□□おとをりありて」。草子本で補訂。

の[11]額《ひたい》には、米《よね》といふ字が三下《みくだ》りすはり、両眼《りょうがん》に瞳《ひとみ》が二体《たい》ござあるを、たしかに御覧じて、「それがしが養子に、お茶の給仕《きゅうじ》をそれがしにたまはれ」との御諚《ごじょう》なり。

百人の稚児若衆は御覧じて、「さても都の梅津の院は、目《め》も利《き》かぬことをお申しあるものかな。きのふやけふの、土車《つちぐるま》に乗りて乞食《こつじき》したる卑しき茶頭《さどう》を、梅津の院の養子なんどとお申しある」と、一度《いちど》にどつとぞお笑ひある。

梅津の院は聞こしめし、「それがしが養子をお笑ひあるか」と、湯殿《ゆどの》に下ろし申し、湯風呂《ゆぶろ》にて御身《おんみ》を清《きよ》めさせ申し、[12]膚《はだ》には青地《あおじ》の錦を召され、唐巻《からまき》の直垂《ひたたれ》に、刈安色《かりやすいろ》の水干《すいかん》に、玉の冠《かぶり》を召され、一段高う、梅津の院の左[13]の座敷にお直りありたるは、百人の稚児の中に、似たる稚児はさらになし。梅津《うめづ》の御所《ごしょ》に御下向《おげこう》ありて、[14]山海《さんかい》の珍物《ちんぶつ》に、国土《こくど》の菓子《かし》を調《ととの》へて、

11　「小栗判官」(7節)や、幸若舞「信太」にもある、男主人公の非凡さを示すしるし。

12　男主人公の高貴な装束をいう決まり文句(「小栗判官」6節ほか)。唐巻は絞り染め、直垂は武家の礼服、刈安色は刈安染めの黄色、水干は水干袴。

13　朝廷・内裏では左側(向かって右側)が上位とされた。

14　盛大な宴をいう決まり文句。「小栗判官」1節・注13、参照。

お喜びはかぎりなし。

系図の巻物により貴種に復帰　18

梅津《うめづ》の院の御代官《おだいかん》に、みかどの大番《おおばん》に厨子王《ずしおう》殿をお直《なお》[1]しある。三十六人の臣下大臣は御覧《ごらん》じて、「いかに梅津の院の養《よう》子《し》であらうとままよ[2]。卑《いや》しき者は、われらが同じ対座《たいざ》[3]にはかなふまい」とて、居《い》[4]たる座敷《ざしき》を追つ立つる。

フシあらいたはしや厨子王殿は、いまは名のり申さうか、いま名のれば、父岩城《いわき》殿《どの》の御面目《ごめんぼく》[5]、また名のり申さねば、養《よう》子《し》の親《おや》の御面目《ごめんぼく》。父の面目[6]追つてのこと、まづ養子の親の威《い》[7]光《こう》を上げばや、と思《おぼ》しめし、膚《はだ》の守《まぶ》りの、信太玉造《しだたまつくり》の系図《けいず》の巻物《まきもの》取り出《い》だし、扇《おうぎ》に供《そな》へ、はるかの上《かみ》[8]に持つて上がり、その身は白州《しらす》[9]へ跳《と》んでおり、玉《たま》の冠《かぶり》を地につけて、答拝《たっぱい》[10]召され

18系図の巻物により…

1　「直す」は、しかるべき元の地位につける。
2　かまわない。
3　差し向かいで座ること。
4　座っていた座敷から厨子王を追っ立てた。
5　「面目」は略した言い方。面目を失う意。
6　父の面目を上げるのは。
7　人が畏れ敬う威厳。
8　座敷から追われた下座(縁側か庭)から、はるか上座へ。
9　白砂を敷いた庭。
10　堂を降りて丁重に拝礼すること。

ておはします。

ツメなかにも二条の大納言、この巻物を取り上げ、高らかにお読みある。「そもそも奥州《おうしゅう》の国、日《ひ》の本《もと》の将軍、岩城判《いわきのはん》官正氏《がんまさうじ》の惣領《そうりょう》、厨子王判《はん》」とぞ読うだりけり。

コトバ[11]みかど叡覧《えいらん》ありて、「いままでは、たれやの人ぞと思うてあれば、岩城判官正氏の惣領、厨子王か。ながながの浪人、なによりもつて不便《ふびん》なり。奥州《おうしゅう》五十四郡《ぐん》は、もとの本地《ほんじ》[12]に返しおく。[13]日向《ひゅうが》の国は、馬の飼料《かいりょう》に参らする」と、[14]薄墨《うすずみ》の御綸旨《ごりんし》をぞ下されたる。

厨子王殿は聞こしめし、いま申さうか、申すまいとは思へども、いま申さいで、いつの御代《みよ》にか申すべし。「奥州五十四郡、日向の国も望みなし。存ずる子細《しさい》の候《そうら》へば、[15]丹後《たんご》五郡に相換《あいか》へてたまはれ」とぞお申しある。

11　帝は系図の巻物を御覧になって。
12　本領。
13　とくに日向とあるのは注意される。日向は、盲僧・琵琶法師の由緒書では、盲目の始祖皇子の所領で、盲人の扶持領とされたという。その関係から、能・幸若舞・浄瑠璃「景清」では、日向勾当(こうとう)景清の伝承も生まれた(兵藤「当道祖神伝承考」)。
14　綸旨は、天皇の意思を下達する文書。薄墨色の宿紙(再生紙)を用いた。
15　丹後の国の全五郡。加佐・与謝・丹波・竹野・熊野郡。

みかど叡覧ありて、「なに、大国《たいこく》に小国《しょうこく》を換《か》への望《のぞ》みは、思ふ子細《しさい》やあるらん」と、「丹後の国も馬の飼料《かいりょう》に参らする」と、かさねて御判《ごはん》ぞ給はるなり。三十六人の臣下《しんか》大臣《だいじん》は御覧《ごらん》じて、「さていままでは、たれやの人ぞと思ひ申してござあれば、厨子王丸にてござあるか。われらは同じ対座《たいざ》にはかなふまい」とて、座敷《ざしき》をこそはお下がりある。厨子王殿は、梅《うめ》津《づ》の御所に御下向《おげこう》ありて、お喜びはかぎりなし。

19 復讐と報恩

復讐と報恩　19

フシあらいたはしやな厨子王殿は、くどきごとこそあはれなり。「それがしはいま一度《ひとたび》、鳥になりたや羽《はね》欲しや。丹後《たんご》の国へ飛んでゆき、姉御《あねご》様《さま》の潮《しお》を汲《く》んでおはします、御衣《ぎょい》のたもとにすがりつき、世《よ》に出《で》た由《よし》を語りたや。[1]蝦夷《えぞ》が島《しま》へも

1　4節・注38、参照。

飛んでゆき、さて母上様《ははうえ》に尋《たず》ね会ひ、世に出た由の申したや。筑紫《つくし》安楽寺《あんらくじ》へも飛んでゆき、父岩城殿《いわきどの》に尋《たず》ね会ひ、世に出た由の申したや」。[2]いつまで待たうことでもなし。みかどへこの由《よし》お申しありて、安堵《あんど》の御判《ごはん》を申し受け、筑紫安楽寺へも迎ひの輿《こし》をお立てある。

さてその後《のち》に、丹後の国へ[3]入部《にゅうぶ》をせんとお申しありて、[4]三日先《さき》の宿札《やどふだ》を、丹後の国国分寺《こくぶんじ》の、寺のなかの御門《ごもん》にお打たせある。コトバお聖《ひじり》この由御覧《ごらん》じて、丹後はわづか小国《しょうこく》とは申せども、広い堂、寺のござあるに、このやうなる古びたるお寺に、都の国司《こくし》の宿札をお打ちありたは、[5]聖の身《み》の上《うえ》と思《おぼ》しめし、それ出家《しゅっけ》と書いては、家を出《い》づると読むぞかし。[6]傘《からかさ》一本うちかたげ、[7]虚空《こくう》をさいて落ちられたり。

さて厨子王殿、国分寺にお着きある。里人《さとびと》を近づけて、

2 いつまでも放っておけることでもない。
3 国司が自分の任国・領国へ入ること。
4 三日後の宿泊を示す高札。
5 わが身の上に関わること。
6 傘一本は、寺を追われる破戒僧に許される持ち物だが、「傘一本うちかたげ」は、ササラ説経の徒のすがたを思わせる。なお、ここから末尾まで、底本は欠丁。明暦版で補い、同版の省略箇所は草子本等で補う。なお、たとえば明暦版では「お乗りあつて」「お問ひある」とある箇所が、草子本では「乗り給ひて」「問はせ給ひ」とあり、説経節の語り口を失っている。なるべく明暦版に拠った理由である。
7 あてどなくお逃げになった。

「この寺には[8]出家《しゅっけ》はないか」。「さん候《ぞうろ》ふ。この二三日以前までござありたが、宿札《やどふだ》お打ちあるは、聖《ひじり》の身の上と思しめし、虚空《こくう》をさいて落ちられた」と申す。「尋《たず》ねよ」との御諚《ごじょう》なり。「うけたまはる」と申すより、[9]丹波《たんば》の穴太《あのう》より尋ね出し、[10]高《たか》手《て》小《こ》手《て》にいましめて、国分寺へぞ引きたりける。

フシ厨子王殿は御覧《ごらん》じて、「命《いのち》の親のお聖《ひじり》に、なにとて縄《なわ》をかけたる」と、人の解《と》く間《ま》が遅いとて、手づからお解きある。

[11]聖この由《よし》聞こしめし、「いままで都の国司《こくし》に、命を助けたることはなし。[12]さやうに出家はなぶらぬものぞ。早く命《いのち》を取りたまへ」。厨子王殿は聞こしめし、「[13]げに道理《どうり》なり、ことわりや。それがしをいかなる者と思《おぼ》しめす。皮籠《かわご》の中のわつぱなり。都七条朱雀《みやこしちじょうしゅしゃか》まで、送りたまはるそのときに、取り交《か》はしたる形見《かたみ》には、衣《ころも》の片袖《かたそで》これにあり。鬢《びん》の髪《かみ》をたまはれ

8　出家者。僧侶。
9　草子本で補う。穴太は、亀岡市曽我部町にある西国三十三番札所の穴太寺。
10　縄を首に掛け腕を後ろ手に厳重に縛ること。高手は肘から肩、小手は肘から手首。罪人の縛り方の慣用句。
11　次の段落まで、明暦版の省略箇所を草子本で補う。
12　そのように仏門に入った僧をからかうものではない。
13　いかにもおっしゃる通り、ごもっともよ。

や」。聖《ひじり》この由聞こしめし、「まだ百日も経《た》たぬ間《ま》に、世《よ》に出《い》でたまふめでたさよ。[14]侍《さぶらい》と黄金《こがね》は、朽《く》ちて朽ちせぬとは、ここのことをや申すらん」と、[15]たがひの形見を取り交はし、お喜びはかぎりなし。

厨子王殿の仰せには、「由良《ゆら》の湊《みなと》に残し置く、姉御《あねご》はこの世にましますかや」。聖この由聞こしめし、「さればこそとよ姉御前《あねごぜん》は、御身《おんみ》を落《お》とした咎《とが》ぞとて、邪見《じゃけん》なる三郎が、つひに[16]責《せ》め殺《ころ》いてござある。捨《す》てたる死骸《しがい》を取り寄せて、この僧が火葬《かそう》にいたし、[17]その死骨《しこつ》、剃《そ》り髪《がみ》」とて、涙《なみだ》とともに取り出《い》だし、厨子王殿に参らする。厨子王殿は御覧《ごらん》じて、「これは夢《ゆめ》かや現《うつつ》かや。さてそれがしはこの度《たび》は、世《よ》に出《で》たかひも候《そうら》はず」と、死骨、剃り髪を顔に当て、流涕焦《りゅうていこ》がれて泣きたまふ。

14　黄金が朽ちぬように、侍も一時は落ちぶれても侍でありつづける。当時のことわざ。
15　この句、寛文版で補う。
16　明暦版による。草子本「責め殺して候ふ」。
17　死骨・剃髪のことは明暦版なし。寛文版に類似の記述。

落[18]つる涙のひまよりも、「いかにお聖、太夫《たゆう》はいまだめでたく候《そうろ》ふか」、「なかなか[19]」、「その儀ならば、[20]姉御《あねご》に逢《お》うたる心《ここ》ちして、ひと目対面《たいめん》すべし」、「かしこまつて候ふ」と使《つか》ひたつ。

[21]太夫この由《よし》聞くよりも、五人の子どもを近づけて「やあいかになんぢら、[22]それがしは国所《くにところ》に久《ひさ》しき者のことなれば、さだめて名所旧跡《めいしょきゅうせき》をお尋《たず》ねあらんは一定《いちじょう》なり。そのときそれがし御《お》前《まえ》にまかり出《い》で、いちいち次《し》第《だい》を申すべし。その折は、[23]所知《しょち》を給《たま》はらんは一定《いちじょう》なり。いかに三郎、所知を給はるものならば、小国《しょうこく》ばし好《この》むなよ。太夫は孫子《まごこ》の末《すえ》も広き者のことにて候《そうら》へば、大国《たいこく》を給はれと好むべし。[24]かまへてかまへて忘《わす》るな」とて、五人の子どもに手を引かれ、国分寺へぞ参りける。

18　寛文版で補う。
19　いかにも、そのとおり。
20　姉御に逢った心地がするから、太夫にひと目対面しよう。
21　この段落、草子本で補う。明暦版・寛文版等なし。
22　拙者はこの丹後の国に久しく住む者なので。
23　所領を下さるのは確実だ。
24　くれぐれも忘れるな。

厨子王殿は御覧《ごらん》じて、「さても太夫は、よくこそ早く参りたれ。それがしを見知りたるか」との御諚《ごじょう》なり。「なかなか、都の国司《こくし》とあがめ申す」と申しけり。厨子王殿は聞こしめし、「さてもなんぢが内には、よき下女《げじょ》を持ちたると聞く。それがしを[25]従者婿《じゅうざむこ》に取つて、富貴《ふっき》の家と栄《さか》えよかし」。太夫は三郎が方《かた》をきつと見て、「げにまことに、[26]伊達《だて》の郡信夫《こおりしのぶ》の庄《しょう》の者とて、姉にしのぶ、弟《おとと》に忘《わす》れ草《ぐさ》とて、姉弟《きょうだい》ありたるが、姉のしのぶは見目《みめ》も形《かたち》もよかりしものを、殺《ころ》さいでおくならば、都の国司《こくし》を従者婿《じゅうざむこ》に取つて、富貴《ふっき》の家と栄《さか》よふものを」とぞ申しける。

フシ[27]厨子王殿は聞こしめし、[28]包《つつ》むとすれど包まれず、太夫が前にさしかかり、「やあいかになんぢら、姉のしのぶをば、なにたる咎《とが》のありたれば、責《せ》め殺《ころ》してはありけるぞ。われを

25 召使いの女に迎える婿。
26 この段落、以下は草子本欠字。明暦版による。
27 以下、明暦版は省略が多い。草子本で補うが、節付けは明暦版による。
28 我慢して自分の正体を言わずにおこうとしたが言わずにおられず。

ばたれとか思ふらん。なんぢが内《うち》にありたりし、忘れ草《わすぐさ》とはそれがしなり。[29]姉御《あねご》かやせよ太夫、やれ姉御かやさい三郎よ。なんぢはかくいふことを無理《むり》じやと思ふか。[30]かの三荷《さんか》の柴《しば》さへ、え刈《か》らずして、山人《やまうど》たちのあはれみに、刈りて給《たま》はりたる柴を、いつくしきが咎《とが》ぞとて、三荷の柴に七荷増《ま》し、十荷刈《か》れと責めたるは、これは無理にてなきかとよ。さてもそれがしは、はかなきことを申してあり。仇《あた》を仇《あた》にて報《ほう》ずれば、燃《も》ゆる火に、薪《たきぎ》を添《そ》ふる如くなり。仇《あた》を慈悲《じひ》にて報《ほう》ずれば、これは仏《ほとけ》の位《くらい》なり。いかに太夫、大国《たいこく》が欲しきか、小国《しょうこく》が欲しきか。望《のぞ》み次第《しだい》に取らすべし。太夫いかに」との御諚《ごじょう》なり。

コトバ太夫につこと笑《わろ》うて、三郎がかたをきつと見る。三郎答へて申すやう、「さん候《ぞうろ》ふ。太夫は、孫子《まごこ》の末も広き者のことにて候《そうら》へば、小国にてはなり申さぬ。大国を給《たま》はれ」

29　姉御を返せよ太夫。
30　以下、明暦版に省略が多い。草子本で補う。

とぞ申しける。厨子王殿は聞こしめし、「さても[31]器用《きよう》に好みたる三郎かな。[32]太夫が小国を好むとも、押さへて大国を取らすべきに。[33]さいはひ太夫には広き黄泉《よみ》の国を取らせよ」との御諚《ごじょう》なり。「うけたまはる」と申して、太夫を取つて引《ひ》つ立《た》て、国分寺の[34]広庭《ひろにわ》に五尺に穴《あな》を掘《ほ》りて、肩より下《しも》を掘り埋《うず》み、竹《たけ》のこぎりをこしらへて、「かまへて他人に引かするな。子どもに引かせ、憂《う》き目《め》をみせよ」との御諚なり。「うけたまはる」と申して、肩より下《しも》を掘り埋《うず》み、まづ兄の太郎にのこぎりが渡《わた》る。「太郎には思ふ子細《しさい》があるほどに、のこぎり許《ゆる》せ」との御諚《ごじょう》なり。

さて二郎にのこぎりが渡る。フシ二郎、のこぎり受け取りて、[35]後ろの方《かた》へ立ちまはり、くどきごとこそあはれなれ。「昔が今にいたるまで、子が親の首を引くことは、聞きも及

31　抜け目なく。
32　太夫が小国を望んでも、無理にでも大国を与えようものを。
33　幸いなことに太夫には広い地獄の国を取らせよ。
34　本堂前の大庭。
35　太夫の後ろの方。

ばぬ次第《しだい》かな。それがしが申したること、少しも違《ちが》ひ申すかや。[36]遠国波濤《おんごくはとう》の者なりとも、情けをかけて使ひたまへと、[37]よりより申せしはここぞかし。[38]お引かせあるこそことわりなれ」と涙にむせて、え引かねば、「げにまことに、二郎にも思ふ子細《しさい》あれば、のこぎり許せ」との御諚《ごじょう》なり。

三郎にのこぎりが渡る。ツメ邪見《じゃけん》なる三郎が、こののこぎりを奪《ば》ひ取つて、「卑怯《ひきょう》なりや、方《かた》がた、[39]主《ぬし》の咎《とが》をばお申しなうて、われらが咎とあるからは。なふいかに太夫殿、[40]一期《いちご》申す念仏《ねんぶつ》をば、いつの用にかお立てある。[41]死《し》出《で》三途《さんず》の大河《たいが》をば、この三郎が負《お》ひ越《こ》してまゐらすべきぞ。[42]一引《ひとひ》き引きては千僧供養《せんぞうくよう》、二引《ふたひ》き引いて万僧供養《まんぞうくよう》、ゑいさらゑい」と引くほどに、[43]百に余りて六つのとき、首《くび》は前にぞ引きおとす。

さてその後《のち》に、三郎を[44]やすみが小浜《こばま》に連れてゆき、行《ゆ》きも

36　遥か遠くに住む者。
37　たびたび申したのは。
38　厨子王様が太夫の首を引かせるのも、もっともなことだ。
39　自分の罪は申さずに、われら(太夫と三郎)の罪というからには。
40　生涯お唱えする念仏を、いつの役にお立てになるか。
41　死後に渡る三途の大河。
42　一回引くと千人の僧に供養(布施)をするのと同じ功徳がある、二回引くと万人の僧への供養となる。「小栗判官」で、餓鬼阿弥の土車を引くかけ声に同じ。
43　百六回のこぎりを引いた時。
44　前出「あすみが小浜」(6節・注12)。

どりの山人《やまうど》たちに、七日七夜《なぬかななよ》首を引かせ、さてその後《のち》に、二郎、太郎を御前《おまえ》に召され、「[45]昔《むかし》を伝《つた》へて聞《き》くからに、苦《にが》い蔓《つる》には苦い実《み》がなる。甘《あま》い蔓《つる》には甘い実《み》がなると聞きたるに、なんぢら兄弟《きょうだい》は、苦《にが》い蔓《つる》に甘《あま》い実《み》のなりたる者どもかな。まづ兄の太郎にのこぎりを許《ゆる》すこと、別《べち》の子細《しさい》にあらず。皮籠《かわご》の中にありしとき、「あのわつぱでなければ、太夫の内に人を使ひかねたる身か、われに免じてまづもどれ」と申したる、ことば一言《いちごん》によりて、のこぎり許してまゐらする。また、二郎にのこぎり許すは、別《べち》の子細《しさい》にあらず、松の木湯舟《ゆぶね》のその下にて、[46]空年《からとし》取らせたるその折に、夜《よる》ごとに浜路《はまじ》へ下《さ》がり、食《しょく》を通《かよ》はしたまはりたる二郎殿の御恩《ごおん》をば、[47]湯《ゆ》の底《そこ》、水《みず》の底《そこ》までも報《ほう》じがたくぞ覚《おぼ》えたる」。

コトバ [48]さてその後《のち》に、「丹後《たんご》は[49]八百八町《はっぴゃくやちょう》と申するを、四百《しひゃく》

45 昔から伝え聞くところだが、悪い親には悪い子どもができ、良い親には良い子どもができる。

46 むなしく年を越させたその時に。

47 どこまでもどこまでもの意。

48 そしてその後。明暦版で補う。

49 「八百八」は、大きな数や広さをいう慣用句。

四町を押し分けて、兄の太郎に参らする」。太郎は髪を剃《そ》り落《お》とし、国分寺《こくぶんじ》にすはりつつ、姉御《あねご》の菩提《ぼだい》をとぶらひ、また太夫の跡《あと》も弔《と》ひたまふ。「残る四百四町《しひゃくよちょう》をば、二郎殿に[50]一色《いっしき》総政所《そうまんどころ》に参らする」とお申しある。上代《じょうだい》より、丹後の国の地《じ》頭《とう》をば、[51]一色殿《いっしきどの》とぞ申しける。

　さてまたお聖《ひじり》様を、命《いのち》の親《おや》と定め、同じ内《うち》に使はれたる伊《い》勢《せ》の小萩《こはぎ》といふ姫を、姉御《あねご》と定め、[52]網代《あじろ》の輿《こし》に乗せまゐらせ、都へ上《のぼ》らせたまひける。

蝦夷が島に母を訪ねる　20

　フシそれよりも厨子王殿、蝦夷《えぞ》が島へござありて、母御《ははご》の行《ゆ》くへをお尋《たず》ねある。いたはしや母上は、明《あ》くれば「厨子王恋《こ》ひしやな」、暮《く》るれば「安寿《あんじゅ》の姫が恋ひしや」と、明け暮

50　「一色」は(四百四町を)すべてまとめての意。「総政所」は政務を司る長官。

51　丹後の国は、室町時代には一色氏の領国。一色氏は足利氏の支族で四職(侍所長官を世襲した四家)の大名だが、室町末には衰えた。ここでいう「地頭」は在地の領主。

52　檜皮(ひわだ)や竹で編んだ屋形を付けた貴人用の輿。

20　蝦夷が島に…

れ嘆《なげ》かせたまふにより、両眼《りょうがん》を泣きつぶしておはします。[1]千《せん》畳《じょう》が畑《はた》へございありて、粟《あわ》の鳥《とり》を追《お》うておはします、[2]鳴子《なるこ》の手《て》縄《なわ》に取りつきて、「[3]厨子王恋《こ》ひしや、ほうやれ。安寿の姫恋《こ》ひしやな。うわたき恋《こ》ひしや、ほうやれ」と、いふてはどうど身《み》を投《な》ぐる。

厨子王殿は御覧《ごらん》じて、「さても不思議《ふしぎ》な鳥の追ひやうかな。[4]ま一度《いちど》追へかし、所知《しょち》を与へてとらすべし」。母上この由《よし》聞こしめし、「なふ、所知までがいるべきぞ。[5]これ能《のう》にしてゐるものを、また追へならば追ふべし」とて、鳴子《なるこ》の手縄《てなわ》に取りつきて、「厨子王恋ひしや、ほうやれ。うわたき恋ひしや、ほうやれ。安寿の姫が恋ひしや」と、いふてはどうど身を投ぐる。

厨子王丸は御覧じて、「これは母上様に、紛《まが》ふところはな

1　たたみ千枚を敷くほどの広大な畑。
2　鳥を追い払う仕掛け。竹や板を連ねた先に縄を付け、引いて音を出す。
3　寛文版の鳥追い唄は「あんじゆこひしやほやれほう、つしわうこひしやほやれほう、鳥も生(しょう)ある物ならば、おはすとたちてゐさせよ」。
4　もう一度鳥を追ってみせよ。所領をとらせよう。
5　これだけを取得(とり)としているものを。また追えというなら追おう。

きぞ」とて、母御に抱《いだ》きつき、[6]「なふいかに母上様、厨子王丸にてござあるが、世《よ》に出《い》でこれまで参りたり」。母御この由《よし》聞こしめし、「あふそのことにてござあるよ。みづからは、姉《あね》に安寿、弟《おとと》に厨子王丸とて、子をば姉弟《きょうだい》持ちたるが、[7]これより奥方《おくがた》へ売られゆき、行《ゆ》き方《がた》なきと聞きてあり。さやうに目も見えぬ者は、[8]たらさぬものよ。[9]めくらの打つ杖《つえ》には咎《とが》もなし」と、あたりを払《はろ》うておはします。

厨子王殿は聞こしめし、[10]「げにも道理《どうり》や、なかなかに、思ひ出《だ》したることあり」とて、膚《はだ》の守《まぶ》りの地蔵菩薩《じぞうぼさつ》を取り出《い》だし、母御の両眼《りょうがん》に当てたまひ、[11]「善哉《ぜんざい》なれや、明《あき》らかに。平《へい》癒《ゆう》したまへ、明《あき》らかに」と、三度《ど》なでさせたまひければ、つぶれて久しき両眼《りょうがん》が、はつしと明《あ》きて、[12]鈴《すず》を張りたるごとくなり。

6　明暦版による。草子本「なふいかにそれがしは」。説経節の文句としては明暦版「なふいかに母上様」がよい。相手への呼びかけ。また、「つし王丸にて候が」(草子本)も、「つし王丸にてござあるが」(明暦版)がよい。

7　これよりもっと奥州の果てへ売られて行き。

8　甘いことばで騙(だま)してはならぬものよ。

9　「俊徳丸」17節に、ほぼ同様の文句。

10　なるほど道理よ。そういえば思い出したことがある。

11　盲目平癒を祈るまじない。「俊徳丸」20節に同様の文句。

12　大きく澄んだ女性の目をいう。

母御[13]この由《よし》御覧じて、「御身《おんみ》は厨子王か。安寿の姫は」とお問ひある。厨子王殿は聞こしめし、「あふその御事《おんこと》にてござあるよ。越後《えちご》の国直江《なおい》の浦《うら》から売り分《わ》けられて、あなたこなたと売られてのち、丹後《たんご》の国由良《ゆら》の湊《みなと》の山椒太夫に買ひ取られ、汲《く》みもならはぬ潮《しお》を汲み、刈《か》りもならはぬ柴《しば》を刈り、その職《しょく》が成《な》らいで、[14]それがし落ちたるあとの間《ま》に、姫をば責《せ》め殺《ころ》いてござあるが、それがし世に出《い》で、仇《かたき》を取《と》りてこれまで参りたり」とぞお語りある。母御この由《よし》聞こしめし、「御《おん》身《み》は世《よ》に出《い》でめでたいが、さてみづからは、[15]若木《わかい》をさきだて老ひ蔓《づる》を、あとに残るよ悲しやな。[16]よしそれとても力《ちから》なし」とて、[17]玉《たま》の輿《こし》にお乗りあつて、国へ御供《おとも》召さるるなり。

さてその後《のち》、越後《えちご》の国直江《なおい》の浦《うら》へござありて、売りそめたる山岡《やまおか》の太夫《たゆう》をば、[18]荒簀《あらす》に巻いて、柴漬《ふしづ》けにぞ召されける。

13 以下、明暦版をもとに、省略箇所を草子本で補う。
14 わたしが逃げたそのあとで。
15 若木を先に枯らした老い蔓なのに、あとに残ったよ、悲しいよ。
16 まあそれも仕方ない。
17 立派な輿。
18 簀巻きにして水に入れる。

女房《にょうぼう》の行《ゆ》くへをお尋ねある。「女房は果《は》てられた」とこそは申すなり。よしそれとても力なしとて、柏崎《かしわざき》[19]にお渡りありて、なかの道場《どうじょう》[20]と寺を立て、うわたきの女房の菩提《ぼだい》もよきにお弔《と》ひある。

また山岡の太夫が女房の菩提もお弔《と》ひあつて、さてそれよ[21]り厨子王殿、母御の御供《おとも》なされつつ、都をさして上《のぼ》らせたまふ。梅津《うめづ》の御所《ごしょ》に入《い》りたまへば、梅津の院も立ち出《い》でたまひ、母御に御対面《ごたいめん》あり、「さてさて、めでたき次第《しだい》」とて、お喜びはかぎりなし。

金焼地蔵の由来　21

これはさておき岩城殿《いわきどの》、厨子王世《よ》に出《い》でたまふゆゑ、みかどの勅勘許《ちょっかんゆる》[1]されて、都に上《のぼ》らせたまひつつ、御所《ごしょ》に移《うつ》らせた

19　北陸道の宿場。新潟県柏崎市。
20　不詳。道場は寺。
21　以下、明暦版の省略を草子本で補う。
21金焼地蔵の…
1　勅命(帝の命令)による勘当。

まひければ、御台所《みだいどころ》も厨子王丸も、立ち出《い》でさせたまひつつ、思はず知らずに抱《いだ》きつき、これはこれはとばかりなり。うれしきにも悲しきにも、先《さき》だつものは涙《なみだ》なり。

これにつけても安寿の姫、浮《う》き世《よ》にながらへあるならば、なにしに物を思ふべきと、あやめさめとぞ泣きたまふ[2]。梅津の院もお聖《ひじり》も、伊勢《いせ》の小萩《こはぎ》を先として、「御嘆《おなげ》きはことわりなれども、さりながら、嘆きてかなはぬことなれば、思《おぼ》しめし切《き》らせたまへ」とて、蓬萊山《ほうらいさん》[4]を飾《かざ》りたて、御喜《およろこ》びの御酒盛《おさかも》りは、夜昼三日《よるひるみっか》と聞こえける。

御盃《おさかずき》も収まれば、姉御《あねご》の菩提《ぼだい》のためにとて、膚《はだ》の守《まぶ》りの地《じ》蔵菩薩《ぞうぼさつ》を、丹後《たんご》の国に安置《あんぢ》して、一宇《いちう》の御堂《みどう》を建立《こんりゅう》したまふ。いまの世にいたるまで、金焼地蔵菩薩《かなやきじぞうぼさつ》とて、人びと崇《あが》めたてまつる。

2 さめざめと涙を流して。あやめは「あやめも知らず」で、むやみにの意。
3 おあきらめなさいませ。
4 めでたい飾り物。蓬萊山は不老不死の理想郷。

それよりも、厨子王殿、国《くに》へ入部《にゅうぶ》せんとのたまひて、父上や母上を、網代《あじろ》の輿《こし》に乗せまゐらせ、さてまた命《いのち》の親のお聖《ひじり》様、伊勢《いせ》の小萩《こはぎ》もそれぞれに、輿《こし》や轅《ながえ》に乗せたまひ、その身《み》は御馬《おうま》に召されつつ、十万余騎を引き具《ぐ》して、陸奥《みちのく》さして下《くだ》らせたまふ。いにしへのその跡《あと》に、数《かず》の屋形《やかた》を建《た》てならべ、富貴《ふっき》の家と栄《さか》えたまふ。いにしへの郎等《ろうどう》ども、われもわれもとまかり出《い》で、君《きみ》を守護《しゅご》したてまつる、上古《しょうこ》も今も末代《まつだい》も、ためし少なき次第《しだい》なり。

5　任国(帝に安堵された奥州五十四郡)へ入ろうと。
6　牛の引く輿車や人が担う轅(ながえ)輿にお乗せになり。
7　たくさんの館。
8　大昔も今も将来も。

愛《あい》護《ご》の若《わか》

あらすじ

1 二条蔵人清平、内裏での宝競べで六条判官に勝つが、判官はその意趣返しの子競べをして勝ち、子のない二条清平を辱める。

2 二条清平夫婦は、長谷観音に申し子をする。観音は、子だねは授けるが、その子が三歳になったときに夫婦いずれかの命をとると告げる。それでも夫婦は子だねを祈る。

3 長谷詣でから下向する二条清平を六条判官が待ち伏せ、桂川で合戦となる。南都の僧、とつかう坊の説得で、両者は兵を引く。

4 清平の北の方は男子を出産し、生まれた子は愛護の若と名づけられる。愛護は十三歳になる。

5 母の北の方は、生まれた子が三歳のとき両親のいずれかが命を失うとの長谷観音のお告げが偽りだったと笑う。遥かにそれを聞いた観音は、病の御先《みさき》(使霊)を遣わす。

6 死の床に伏した北の方は、愛護に、父が迎える後妻によく仕えるように遺言して死ぬ。

7 父の清平は、一門の勧めで八条大臣の姫君雲井の前を後妻に迎える。

8 亡き母を思い庭の桜の花をめでる愛護の姿を見た雲井の前は、たちまち恋の病となる。侍女月小夜の勧めで恋文を書く。

9 恋文を受け取った愛護は、継母雲井の前からの恋文と知り、破り捨てる。

10 雲井の前がなおも恋文を書き送ると、愛護は、この文を父清平に見せると月小夜に伝える。雲井の前は驚き恐れ、月小夜のたくらみで、清平が秘蔵する宝を大道で売らせる。

11 清平は家宝が大道で売られるのを見て、愛護が売りに出したと聞き、激怒して館に帰ると愛護を打擲し、縛り上げて木に吊るす。
12 愛護の苦難を知った亡母は、閻魔大王に頼んでいたちに姿を変え、愛護を吊るした縄を食い切り、比叡山の伯父の阿闍梨を頼るように教える。
13 比叡山に向かう愛護は道に迷い、四条河原の細工（さいく）の小屋に泊めてもらう。
14 翌日、細工の供で比叡山に登るが、途中、吹上松に細工禁制の高札があり、やむなく細工は都へ帰る。
15 細工と別れた愛護は、比叡山西塔の伯父の阿闍梨を訪ねるが、供も連れずに来た愛護を天狗の化身とみた阿闍梨は、愛護を追い返す。
16 山路に迷って倒れ、田畑の介兄弟に名を問われた愛護が名のると、同情した兄弟は、愛護に粟飯を与える。
17 志賀の峠から穴太（あのう）の里に来た愛護が、垣根の桃を取って食べると、その家の姥に杖で打たれる。麻の畑に隠れ、さらに打たれる。
18 比叡山中の霧降が滝まで来た愛護は、みずから指を切ったその血で小袖に恨みの言葉と辞世の歌を書きつけ、十五歳で滝に身を投げる。
19 比叡山西塔の法師たちが愛護の形見の小袖を持って来ると、その家紋から愛護と知った阿闍梨は、父清平に知らせる。小袖に書かれた恨みの言葉から事情を知った清平は、雲井の前を簀巻きにして川に沈め、月小夜を斬る。
20 霧降が滝で阿闍梨が祈禱すると、大蛇となった雲井の前が愛護の死骸を返し、水底に消える。清平が愛護の死骸を抱いて滝に身を投げると、阿闍梨もそれに続き、穴太の姥、田畑の介兄弟、細工夫婦など、上下百八人が身を投げ、愛護の若は日吉山王大権現と祀られた。

宝競べと子競べ　1

コトバ[1]それつらつらおもんみるに、[2]人倫《じんりん》の法儀《ほうぎ》を本《ほん》として、君《きみ》をうやまひ、民《たみ》をあはれみ、政事《まつりごと》、[3]内《うち》には五戒《ごかい》をたもち、ここに[4]人皇《にんのう》七十三代のみかどをば、[5]嵯峨《さが》の天皇《てんのう》と申したてまつる。

その頃《ころ》、花の都、二条蔵人前左大臣《にじょうくらんどさきのさだいじん》　[6]清平《きよひら》とて、[7]公卿一人《くぎょういちにん》おはします。北《きた》の御方《おんかた》は、一条《いちじょう》の関白宗次《かんぱくむねつぐ》の姫君にて、御姿《おすがた》[8]たとへがたなう聞こえける。

[9]代々家《だいだいいえ》の御《おん》ゆづり、[10]やいばの太刀《たち》、[11]唐鞍《からくら》、[12]天より降《ふ》りたる宝にて、あるとき帝王《ていおう》、七歳の御時《おんとき》、[13]女院《にょういん》に御悩《ごのう》かかりける。かたじけなくも帝王、二歳の馬《うま》にこの鞍《くら》置かせ、同じく太刀

1宝競べと…

1　底本、ここから「初段」。

2　人の守るべき道理を根本として。

3　心に五戒を保つのが肝要で。五戒は、仏教語で在家信者の守るべき不殺生、不偸盗、不邪淫、不妄語、不飲酒の五つの戒。

4　神代に続く人代の王で、初代は神武天皇。底本「人わう(にんわう)」は、連声(れんじよう)で「にんのう」となる。次の「天わう」も同じ。

5　史実は、第五十二代天皇(在位八〇九―八二三年)。桓武天皇の皇子。

6　以下、きよひら、むねつぐ、ゆきしげ等は、宝永版や浄瑠璃正本で漢字を宛てる。

7　三位(さんみ)以上の高位の貴族。

を佩《は》かせ、[14]紫宸殿《ししいでん》まで行幸《みゆき》あり、もとの内裏《だいり》へ[15]還幸《かんこう》あり。[16]第《だい》六天《ろくてん》も恐れをなし、女院の[17]御気色平癒《ごきしょくへいゆう》あり、たぐひまれなる宝とて、[18]御寵愛《ごちょうあい》はかぎりなし。その家の[19]郎等《ろうどう》に、[20]紀州根来《きしゅうねごろ》の住人、荒木《あらき》の左衛門近国《さえもんちかくに》とて、君をうやまひたてまつる。かの清平の御威勢《ごいせい》を、感《かん》ぜぬ人こそなかりけれ。

フシ　これはさておき、みかどには、[21]孟春《もうしゅん》、如月《きさらぎ》過ぎゆけば、[22]せつとうつれづれに、紫宸殿《ししいでん》にて、宝競《たからくら》べと[23]宣旨《せんじ》あり。供人《ともびと》うけたまはりつつ、[24]次第次第《しだいしだい》に触れにける。三重　関白、右大臣、[25]左大臣の先として、思ひ思ひの宝を持ち、やがて[26]白《しら》州《す》に積みたまふ。

みかど叡覧《えいらん》ましまして、「やいばの太刀、唐鞍、これに過ぎたる宝あらじ」と、[27]御感《ぎょかん》申すばかりはなかりけり。蔵人《くらんど》[28]威《い》勢《せい》にあまり、「いかに六条殿、[29]貧小《ひんしょう》に宝なき者は、[30]日ごろの

8　たとえようもなく美しいとの噂だった。
9　父祖代々譲り受けた家宝。
10　刃に焼き入れした太刀。
11　朝儀等に用いる唐様の鞍。
12　天界から降ってきた宝。
13　女院(帝の母)が御病気にかかられた。
14　内裏の正殿。
15　帝が内裏に帰還すること。
16　第六天の魔王。仏法を妨げる他化自在天をいう。
17　御病状は回復し。
18　清平が二つの家宝を大切にすることはこの上なかった。
19　家来。
20　高野山の僧覚鑁(かくばん)が開いた根来寺の地。和歌山県岩出市根来。
21　孟春は正月、如月は二月。
22　不詳。宝永版「せっちう(雪中)」。
23　天皇の命令。
24　位の高い者から順に告げ

高言《こうげん》いらざるもの。いかにいかに」と申さるる。いたはしや六条殿、とかくの返答《へんとう》あらずして、ただすごすご御殿《ごてん》を立たせたまへば、列座《れつざ》の公卿、[31]一度にはらりと立ちたまふ。

なほも無念は六条殿、若君たちを近づけたまひ、「いかになんぢら、たしかに聞け。けふ御殿《ごてん》にて、宝競べのありけるが、われ貧者《ひんじゃ》ゆゑ、二条蔵人清平に、[32]よしなきことに悪口《あっこう》をせられ、[33]かれと組み、死なんほどに思へども、[34]御殿なれば力なし。押し寄せ討《う》ち死《じ》にせん、[35]夜《よ》討《う》ちにしかじ、嫡子《ちゃくし》いかに」と仰せける。

[36]義長《よしなが》聞こしめし、「[37]御諚《ごじょう》もつともにて候《そうら》へども、[38]筋《すじ》なきことに寄せ、かさねて理非検断《りひけんだん》のあるべし。清平は子なき者にて、末《すえ》の栄《さか》ふることもなし。[39]子《こ》競《くら》べと奏聞《そうもん》し、[40]君に御承引《ごしょういん》なきならば、清平へ押し寄せ、差《さ》し違《ちが》へ死なんに、[41]なんの子細《しさい》

知らせた。
25 左大臣を先として。「左大臣の」は、大臣の「ん」に「を(お)」が接して「の」となる音変化。
26 白砂を敷いた前庭。
27 帝のお褒めになることはこの上なかった。
28 得意のあまり。
29 貧しくみすぼらしい。
30 常日頃の大口(大言壮語)は不要なものだ。
31 いっせいに、さっと。
32 理不尽なこと。
33 二条清平と組み討ちし。
34 殿中なのでどうしようもない。
35 夜襲にまさるものはない。
36 六条判官の嫡男。
37 仰せ。
38 筋の通らぬことを口実に攻め寄せたら、さらにお咎めがあるでしょう。
39 (宝競べの次は)子競べと

あるべし、父御《ちちご》様」とぞ申さるる。判官《はんがん》につことうち笑ひ、[42]「さあらば奏聞《そうもん》申さん」と、内裏をさしてぞ、キリいそぎたまふ。

御殿《ごてん》になれば、[43]くだんの旨《むね》を奏聞あり。みかど叡覧《えいらん》ましまして、「[44]神無月《かみなづき》、山は錦《にしき》のもみぢ葉《ば》も、あらしに誘《さそ》ひちりぢりに、楓《かいで》の春を待つばかり。つれづれの折節《おりふし》なり、子競べ」と宣旨《せんじ》あり。[45]供人《ともびと》うけたまはり、いちいち次第《しだい》に、三重触《ふ》れにける。

[46]洛陽《らくよう》の高家《こうけ》、一人も残らず[47]公達《きんだち》を引き具し、われもわれもと伺候《しこう》あり。なかにも六条の判官、[48]弓手《ゆんで》に兄弟《きょうだい》五人、次第次第《しだいしだい》に伺候す。みかど叡覧ましまして、「子ほどの宝よもあらじ」と、君御感《ぎょかん》かぎりなし。すなはち、嫡子義長を、越中守《えっちゅうのかみ》に[49]補《ふ》せられ、父の判官[50]除目《じもく》かたじけなく、蔵人の前に行《ゆ》き、

帝にお願い申しあげ。
40　帝のご承諾がないならば。
41　なんの不都合があろう。
42　それならば帝に奏上申しあげよう。
43　先ほどのこと。
44　いまは十月で、山では錦のように美しい紅葉も、山風に吹かれ散ってしまい、楓の木は春を待つばかり、所在ない時節であるから、子競べをせよ。
45　以下「…触れにける」まで、万治版・延宝版等にない。
46　都の高位の貴族は一人のこらず若君を引き連れ。
47　上流貴族の子弟をいう語。
48　左側(上座)から兄弟五人が年齢順に列座した。
49　任ぜられ。
50　嫡子の任官をありがたくお受けし。

「いかに清平、子なき者は51一代者《いちだいもの》とて、御殿《ごてん》にはかなふまじ。はや立ちのけ」と、引つ立つる。御前《おまえ》なりし公卿《くぎやう》、大臣《だいじん》、「こは、なにごと」と押し分けて、一度にはらりと立ちたまふ。なかにも六条殿、五人の公達《きんだち》引き具《ぐ》し、「日ごろの無念《むねん》晴れたり」とて、悦《よろこ》びいさみ、屋形《やかた》をさしてぞ帰らるる。

清平夫婦、長谷観音に申し子　2

いたはしや蔵人殿《くらんどどの》、屋形になれば、御台所《みだいどころ》を近づけ、「いかにわが妻、聞きたまへ。けふ、みかどにて、子《こ》競《くら》べのありけるが、六条の判官、子ども五人持ちければ、かれに座敷を追つたてられ、無念たぐひはなかりけり。判官と組まんと思へども、御殿《ごてん》なれば力なし。むなしく帰る、口惜《くちお》しや。われこれにて腹切るべし。御身《おんみ》は長らへ、1後世《ごせ》弔《と》うてたまはれ」

51　一代限りの者で。

2 清平夫婦、…

1　死後の成仏を祈ってください。

と、[2]すでに自害と見えけるが、御台《みだい》は抱《いだ》きつき、「げに[3]道理《どうり》なり、ことわりや。子なきゆゑに、かかる憂《う》きこと聞くや」とて、[4]消え入るやうに泣きたまふ。

[5]御涙《おんなみだ》のひまよりも、「いかにわが夫《つま》、聞きたまへ。仏神《ぶつじん》に祈誓《きせい》かくれば、子だね授《さず》かるとうけたまはる。[6]長谷山《はせやま》の観世《かんぜ》音《おん》に祈誓をかけ、[7]それに子だねなきならば、みづからともに自害して、[8]三途《さんず》の大川《おおかわ》、手に手をとつて越すべし。なふわが夫《つま》」と、御袖《おそで》に取りつき、流涕焦《りゅうていこ》がれ泣きたまふ。君はげにもと思《おぼ》しめし、あまたの御供《おとも》引き具し、長谷山詣《もう》でと、三重聞こえける。

御前《おまえ》になれは、うがひ手水《ちょうず》で身を清め、[9]鰐口《わにぐち》でうと打ちならし、「南無《なむ》や大悲《だいひ》の観世音、願はくは男子《なんし》にても女子《にょし》にても、一人の子だねを[10]授《さず》けたびたまへ」と、深く祈誓《きせい》を

2　いまにも自害すると見えたが。
3　本当におっしゃるとおり、ごもっともです
4　悲しみで気を失うかのようにお泣きになる。
5　涙の合い間から。
6　大和の国(奈良県桜井市初瀬)の長谷寺。京の清水寺と並ぶ観音信仰の霊地。
7　それでも子だねを得られなければ。
8　冥途へおもむく途中の川。
9　神社仏閣にある扁平な鈴。「でうと(ちょうと)」は擬音。
10　お授けくださいませ。「たび」は「たまひ(賜ひ)」に同じ。

かけたまひ、七日《なぬか》籠《こ》もらせたまひける。ありがたや御本尊《ごほぞん》は、[11]枕上《まくらがみ》に立ちたまひ、「いかに清平《きよひら》、人の子だねの多きこと、天に星のかずよりも、なほも多きことなれど、[12]清平夫婦に子だねはさらになし。[13]はやはや帰れ」と告げたまひ、夢は覚めてぞ失《う》せにける。

清平夫婦、かつぱと起きさせたまひつつ、「こは情けなき[14]利生《りしょう》かな。一人の子だねなきならば、[15]わらは夫婦が一命《いちめい》取らせたまへ」とて、また三日《みっか》ぞ籠《こ》もらるる。ありがたや御本《ごほ》尊《ぞん》は、枕上に立ちたまひ、「清平に子だねはさらにあらねども、[16]生涯《しょうがい》にかけて嘆《なげ》くこと、さてもさても不便《ふびん》なり。[17]この子三歳になるならば、夫婦のうちに一人、一命《いちめい》を取るべし。清平いかに」と告げたまふ。御台《みだい》夢の心ちにて、「その子こよひ生《む》まれ、明日なりとも、みづからが一命取りたまへ。男子《なんし》

11　枕もと。
12　「俊徳丸」の申し子の段では、長者夫婦に子だねがない前世の因縁が清水観音によって長々と語られ、つづけて長者夫婦の寄進の願状となる。
13　願っても仕方ないから、早く帰れ。
14　仏のご利益（りやく）。
15　わたくしども夫婦の一つしかない命をお取りなさいませ。「わらは」は一人称の謙称。
16　命にかけて。
17　「俊徳丸」でも同様の託宣が長者夫婦に下る。

なりとも女子《にょし》なりとも、一人所望《しょもう》」とのたまへば、御本尊《ごほぞん》は聞こしめし、子だねを授け、消すがごとくに失せたまふ。

清平夫婦、かつぱと起き、「あら、ありがたや」と、御前《おまえ》三度伏しおがみ、供人《ともびと》あまた引き具し、都をさしてぞ上《のぼ》る、清平殿の心ざし、[18]ゆゆしきともなかなか、申すばかりはなかりけれ。

桂川で合戦　3

コトバ[1]これはさておき、六条の判官《はんがん》は、郎等《ろうどう》の竹田《たけだ》の太郎を召され、「[2]いかに竹田、たしかに聞け。二条の蔵人清平《くらんどきよひら》、[3]君の御気色《ごきしょく》よきままに、[4]御殿《ごてん》の恥辱《ちじょく》をかへりみず、[5]あまつさへ由《よし》なきことを企て、われに謀反《むほん》をたくむとや。かれを浮《う》き世《よ》に置くならば、[6]一期《いちご》の浮沈《ふちん》、身《み》の大事《だいじ》。[7]まことや聞けば、

18　あっぱれともなんとも、言いようのないほどだった。

3桂川で合戦

1　底本、ここから二段目。
2　どうだ。呼びかけの語。
3　帝のおぼえがよいのに乗じて。
4　内裏での子競べに負けた恥を気にもかけず。
5　その上さらによからぬことを企て。
6　一生の栄枯盛衰にかかわる大事。
7　そういえば聞くところでは。

大和《やまと》の国長谷山《はせやま》に、いささかの宿願《しゅくがん》あり、けふ下向《げこう》すると聞く。[8]折節足手《おりふしあして》にからまる女を連れて参りければ、これ願ふところの幸ひなり。[9]桂川《かつらがわ》に待ち受け、清平を討ちとらんに、[10]なんの子細《しさい》のあるべし。いかにいかに」と仰せける。太郎うけたまはり、その勢《せい》は三千余騎、嫡子越中守《えっちゅうのかみ》を引き具し、桂川《かつらがわ》へぞ、三重いそぎける。

これはさておき清平殿、桂川に着きたまふ。待ちかけたる軍兵《ぐんぴょう》ども、清平を見つけ、[11]鬨《とき》の声をぞ、三重上《あ》げにける。鬨の声も静《しず》まれば、荒木《あらき》の左衛門《さえもん》進み出《い》で、「[12]なに者なれば狼藉《ろうぜき》や、名のれ、聞かん」と申しける。[13]寄手《よせて》の陣《じん》より、武《む》者《しゃ》一騎進み出《い》で、[14]鐙踏《あぶみふ》んばり、[15]鞍笠《くらかさ》に突《つ》つ立《た》ち上がり、大音《だいおん》あげて名のりける。「ただいま、ここもとへ寄せたる大将軍をいかなる者と思ふらん。六条の判官行重《はんがんゆきしげ》なり。いつぞやみ

8 ちょうど今、足手まといの女を連れて。
9 京の西を流れる川。
10 1節・注41参照。
11 軍勢が気勢を上げる声。
12 いったい何者ゆえの無法のふるまいか。
13 攻め寄せる軍勢の陣。六条判官方。
14 馬の両脇腹に下げ、足を乗せる馬具。
15 鞍の中央のまたがる所。鞍壺に同じ。

かどにて、座敷《ざしき》をば追《お》つ立《た》てられ、その[16]面目《めんもく》をもかへりみず、あまつさへ野心《やしん》を言ひたて、折々《おりおり》みかどへ[17]讒言《ざんげん》し、われに謀《む》反《ほん》をたくむと聞く。いかに清平、[18]天の網にかかつてあり。人《ひと》手《で》にはかけまじ。腹を切れ」とぞ申しける。

左衛門聞いて、「さては判官《はんがん》めが、これまで来たつてありけるか。[19]判官体《てい》のやつばらに、かく申すも、[20]陣《じん》を評《ひょう》するわが主人《しゅじん》、[21]遺恨《いこん》のあるべきか。まことや聞けば、[22]仏法僧《ぶっぽうそう》をも供養せず、[23]重《かさ》ねの衣《きぬ》は薄くして、飢《う》えに及びしそのときは、盗賊《とうぞく》海賊《かいぞく》に出《で》ると聞く。この左衛門に向かつて悪言《あくごん》を申し、[24]大傷《おおきず》を求めんより、その陣引け」とぞ申しける。判官いよいよ腹を立て、「につくき奴《やつ》が言ひごとや。あれ討ちとれ」と下知《げち》すれば、われもわれもと進み出で、ここを最期《さいご》と、三重戦ひける。

16　子競べに負けて面目を失ったことも考えず。そのうえ拙者の謀反心を言い立て。
17　拙者を陥れる告げ口をし。
18　悪事を見逃さない天の網。「天網恢々（てんもうかいかい）疎（そ）にして漏らさず」の成句による（老子）。
19　六条判官ごときのやつら。
20　内裏の行事（陣）を差配するわが主人に対して。
21　恨みなどあってよいことか。
22　仏と、仏の教え（法）と、それを広める僧で、仏の教えのすべてをいう。
23　着る衣が（貧しいゆえ）足らずに薄く。
24　みずから大けがをしないうちに。

かかるところに、南都のとつかう[25]坊、[26]あい両陣に駆けふさがつて、[27]弓手《ゆんで》をみれば寄手《よせて》の旗印《はたじるし》、[28]片輪車《かたわぐるま》に立つ波は、六条の判官、また[29]御方《みかた》は、[30]丸に二つ引き木瓜《もっこう》打つたるは、二条の蔵人《くらんど》清平の紋《もん》なり。「両陣《りょうじん》ともに存じのこと、かく申すは、南都のとつこうにて候《そうろ》ふ。これはみかどよりの宣旨《せんじ》かや、また私《わたくし》の遺恨《いこん》かや、[31]かく騒動《そうど》をなしたまふ、うけたまはらん」と申さるる。

荒木の左衛門進み出《い》で、かやうかやうと申しける。とつかう聞こしめし、「愚《おろ》かなり。かたがたが騒動を聞こしめされば、清平も判官も、[32]君《きみ》の逆鱗《げきりん》晴れがたし。[33]かさねて御沙汰《おさた》あるべし、いかにいかに」と申さるれば、[34]たがひに遺恨《いこん》はなかりけり、都入《い》りと聞こえける。かのとつかうのありさま、あつぱれ[35]深き案者《あんじゃ》とて、感ぜぬ人こそなかりけり。

25　底本「こうぼう」。次に「とつこう」「とつかう」とある。宝永版「とつかう坊」。得業か。得業は、南都（奈良）の学僧の称号。
26　両陣の間（あい）。
27　左手。
28　波間に流れる車の輪を描いた紋。
29　敵方（六条判官方）に対し味方。
30　丸の中に二本線を引き、木瓜（もっこう）（瓜の輪切り）の図案を描いた紋。
31　このように騒動を起こすその理由をお聞きしよう。
32　天子（帝）の怒り。
33　追って帝のお咎めがあろう、さあどうするか。
34　たがいに格別深い恨みはなかった。
35　思案の深い者。

愛護の誕生と成長　4

コトバ[1]これはさておき北《きた》の御方《おんかた》、[2]仏神《ぶつじん》の御納受《ごのうじゅ》やあらはれて、御懐妊《ごかいにん》と聞こえける。七月《ななつき》のわづらひ、九月《ここのつき》の苦しみ、当たる十月《とつき》と申せしに、[3]御産《ごさん》の紐《ひぼ》を解きたまふ。御子《おんこ》取り上げ見たまへば、[4]玉を延《の》べたるごとくなる、若君様《わかぎみさま》にてましませば、すなはち御名《みな》を愛護《あいご》の若《わか》とぞ申したてまつる。[5]御乳《おち》や乳母《めのと》をあひ添へて、父母《ぶも》の寵愛《ちょうあい》かぎりなし。この若君の御成《ごせい》人《じん》、物によくよくたとふれば、[6]宵《よい》に生《は》えたる筍《たかんな》が、夜《よ》なかの露《つゆ》には[7]ごくまれ、[8]尺《しゃく》を伸《の》べたるごとくなり。五歳、十歳はや過ぎて、いま[9]十三になりたまふ。

いまははや、御心《おこころ》にかかることもなく、[10]八重《やえ》一重《ひとえ》、九重《ここのえ》の内《うち》、春は[11]まがきに桜花《さくらばな》、[12]夏は涼《すず》しき山川《やまかわ》の、流れを吹きかへ

4 愛護の誕生と…

1 底本、ここから三段目。
2 清平夫婦の祈願を長谷観音がお受けした効果が現れて。
3 妊婦の用いる腹紐を解く。出産する意。
4 宝玉を延べたように美しい。
5 御乳は、貴人の乳母。「御乳や乳母」で決まり文句。
6 主人公の成長の早さを語る決まり文句。竹の子が一晩で丈を大きく伸ばすほどであるの意。
7 「はぐくまれ」に同じ。古くはウ行(ぐ)とオ行(ご)は発音が近く、しばしば混同される。
8 たけ。長さ。
9 中世物語の主人公の少年・少女に多い年齢。子どもから大人への移行期で、その通過儀礼の試練が物語になる。

す山ほととぎす、初音《はつね》さだかに卯《う》の花《はな》や、秋[13]は色咲《いろさ》く菊水《きくすい》の、花めづらしくをはるらん、冬は雪ふり白《しろ》たへの、谷の小川もつらら凍《い》て、[14]四季《しき》折々《おりおり》は目《ま》のまへに、物の上手《じょうず》が絵にかきて、屏風《びょうぶ》の興《きょう》はかぎりなし。かかる栄花《えいが》の御身《おんみ》をば、うらやまざるはなかりけり。

観音の怒りに触れる　5

あるつれづれに、御台《みだい》仰せけるやうは、「いかに面々《めんめん》、聞きたまへ。愛護の若を、長谷山《はせやま》の観世音《かんぜおん》に申し請《う》けしそのとき、三歳になるならば、父か母かに命《めい》の恐れのあるべしと、[1]仏勅《ぶっちょく》受けてさぶらふが、いま十三になるまでも、[2]なにの子細《しさい》はなかりけり。神や仏も偽《いつわ》りたまふ。まして人びとも偽り、浮《う》き世《よ》を渡らせたまへ、[3]かたがたいかに」と仰せける

10　幾重もの奥深い部屋の中（深窓）で。
11　竹や柴で編んだ垣根。
12　夏は、涼しい谷川の流れを吹きかえす、山ほととぎすの初音の声が聞こえる卯の花の中。ほととぎすと卯の花（うつ木の花）は、初夏の風物。
13　秋は、色々に咲く菊の花を浮かべた酒（菊水）を飲み、千年に一度咲く優曇華（うどんげ）の花を見るほどの希な長寿を祝って終わろう。菊酒を飲む九月九日の重陽（ちょうよう）を宴という。
14　四季折々の美しさは目の前にあり、絵の名人が描いた屏風を見るような興趣は尽きることがない。

5 観音の怒りに…

1　仏（長谷観音）のお告げ。
2　なんの差し障り（病）もないことよ。

は、[4]御台所の運の尽《つ》きとぞ聞こえける。

　長谷山へほど遠きと申せども、観世音は聞こしめし、病《やまう》の[5]御先《みさき》を召され、「二条蔵人《にじょうくらんど》が御台《みだい》が一命《いちめい》、取つてまゐれ」と、やがて綱を切りたまふ。すなはち悪風《あくふう》となつて、二条の屋形《やかた》に吹き入《い》り、いたはしや、御台所の五体《ごたい》に取りつき、「離《はな》れて行《ゆ》け」とぞ責めにける。いたはしや、御台所はもはや座敷《ざしき》[6]にたまられず、御座《ござ》に移らせたまひ、[7]万死《ばんし》の床《ゆか》に伏したまふ。清平殿も若君も、いろいろ看病《かんびょう》なさるれど、仏神《ぶつじん》の咎《とが》めにて、[8]さらにそのかひなかりけり。

母御台所の死　6

　いまをかぎりの折節《おりふし》、[1]介錯《かいしゃく》せられ起きたまひ、「いかにわが夫《つま》、みづからただいま冥途《めいど》へ赴《おもむ》くなり。ただ一人のこの若

3　「おのおの方、どう思うか」と(御台所が)仰せになったのは。
4　「俊徳丸」でも、申し子の俊徳丸を授かった御台所が、清水観音のお告げを笑った失言ゆえに命を失う。
5　神仏の祟りを実行する御先(みさき)(使霊)は、通常は主神のもとに繋がれている。
6　とどまっておられず。
7　不治の病の床。
8　まったく効き目はなかった。

6 母御台所の死

1　介抱され。

を、万事《ばんじ》は頼みたてまつる。いかに愛護、[2]みづからむなしくなるならば、なにといふとも屋形《やかた》には、御台《みだい》なうてはかなふまじ。[3]後《のち》の親を親として、[4]よきに宮《みや》づきたてまつれ。名残《なご》り惜《お》しの清平殿。[5]なほも名残りの惜しきは、愛護の若にてとどめたり」と、これを最期《さいご》の言葉として、御年《おんとし》積もり三十三と申せしに、つひにはかなくなりたまふ。清平殿も若君も、[6]これはこれはとばかりにて、消え入るやうに泣きたまふ。

[7]いまひとしほの御嘆《おなげ》きは、若君様にてとどめたり。「なふ母上様、たれとてもたれとても、無常《むじょう》はのがれがたけれど、いまの別れは物憂《ものう》やな。[8]行《ゆ》かでかなはぬ道ならば、われをも連れて行きたまへ」と、流涕焦《りゅうていこ》がれ泣きたまふ。されどもかなはぬことなれば、御台所の御死骸《おしがい》、[9]野辺《のべ》に送らせたまひける、三重無常の煙《けぶり》となしたまふ。

2　わたしが死んでしまったら。
3　父上の後妻となる継母をまことの母親として。
4　よくよくお仕え申しなさい。
5　なお一層名残惜しいのは、わが子の愛護に極まります。
6　途方に暮れるばかりで。
7　さらに一段と深いお嘆き。
8　行かねばならない死出の道ならば。
9　葬地。

野辺より帰らせたまひつつ、花をさし、香《こう》を盛《も》り、みづから御経《おんきょう》あそばし、[10]回向《えこう》の御声《おこえ》さし上げ、「この御経《おんきょう》の[11]十羅刹《じゅうらせつ》女《にょ》の功力《くりき》により、はやく成仏《じょうぶつ》なりたまへ。[12]南無《なむ》三宝《さんぼう》南無《なむ》三宝《さんぼう》、物憂《ものう》かりける浮き世や」と、消え入るやうに泣きたまふ、かの若君の御嘆《おなげ》き、申すばかりはなかりけり。

清平、後妻を迎える　7

これはさておき、御一門《ごいちもん》は集まりたまひ、「なにといふとも屋形《やかた》には、御台《みだい》なうてかなふまじ」と、[1]とりどりの評定《ひょうじょう》なり。左衛門進み出《い》で、「八条殿《はちじょうどの》の姫君は、いかがあらん」と申しける。「この儀《ぎ》もつとも、然《しか》るべし」とて、やがて使ひを立てたまふ。

使ひまゐり、かくと申す。[2]当座《とうざ》の人々、大臣殿《だいじんどの》に参り、こ

10　読経の功徳を故人の供養にふり向けること。

11　「法華経」所出の神女。元は鬼子母神と同じく鬼女で、釈迦の教化で法華行者の守護神となる。

12　仏の救いを求める慣用句。「南無」は仏に身をゆだねる意、三宝は仏・法・僧で仏の教えのすべて。

7　清平、後妻を…

1　さまざまな意見が交わされる。

2　その場にいた人々。

の由《よし》かくと申し上ぐる。大臣げにもと思《おぼ》しめし、やがてお請《う》けをなされければ、使ひは二条殿《にじょうどの》へ帰りける。[3]吉日選《きちにちえら》むにあらず、二条の御城《おしろ》に送らるる。屋形になれば、たがひに見えつ見えられつ、[4]比翼連理《ひよくれんり》も浅からず。

[5]きのふけふの昔になり、なほもあはれは若君にてとどめたり。[6]持仏堂《じぶつどう》にましますが、このことを聞こしめし、「あら情《なさ》けなや。母上様に過《す》ぎおくれ、きのふと送《おく》りけふも過《す》ぎ、まだ幾程《いくほど》も経《た》たざるに、移《うつ》れば変はる世《よ》のならひ、[7]梭《ひ》を投ぐる間《ま》の世の中に、[8]嘆《なげ》くまじ、やれわが心とは思へども、[9]情けなきは父御様《ちちごさま》。これにつけても母上の、思ひやられて恋しや」と、[10]衣《きぬ》引きかづき倒《たお》れふし、流涕焦《りゅうていこ》がれ泣《な》きたまふ。

すでにその夜《よ》も明けければ、涙とともに御座《ござ》を出で、[11]花園《はなぞの》山《やま》に出《い》でたまひ、咲《さ》き乱《みだ》れたる花のもとに立ち寄《よ》りたまひ、

3 事を急ぐので吉日を選ぶ場合でなく、ただちに。

4 男女の契りの深さをいう。「長恨歌」の詩句。

5 昨日今日ははや昔となり、今なお哀れなのは。

6 祖先(ここは母)の位牌を安置する堂。

7 短い時間のたとえ。機織りで、縦糸の間に飛ばして横糸を通す道具。杼(ひ)に同じ。

8 嘆いてはならない、わが心よ。

9 それにしても薄情なのは。

10 衣を頭からかけて。

11 屋敷内の庭の築山の名。愛護の若(日吉山王権現の前生譚)ゆかりの「花園」は、歌枕の「志賀の花園」(近江京

母上様のこの花を、よきに寵愛《ちょうあい》なされしが、[12]つらき情けはこの花と、思ひのあまりに、一首《いっしゅ》はかうぞ聞こえける。

[13]あるじなき庭の桜のいたづらに
咲きて散《ち》るをやたれか惜《お》しまん

と、かやうに詠《えい》じたまひつつ、しばし御心《おこころ》を晴らされ、[14]手白《てじろ》の猿《さる》を寵愛《ちょうあい》なされ、持仏堂《じぶつどう》に入りたまふ。

雲井の前、愛護の若に恋慕　8

かかるあはれの折節《おりふし》、[1]雲井《くもい》の前、愛護の若の御《お》すがたを、ちらと見そめしこのかたは、[2]静心《しずごころ》なき思ひにて、万死《ばんし》の床《ゆか》に伏したまひ、いまをかぎりと見えたまふ。

ワキ[3]月小夜《つきさよ》、御枕《おまくら》に立ち寄り、「いかに姫君様、御心《おこころ》のうち、みづからに語らせたまへ」と申しける。[4]局《つぼね》聞こしめし、[5]「い

の故地で桜の名所)にちなむ。「あすよりは志賀の花園まれにだにたれかはとはん春のふる里」(新古今和歌集・藤原良経)。

12　無情にも母を思い出させるこの花。

13　花をめでる主のいない庭の桜が、むだに咲いて散るのを誰が惜しもうか。

14　愛護の若は、死後に日吉山王の神となるが、手白の猿(手が白い特別の猿)は日吉山王神の使い。

8雲井の前、…

1　後妻(継母)の名。

2　落ち着かぬ恋の思いで病となり、瀕死の床に伏され。

3　雲井の前の侍女。

4　部屋住みの高位の女性。ここは雲井の前。

5　今となっては何を隠そう。

まはなにをかつつむべし。きのふ花園山《はなぞのやま》にて、猿を寵愛《ちょうあい》なされたる人の、すがたを一目《ひとめ》見しより、みづから思ひのたねとなり、ただ何事《なにごと》[6]もか事《ごと》も、月小夜たのむ」と、伏《ふ》し沈《しず》みておはします。月小夜うけたまはり、「愚《おろ》かなり、姫君様、かの少人《しょうじん》[7]は、清平様の惣領《そうりょう》、愛護の若君にておはします。こはもつたいなき仰《おお》せかな。たとへ一命《いちめい》捨つるとも、仰せをいかで背《そむ》くべし。さりながら、このことにおいては思ひとどまりたまへ」と、荒《あら》[8]けなくこそ申しけれ。

いたはしや姫君様、思ひのほか[9]に引きかへて、月小夜はたよりなく、「所詮《しょせん》、生きてかひあらじ」と、食事《しょくじ》を絶《た》たせたまひつつ、いまをかぎりと見えたまふ。月小夜見まゐらせ、「さてさていたはしや。御命《おいのち》失ひたまはんも恥辱《ちじょく》なり。いつたん思ひを休《や》めてまゐらせん」と、御枕《おまくら》に立ち寄り、「いか

6　ひとえに何もかも。

7　少年。

8　荒々しく。そっけなく。

9　期待した当てが外れて。

に姫君様、さやうに思《おぼ》しめすならば、[10]大事《だいじ》の使ひと存ずれども、一筆《ひとふで》召《め》されさぶらへ、「姫君様」と申しける。

姫君かつぱと起きたまひ、「あらうれしや、文《ふみ》の便りと申すかや。[11]たとへかなはずし、みづからむなしくなるとても、ただいまの言葉の末《すえ》、いつの世にかは忘るべき」と、硯《すずり》、料紙《りょうし》を取り寄せて、[12]さもいつくしく書きたまひ、「月小夜たのむ」と仰せける。月小夜うけたまはり、御前《おまえ》を立ち、いそぎ若君のおはします、持仏堂《じぶつどう》に参りつつ、[13]間《あい》の障子《しょうじ》をほとほととおとづるる。

愛護、継母の恋文を引き裂く　9

若君聞こしめし、「たれやたそ、音もせで来るは。不思議なり」。月小夜《つきさよ》うけたまはり、「いや、苦しうもさぶらはず。

10　あやうい重大事。

11　たとえ願いがかなわずに、わたしが命を失おうと。

12　たいそう美しく。

13　隔ての障子を軽くたたいて訪れた。「ほとほと」は、軽くたたく動作をいう。

かく申すみづからは、当御台所《とうみだいどころ》に召し使はれし、月小夜と申す者にてさぶらふが、[1]東山《ひがしやま》へ[2]七日《なぬか》詣《もう》でつかまつりしが、不《ふ》思議《しぎ》の[3]玉梓《たまずさ》拾ひ申してさぶらふが、御目《おめ》にかけんため、これまで参りさぶらふ。ここを開《あ》けさせたまへや」。若君、間《あい》の障子《しょうじ》コトバ開けさせたまへば、やがて文《ふみ》をたてまつる。

　さるあひだ、若君は偽《いつわ》り文《ふみ》とは知ろしめされず、まづ上書《うわがき》を御覧《ごらん》じて、「あらうつくしのこの筆や。主《ぬし》はたれとも知らねども、文にて人を殺すとは、ここのたとへを申すか」と、まづ文の紐《ひぼ》を解《と》き、なになるらんと見たまへば、[4]源氏《げんじ》、伊勢物語《いせものがたり》にこと寄せて、さも尋常《じんじょう》の文章や。

[5]「思ひもよらぬ花を見て、露《つゆ》と消えなん悲しさよ。けふこのごろの[6]庭桜《にわざくら》、[7]相撲草《すもうぐさ》もとりどりに、引けばなびくたとへあり。[8]秋の鹿ではなけれども、君ゆゑ焦がれ身をやつし、見

1 京の東山には、多くの寺社がある。
2 七日間の参籠。神仏への祈願の参籠は七日間（一七日（ひとなぬか））を単位とした。
3 手紙の美称。多く恋文にいう。
4 「源氏物語」や「伊勢物語」に言葉を寄せて、いかにも美しい文章よ。
5 思いもよらぬ美しい花を見て、わたしは恋い焦がれて露のようにはかなくなるのが悲しいことよ。
6 庭に咲く桜。相撲草とともに「引けばなびく」にかかる。
7 すみれの異名。「とり（取り）」は「相撲」の縁語。
8 秋の鹿は妻を恋うて鳴く。「奥山に紅葉ふみわけ鳴く鹿の声聞くときぞ秋は悲しき」（古今和歌集・猿丸太夫）。
9 真澄（ますみ）の鏡。澄んだ鏡。

れば思ひの[9]ます鏡、くもり果てたる浮き世かな。[10]沖につなぎし舟とかや、君《きみ》は知らねど我《われ》ひとり、思ひに沈むはかなけれ。浮き世をうらみ、身をかこち、つらき涙に、枕ぞ濡《ぬ》るる思ひ寝《ね》の、錦《にしき》の床《とこ》に[11]伽羅《きゃら》の筵《えん》。いつか語らんわが思ひ、[12]一本薄《ひともとすすき》と召《め》されしは、フシいつか[13]ほに出《で》て、乱れあふとのことか。[14]根《ね》笹《ざさ》にあられと召されしは、花のたもとが、さはらば落ちよとこれを読む。恋を七つに分《わ》けられたり。見る恋、聞く恋、語る恋、逢《お》うての恋に、別《わか》るる恋、壁《かべ》に隔《へだ》たりて忍び恋、雲に梯《かけはし》なか絶《た》えて、及《およ》ばぬ恋といふ。思ひもよらぬ[15]奥書《おくがき》や、恋する人は当御《とうみ》台《だい》、恋ひられ人は愛護なり」。

「さてもさても情けなや。継母《けいぼ》の身として、継子《けいし》に恋慕《れんぼ》の思ひ、ためし少なき次第《しだい》なり、[16]深淵《しんえん》に臨んで、薄氷《はくひょう》を踏むがごとくなりと申す。このこと他所《たしょ》へ[17]聞こゆるものならば、[18]父《ちち》

「思ひの増す」の掛詞。「くもり」は鏡の縁語。

10 沖につないだ舟。「我ひとり、思ひに沈む」の比喩。

11 伽羅(最上級の香木)の香る敷物。底本「しやうのゑん」。万治版同じ。宝永版「きやらのゑん」で改める。

12 一株だけほかと離れて生える薄。

13 ほ(穂)は、薄の縁語。表面に顕れる意の、秀(ほ)に出る、を掛ける。「乱れあふ」も、薄の縁語。

14 丈の低い笹竹に降ったあられは、花びらのような袂が触れても落ちるように恋に落ちてほしい。

15 手紙や書物の末尾に書かれる署名など。

16 非常に危険な状況のたとえ(詩経・小雅)。

17 底本「きかふる」を改める。

御《ご》[19]面目《めんぼく》失ひ、[20]なにとなるべき次第《しだい》」とて、二つ三つに引き裂《さ》き、捨《す》てたまふ、かの若君の心ざし、[21]物憂《ものう》かりともなかなか申すばかりはなかりけり。

月小夜の謀りごと　10

フシ[1]いたはしや若君は、持仏堂《じぶつどう》にござあり、御経読《おきょうよ》うでおはします。これはさておき、月小夜面目《めんぼく》失ひ、いそぎ姫君に参りつつ、[2]いちいち次第《しだい》に語りける。御台《みだい》いよいよ[3]あこがれたまひ、「破らば破れ、硯《すずり》、料紙《りょうし》がなきか」とて、書くも書かれたり、日のうちに七つまでこそ送らるる。

七つめの玉梓《たまずさ》を若君受け取りたまひ、「いかに月小夜、この玉梓を父の御目《おめ》にかけて、[4]拷問《ごうもん》に行なふべし。月小夜いかに」と、[5]簾中《れんちゅう》深く入《い》りたまふ。月小夜大きにおどろき、い

18　底本「ちたる、」を改める。
19　底本「めんぼく」、前出(3節)「めんもく」。
20　いったいどうなることか。
21　つらいともなんとも言いようがなかった。

10　月小夜の…

1　底本、ここから四段目。
2　一つずつ順を追って。
3　恋い焦がれなさり。
4　(雲井の前を)厳しい苦痛を加える尋問にかけよう。
5　簾のある広い屋敷の奥へ。

そぎ姫君に参り、この由《よし》かくと申す。姫君聞こしめし、あき[6]れ果《は》ててましますが、「このこと清平殿に聞こえなば、一命《いちめい》失はれんは治定《じじょう》[7]なり。こよひ、持仏堂に乱れ入り、愛護の若を刺し殺し、みづからも自害し、六道四生《ろくどうししょう》[8]にて、この思ひを晴らさん、月小夜いかに」と仰せける。

月小夜うけたまはり、「さん候《ぞうろ》ふ[9]、みづから企《たく》みのさぶらふ[10]。やいばの太刀《たち》、唐鞍《からくら》、この家の宝なり。みづからこよひ盗《ぬす》み出《だ》し、みづからが夫《おっと》を頼み、商人《あきうど》にこしらへ、桜の御門《ごもん》[11]で売るならば、清平殿お尋《たず》ねあるべし。そのときに、「これは、二条殿の愛護の若の売らせたまふ」と申すものならば、商人咎《とが》[12]をのがるべし。日本《にほん》に並びなき宝なれば、一命《いちめい》取らせたまはんは治定《じじょう》なり」。御台《みだい》聞こしめし、「一念無量劫《いちねんむりょうこう》[13]、生々《しょうじょう》[14]世々《せぜ》にいたるまで、五百生《ごひゃくしょう》[15]の苦《く》を受け、蛇道《じゃどう》[16]の苦患《くげん》を受くる

6　呆然として。
7　確実だ。
8　どこに生まれかわろうと。六道は、衆生が輪廻転生する六種の世界、四生は、衆生の四種の生まれ方。
9　そのことでございます。「さに候(さぶら)ふ」の音変化。
10　わたしにたくらみごとがございます。
11　不詳。内裏の外郭の門(建礼門・建春門・朔平門・宜秋門)のどれかを言うか。
12　罪科を逃れるでしょう。
13　一度の妄念で、未来永劫その報いを受ける意。
14　生まれ変わり死に変わる未来永劫。
15　五百回(永劫に)苦界に生まれ。
16　蛇身に生まれ変わる苦しみを受けようと。

とも、思ひかけたるこの恋を、逢《あ》はで果てなん口惜《くちお》しや。憎《にく》き心のふるまひ、[17]讒言《ざんげん》をたくめ月小夜。けさまでは吹き[18]くる風もなつかしく思《おぼ》しめさるるこの恋が、いまは引きかへ、難《なん》儀風《ぎかぜ》とやいふべし」と、簾中《れんちゅう》さして入りたまふ。

月小夜夫《おっと》を呼び出《い》だし、[19]くだんのことを語りける。夫聞いて、二つの宝を受けとり、二条を出《い》で、いそげば程なく、桜の御門に着きしかば、「やいばの太刀、唐鞍」と、高らかに売りにける。

清平聞こしめし、「こなたへ」との[20]御諚《ごじょう》、うけたまはり、御前《おまえ》に二つの宝たてまつる。清平、御手《おて》を打ちたまひ、「これはいづくより出《い》でけるぞ」。商人《あきうど》うけたまはり、「これ、二条愛護の若、飢《う》ゑにおよび、[21]疲《つか》れはてさせたまへば、売らせたまふ」と申しける。君、聞こしめし、「あの商人打ち出だ

17　人を陥れる偽り言。
18　吹いてくる風も慕わしく思われた恋しい方であったが、いまは一転して、苦しみ悩ませる風と言えよう。
19　前に述べた例のこと。
20　仰せ、(商人は)承り、とつづく。
21　空腹に弱り果てなさって。

せ」、「うけたまはり候《そうろ》ふ」と、さんざんに打ちにける。打たれて商人、行《ゆ》き方《がた》知らずに失《う》せにける。さてその後《のち》、清平殿供人《ともびと》引き具《ぐ》し、二条をさしてぞ帰らるる。

父に打たれ、桜の木に吊られる　11

あはれなるかな若君は、持仏堂《じぶつどう》にて御経《おきょう》読みてましますが、父御《ちちご》の帰らせたまふを聞こしめし、「[1]十日《とおか》の御番《ごばん》まだ過ぎず、[2]千句に百句、百句に十句、初連歌《はつれんが》に賭《か》け負けたまひ、愛護に問はんと思《おぼ》しめし、帰らせたまふは治定《じじょう》なり」とて、いつもの車寄《くるまよ》せまで出《い》でたまふ。清平御覧《ごらん》じ、いたはしや若君を、さんざんに打ちたまひ、御所《ごしょ》に帰らせたまひける。

キリいたはしや若君は、打たれてそこを立ちたまひ、「さてもさても情《なさ》けなや。母に離《はな》れし折節《おりふし》、車寄せまで出《い》でければ、

11父に打たれ、…

1　内裏での十日間の宿直の勤め。

2　千句に百句、さらに十句の、正月最初の賭け連歌にお負けになり、わたしに連歌のことを問おうと。

同じ車にいだき乗せ、後《おく》[3]れの髪《かみ》をかきなでて、「母に離れて、さぞや物憂《ものう》く思ふらん。おいとふし[4]のこの若《わか》」と、連《つ》[5]れて涙はせきあへず。移《うつ》れば変はる世のならひ、いま来《く》る花に目が[6]くれて、愛護死ねとは情けなや。これにつけても母上様が恋ひしや」と、泣く泣く御所に入《い》りたまふ。

清平腹《はら》にすゑかね、「いかに愛護、たとい[7]宝売るとままよ、大和《やまと》、河内《かわち》、伊賀《いが》、伊勢《いせ》にて売るならば、かほど恨《うら》みはよもあらじ。なんぞや桜《さくら》の御門《ごもん》にて売ることは。前代未聞《ぜんだいみもん》の曲者《くせもの》、父に恥辱《ちじょく》を与《あた》ふる」とて、いたはしや若君を、高手小《たかてこ》[8]手《て》にいましめ、桜の古木《こぼく》につりあげ、「愛護が縄《なわ》、解《と》く者あらば、屋形《やかた》[9]にはかなふまじ」と、荒《あら》けなく怒《いか》らせたまひ、その身は内裏《だいり》をさしていそがるる。

いたはしや若君は、かすかなる声を上げ、「この屋形には、

3　束ねられずに襟足に垂れた髪。
4　ふびんな。「いとふし」は、いとほしの音変化。
5　いっしょに涙がとめどなく流れた。
6　目がくらんで。
7　たとえ宝を売ろうと構わない。
8　縄を首に掛け腕を後ろ手に縛り上げること。高手は肘から肩、小手は肘から手首。罪人の縛り方の慣用句。
9　その者はこの屋敷には居させまいと、荒々しくお怒りになり。

御乳《おち》や乳母《めのと》はござなきか。愛護が咎《とが》なきことを、父御《ちちご》に語りてたまはれ」と、消え入るやうに泣きたまふ。雲井《くもい》の局《つぼね》、月小夜《さよ》は、笑ひこそすれ、縄解《と》く人はなかりける。

いつも寵愛《ちょうあい》なされける手白《てじろ》の猿は、主《しゅう》の別れを悲しみて、桜の古木《こぼく》に上《のぼ》りつつ、小手《こて》の縄を解きけれど、畜生《ちくしょう》の悲しさは、高手《たかて》の縄を解かずして、[10]いよいよ思ひぞまさりける。いたはしや若君は、眼《まなこ》もくらみ、[11]心ぼうぼうとなり、口より出《い》づるその血にて、身紅《くれない》となりたまひ、いまをかぎりと見えにける。

亡母の霊、愛護を救う　12

これは[1]娑婆《しゃば》の物語り。ここにあはれをとどめしは、冥途《めいど》にまします母上様にてとどめたり。[2]閻魔大王《えんまだいおう》の御前《おまえ》にて、涙を

10　いっそう苦痛が増したのであった。

11　意識がかすんで朦朧（もうろう）となり。

12亡母の霊、…

1　この世。現世。

2　人の生前の行いを審判・懲罰する地獄の王。地蔵の化身ともいう。

流《なが》し、[3]蓮《はちす》の頭《こうべ》を地につけ、[4]十《とお》の蓮華《れんげ》をもみ合はせ、「さてみづから娑婆《しゃば》に、忘《わす》れ形見《がたみ》を一人持ちてさぶらふが、継母《けいぼ》が讒《ざん》により、ただいま一命《いちめい》取られさぶらふ。[5]少しのいとまたびたまへ。一命助け申さん」と、涙とともに申さるる。

[6]大王聞こしめし、「わが苦《くる》しみは悲しまず、[7]子ゆゑの闇《やみ》に迷《まよ》ふとは、御身《おんみ》がことを申すかや。[8]いかにみる目、娑婆《しゃば》に死《し》骸《がい》があるか見てまゐれ」。うけたまはつて、御前《おまえ》をまかり立ち、[9]八万丈《はちまんじょう》の矛先《ほこさき》に上《のぼ》り、[10]三千大世界《さんぜんだいせかい》を一目《ひとめ》に見、やがて[11]王《おう》宮《ぐう》に参り、「けふ生まるる者は多けれど、死する者とてござなく候《そうろ》ふ。死して三日《みっか》になり候《そうろ》ふいたちのからどばかり[12]」と申す。大王聞こしめし、「いたちに[13]生《しょう》を変《か》へるか」。御台《みだい》聞こしめし、わが子に会《あ》はんうれしさに、「それにても苦しからず。はやおいとま」と申さるる。大王、[14]「善哉《ぜんざい》」と打たせた

3　蓮は成仏したあかし。底本「はちすのかうべ」。あるいは「八分の頭」か(「小栗判官」18節・注8)。
4　両の手のひらをもみ合わせ。十本の指を蓮華にたとえた。拝む仕草をいう決まり文句。
5　娑婆(現世)にもどる少しの時間をお与えくださいませ。
6　底本「大くう(大宮)」、万治版・宝永版で改める。
7　子ゆえの煩悩の闇。「人の親の心は闇にあらねども子を思ふ道に迷ひぬるかな」(後撰和歌集・藤原兼輔)。
8　娑婆での人の行状などを報告する閻魔の使い。みる目かぐ鼻とも。「小栗判官」14節、参照。
9　一丈は、約三メートル。閻魔大王の持つ矛の先端。
10　仏教でいう全世界。
11　閻魔大王の宮殿。

まへば、いたちに生《しょう》が変はり、15刹那《せつな》があひだに、二条の御所《ごしょ》に出《い》で、花園山《はなぞのやま》へぞ参りける。

山にもなれば、桜《さくら》の古木《こぼく》に駆け上《のぼ》り、縄《なわ》16すんずんに食ひ切りたまへば、下《しも》にて猿は抱《だ》きおろし、いたち大地《だいじ》に降《お》り、愛護の若の17下褄《したづま》を引き、「いかに愛護、昔が今にいたるまで、いたちの物いふためしなし。われは冥途《めいど》の母なるが、継母《けいぼ》の讒《ざん》にて、ただいま命《いのち》取らるる悲しさに、王宮《おうぐう》に少しのいとまを乞《こ》ひ、いたちのすがたに生《しょう》を受け、これまで来たりてありけるぞ。とかくいま物を案ずるに、情《なさ》けなきは蔵人殿《くらんどの》、みづから浮《う》き世《よ》になきとても、愛護にぞんき18は情けなや。いま来《く》る花に目がくれて、父には19天魔《てんま》が入りかはり、憂《う》き目を見するぞ悲しけれ。この所にあるならば、つひには20一命《いちめい》取るべきぞ。これより比叡山《ひえいざん》21西塔北谷《さいとうきただに》、22そのの阿闍梨《あじゃり》と申せしは、

12　から処(と)で、からだに同じ。亡き骸(がら)。
13　娑婆での姿を変えるか。
14　「善きかな」。まじないの言葉。
15　あっというまに。
16　寸々。ずたずたに同じ。
17　下がえ(下前)の褄(つま)。着物の前を合わせたとき内側になる裾の下端。19節・注6。
18　つらくあたること。
19　仏道を妨げる第六天の魔王(他化自在天)をいう。
20　命を失うであろうよ。
21　比叡山三塔の一つの西塔、西塔五谷の北谷は、法然の修行した黒谷があったことで有名。
22　後出「そつのあしやり」(14節・注16)。万治版・宝永版「そののあしやり」。

[23]みづからがためには兄御《あにご》なり。愛護がためには伯父御《おじご》なり。伯父を頼み、髪を剃《そ》り、諸経《しょきょう》の一巻も読みあげ、母が[24]孝養弔《きょうようと》うてたべ。[25]三国世界《さんごくせかい》の者だにも、慣《な》るれば名残《なご》りは惜しきぞよ。いはんや[26]親子《しんし》のことなれば、いつまで添《そ》うても添《そ》ひあかず。悲しきかなや、冥途《めいど》の使ひしげければ、もはや帰るぞ、愛護」とて、[27]黄《き》なる涙を流し、草むらに入《い》らせ給ふと思へば、消えてすがたはなかりけり。

いたはしや若君は、草むらを押し分け押し分け、「なふ母《はは》上《うえ》様、せめてすがたはござなくとも、いま一度《いちど》、忘《わす》れ形見《がたみ》の愛護と、言葉を交《か》はしたまへ」とて、消え入るやうに泣きたまふ。されどもかなはぬことなれば、[28]羽抜《はぬ》けの鳥のたたずまひ、とかく嘆《なげ》きてかなふまじ、母の教《おし》へにまかせ、叡山《えいざん》に上《のぼ》らんと、その日の暮るるを待ちたまふ、愛護の若のありさま、

23　わたしにとっては。

24　母の後世を弔ってください。孝養は、親の後世をとむらうこと。「たべ」は「たまへ」に同じ。

25　三国は天竺・震旦・本朝だが、ここは赤の他人を強調した言い方。

26　おやこ。とくに親に対する子を、音読みでシンシ(親子)という。

27　畜類が流す恩愛の涙。「小栗判官」(7節・注10)で小栗に対面した鬼鹿毛が「黄なる涙」を流す。本書「解説」の「作品解題」参照。

28　羽根の抜けた鳥のようになすすべがない。

物憂《ものう》かりとも、なかなか申すばかりはなかりけり。

四条河原の細工に宿を借りる　13

フシ[1]いたはしや若君は、母の教へにまかせつつ、二条の屋《や》形《かた》を立ち出《い》でて、比叡《ひえ》の山に上《のぼ》らるる。ことにその夜《よ》は、暗さは暗し、雨は降《ふ》る、行《ゆ》き方《がた》さらにわきまへず。南をはるかに見たまへば、ともし火《び》かすかに見ゆる、この火をたよりとなされ、はるばる下《くだ》[2]り、見たまへば、賤《しず》[3]が庵《いおり》ぞさぶらひける。柴《しば》の庵《いおり》ほとほとおとづれ、「われは都の者なるが、行《ゆ》き方《がた》さらにわきまへず。一夜《いちや》を貸してたびたまへ」と、流涕焦《りゅうていこ》がれ泣きたまふ。

[4]細工《さいく》聞いて、長刀《なぎなた》ひつさげ、夫婦《ふうふ》もろとも切つて出《い》で、「なに者やらん」とひしめき[5]ける。いたはしや若君は、涙を

13四条河原の…

1　底本、ここから五段目。

2　京の北(二条の屋形)から南へ行くのを「下る」という。

3　賤しい者の小屋。

4　皮革の細工職人。

5　騒ぎ立てる。

流しのたまふは、「[6]方《かた》がた、さのみ驚《おどろ》きたまひそよ。いまはなにをかつつむべし。二条蔵人清平《くらんどきよひら》の惣領《そうりょう》、愛護の若とはそれがしよ。継母《けいぼ》の讒《ざん》により、比叡山《ひえいざん》に上《のぼ》りしが、暗《くら》さは暗《くら》し雨は降《ふ》る、行《ゆ》き方《がた》さらにわきまへず。あはれと思《おぼ》しめすならば、一夜《いちや》を貸《か》してたまはれ」と、消《き》え消《ぎ》えとこそ泣きたまふ。

細工うけたまはり、長刀からりと捨て、「さては二条の若君様にてましますか。お許《ゆる》し候《そうら》へ」と、[7]やがて庵《いおり》に請《しょう》じつつ、臼《うす》の上に戸板《といた》を敷《し》き、[8]荒薦《あらごもし》敷かせ、若君様にたてまつり、米《よね》とり出《い》だし、[9]鴨川《かもがわ》の流れにて七度清《きよ》め、[10]かはらけに入れ、若君に進《すす》めける。この御代《みよ》より、神の前の清めには、荒薦を敷くとなり。

6　二人ともそんなに驚きなさるな。いまは何をかくそう。
7　すぐに小屋に招き入れ。
8　粗く編んだむしろ。特に神事に用いる。
9　京の東を流れる川。細工はその河原に住んだ。
10　素焼きの陶器。

夜明《よあ》けの鐘《かね》もはや鳴りぬ。「はやはや[1]御出《おんい》で候《そう》」とて、細工御供《おとも》つかまつり、[2]四条河原《しじょうがわら》を立ち出《い》でて、[3]通らせたまふは、どこどこぞ、キリ[4]三十三間《げん》、祇園殿《ぎおんどの》、南をはるかにながむれば、稲荷《いなり》の森とかや。伏見《ふしみ》の竹田《たけだ》、淀《よど》、鳥羽《とば》も見ゆる。恋しき母御《ははご》に[5]粟田口《あわたぐち》、いつも絶えせぬ[6]煙《けぶり》なり。[7]上《のぼ》れば下《くだ》る、心のつらきも[8]山中《やまなか》、[9]小原《おばら》、静原《しずはら》、芹生《せりょう》の里《さと》はや過ぎて、翁《おきな》も恋せば[10]八瀬《やせ》の里、道悪《あ》しければ先に立ち、よきに[11]介錯《かいしゃく》つかまつり、[12]窮地《きゅうち》をはるばると、しどろもどろと歩《あゆ》まるる、[13]吹上松《ふきあげまつ》に着きたまふ。

「若君様、あれあれ御覧候《ごらんそうら》へや。一枚は女人禁制《にょにんきんぜい》、また一枚は[14]三病者禁制《さんびょうしゃきんぜい》、いま一枚はわれら一族、細工《さいく》禁制《きんぜい》と書きとどむ。これより御供《おとも》はかなふまじ。はやおいとま」と申しける。若君聞こしめし、「[15]よしよし、それも苦しからず。[16]その

1　お出でなさいませ。「候(そう)」は「候(そうろ)ふ」の縮約形。ここは「候(そうら)へ」の意。
2　鴨川に架かる四条橋付近の河原。各種の芸能興行が行われ、周辺には造園や皮革細工に携わる人々が集住したらしい。
3　道行きを語る慣用句。
4　以下、四条河原からの道行き。三十三間堂、祇園社(八坂神社)、伏見稲荷、竹田(京都市伏見区)、淀(伏見区)、鳥羽(伏見区・南区)。
5　母に会うを粟田に掛ける。粟田口(京都市東山区)は、京から東国へ向かう出入り口。
6　火葬の煙。粟田口周辺は京の葬地。
7　煙が上(のぼ)ると、京に上り下るを掛ける。
8　つらさがやまぬを掛ける。山中は、志賀の山越えの峠。大津市山中町。

の阿《あ》闍梨《じやり》へ参るといふならば、さしてとがむる人あらじ。山までは御供つかまつれ。細工いかに」と泣きたまふ。細工うけたまはり、「仰せもつともにて候《そうら》へども、卑《いや》しき者にて候《そうら》へば、ただおいとま」と申しける。

いたはしや若君は、「もはや帰るか細工、都に父御《ちちご》のござあれば、恋しきも都なり。また[17]邪見《じやけん》の継母《けいぼ》ありければ、うらめしきも都なり。名残《なご》り惜《お》しの細工」、「お名残り惜しの若君様」とて、たがひに目と目を見合はせ、ほろと泣いては、さらばさらばのいとま乞《ご》ひ、名残り惜しさはかぎりなし。細工は都へ帰りける。

伯父の阿闍梨、愛護を追い返す　15

いたはしや若君は、松のもとに立ち寄りたまひ、[1]くどきご

9　比叡山への道行き。順に、京都市左京区大原、左京区静市静原町、右京区京北芹生町、左京区八瀬。順路に矛盾がある。
10　八瀬に、痩せを掛ける。
11　お世話を申しあげ。
12　険しい辺地。
13　不詳。吹上は、ふつう和歌山市紀ノ川河口の歌枕をいうが、地名としては各地にある。
14　ハンセン病など三種の難病者(日葡辞書)。
15　どうあろうとままよ、細工禁制とあっても差し支えない。
16　底本「そつのあしやり」。前出「そののあしやり」で統一する(12節・注22)。
17　よこしま(邪悪)な。

15 伯父の阿闍梨、…
1　嘆きごと。

とこそあはれなり。「たれやの人の筆《ふで》取りて、細工《さいく》禁制《きんぜい》とは書きけるぞ。あら情けなの次第《しだい》」とて、泣く泣く山に上《のぼ》る、心細さはかぎりなし。谷川渡り、[2]岨《そば》を行《ゆ》き、草葉《くさば》草葉《くさば》を分けて行《ゆ》く。峰《みね》に[3]さ渡る猿の声、雉《きじ》も鳴く、われも涙はほろほろと、たもとの乾くひまもなく、いそがせたまへば程《ほど》もなく、やうやうその日も暮《く》れければ、西塔北谷《さいとうきただに》、阿闍梨《あじゃり》の御門《ごもん》に立ち寄り、ほとほとたたいた[4]。

「たれや、この夜中《やちゅう》に、[5]差《さ》いたる御門をたたくぞ」。「[6]いや苦しうも候《そうら》はず。われは都《みやこ》二条清平《きよひら》の惣領《そうりょう》、愛護が参りて候《そうろ》ふと、上《かみ》へ申してたまはれ」と、涙とともにのたまへば、番《ばん》の者うけたまはり、阿闍梨にかくとぞ申しける。阿闍梨聞こしめし、「都《みやこ》の愛護、はじめて当山《とうざん》へ参るならば、輿《こし》、車《くるま》、騎馬《きば》のかず見てまゐれ」。うけたまはり、表《おもて》に出《い》で、門《もん》押し

2　がけ道。
3　飛びわたる。「さ」は語調を整える接頭辞。
4　助動詞の連体形「たる」の「る」が発音されない近世の語法。
5　かんぬきを差した御門。
6　いいえ怪しい者ではございません。

あけ、見てあれば、十二、三の稚児《ちご》ただ一人、すごすごと[7]立ちたまひたるを、番の者、阿闍梨に参り、かくと申す。阿闍梨大きに御腹《おはら》立てたまひ、「さては北谷《きただに》の大天狗《[8]だいてんぐ》、南谷《みなみだに》の小《こ》天狗《てんぐ》、[9]阿闍梨が行力《ぎょうりき》引き見んため。内《うち》に入れてはかなふまじ、門より外《そと》へ追ひ出《い》だせ」。法師どもうけたまはり、われもわれもと表に出《い》で、いたはしや若君を、さんざんに打つたりける。

いたはしや若君は、打たれてそこを立ちのき、「いかに人びと、[10]伯父《おじ》でなくはないまでよ。[11]押さへて甥《おい》になるまいぞ。[12]さのみに打たせたまひそ」と、消え入るやうに泣きたまふ。落つる涙のひまよりも、くどきごとこそあはれなれ。「卑しき者の手にかかり、[13]むなしくならんより、都に帰り、父の御《おん》手《て》にかかり、むなしくならん」と思《おぼ》しめし、またいつの世に

7　ひとりわびしく。しょんぼりと。
8　天狗は、行力に優れた僧が慢心ゆえに落ちる魔道の妖怪。行力の大小で大天狗・小天狗がある。南谷は、北谷とともに西塔五谷の一。
9　修行で得たわたしの力をためしに来たのだから、天狗どもを中に入れてはならない。
10　伯父でないというなら、それまでよ。
11　無理して。
12　そんなにお打ちなさるな。
13　命を失うよりも。

この寺を拝《おが》まんと、見上《みあ》げ見下《みお》ろし、名残《なご》り惜《お》しくも、麓《ふもと》をさしてぞ下《くだ》らるる。

田畑の介兄弟、粟飯を献じる　16

いたはしや若君、山路《やまじ》に踏《ふ》みまよひ、行《ゆ》きては帰り、帰りては行き、[1]賤《しず》がをだまきくり返し、召したる衣《きぬ》は、茨《いばら》、枯《か》れ木《き》に引つかけ、[2]おどろのごとく見えたまふ。山に三日《みっか》迷《まよ》はる。三日の暮《く》れ方《がた》に、[3]志賀《しが》の峠《とうげ》に出《い》でたまひ、木の根を枕《まくら》、苔《こけ》を御座《ござ》、岩を屏風《びょうぶ》となされ、前後《ぜんご》も知らず伏したまふ、心の内こそあはれなり。

これはさておき、[4]粟津《あわづ》の庄、[5]田畑《たばた》の介《すけ》が兄弟《きょうだい》、都へ商売《しょうばい》に上《のぼ》るとて、この若君を見まゐらせ、「[6]迷《まよ》ひ変化《へんげ》の物か、名《な》のれ名《な》のれ」と申しける。若君かつぱと起きたまひ、「なふい

16田畑の介兄弟、…

1　賤がをだまき(苧環)は、「くり返し」の序詞。「いにしへの賤のをだまきくり返し昔を今になすよしもがな」(伊勢物語・三二段)。

2　草木の乱れ茂るやぶ。

3　志賀越えの峠で、京の北白川と、近江の志賀の里(滋賀県大津市、旧志賀町)との中間地点。南は長等山(ながらやま)で桜の名所。

4　現在の大津市粟津町の一帯。琵琶湖に臨む景勝地。

5　底本と万治版「にはたのすけ兄弟」。宝永版「たはたの介兄弟」で改める。「近江輿地志略」に、天武天皇が吉野に赴くとき、村民が粟飯を献じたので粟津庄膳所(ぜぜ)の地名を賜り、また、大道寺田畑之介が愛護の若に粟飯を奉ったので粟津・膳所の地名があるともいう。田畑の介は、

かに人びとたち、われは都の者なるが、継母《けいぼ》の讒《ざん》により、かく迷《い》ひ出でて候《そうろ》ふ」と、涙とともにのたまへば、せ[7]んちよ聞いて、「[8]御先祖《ごせんぞ》」と問ひかくる。若君聞こしめし、「いまは何をかつつむべし。二条蔵人清平《くらんどきよひら》の惣領《そうりょう》、愛護の若」と、始[9]め終りを語らせたまひ、消え入るやうに泣きたまふ。兄弟涙を流し、「さてもさてもいたはしや。二条清平様とは、音《おと》には聞けど目《め》には見ず、さてはその公達《きんだち》にてましますか。山に三《みっ》日《か》ましまさば、[10]飢《う》ゑにつかれておはすらん」と、柏《かしわ》の葉《は》に、粟《あわ》の飯《はん》を押し分け、若君にたてまつる。この御代《みよ》より、心[11]ざしは木《こ》の葉《は》につつめと申すなり。

若君御覧《ごらん》じ、「いかに人びと、名をばなにと申すぞや」。せんちようけたまはり、「これはき[12]よすのはんとも申すなり」。若君聞こしめし、「な[13]ににてもあらばあれ、いまの心ざし、

粟津神社(旧粟津山王社、大津市中庄)に祀られ、毎年四月の日吉大社の祭礼(山王祭)では、粟津神社から粟飯の神饌が献じられる。

6　成仏できずに迷い出たもののけ、妖怪のたぐい。

7　田畑の介兄弟の名。

8　出自・家系。

9　一部始終。

10　飢えで弱っていらっしゃるでしょう。

11　ことわざ。志(贈り物)は、真心がこもっていれば、木の葉に包むほどのわずかなものでよい。

12　不詳。万治版・宝永版同じ。

13　なんであろうと構わない。つづく「いまの心ざし云々」は、会話がそのまま地の文につづく語り物の文体。

14　不詳。底本「あわつ川」、万治版「あわつ」。日吉大社

生々世々《しょうじょうせぜ》まで忘れがたく思《おぼ》しめし、粟津川《あわづ》[14]に流さるる。さて兄弟、「御供《おとも》申したく候《そうら》へども、都へ万雑公事《まんぞうくじ》[15]に上《のぼ》り候《そうろ》ふ。かさねて御目《おめ》にかからめ」と、兄弟涙を流し、都をさして上りしは、情《なさ》け深《ふか》きと聞こえける。

唐崎の松、穴太の桃と麻　17

あはれなるかな若君は、子《ね》[1]の日《ひ》の松《まつ》をとり持ちて、志賀の峠に植ゑたまひ、松に宣命《せみょう》[2]を含めあり。「愛護世に出《で》てめでたく[3]は、枝に枝さき、唐崎《からさき》の千本松《せんぼんまつ》と呼ばれよや。愛護むなしくなるならば、松も一本《いっぽん》、葉も一つ、志賀唐崎の一つ松《ひとまつ》[4]と呼ばれよ」と、涙とともに穴太《あのう》[5]の里に出でたまふ。

ころは卯月《うづき》[6]の末《すえ》つかた、垣根は早桃《さもも》[7]の、いまをさかりと生《な》りけるが、若君御覧《ごらん》じて、「さてもみごとのこの桃《もも》」と、一

の祭礼(山王祭)では、粟津神社(田畑社)から献じられた粟の神饌(供御)は琵琶湖水に投じられる。

15　荘園領主が領民に課した雑役《ぞうやく》。

17唐崎の松、…

1　正月初めの子の日に、小松を引き抜いて長寿を祈る行事。

2　日吉山王の神となる愛護の言葉を、宣命(神勅)とした。

3　わたしがめでたく世に出たら。

4　唐崎の一つ松は、日吉大社の摂社唐崎神社の境内にある。大津市唐崎。

5　唐崎の北、日吉大社のある坂本の南。大津市穴太。

6　旧暦四月。

7　早生《わせ》の桃。旧暦の五月(仲夏)頃に実る。

[8]寵愛《ちょうあい》なされける。内より姥《うば》が立ち出《い》でて、「われだに取らぬこの桃を、いたづら稚児《ちご》の来《き》たる」とて、打たんとすれど、杖《つえ》もなし、[9]違例者《いれいじゃ》の杖にて打ちにける。

いたはしや若君様、[10]恥辱《ちじょく》とや思《おぼ》しけん、[11]麻《あさ》の中に入《い》りたまふ。ときならぬ嵐《あらし》吹き、君のすがたを顕《あら》はする。桃の[12]尼公《にこう》がこれを見て、「桃を取るさへ腹立つに、麻まで破《やぶ》る腹立《はらだ》ちや」と、ちやうちやうと打つて、行《ゆ》き方《がた》知らず失《う》せにけり。

いたはしや若君は、「穴太《あのう》の里《さと》に桃《もも》なるな。[13]麻《あさ》はまくとも苧《お》になるな。嵐吹くな」と申し置かれし御代《みよ》よりも、花は咲けども桃ならず、麻《あさ》はまけども苧《お》にならず、[14]とても浮《う》き世《よ》は夢の間《ま》の、ただ幻《まぼろし》のごとくなり。

8　お召しになる。先の宣命と同じく神や帝王のふるまい。
9　三病者などのつく杖。
10　違例者の杖で打たれたのを辱《はずかし》めとお思いになり。
11　アサ科の作物。皮から繊維を取る。
12　すぐ前に「姥」とあり、後出「穴太《あのう》の姥」(20節)。
13　麻の種をまいても、麻糸(苧)になるな。
14　どうせこの世は、はかない夢の間の、ただ幻のようなもの。

やうやういまははや、[1]霧降《きりう》が滝《たき》に着きたまふ。[2]奥手桜《おくてざくら》のいまを盛《さか》りと見えけるが、若君は御覧《ごらん》じて、二条の御所の桜花《さくらばな》、いまを盛りであるらんと、ながめ入りておはします。ときならぬ嵐《あらし》吹き来たり、つぼみし花が一房《ひとふさ》、若君の御《おん》たもとに散《ち》りかかりける。「あふ悟《さと》りたるこの花や。散りたる花は母上《ははうえ》様、咲きたる花は父御《ちちご》様、つぼみし花は愛護なり。恨《うら》みの言《こと》が書きたやな」。料紙《りょうし》、硯《すずり》があらばこそ、[3]弓手《ゆんで》の指《ゆび》を食ひ切り、岩のはざまに血をためて、柳《やなぎ》を筆となされつつ、[4]小袖《こそで》を脱《ぬ》ぎ、恨《うら》みさまざま書きとめ、一首はかうぞ聞こえける。

　[5]神蔵《かみくら》や霧降《きりう》が滝《たき》へ身を投《な》ぐる
　　語り伝へよ杉《すぎ》の群立《むらだ》ち

と、かやうに詠《えい》じたまひつつ、西に向かひ手を合はせ、「南《な》無《む》や西方弥陀如来《さいほうみだにょらい》、[6]同じ蓮《はちす》の蓮台《れんだい》に助けたまへ」と伏し拝《おが》み、

1　底本「きりうがたき」。日吉大社境内の大宮川の上流にある。「近江輿地志略」に「飛龍滝」「一に霧降《きり》《ふ》の滝といふ」とある。
2　遅咲きの桜。
3　左手。
4　袖口の狭い着物。貴族の内着だったが、中世には武家や庶民の上着となる。
5　神蔵山の霧降が滝へ身を投げるが、このことを語り伝えよ、杉の群立ちよ。神蔵山は、日吉大社の二宮(東本宮)、小比叡社の奥にある山。
6　阿弥陀如来と同じ蓮華座でわたしを成仏させてください。

御年《おんとし》積もり十五歳と申せしに、霧降《きりう》が滝に身を投げ、つひにむなしくなりたまふ。愛護の若の最期《さいご》の体《てい》、世の中のもののあはれはこれなりとて、みな感《かん》ぜぬ者こそなかりけれ。

復讐と恩　19

コトバ[1]これはさておき、あたりに近き法師《ほうし》たち、「さては、いまの稚児《ちご》こそは、身を投げてありけるか」。杉の木にかかりたる御小袖《おんこそで》を取り持ちて、いそぎ[2]中堂《ちゅうどう》に上《のぼ》り、鐘《かね》、太鼓《たいこ》を打ち鳴らし、やがて稚児《ちご》をぞ、三重揃《そろ》へける。失《う》せたるしるしなかりけり。いそぎ阿闍梨《あじゃり》に参りつつ、かの小袖を御目《おめ》にかくる。阿闍梨御覧《ごらん》じて、「これは二条清平が紋にてあり。さては以前《いぜん》の稚児こそは、愛護にてありけるか。この小袖、二条殿へ持つて参るべし」、「うけたまはり候《そうろ》ふ」と、御前《おまえ》を

19 復讐と恩

1　底本、ここから六段目。

2　東塔の本堂の根本中堂。比叡山には横川の中堂もある。

まかり立ち、都をさしてぞいそぎける。

二条の屋形《やかた》になれば、この由《よし》かくと申し上ぐる。侍《さぶらい》たち請《う》け取《と》り申せば、法師は山へ帰りける。さてその後《のち》に、[3]御目《おんめ》にかくる。清平小袖を取り上げたまひ、これはこれはとばかりにて、流涕焦《りゅうていこ》がれ泣きたまふ。

御涙《おんなみだ》のひまよりも、くどきごとこそあはれなり。「風のそよと吹くまでも、愛護を連《つ》れて参るかと、心細《こころぼそ》くも思ひしに、[4]思ひの外《ほか》に引きかへて、形見《かたみ》を見るはなにごとぞ。親の憎《にく》みしその子をば、[5]侍《さぶらい》ども女房《にょうぼう》たち、憎みたる由《よし》情けなし。わが子返《かや》せ」と、流涕焦《りゅうていこ》がれ泣きたまふ。

御涙《おんなみだ》のひまよりも、小袖の[6]下褄《したつま》を見たまへば、恨《うら》みの一筆《ひとふで》書きてあり。まづ一番のその筆に、「父御《ちちご》様は御存《ごぞん》じなきは道理《どうり》なり。[7]知らで、思ひかけたまふ、その恋がかなはぬとて、

3　底本「かくる」。万治版「御目にかくる」で補う。

4　期待していたのとは逆に。

5　侍や女房たちまで、わたしと一緒に愛護を憎んだのは嘆かわしい。

6　下がえ(下前)の褄(つま)(前出12節・注17)。ひと目につかない下褄や裾には護符の呪文が書かれるなどした(「小栗判官」9節・注2)。

7　わたしの知らないうちに、継母雲井の前がわたしに思いをかけなさる、その恋が叶わぬとて、非道な謀反をたくらみ。

筋《すじ》なき謀反《むほん》をたくみかけ、いろいろ讒言《ざんげん》なさるれば、わが屋《や》形《かた》にはたまられず[8]、叡山《えいざん》に上《のぼ》りしが、情けなきは伯父《おじ》の御坊《ごぼう》、都に甥《おい》を持たぬとて、さんざんに打ちたまふ。四条河原《しじょうがわら》の細《さい》工《く》夫婦《ふうふ》が心ざし、田畑《たばた》の介兄弟《すけきょうだい》が情けのほど、生々世々《しょうじょうせぜ》にいたるまで、いかでか忘《わす》れ申すべし。万雑公事《まんぞうくじ》を許《ゆる》してたべ。父御様、愛護の若」と書きとどめ、清平御覧じて、「田畑の介兄弟は、いかなる情けをかけたるぞ。こなたへ召《め》せ」との御諚《ごじょう》なり。うけたまはつて、御前《おまえ》に出《い》でにける。

コトバ 清平対面《たいめん》なされ、「いかに兄弟、愛護が最期《さいご》語りてたべ、なふ兄弟」と、消《き》え消《ぎ》えとぞ泣きたまふ。御涙《おんなみだ》のひまよりも、万雑公事《まんぞうくじ》の、やがて御判《ごはん》[9]たまはり、「かたじけなし」とて御前《おまえ》をまかり立つ。

いたはしや清平殿、「愛護がかたき目《ま》の前《まえ》にありけるを、

8 いたたまれず。

9 万雑公事を免除する判(花押)のある証文。

知らで暮《く》らす無念《むねん》なり。[10]わが子の孝養《きょうよう》に、いかにいかに」と仰《おお》せける。「うけたまはり候《そうろ》ふ」とて、雲井《くもい》の局《つぼね》を[11]簀巻《すま》きにし、月小夜《つきさよ》をからめ取り、やがて車に乗せ、都の内をぞ引きにける。のちには、[12]稲瀬《いなせ》が淵《ふち》に沈《しず》めける。月小夜をば切つて捨て、それよりも清平殿、霧降《きりう》が滝《たき》へぞいそぎける。

山王大権現として現れる　20

[1]滝にもなれば、不思議《ふしぎ》や、若君の御死骸《おんしがい》、波間《なみま》に浮かんで見えしが、沈《しず》みてもはやなかりけり。清平殿は、叡山《えいざん》へ使ひを立てさせたまひける。阿闍梨《あじゃり》大きに驚《おどろ》きたまひ、御弟子《おでし》たちを引き具《ぐ》し、霧降《きりう》が滝に出でたまふ。

清平対面《たいめん》なされ、涙とともに語らせたまへば、阿闍梨聞こしめし、[2]護摩《ごま》の壇《だん》を取り下《くだ》し、一座、二座まで焚《た》きたまへど、

10　わが子を弔う供養として、雲井の前をどうしてくれよう。
11　人を水に投げ入れるため、体を簀で巻くこと。
12　鴨川と桂川の合流点あたりの淵。簀巻きにした雲井の前をその淵に沈めた。なお、幸若舞・古浄瑠璃の「景清」では、景清を密告した妻の阿古王が、頼朝によって稲瀬が淵に沈められる。

20山王大権現として…
1　清平が霧降の滝に来ると、不思議なことよ。
2　密教の祈禱で、護摩木を焚く壇。

[3]さらに験《しる》しあらざれば、[4]いらたかをさらりさらりと押《お》し揉《も》うで、「東方《とうほう》に[5]降三世明王《ごうさんぜみょうおう》、南方《なんぽう》に軍荼利夜叉明王《ぐんだりやしゃみょうおう》、西方《さいほう》に大《だい》威徳《いとく》、北方金剛《ほっぽうこんごう》、一に[6]矜羯羅《こんがら》、二に制吒迦《せいたか》、三に[7]倶利伽羅《くりから》、四[8]けいか童子《どうじ》、[9]そわかそわか」と、祈らせたまへば、不思議《ふしぎ》や、池の水ゆり上げゆり上げ、黒雲《くろくも》北へ下がり、[10]十六丈《じょう》の大蛇《だいじゃ》、愛護の死骸《しがい》を[11]かづき、壇《だん》の上にぞ、三重置きにける。

「ああ、恥づかしや。かりそめに思ひをかけ、つひには[12]一《いち》念遂《ねんと》げてあり。阿闍梨の行力《ぎょうりき》強くして、ただいま死骸《しがい》を返すなり。[13]わが跡弔《あとと》ひてたびたまへ」と、いふかと思へば、水の底《そこ》にぞ、三重失《う》せにけるは、身の毛もよだつばかりなり。

[14]いたはしや伯父《おじ》の御坊《ごぼう》、清平殿、愛護の死骸に抱《いだ》きつき、これはこれはとばかりにて、消え入るやうに泣きたまふ。御《おん》涙《なみだ》のひまよりも、「わが子返《かや》させたまへや」、「甥《おい》を返《かや》さい、

3 まったく効験(祈禱の効果)が現れないので。
4 珠が大きく角ばり、大きな音を出す数珠。
5 密教の五大明王(五大尊)で、不動・降三世・軍荼利夜叉・大威徳・金剛夜叉明王を、中央・東・南・西・北に配する。
6 不動明王の脇侍の二童子。
7 倶利伽羅竜王。不動明王の左手の羂索(けんさく)が竜王に変じ、右手の利剣に巻きついた像容。
8 不詳。
9 密教の祈禱の結句に使われる呪文。梵語。
10 一丈は、約三メートル。
11 頭に載せ。
12 愛護を恋慕する思い。雲井の前のことば(10節)に、「一念無量劫、生々世々にいたるまで、五百生の苦を受け、蛇道の苦患を受くるとも、思

清平」と、消え入りたまふぞあはれなり。

御涙のひまよりも、[15]「いつまでありてかひあらじ。われもともに行《ゆ》かん」とて、死骸を抱《いだ》き清平殿、かの池に飛び入りたまふ。阿闍梨もともに飛び入りたまふ。御弟子《おんでし》たちも、われもわれもと身を投げける。桃惜《ももお》しみの穴太《あのう》の姥《うば》も、身を投ぐる。田畑《たばた》の介《すけ》兄弟も、霧降《きりう》が滝《たき》に参り身を投ぐる。手白《てじろ》の猿《さる》も谷に入《い》る。細工《さいく》夫婦《ふうふ》は、「唐崎《からさき》の松は、若君の御形《おんかたみ》見なれば、いざやここにて身を投げん」、「もつとも」とて、夫婦むなしくなりにける。阿闍梨をはじめ、上下[16]百八人と聞こえける。

南谷《みなみだに》の大僧正《だいそうじょう》は聞こしめし、「前代未聞《ぜんだいみもん》に、ためし少なき次第なり」[17]とて、[18]山王大権現《さんのうだいごんげん》と祝《いわ》はれける。四月[19]申《さる》二つあれば、後《のち》の申《さる》、三つあれば中《なか》の申《さる》に、叡山《えいざん》よりも三千坊《さんぜんぼう》、[20]三井《みい》

ひかけたるこの恋を、逢はで果てなん口惜しや」とあった。
13　わたしの亡き跡(後世)を弔ってください。
14　以下、末尾まで万治版(貞享版)や宝永版は、やや簡略。
15　いつまでこの世で祈っていても仕方ない。
16　日吉大社はかつて末社を加えて百八社で構成された。
17　底本「とて」なし。宝永版で補う。万治版「と」。
18　日吉大社の祭神で、比叡山延暦寺の鎮守神。権現は、仏菩薩が神として現れる意で、神仏習合・本地垂迹説の呼称。滋賀県大津市坂本にあり、全国に数千の末社がある。
19　十二支の申の日。月に二度または三度ある。
20　天台宗寺門派の総本山、園城寺。大津市園城寺町。

寺《てら》よりも三千坊、[21]上坂本《かみさかもと》、中《なか》、下坂本《しもさかもと》、比叡辻村《へいつじむら》をはじめ申し、二十一村《むら》の氏子《うじこ》ども、祭《まつ》り事《ごと》をぞ、三重始めける。

神を慰《いさ》めたてまつる、[22]君《きみ》の恵みは[23]久方《ひさかた》の、[24]正木《まさき》の葛《かずら》長くして、わが朝《ちょう》にかくれなく、上下万民《じょうげばんみん》おしなべて、感ぜぬ者こそなかりけり。

21 大津市坂本本町、同下阪本、同比叡辻。

22 ここから「…長くして」まで、万治版なし。

23 枕詞。かつら（桂）、葛（かずら）にかかる。

24 常緑のつる性植物。定家かずらとも。つるを割いて鬘とし、神事に用いられた。木に絡みつき長く伸びるので、序詞として「長し」にかかる。「み山にはあられ降るらし外山なるまさきのかづら色づきにけり」（古今和歌集・詠み人しらず）。

隅《すみ》田《だ》川《がわ》

あらすじ

1 吉田少将是定の二人の子、嫡男梅若は七歳、次男松若は五歳になる。

2 松若は比叡山に上り、学問修行に励むが、七歳のとき天狗にさらわれ、行き方知れずとなる。

3 松若の失踪を聞いて病の床に伏した父是定は、舎弟の松井定景に吉田の家を預け、嫡男梅若の将来を頼んで死ぬ。

4 三年後、定景は吉田の家の乗っ取りを企て、十二歳になった梅若を殺害するため、松若の乳父（めのと）山田安近を味方につける。

5 定景は梅若の乳父粟津俊兼をも語らうが、危うく俊兼に斬られそうになる。

6 俊兼は夜討ちに備え、御台所を西坂本に逃がすと、その夜、定景と安近が攻め寄せる。俊兼は弓矢で安近を射殺すが、多勢に無勢、味方はことごとく討たれる。

7 俊兼は梅若を西坂本へ逃がし、館に火をかけ、腹を切ったふりをして逃れる。

8 道に迷った梅若は、人商人（ひとあきうど）にだまされ、東国へ向かう。道中、梅若はだまされたと気づくが、人商人に打擲され、隅田川まで来て動けなくなる。人商人は梅若を捨てて去る。

9 村人に介抱された梅若は、素性を明かして息絶える。村人たちは塚を築いて葬り、塚の傍らにしるしの柳を植える。

10 西坂本に来た俊兼は、御台所から梅若が来ていないと聞き、梅若を尋ね歩く。

11 俊兼からの音沙汰がない母御台所は、みずから梅若を探しに出るが、旅人から、梅若らしき子が人商人に連れられ、東国へ向かったと聞く。

12 梅若のゆくえを尋ねかねた母は、狂乱のすがたで東国へ下ってゆく。

13 隅田川まで来て、渡し舟に乗った母(狂女)は、折しも対岸で行われている大念仏が、吉田なにがしの子の供養のためと、船頭から聞く。

14 大念仏の由来を聞いた狂女は、自分がその子の母だと名のり、舟から上がって、わが子の塚の前で嘆く。

15 母が村人とともに念仏を唱えると、塚の中から念仏の声が聞こえ、塚のしるしに植えた柳の陰から梅若の霊が現れる。

16 母は出家して妙亀《みょうき》比丘尼と名のり、塚の近くに庵を結んで梅若を供養するが、まもなく池に身を投げる。

17 俊兼は梅若を尋ねかね、出家して蓮心と名のる。さらに東国を尋ね歩き、相模の大山《おおやま》不動で祈ると瑞相が現れ、二十一日間の断食祈禱をする。

18 不動の脇侍の二童子が現れ、梅若と母御台所は既にこの世になく、弟松若は健在であると蓮心に告げる。やがて諸山の天狗が供をして松若を連れてくる。

19 松若と蓮心は、隅田川畔の母の墓と梅若の墓に参って供養し、その後、京へ向かい、比叡山の師僧に頼んで内裏へ奏聞する。

20 帝に事の次第を奏聞すると、定景誅伐の宣旨が下り、松若は四位の大将是定に任じられる。是貞(松若)は定景を捕らえて斬り、下総の国司となり、母と梅若の供養のため妙亀山総泉寺と木母《もく》寺を建立した。

吉田少将の子、梅若と松若　1

1ここに、本朝《ほんちょう》七十三世《せ》、2堀河院《ほりかわのいん》の御宇《ぎょう》かとよ、都《みやこ》3北白川《きたしらかわ》には、吉田《よしだ》の少将《しょうしょう》4是定《これさだ》とて、5高家《こうけ》一人《いちにん》おはしますが、しかるに是定、内《うち》には6五戒《ごかい》を保ち、外《ほか》には仁義《じんぎ》を本《もと》として、詩歌《しいか》管絃《かんげん》に7七芸六能《しちげいろくのう》、一つとして暗からず、その名の誉《ほま》れ、世《よ》に高し。

御子《おんこ》二人《ににん》おはします。嫡男《ちゃくなん》をば梅若丸《うめわかまる》、次は松若丸《まつわかまる》とて、七つ、五つになりたまふ。8いづれも形《かたち》は花にて、言《こと》の葉《は》ごとに置く露《つゆ》の、9いたいけしたる御《おん》ありさま、父母《ぶも》の寵愛《ちょうあい》かぎりなし。

1吉田少将の子、…

1　底本、ここから上・中・下の「上」巻。
2　第七十三代天皇(在位一〇八六―一一〇七年)。和歌・管弦に秀で「末代の賢王」と言われた。
3　京の鴨川の東北部、現在の京都市左京区北白川周辺の一帯。
4　人名の漢字表記は、以下、鱗形屋版や浄瑠璃正本等による。
5　家格の高い公家。
6　仏教で在家信者の守るべき不殺生、不偸盗、不邪淫、不妄語、不飲酒の五つの戒。
7　七種の技芸と六種の技能。士人の修養すべき技芸で、一般には六芸(りくげい)十能という。
8　兄弟二人とも容姿は花のように美しく、口にする言葉

松若、天狗にさらわれる　2

あるとき是定《これさだ》、北《きた》の方《かた》に近づき、「いかに申さん、聞きたまへ。つくづく物を案《あん》ずるに、それ[1]一生《いっしょう》は、風《かぜ》の前の雲《くも》、猶《なお》し命は、石火《せきか》のごとし。[2]しよせん、子ども二人《ににん》がうちに、一《いち》人《にん》は[3]出家《しゅっけ》になし、亡《な》からん跡《あと》をも弔《と》はれんと思ふは、いかに」とありければ、北の方は聞こしめし、「[4]げにありがたき御心得《おこころえ》や。さりながら、梅若《うめわか》は惣領《そうりょう》なれば、家を継《つ》ぐべし。松若《まつわか》いまだ幼《おさな》けれども、出家《しゅっけ》になして、わが跡を弔《と》はれんことのうれしや」と、夫婦もろともに思ひ立ち、[5]菩提《ぼだい》の心を起こさるる、心の内《うち》こそ殊勝《しゅしょう》なり。

さて、若君《わかぎみ》を近づけて、「いかに松若、なんぢいまだ若《にゃく》なれども、学問《がくもん》をさせんため、[6]山寺《やまでら》に上《のぼ》すぞかし。[7]栴檀《せんだん》は双葉《ふたば》より芳《かんば》しといへば、よきに学問つかまつれ」と、すなはち

は花の露のように可憐で。
9　かわいらしい。

2松若、天狗に…
1　いったい人の一生は、風の前の雲のようにはかなく、さらに人の命は、火打ち石の火のように一瞬でしかない。
2　詮ずるところ。要するに。
3　僧侶。
4　まことにすばらしいお考えです。
5　仏道に目覚めた心。
6　比叡山延暦寺をいう。
7　香木の白檀(びゃくだん)の異名。「栴檀は…」は、非凡な人は幼児から見所がある意。

御《おん》[8]乳父《めのと》に山田三郎安近《やまだのさぶろうやすちか》を御介錯《ごかいしゃく》に付けたまふ。安近、松若の御供《おとも》して、叡山《えいざん》さしてぞ上《のぼ》りける。

山にもなれば、[9]東谷《ひがしだに》の妙法院《みょうほういん》に入《い》りたまひ、[10]日行阿闍梨《にちぎょうあじゃり》の御《おん》[11]弟子子《でしご》となり、[12]日夜朝暮怠《にちやちょうぼおこた》らず、よきに学問したまひける。もとより[13]利根聡明《りこんそうめい》にて、一《いち》を聞いては万事《ばんじ》を悟《さと》り、七歳の暮れほどには、[14]内外《ないげ》の沙汰滞《さたとどこお》りなし。これぞ[15]大師《だいし》の化身《けしん》やと、うらやまざるはなかりけり。

さればにや、松若殿《まつわかどの》幼くはましませども、諸学遥《しょがくはる》かに超《こ》えたまへば、[16]我慢心《がまんしん》や起こりけん、またはいかなる仏神《ぶつじん》の御咎《おとが》めにてやありけん、いづくともなく[17]山伏一人《やまぶしいちにん》来たり、「いかにこれなる御稚児《おちご》、さぞや昼夜《ちゅうや》の学問に、心つかれたまふらめ。われらが住処《すみか》へ御供《おとも》申さん。こなたへいらせたまへや」と、いふかと思へば、そのままつかんで、虚空《こくう》に失せけり。

8　貴人の子のお世話役。「御介錯」も同じ。
9　比叡山三塔十六谷のうち、ここは西塔の東谷。妙法院は、延暦寺三門跡の一つで、平安時代には西塔にあった。
10　同じ名の日蓮宗の高僧がいるが、鎌倉時代の僧で「堀河院」の世とは時代が合わない。
11　子どもの弟子。
12　明け暮れ絶え間なく。
13　資質が優れ利発なこと。
14　内典と外典、仏教と儒教の学問。
15　伝教大師最澄の化身かと。最澄は、比叡山延暦寺の開山で、妙法院初代門主という。
16　自らを恃《たの》む慢心。仏教語。
17　山中で修行して呪術的な法力を身につけた修験者。天狗はしばしば山伏姿で現れる。

おのおの驚き、とりどり詮議《せんぎ》しけれども、もとより[18]狗賓《ぐひん》のわざなれば、その[19]行《ゆ》き方《がた》はなかりけり。

父是定、梅若を弟定景に託す　3

日行《にちぎょう》、大《おお》きに驚《おどろ》きたまひて、「さて、いかがせん」とあれば、安近《やすちか》聞いて、「まづそれがしは御里《おさと》に帰り、この由《よし》を告げ申さん」と、日行坊《にちぎょうぼう》に暇《いとま》を乞《こ》ひ、北白川へと帰りける。[1]御《ご》所《しょ》にもなれば、かやうかやうと申し上《あ》ぐる。「こはいかに、なにごとぞ」と、[2]あきれはてさせたまひける。

いたはしや、夫婦の人びと、[3]くどきごとこそ道理《どうり》なれ。「[4]定《さだ》まる業《ごう》とはいひながら、[5]かねて夢ほど知るならば、なにしに山へ上《のぼ》すべきぞ。さても[6]無慚《むざん》のことや」とくどき、まづさめざめと泣きたまふ。

18　天狗の異称。慢心した僧侶がなる魔物・妖怪。
19　ゆくえが分からなくなった。

3 父是定、梅若を…

1　吉田少将の屋敷に着くと。
2　呆然とおなりになった。
3　嘆き悲しんでいう繰り言。
4　定業(じょうごう)。前世の業によって定められた宿命。
5　あらかじめこうなると夢にでも知っていたら、どうして松若を比叡山に上らせようか。
6　いたましく不憫なこと。

あはれなるかな是定殿《これさだどの》、折節《おりふし》、この頃は風邪《かぜ》の心地《ここち》とのたまひしが、このこと聞こしめさるるより、食事をもまゐらずして、次第《しだい》に重《おも》らせたまひける。御台所《みだいどころ》や梅若殿《うめわかどの》、しばらく嘆《なげ》きをやめたまひて、是定の後《あと》や先《さき》に立ち寄りて、いろいろ看病《かんびょう》したまへども、7定業《じょうごう》かぎりの違例《いれい》かや、8重《おも》りこそすれ、験《げん》はなし。

いまをかぎりのその御時《おんとき》、御舎弟松井源五定景《ごしゃていまついのげんごさだかげ》、9郎等《ろうどう》に粟津六郎俊兼《あわづのろくろうとしかね》、山田三郎安近《やまだのさぶろうやすちか》と、御枕《おまくら》近く召《め》し寄《よ》せたまひ、「いかに方《かた》がた、それがしは10娑婆《しゃば》の縁《えん》尽きはて、ただいま冥《めい》途《ど》に赴《おもむ》き候《そうろ》ふ。梅若《うめわか》いまだ幼稚《ようち》なり。十五にならば、参内《さんだい》させ、吉田の跡《あと》を継《つ》がせてたべ11。それまでは、定景に預《あず》けおくぞ。いかに二人《ににん》の郎等《ろうどう》ども、万事《ばんじ》、定景《さだかげ》に心を合はせ、若を12守《も》りたて得《え》させよや。いかに梅若丸《うめわかまる》、父浮《う》き世《よ》に亡《な》きとて

7 前世の業によって定められた病なのか。
8 病状は重くなるばかりで、看病の効果はなかった。
9 家来。
10 この世(娑婆)との縁。前世から定められた寿命。
11 「たまへ」に同じ。終止形「たぶ」。
12 育てあげてやってくれ。

も、母孝行《こうこう》に[13]おとなしく、家の名を上《あ》げよかし。[14]いとま申して、北の方、名残《なご》り惜《お》しの、梅若《うめわか》」と、御念仏《おねんぶつ》ともろともに、[15]朝《あした》の露《つゆ》と消えたまふ。上《かみ》から下《しも》にいたるまで、みな一度にわつと叫びたまひける。

　いたはしや御台所《みだいどころ》、くどきごとこそあはれなれ。「はかなやな、この殿御《とのご》、美濃《みの》の国、[16]野上《のかみ》にて馴《な》れ初《そ》めしよりこのかた、つかのまも離《はな》れぬ身の、長き旅に赴《おもむ》きたまひ、さぞや寂しく思《おぼ》すらん。われも連れて行《ゆ》きたまへ」とて、抱《いだ》きつき泣《な》きたまふ。

　されども、[17]かなわぬ道なれば、涙ながら御死骸《おしがい》を、野辺《のべ》に送らせたまひつつ、[18]数《かず》の御僧供養《おんそうくよう》して、御《お》とぶらひはかぎりなし。若君の御別《おわか》れに、夫《つま》の嘆きなれば、いよいよ憂《うれ》ひに沈《しず》みたまふ、御台所《みだいどころ》や梅若《うめわか》の、御心《おこころ》のうちあはれなり。

13　一人前の分別をもって。
14　これでお別れです。
15　朝露のようにはかなく亡くなられた。
16　東山道の宿場。岐阜県不破郡関ケ原町野上。能「班女」では、野上宿の遊女花子（異名、班女）は、吉田少将との一夜の契りゆえに物狂いとなり、野上宿をうかれ出て、都で少将とめぐり会う。説経節や浄瑠璃の「隅田川」では、吉田少将の北の方（梅若・松若の母）は、もと野上宿の遊女とあり、吉田少将の北の方をシテとする能の「隅田川」や「班女」と、もとはおそらく一連の物語伝承だったろう（本書「解説」の「作品解題」参照）。
17　一緒に行くことのできない冥途への道。
18　多くの僧侶に布施をして供養させ。

定景、家の横領を企てる　4

きのふけふとは申せども、[1]月日に関守据《せきもりす》ゑざれば、三年《みとせ》になるはほどもなく、梅若殿《うめわかどの》もいまははや、十二歳になりたまふ。されども、父の御事《おんこと》を片時《へんし》も忘《わす》れたまはずして、明《あ》け暮《く》れ嘆《なげ》かせたまひける。

さるほどに、松井源五定景《まついのげんごさだかげ》は、つくづく物を案《あん》ずるに、梅若《うめわか》十五になるならば、[2]継目《つぎめ》の参内《さんだい》さすべきか。[3]さあらば、枯れ葉順《したが》ひて、朽《く》ち果《は》てんこそ口惜《くちお》しけれ。[4]しよせん梅若《うめわか》を失《うしな》ひ、吉田の家を継《つ》ぎ、栄花《えいが》にさかえんと、企《たく》むことこそ、おそろしけれ。

さて、松若《まつわか》の乳父《めのと》なる山田三郎《やまだのさぶろう》を近づけて、「なふ安近殿《やすちかどの》、[5]なれなれしき申しごとにて候《そうら》へども、御身《おんみ》を頼《たの》み、申し合は

4 定景、家の…

1　月日が経つのを（関所の番人を据えて）止めることはできないので。

2　家督の相続を帝に認めてもらうための参内。

3　そうなったら（拙者は）枯れ葉の定めに順って。

4　以下「おそろしけれ」まで鱗形屋孫兵衛版で補う。「しよせん」は、詮ずるところ。

5　ぶしつけな相談事ではありますが。

せん子細《しさい》あり。頼まれたまはば申さん」といふ。安近聞いて、「[6]いまめかしき仰せかな、それがし御用《ごよう》に立つことあらば、なにごとにても候《そうら》へかし、うけたまはらん」と申す。定景、聞いて喜び、「いや別《べち》の儀《ぎ》にても候《そうら》はず。梅若《うめわか》十五になるならば、継目《つぎめ》の参内《さんだい》さすべき。しからば、われわれ、このままにて朽《く》ち果《は》てんこそ無念《むねん》なり。いざや、かれを討《う》つて捨《す》て、吉田の家もそれがし継《つ》がば、方《かた》がたにも[7]過分《かぶん》の恩賞《おんしょう》まゐらせんと、思ひ立つは、いかに」と語る。

安近聞いて、「[8]音《おと》高う候《そうろ》ふ。それがし一味《いちみ》つかまつり候《そうら》はば、誰《たれ》にか恐れ申すべし。さりながら、俊兼《としかね》は若君の乳父《めのと》なれば、酒《しゅ》を勧《すす》め、[9]うちとけ頼《たの》ませたまふべし。もしも[10]承引《しょういん》いたさずは、時刻《じこく》も移《うつ》さずもろともに、討つて捨てんは、やすかるべし。はや思ひ立ちたまへ」と、[11]手に取るやうにぞ申し

6　今さらめいたおっしゃり方よ、わたしで役に立つことがあれば。
7　十分過ぎるほどの。
8　声が高く(大きく)ございます。
9　酒を飲んで打ち解けたところを頼みなさるのがよいでしょう。
10　承諾いたさなければ。
11　いともたやすいことのように。

ける。

俊兼を語らうが失敗　5

定景《さだかげ》聞いて、「[1]げにげに、これはいはれたり。[2]さらば御辺《ごへん》は帰られよ、それがし計《はか》らひ申さん」と、種々《しゅじゅ》の肴《さかな》を[3]整《ととの》ひ、俊兼《としかね》を招き寄せ、さまざま酒《しゅ》を強《し》ひたりける。

酒《しゅ》もやうやう過ぎければ、近《ちこ》う寄り、小声《こごえ》に立てて、「かやうかやうの企《くわだ》てなるが、御身《おんみ》ももろともに、思ひ立たれ候《そうら》へかし」と、ありのままを語れば、俊兼《としかね》、はつと思ひしが、さらぬ体《てい》にていふやうは、「あら恥《は》づかしや。われらが[4]心を引き御覧《ごらん》ぜんため、かくのたまふと覚え候《そうろ》ふ。[5]もし、御偽《おいつわ》りにてもや候《そうら》はん」と、なほも[6]心を引きければ、定景聞いて、「おろかなり、俊兼《としかね》殿。なにしに偽り申すべき。されば、安

5俊兼を…

1　ごもっとも、ごもっとも、それはおっしゃる通りです。
2　それならば貴殿は帰られよ、拙者が俊兼を味方に引き入れ申そう。
3　整え。「整ふ」(整える意)の連用形。この動詞は下二段以外に四段活用もあった。
4　心の内をお試しになるため。
5　よもや(本心ではあるまい)、偽りの謀《はかりごと》でしょう。
6　相手の心を確かめようとすると。

近同心《どうしん》にて、ただいま帰られ候《そうろ》ふが、引き合はせんか」といへば、「いや、[7]それまでも候《そうら》はぬが、なふ定景殿、[8]まづ案じても御覧候《そうら》へ。あの梅若殿《うめわかどの》は、御身《おんみ》のためには甥《おい》なり。甥は子にてはなきか。情《なさ》けなくも、叔父《おじ》の身として甥を討ち、その跡《あと》を横領《おうりょう》せんなどとは、大人《おとな》げなし。若君を討たんと思はば、まづそれがしが首を切り、その後《のち》、望みをかなへ候《そうら》へ。かやうにいふが無念《むねん》ならば、[9]俊兼《としかね》に合うて死ね」と、太刀《たち》引《ひ》ん抜き、跳《と》んでかかる。

定景、座敷《ざしき》に[10]たまらず、[11]ここを最期《さいご》と逃げたりけり。俊兼、追つかけ討たんと思ふが、待てしばし、それがしここにて空《むな》しくならば、若君《わかぎみ》討たれたまふべし。まづこの由《よし》告げ知らせんと、太刀を鞘《さや》に収め、屋形《やかた》をさして帰りしを、ほめぬ人こそなかりけり。

7　それには及びませぬが。
8　ひとまずよく考えてもみなされ。
9　わたしと勝負をして死ね。
10　とどまっておれず。
11　いまが命の瀬戸ぎわと。

俊兼、定景を迎え討つ　6

屋形《やかた》になれば、御台所《みだいどころ》や若君《わかぎみ》に近づきて、「定景《さだかげ》、安近《やすちか》、心変はりをつかまつり、かやうかやうの次第《しだい》」と語れば、御台、若君、聞こしめし、「こはそも、いかにせん」[1]と、あきれはてさせたまひける。[2]

俊兼《としかね》見まゐらせ、「いやいや、御心《おこころ》弱くてかなふまじ。さだめて夕さり、夜討《ようう》ちに駆《か》け向かふべし。[3]ひとまづ落《お》ちさせたまへ」[4]といへば、若君聞こしめし、「いやいや落ちまじきぞ。敵《かたき》寄せ来《く》るものならば、ずいぶん戦ひ、勝負をみて、かなはずは落ち行くか、腹切るまでこそあるべけれ。[5]矢《や》の一つも放《はな》さずして、落ちたるなどといはれんは、後日《ごにち》のためも恥《は》づかしけれ。ただただ軍《いくさ》の用意《ようい》をせよ」。

1　これはいったい、どうしよう。
2　茫然自失なされた。
3　必ずや夕刻、夜討ちで攻め寄せるだろう。
4　お逃げなさいませ。
5　思う存分に戦い、勝負のゆくえを見て、かなわなければ。

俊兼、げにもと思ひ、「さ候《そうら》はば、御台所《みだいどころ》をひとまづ落《お》とし申さん。こなたへ御入《おんい》り候《そうら》へ」とて、[6]西坂本《にしさかもと》に[7]知る人あれば、この所に御供《おとも》申し、[8]よきに忍《しの》ばせたてまつり、それよりもとつて返し、相随《あいしたが》ふ兵《つわもの》どもを五十余人[9]かたらひ、おのおの心を一つにして、寄《よ》する敵《かたき》を待ちゐたり。

定景《さだかげ》は、俊兼《としかね》に追ひつめられ、いまだ震《ふる》ひも止《や》まざれば、[10]「かくては、かなふまじ」とて、また安近《やすちか》を招き寄せ、この由《よし》を語れば、安近聞いて、「さあらば、[11]時刻《じこく》をめぐらさず、夕《ゆう》さり夜《よう》討ちに寄《よ》せん」とて、家中《かちゅう》残らず、都合《つごう》その勢《せい》三百余騎《よき》、北白川《きたしらかわ》の御所《ごしょ》に押し寄せ、鬨《とき》の声をぞ上《あ》げにけり。

御所の内《うち》にも、待《ま》ち設《もう》けたることなれば、少しも[12]騒《さわ》がず、俊兼《としかね》、櫓《やぐら》に駆《か》け上《あ》がり、「ただいま寄《よ》せ来《き》たるは、定景と覚えたり。[13]無用《むよう》の軍《いくさ》をせんよりも、速《すみ》やかに引《ひ》き退《しりぞ》け。かく

6　比叡山の西麓。北白川の北。
7　後出「やすふさ」(10節)。
8　うまくお隠し申し。
9　仲間に引き入れ。
10　このままでは、どうしようもない。
11　時をおかずに。
12　あわてることなく。
13　勝ち目のない無益ないくさ。

いふそれがしは、梅若君《うめわかぎみ》の乳父《めのと》、粟津六郎俊兼《あわづのろくろうとしかね》なり。駆《か》けよ、[14]手並《てな》みのほどを見せん」とて、[15]矢束《やたばね》取つて押し乱《みだ》し、さし取《と》り引きつめ射《い》たりけり。

その後《のち》、また寄手《よせて》の方《かた》より武者《むしゃ》一騎駆《か》け出《い》で、[16]大音《だいおん》あげていふやうは、「ただいま進み出《い》でたるは、山田三郎安近《やまだのさぶろうやすちか》なり。日《ひ》ごろは[17]朋輩《ほうばい》といへども、つひに勝負を決《けっ》せず。[18]あはれ俊兼と組まんに、手には試《ため》しものを」とて、[19]高言《こうげん》してぞ控《ひか》へたり。

俊兼聞いて、「あつぱれ、[20]過分《かぶん》のいひやうかな。粟津六郎《あわづのろくろう》これにあり。寄《よ》れ、組《く》まん」、[21]「もつとも」とて、[22]押《お》し並《なら》べ、むずと組み、両馬《りょうば》が間《あい》にどうど落ち、安近を取つて押さへ、ちつとも[23]はたらかせず、「いかに安近、おのれめは、[24]武士の法《ほう》を知るや知らずや。ことに[25]三代相恩《さんだいそうおん》の主《しゅう》に向かつて、弓《ゆみ》を引き、矢《や》を放さんと思ふ心ざしのほどは、犬《いぬ》、[26]野干《やかん》に劣りた

14 武芸の腕前。
15 束ねた矢。
16 大きな声をあげて。
17 同じ主君に仕える同輩。
18 あっぱれ(ぜひとも)俊兼と勝負したいが、俊兼ごときはわが手には試し斬りでしかないものを。「試しもの」は、試し斬りの相手。
19 いばって大口(おおぐち)をたたいて。
20 分(ぶん)に過ぎた、えらそうな。
21 いかにも(同意)。
22 双方の馬を押し並べ。
23 身動きさせず。
24 武士たる者のおきて。

り。受けてみよ」といふままに、首をふつつと掻《か》き落《お》とし、これを軍《いくさ》の初めとして、火花《ひばな》を散《ち》らして戦《たたか》ひける。寄《よせ》する寄手《て》は大勢《おおぜい》、味方《みかた》は無勢《ぶぜい》のことなれば、みなことごとく討たれける。

25 父祖三代にわたってご恩を受けた主君。
26 狐、または狐に似た悪獣。

梅若を西坂本へやり、俊兼は落ちる　7

俊兼《としかね》力及《およ》ばず、若君《わかぎみ》に向かつて、「いまははや、これまでなり。ひとまづ西坂本[1]《にしさかもと》へ尋《たず》ね落《お》ちさせたまふべし。それがし、これにとどまり、防《ふせ》き申すべき」といへば、力及《およ》ばず、若君、馬《うま》、物[2]《もの》の具《ぐ》を脱《ぬ》ぎ捨《す》て、西坂本まで落ちたまふ。

俊兼、いまはかう[3]よと思ひ、屋形《やかた》に火をかけ、大音《だいおん》あげていふやうは、「いかに寄手《よせて》の奴原《やつばら》、若君御腹《わかぎみおはら》召さるれば、俊兼御供《おとも》申すなり。剛《こう》なる者の自害《じがい》の様《よう》、見ならひ手本《てほん》にせ

7梅若を…

1 西坂本の母上を尋ねてお逃げください。

2 鎧・兜や武器。

3 (梅若が逃げのびたので)今はもう大丈夫だと思い。

よや」とて、4鎧《よろい》の帯《おび》、上帯《うわおび》切りて捨《す》て、「ゑいやつ」という

て、5空腹《そらばら》切り、6炎《ほのお》のなかに入《い》る風情《ふぜい》して、上《うえ》の山に突《つ》っ立《た》ちあがり、しばらく息をつきたり。

寄手《よせて》は、軍《いくさ》にうち勝ちぬと、鬨《とき》の声《こえ》どっとぞ作りて、引いたりけり。かの定景《さだかげ》が所存《しょぞん》のほど、「7あっぱれ、無道《ぶとう》の侍《さぶらい》や」と、みな憎《にく》まぬ者はなし。

梅若、人商人にさらわれ東国へ　8

1さて、いたわしや、梅若丸《うめわかまる》、北白川《きたしらかわ》を落ちたまふが、頃《ころ》は二月の末《すえ》つ方《かた》、暗さは暗し、道《みち》見えず、心細《こころぼそ》くもただ一人、西坂本《にしさかもと》はいづくぞと、迷《まよ》ひたまふぞあはれなり。

かかりける所に、2奥州二所《おうしゅうにしょ》の関《せき》、白河《しらかわ》の3人商人《ひとあきうど》、喜藤次《きとうじ》といつし者、このごろ都にありけるが、奥白河《おくしらかわ》へと下《くだ》りける。

4　鎧の胴を巻き締める帯。上帯に同じ。
5　切腹のふりをして。
6　炎の中に飛び入るようにみせて、館の上の山に上がり。
7　ああなんと、人の道をはずれた侍よ。

8梅若、人商人に…
1　底本、ここから上・中・下の「中」巻。
2　奥州(道の奥、東山道の果て)との境、白河の関の異称。玉津島明神(栃木県那須町)と住吉明神(福島県白河市)の間にあり、二所ノ関と呼ばれた。「所」は社寺(神仏)の数の単位。

いたはしや若君、御運《ごうん》の尽《つ》きたる悲しさは、かの商人《あきうど》に近づき、「なふ、道行《みちゆ》き人《びと》にものを問ふ。これより西坂本《にしさかもと》への道を、教へてたべ」とあり。商人聞いて、天の与《あた》へと喜び、[4]「なにがしこそ、西坂本の者にて候《そうろ》ふ。いざいらせたまへ。御供《おとも》申さん」と、若君をともなひ、坂本へは行《ゆ》かずして、東《あずま》の方《かた》にと下《くだ》りける。

[5]大津《おおつ》、浜出《はまで》をうち過ぎて、[6]瀬田《せた》の橋をうち渡り、[7]横田川《よこたがわ》にぞ着きにける。若君御覧《ごらん》じて、「なふいかに連《つ》れ人《びと》、われは都北白川《きたしらかわ》の者なるが、この川は[8]鴨《かも》、白川《しらかわ》にも変はりて、向かひを見れば山路《やまじ》なり。また旅人《たびびと》のいひけるは、[9]「東《あずま》へいつか下《くだ》り着き、都のことを語らん」などと物語りして通りしが、さて、それがしをも東《あずま》へ連れて行《ゆ》きたまふか。不思議《ふしぎ》さよ」と仰せける。

3　人買い・人売りの商人、喜藤次といった者。「いつし」は「いひし」の音便。
4　わたしこそが(ほかならぬ)。
5　琵琶湖南岸の交通の要衝。浜出は、湖畔の打出の浜をいう。滋賀県大津市打出浜。
6　琵琶湖南端の瀬田川にかかる唐橋。
7　野洲(すや)川の別称。守山市で琵琶湖に流れ入る。
8　京の東を流れる鴨川と白川。
9　東国へ早く下り着き。

商人《あきうど》聞いて、「こざかしき童《わつぱ》かな。なんぢを[10]大津《おおつ》の浦《うら》にて、人買《ひとか》ひがもとより買ひ取つて、奥州《おうしゅう》の白河《しらかわ》へ連れて下《くだ》るは[11]。いかに」といふ。若君聞こしめし、「さては人にかどはかされ、これまで来たるは無念《むねん》やな。やあいかに人買ひ、われをかどはかして売らんとや、[12]なかなか奥《おく》へは下《くだ》るまじ」と、腰《こし》の刀《かたな》に手をかけたまへば、商人、やがて取つて伏せ、御刀《おんかたな》を奪《うば》ひ取《と》り、さんざんに打擲《ちょうちゃく》す。

いたはしや若君、大《だい》の男に打ちふせられ、[13]肝魂《きもたましい》もあらばこそ、ただ消え入りておはしける。涙《なみだ》の下《した》よりも声を上げ、「やあいかに人商人《ひとあきうど》、われは都の者なるが、[14]由《よし》ある者の子にてあり。東《あずま》へ連れて売らんより、都へ送りとどけよかし。値《あたい》は望《のぞ》みに取らすべし。[15]ひらさら許《ゆる》せ、商人《あきうど》」と、手を合はせてぞ嘆《なげ》かるる。

10 大津の浦で、この人商人喜藤次が梅若を人買いから買ったという話は、底本にない。底本が依拠した本にあったか。なお、山本角太夫(かくだゆう)他の浄瑠璃正本もほぼ同様の展開だが、やはり喜藤次が大津の浦で梅若を買った具体的な経緯は語らない。

11 「は」は終助詞。「連れて下るぞ」の意。

12 けっして。

13 正気でいられようか、ただ茫然自失していらっしゃる。

14 由緒ある家柄の子。

15 ひたすらの意。説経節に多い語法。

商人この由《よし》見るよりも、「[16]しよせん口を開《あ》けておけば、[17]そぞろに物をいふぞかし。[18]口をたたくば、轡《くつわ》はかうこそ縛《いまし》むれ」と、猿轡《さるぐつわ》を食《は》ませて、歩《あゆ》め歩《あゆ》めと追《お》つたつるは、[19]阿傍羅刹《あぼうらせつ》が罪人《ざいにん》を、笞《しもと》をもつて苛《さいな》みしも、これにはいかでまさるべき。

追《お》つたて追《お》つたて行《ゆ》くほどに、武蔵《むさし》と下総《しもうさ》の境《さかい》なる、[20]隅田《すみだ》川《がわ》にぞ着きにける。いたはしや若君《わかぎみ》、[21]いまだ慣《な》らはぬ旅とひ、杖《つえ》には強くあてられ、[22]御足《おあし》も切れそんじ、染《そ》めぬ草木《くさき》もなかりけり。[23]いまははや一足《ひとあし》も引かれねば、弱《よわ》り果《は》てつつ川《かわ》岸《ぎし》に、倒《たお》れ伏《ふ》してぞおはしける。

商人《あきうど》これを見て、「やあ、なにとて歩《あゆ》まぬぞ。歩《あゆ》め」と、取つて引き立つれば、うつ伏《ぶ》しに、[24]かつぱと伏《ふ》す。また引き起こせば、[25]どうとは伏《ふ》し、叫《さけ》ぶに声の出《い》でばこそ、息《いき》もはや絶《た》え絶《だ》えに、目もくらむばかりなり。商人いよいよ腹を立て、

16 詮ずるところ。要するに。
17 むだに。
18 むだ口をたたくなら、猿ぐつわはこのように縛るものだ。
19 地獄で罪人を責める鬼。
20 武蔵と下総の国ざかい、東京都の東部を流れる。「伊勢物語」の業平東下りで有名な歌枕。
21 かつて慣れない旅ではあり、また杖では強く打たれ。
22 足もひどく傷つき、歩いた跡の草木はみな血で染まった。
23 今はもう一歩も歩けずに。
24 激しい動作をいう語。がばと。
25 どうっと倒れ伏し。

命も失《う》せよと打ちふせ、そのままそこに捨《す》て置き、「このほどの長旅《ながたび》に、食《は》ませし物の惜《お》しさよ」とつぶやきて[26]、商人は、東《あずま》をさして下《くだ》りける、憎《にく》まぬ者こそなかりける。

隅田川で里人に看取られ死ぬ　9

その後《のち》、また在所《ざいしょ》[1]の者ども集まり、「御《お》すがたを見たてまつるに、由《よし》[2]あるさまと見《み》申したり。御身《おんみ》はいづく、いかなる人の御子《おこ》なるぞ。御名字《ごみょうじ》名のりおはしませ。故郷《こきょう》へ送りまゐらせん」と、水などを注《そそ》ぎ、さまざまいたはりたてまつる。

[3]いまをかぎりの梅若丸《うめわかまる》、よに苦しげなる[4]息《いき》を継《つ》ぎ、「御情《おなさ》けのほどありがたく候《そうろ》ふ。末期《まつご》[5]におよび、いまはなにをかつつみ申すべき。恥《は》づかしながら、それがしは、都北白川《みやこきたしらかわ》に、吉田少将是定《よしだのしょうしょうこれさだ》の嫡子《ちゃくし》、梅若《うめわか》といふ者なるが、十歳にて父に

26　ぶつぶつ不平を言って。

9 隅田川で…

1　村里。

2　由緒ある家柄のさま。

3　いまわのきわの。

4　ひどく苦しそうな息をして。

5　最期に臨んで、いまは何を隠しましょう(隠しません)。

後《おく》れ、母ばかりに添《そ》ひまゐらせしが、人商人《ひとあきうど》に[6]かどはされ、かやうになり果《は》てて候《そうろ》ふぞや。故郷《ふるさと》なる母上の、かくなりゆくとは知ろしめされず、嘆《なげ》かせたまはん悲しさよ。[7]よしよし、それとても。われ空《むな》しくなるならば、[8]故郷《ふるさと》とて、都の人の足《あし》手影《てかげ》もなつかしければ、この道のほとりにて[9]土中《どちゅう》に搗《つ》き込《こ》め、しるしに柳《やなぎ》を植《う》ゑてたまはれ」と、御手《おて》を合はせ、[10]おとなしやかに念仏《ねんぶつ》申させたまひしが、眠《ねむ》れる花《はな》のごとく、つひにはかなくなりたまふ、あはれと弔《と》はぬ人ぞなき。

されども、[11]かなはぬことなれば、在所《ざいしょ》の者ども、あはれみて、御望《おのぞ》みのごとく土中《どちゅう》に搗《つ》き込《こ》め、柳《やなぎ》を植ゑ、「[12]いざとぶらひてまゐらせん」と、[13]大念仏《だいねんぶつ》を始め、日夜《にちや》朝暮《ちょうぼ》怠《おこた》らず、念仏申しとぶらひける。梅若丸の最期《さいご》の体《てい》、もののあはれはこれなりとて、感ぜぬ者はなし。

6 「かどはす」は「かどはかす」に同じ。
7 しかたない、そうなっても。
8 わたしの故郷として都へ行く人の足や手の影も懐しいので。
9 亡きがらを土の塚に葬り。
10 分別のあるおとなのように穏やかに。
11 どうしようもないことなので。
12 さあ(梅若の)死後の冥福を祈り申し上げよう。
13 大勢で唱える念仏。念仏の功徳が融通しあうことから、融通念仏ともいう。

俊兼、梅若を探す 10

これはさておき、粟津六郎俊兼《あわづのろくろうとしかね》は、山づたひ、浦づたひし、西坂本《にしさかもと》に忍び落ち、主《あるじ》のやすふさ[1]を近づけて、「俊兼、参りて候《そうろ》ふ。それぞれ申してたべ[2]」といふ。「うけたまはる」とて、御台所《みだいどころ》に参り、この由《よし》を申し上げれば、母上立ち出《い》で、「なに、俊兼《としかね》が来たりたるぞや。梅若《うめわか》はいかに」とあれば、俊兼大きに仰天《ぎょうてん》し、「いや若君《わかぎみ》は、軍《いくさ》乱れしゆゑ、西坂本へと教へ、落としまゐらせ候《そうろ》ふが[3]、不思議《ふしぎ》さよ」と申しければ、母はこの由《よし》聞こしめし、「なにといふぞ、梅若《うめわか》は落ちて来たるとかや。いまだ幼《おさな》き者なれば、道にばし[4]踏《ふ》みまよひ、知らぬ国へも行《ゆ》きたるかや。もしもこの子が行《ゆ》き方《がた》なくば、わが身はなにとなるべき」と、涙《なみだ》にくれさせたまひける。

10俊兼、梅若を…

1　鱗形屋版では、俊兼のおじ「ごんの太夫」。
2　わたしが参ったと申してください。
3　お逃がし申しましたが、こちらにおられないのは不思議なことよ。
4　道にでも踏み迷い。「ばし」は強調の助詞。

俊兼うけたまはり、「いやいや遠くは忍《しの》ばせたまふまじ。近き在所《ざいしょ》にござあるらん、それがし尋《たず》ねまゐらすべし。御心《おこころ》やすく思《おぼ》しめせ」と、御前《おまえ》をまかり立ち、[5]かりそめながら立《た》ち出《い》で、近き[6]山家《やまが》や里々《さとざと》を、尋《たず》ねめぐれども、[7]行《ゆ》き方《がた》なし。[8]無慚《むざん》や俊兼《としかね》は、この由《よし》帰りて申さんと思ひしが、命《いのち》あらんかぎりはと思ひ、[9]すごすごと、尋ねかねてぞ回《まわ》りける。

母、梅若を尋ねかねて狂乱 11

ことにあはれをとどめしは、梅若《うめわか》の母上にて、もののあはれをとどめたり。はやその年《とし》も暮《く》れ過《す》ぎて、[1]明《あ》くる春《はる》になりけれども、[2]とかくの左右《そう》もあらざれば、[3]さてははや、俊兼《としかね》も尋《たず》ねかねてあるらんと、[4]たのむ木《こ》の下《もと》に雨もたまらぬ風情《ふぜい》にて、寝《い》ねもせられず、ただ一人、西坂本《にしさかもと》をしのび出《い》で、都の

5　ほんの一時のつもりで。
6　山間の庵(小屋)や村々を。
7　ゆくえが分からない。
8　いたましいことに。
9　とぼとぼと、見つけあぐねて探しまわった。

11母、梅若を…
1　年が明けて春になったが。
2　俊兼からのあれこれの知らせ。
3　それではもはや。
4　雨宿りした木陰で雨に濡れてしまう具合で。頼りにしたあてがはずれるたとえ。

うちは残りなく、[5]醍醐《だいご》、高雄《たかお》、八瀬《やせ》、小原《おはら》、嵯峨《さが》、仁和寺《にんわじ》まで尋《たず》ぬれども、その行《ゆ》き方《がた》はなかりけり。

嵯峨《さが》の奥にて、道行《みちゆ》き人《びと》に問ひたまへば、「それはいつのことぞ」といふ。「去年《こぞ》の春のころにてさぶらふ」。旅人《たびうど》聞いて、「されば、よく似《に》たることの候《そうろ》ふ。去年《こぞ》の二月の末《すえ》つかたに、[6]大津三井寺《おおつみいでら》の辺《へん》にて、さやうの稚児《ちご》を、東国《とうごく》の人買《ひとか》ひかと思《おぼ》しき者が、東《あずま》へ連れて下《くだ》りしに、[7]行《ゆ》くまじきとて泣きしを、猿轡《さるぐつわ》を食《は》ませ、引《ひ》つたて連《つ》れて下《くだ》りし。もしもさやうの人に思ひあたりたまひなば、東《あずま》を尋《たず》ねたまへ。[8]われも人《ひと》も、子を失《うしな》ひ、親の身《み》とし狂乱《きょうらん》するは理《ことわ》りなり。いたはしの御事《おんこと》や」と、[9]とぶらひてこそ通《とお》りける。

母はこの由《よし》聞こしめし、「なふ、それこそはわが子なるべし。尋ねあはぬは理《ことわ》りや」とて、倒《たお》れ伏《ふ》してぞ泣きたまふ。

5　京都の東、北、西の郊外。伏見区醍醐、右京区梅ヶ畑の高雄、左京区八瀬、左京区大原、右京区嵯峨、右京区御室の仁和寺(にんなじ)。

6　三井寺園城寺(おんじょうじ)。天台宗寺門派の本山。滋賀県大津市園城寺町。

7　行きたくないと泣いたのを。

8　わたしもあなたも。

9　同情して。

10　嘆かわしいことどもよ。

11　こうして分別のありげな顔をしていても、わたしは物思いに狂ってしまうよのう。

12　狂ってしまうのも道理だ。

落つる涙《なみだ》の下《した》よりも、「[10]あさましのことどもや。[11]かやうに心《こころ》あり顔《がお》なれども、われは物に狂《くる》うよのう。いやわれながら、[12]理《ことわ》りなり。あの鳥類《ちょうるい》や畜類《ちくるい》だにも、[13]親子《おやこ》のあはれは知るぞかし。ましてや人の親として、[14]いとしう悲《かな》しく育てつる、わが子の行《ゆ》くへを尋ねかね、狂乱するは理《ことわ》りなり。あら無慚《むざん》や、梅若《うめわか》、行くへを聞けば[15]逢坂《おうさか》の、関《せき》の東《ひがし》の国遠《くにとお》き、東《あずま》とかやに行《ゆ》きぬるとかや」。心わづらひつつ、はや[16]狂乱《きょうらん》と身を変へて、[17]笹《ささ》の葉《は》に幣《しで》切りかけ、東《あずま》の方《かた》はそなたと、聞きおよびしを便《たよ》りにて、迷《まよ》ひ思ふぞあはれなり。

物狂いの母、東国へ向かう　12

たづぬるわが子に[1]近江路《おうみじ》や、[2]夜《よ》をうね野《の》に鳴く鶴《つる》も、子を思ふかとあはれなり。時雨《しぐれ》もいたし[3]守山《もりやま》の、木《こ》の下露《したつゆ》に袖濡《ぬ》

13　親子の慈しみの情。
14　かわいがり慈しんで育てたわが子。
15　京の東の端の逢坂の関、そのかなたの東国。
16　狂女の姿となって。
17　笹の葉に紙の幣を切りかけ。幣をかけた笹をもつのは、「小栗判官」の照手姫(16節)など、狂女の、または狂女を装う姿。能の狂女物では、笹の葉はシテの採り物。

12 物狂いの母、…
1　逢ふと近江(あふみ)を掛ける。京から東国へ向かう道。
2　東山道(近江八幡市)の歌枕。夜の鶴が子ゆえに鳴くは、白居易「五弦弾」の詩句をふまえた成句。また「夜をうね野」に「世を憂」を掛ける。
3　守山市の歌枕。「白露も時雨も痛くもる山は」(古今和歌集・紀貫之)。

れて、風に玉散《たまち》る[4]篠原《しのはら》や、[5]鏡《かがみ》の山《やま》はありとても、涙《なみだ》にくれて見も分《わ》かず、物を思へば夜《よ》の間《ま》にも、[6]老蘇《おいそ》の森はこれとかや。[7]番場《ばんば》、醒ケ井《さめがい》、柏原《かしわばら》、[8]野上《のかみ》の宿《しゅく》に着きたまふ。

いたはしや母上は、[9]故郷《ふるさと》へは錦《にしき》を着て帰るとこそ聞きしに、これは[10]いにしへを思ひ出《い》だすれば、物憂《ものう》やな。この宿《しゅく》にて、少将殿《しょうしょうどの》になれ初《そ》めしゆゑにこそ、かやうに物は思ふぞ、なほも心のわづらひぬる。

野上《のかみ》の宿を狂《くる》ひ過《す》ぎ、わが身もいまは[11]尾張《おわり》なる、熱田《あつた》の宮《みや》館《だち》伏し拝み、三河《みかわ》にかけし[12]八橋《やつはし》、[13]潮見坂《しおみざか》、わが名をたれか[14]遠江《とおとうみ》の、浜名《はまな》の橋をかけてだに、思ひも寄らぬ旅《たび》の空《そら》、惜《お》しからぬ[15]身をながらへて、池田《いけだ》の宿《しゅく》に仮りまくら、夢を[16]見附《みつけ》の郷《ごう》とかや。[17]小夜《さよ》の中山《なかやま》これかとよ。わが子の行《ゆ》くへを[18]菊川《きくかわ》や、神に祈《いの》りは[19]金谷《かなや》の宿《しゅく》、駿河《するが》の国に着いたよな。

4 草津市野路の歌枕。「霰ふる野路の篠原ふしわびて」（続古今和歌集・式子内親王）。
5 鏡山。野洲市と竜王町の間にある歌枕。
6 近江八幡市東部の歌枕。
7 米原市番場、同醒井、同柏原の宿。
8 前出、3節・注16。梅若の母と父吉田少将が出会った故地ゆえ「故郷（ふるさと）」とある。
9 出世して帰郷する意。原拠は「漢書」朱買臣伝。
10 吉田少将と野上宿で出会ったいにしえ。謡曲「班女」に詳しい。本書「解説」の「作品解題」参照。
11 身の終わりと尾張を掛ける。名古屋の熱田神宮、ここまで東山道、以後は東海道。
12 知立（ちりゅう）市の歌枕。「伊勢物語」業平東下りで有名。
13 湖西市の歌枕。東海道を下ると、ここで太平洋を望む。

思ひ[20]駿河《するが》の富士《ふじ》の峰《ね》に、[21]煙《けぶり》は空に横折《よこお》れて、燻《くゆ》る思ひはわれひとり、南は[22]蒼海《そうかい》まんまんとして際《きわ》もなし。北は[23]松山《まつやま》こうこうたり。裾野《すその》の嵐《あらし》はげしくて、ただなにごとも[24]由比《ゆい》、蒲原《かんばら》これとかや。

伊豆《いず》の[25]三島《みしま》や浦島《うらしま》や、[26]開《あ》けて悔《くや》しき箱根山《はこねやま》、[27]恥《は》づかしながら姿《すがた》をなみ、相模《さがみ》の国《くに》に入《い》りぬれば、ここにたたずみ、かしこに立つて狂《くる》ひける。いまははや、武蔵《むさし》の国《くに》に着きたまひける。

隅田川の渡し舟に乗る　13

[1]さるほどに、いたはしや梅若丸《うめわかまる》の母上は、御行《おんゆ》くへを尋《たず》ねかねつつ、いまははや、武蔵《むさし》と下総《しもうさ》の境《さかい》なる、[2]隅田川《すみだがわ》にぞ着《つ》きたまふ。[3]折節《おりふし》、出《い》で舟《ふね》ありければ、「なふいかに船頭《せんどう》、[4]人《ひと》

14　名を問うと遠江を掛け、橋を架けと「かけて」(まったくの意)を掛ける。浜名の橋は歌枕。
15　身をながらへと池(生け)を掛ける。磐田市池田の宿場。
16　夢を見ると見附を掛ける。見附は、磐田市見付の宿場。
17　掛川市の峠。「命なりけり小夜の中山」(新古今和歌集・西行)。
18　聞くに掛ける。島田市菊川の宿場。
19　叶うに掛ける。島田市金谷の宿場。
20　思いをするを掛ける。
21　思ひ(火)は届かず煙となって、くすぶる。「富士の嶺(ね)の絶えぬ思ひもあるものをくゆるはつらき心なりけり」(大和物語・一七一段)。
22　青い海は広くはてしない。白居易「海漫漫」による。
23　松山がひろびろと(曠々

なみにみづからをも、舟に乗せてたべ」とある。

船頭《せんどう》聞いて、「声を聞けば都人《みやこびと》、すがたは狂人《きょうじん》と見えてあり。おもしろう[5]狂《くる》はれよ。さなくば乗せぬ」といふ。狂女《きょうじょ》聞いて、「なふいかに渡《わた》し守《もり》、[6]たとへ鄙辺《ひなべ》なりとも、名所《めいしょ》にするは心あれ。もはやあの水にうつらふ月を見たまへ。[7]風こそ波をさえぎたれ、真如《しんにょ》の月はくもらぬものを。狂へといへる人ぞ憂《う》き。馬にも乗らぬこの狂女、つかれ果ててさぶらふぞや。ここは名所《めいしょ》の渡し守、わらはこそ、[8]心なくてさわぐとも、[9]「日の暮《く》るるに舟に乗れ」とはいはずして、狂へといふは、田舎人《いなかびと》こそつらき。さりとては、舟こそ狭《せば》しとも、乗せさせたまへ、渡し守。さりとては、乗せてたまはれや」。舟人《ふなびと》聞いて、[10]「あふ誤《あやま》りたるは、狂女、名にし負《お》ひたるやさしさよ。なにか惜《お》しまん、乗りたまへ」と、棹《さお》さし寄せて、「乗りた

と)広がる。
24 言ひ(ゆ)を掛ける。清水区由比、同蒲原。
25 伊豆一の宮三島大社。浦島は三島社に隣接する祓戸(はらえど)社の別称。
26 浦島があけた箱に箱根を掛ける。
27 玉手箱を開けて老いた姿が恥ずかしく。「姿をなみ」に「片男波」(高い波)、「相模」と続けて語調を揃える。

13隅田川の…
1 底本、ここから上・中・下の「下」巻。
2 8節・注20参照。かつては武蔵と下総の国ざかいの大河だったが、今は荒川の分流。
3 ちょうどその時。
4 ほかの人と同様。
5 憑かれたような舞姿を「狂ふ」という。
6 たとえ田舎人でも、歌枕

まへ」。

狂女《きょうじょ》、舟《ふね》に乗りうつり、向かひの方《かた》を見わたせば、川岸《かわぎし》の木《こ》の下《もと》に、人多く並《な》みゐたり。「なふいかに渡し守、あの人の多く集まりて[11]遊《あそ》ぶは、われを待ちかけ、狂《くる》はせんためかや」。船頭《せんどう》聞いて、「いやとよ、あれは[12]大念仏《だいねんぶつ》。まことにこのなかに、知らぬ人のみ多かるべし。この舟の向かひへ着き候《そうら》はん間《ま》に、あの大念仏のいはれを語つて聞かせ申さん。去年《こぞ》の三月十五日、しかもけふにあたつて候《そうろ》ふ。年のころ十二、三の幼《おさな》き人、[13]ことのほかに違例《いれい》し、この川岸《かわぎし》にひれ伏し候《そうろ》ふを、この辺《へん》の人びと立ち寄り見るに、[14]由《よし》ありげに見えて候《そうろ》ふほどに、さまざまいたはり候《そうら》へども、[15]前世《せんぜ》のことにてもや候《そうら》ひけん、[16]たんだ弱りに弱り、すでに最期《さいご》と見えしとき、「[17]おことはいづく、いかなる人ぞ」と、くはしく尋《たず》ねて候《そうら》へば、

の名所ゆえ風雅を心得なさい。

7　風が波を立てようと、月の真の姿は乱れない。

8　正気をなくし狂おうとも。

9　「はや舟に乗れ、日も暮れぬ」(伊勢物語・九段)。

10　ああわたしが間違っていた、さすが隅田川の名に恥じない風雅な心よ。「名にし負はばいざこととはむ」の歌による。

11　歌舞するのは。

12　歌舞をともなう大勢での称名念仏。9節・注13参照。

13　ひどく病をわずらい。

14　身分が高そうに見えて。

15　前世の因縁だったか。

16　「ただ」を強めた言い方。この前後は謡曲「隅田川」にほぼ同文で見える。

17　あなた。

そのとき、幼い[18]、「われは都北白川《みやこきたしらかわ》にて、吉田《よしだ》のなにがしと申せし者の子にてあり。父に後《おく》れ、母ばかりに添《そ》ひまゐらせしを、人商人《ひとあきうど》にかどはかされて、かやうになりゆき候《そうろ》ふ。都の人の足手《あして》影《かげ》もなつかしければ、この道のほとりに土中《どちゅう》に搗《つ》きこめ、しるしには、柳《やなぎ》を植ゑてくれよ」とて、おとなしやかに念仏《ねんぶつ》申し、つひにはかなくならせて候《そうろ》ふ。なんぼうあはれなる物語りにて候《そうろ》ふぞ。見申せば、船中《せんちゅう》にも少々《しょうしょう》、都の人もござありげに候《そうら》へば、[19]逆縁《ぎゃくえん》ながら御《お》念仏《ねんぶつ》をも申させたまへや。[20]由《よし》なき物語りに、舟が着いて候《そうろ》ふ。とうとうお上《あ》がりあれ」といへば、船中《せんちゅう》の人びと、「さても[21]不憫《ふびん》の次第《しだい》かな。いざや、われらも逆縁ながら、御念仏を申さん」とて、おのおのの舟より上がりける。

18　幼い人は。
19　ここは、縁者でない行きずりの縁。
20　つまらない雑談の間に。
21　哀れなことの次第よ。

母、梅若の死を知り悲嘆　14

されども、狂女《きょうじょ》は舟よりも上《あ》がらず、ただ舟端《ふなばた》にひれ伏して、泣くよりほかのことはなき。船頭《せんどう》これを見て、「あらやさしの狂女や[1]。いまの物語りを聞き、さやうに涙を流すかや。いそぎ舟より上がられよ」といへば、そのとき狂女、面《おもて》をふり上げ、「なふ舟人《ふなびと》どの、ただいまの御《お》物語りは、いつのことにて候《そうろ》ふぞ。その稚児《ちご》の年《とし》ごろ、名をば聞こしめされざるか」。船頭聞いて、「なふ、心ありげに[2]問ひたまふかや。去年《きょねん》三月、けふのこと、稚児の歳《とし》は十二三、父、名をば吉田《よしだ》の少将《しょうしょう》、その子の名をば、梅若丸《うめわかまる》と申されしぞ。この方《かた》は、親とも親類《しんるい》とてもたずね来《こ》ず。狂女も都の人にてましまさば、いそぎ舟より上がり、ともに念仏申されよ。あら不思議《ふしぎ》や、この狂女、いまの物語りを聞くよりも、身にしむ[3]体《てい》に見えけ

14母、梅若の…

1　心やさしい狂女よ。

2　思慮分別がありそうに。

3　しみじみ悲しむ様子。

るは、いかなることぞ」といへば、狂女、涙《なみだ》の下《した》よりも、

「なふ、親類《しんるい》とても尋《たず》ね来《こ》ぬこそ道理《どうり》なり。その幼《おさな》き者こそ、わらはが尋《たず》ぬる子にてさぶらふぞや。これは夢かや現《うつつ》か」と、そのままそこに倒《たお》れ伏《ふ》し、もだえ焦《こ》がれて泣きたまふ。往《ゆ》き来《き》の人ももろともに、「げに道理《どうり》なり、ことわりなり」[4]とて、袖《そで》を濡《ぬ》らさぬ人はなし。

船頭《せんどう》涙おさへ、「いかになふ御《お》母上様《ははうえさま》、いままでは、よそのことと思ひしに、さては御身《おんみ》の上《うえ》にて候《そうろ》ふよ。なふ、さりながら、いまは返《かえ》らぬことなれば、御嘆《おなげ》きを止《と》めたまひ、亡《な》き人の御跡《おんあと》をとぶらひたまへ」と勧《すす》むれば、母は泣く泣く、舟より上《あ》がりつつ、塚《つか》のもとにひれ伏して、くどきごとこそあはれなり。

「うらめしや、これまでは、さりとても[5]、あはれと思ひし

4 なるほど嘆くのはもっともだ、道理です。

5 そうではあっても(すでにこの世にないとしても)、わが子への思いだけをしるべにして。

を便《たよ》りにこそ、知らぬ国へも下《くだ》りしに、いまはこの世に亡《な》き跡《あと》の、しるしばかりを見ることよ。あら6無慚《むざん》や、7死《し》の縁《えん》とて、生所《しょうじょ》を去つて東路《あずまじ》の、道のほとりの土となり、春の草のみ茂《しげ》りたる、この塚の下にこそ、梅若丸《うめわかまる》はあるらめ。なふ、さりとては人びと、8この土返《かえ》しつつ、この世のすがたをいま一度《いちど》、母に見せてたびたまへ。ああ9頼《たの》みなの浮《う》き世《よ》や」と、声を上げて泣きたまふ。

梅若の霊、塚から現れる　15

在所《ざいしょ》の者ども立《た》ち寄《よ》り、「げに道理《どうり》なり、さりながら、1余《よ》の人多く候《そうろ》ふとも、母のとぶらひたまはんをこそ、亡者《もうじゃ》も喜びたまはめ。2鉦鼓《しょうご》を母にまゐらせん」。御念仏《おねんぶつ》を勧《すす》むれば、母はやうやう起きなほり、「3逆縁《ぎゃくえん》ながら、さりとては、わが

6　ああ不憫なことよ、宿縁ゆえの死とはいえ、生まれ故郷を遥か去って東国の。
7　前世の業(ごう)で定められた死の宿縁。この前後は謡曲「隅田川」にほぼ同文で見える。
8　この塚の土を掘り返して。
9　あてにならぬのは、はかないこの世よ。

15梅若の霊、…
1　ほかの人。
2　念仏などに合わせて打ち鳴らす円形の鉦。
3　子が親を弔う順縁に対し、先立った子を親が弔う逆縁の供養。

子のためと聞くからに、鉦鼓《しょうご》を鳴らし声を上げ、「南無阿弥《なむあみ》陀仏《だぶつ》」と申されければ、みな同音《どうおん》に念仏をあげ、母は鉦鼓を止《と》めたまひて、「なふ人びと、ただいま幼《おさな》き者の声として、御《お》念仏の聞こえさぶらふは、わが子の声と聞こえけるが、まさしくこの塚《つか》の内《うち》に覚えたり。皆《みな》みな念仏申させたまへ」。

在所の者これを聞き、「されば、われわれもさやうに聞きなし候《そうろ》ふ。しよせんこの方《ほう》の念仏をやめ、母御《ははご》ばかり申させたまへ」。母は、げにもと思《おぼ》しめし、かさねて鉦鼓を打ち鳴らし、「南無阿弥陀仏《なむあみだぶつ》」と申さるれば、塚《つか》の下《した》より幼き人、4さも殊勝《しゅしょう》なる声として、「南無阿弥陀仏」ともろともに、しるしの柳《やなぎ》の陰《かげ》よりも、現《うつつ》のごとくあらはるる。

母、あまりのうれしさに、抱《いだ》きつきたまへば、そのまま消えて跡《あと》もなし。また幻《まぼろし》に見えけるを、「あれはわが子か」、

4　じつに尊い声で。

「母上にてましますか」と、たがひに声を交《か》はすれども、消《き》え失《う》する。[5]思ひはなほも増鏡《ますかがみ》、かげらふ、いなづま、月、とらんとすれば、影《かげ》もなし。[6]見えつ隠れつするほどに、はやし[7]ののめも明けゆけば、わが子と見えしは跡絶《た》えて、柳ばかりぞ残りける。

母、あまりの物憂《ものう》さに、しるしの柳に抱《いだ》きつき、「この世の名残《なご》りにいま一度《いちど》、かひなきすがたをあらはさぬか、梅若よ、梅若よ」と、塚の上を打ちたたき、喚《おめ》き叫《さけ》ばせたまひける、あはれといはぬ人ぞなき。

母、尼となり池に身投げ　16

そのなかに、僧一人《いちにん》進み出《い》で、「御嘆《おなげ》きは[1]ことわりなれども、さりながら、[2]生者必衰《しょうじゃひっすい》の掟《おきて》なれば、つひには添《そ》ひ果《は》つべ

5　恋しい思いは増すばかりで、水鏡に映る陽炎、稲妻、月のように、手に取ろうとすれば跡かたもない。思いが増すと増鏡(真澄の鏡)を掛ける。
6　梅若の姿が見えたり消えたりするうちに。
7　東雲(しののめ)。東の空が明るくなる夜明け。

16母、尼となり…
1　もっともだけれども。
2　仏典では「生者必滅」(涅槃経)だが、それを読み替えた「盛者必衰」が、「平家物語」で広まり同一視された。

き身にてもあらず。嘆きをやめたまひ、亡《な》き人の御菩提《ごぼだい》[3]、御《お》とぶらひたまへ」と、教訓《きょうくん》すれば、母は聞こしめし、「あら、御僧《おんそう》の教化《きょうげ》ありがたや。いまは嘆くとかなふまじ[4]。後世《ごせ》とぶらひて得《え》させん」と、「すがたを変えてたべ[5]」とある。

「やすきこと、こなたへいらせたまへ」とて、やがて御髪《みぐし》剃《そ》りこぼし、あはれなるかな、母上は、みづから御名《おな》を妙《みょう》亀《き》比丘《びく》[6]とあらためて、浅茅《あさじ》[7]が原《はら》に草の庵《いおり》を引き結《むす》び、御《お》すがたを墨染《すみぞ》め[8]にあらはして、花を摘《つ》み、香《こう》を盛《も》り、念仏申しおはせしが、浅茅が原の池水《いけみず》に、みづから影《かげ》のうつりしをつくづくと御覧《ごらん》じて、「これこそ明鏡円頓《みょうきょうえんとん》[9]の悟《さと》りぞ」と、一《ひと》すぢに思ひ切り、西にかたぶく月を見て、「いざや、われ[10]も連《つ》れん」と、池水《いけみず》に身を投げ、底の水《み》くずとなりにけり。さるによつて、かの池を鏡《かがみ》の池《いけ》[11]と申すなり。

3　仏道へ導くこと。

4　嘆き悲しんでもどうしようもない。

5　尼にしてください。

6　一般に出家した男(比丘僧)をいうが、出家した女(比丘尼)にもいう。

7　茅萱(ちがや)の生えた野原に、草葺きの粗末な小屋を作り。

8　墨染め(黒衣)の法衣。

9　曇りのない鏡のような悟りの境地。

10　さあ、わたしも西方浄土へともに参ろう。

11　妙亀尼に因む妙亀塚があり(東京都台東区橋場一丁目)、その北に、近世までは「鏡の池」があった。20節・注12参照。

俊兼出家し、大山で祈願　17

ここに、若君の御乳父《おんめのと》に粟津六郎俊兼《あわづのろくろうとしかね》は、梅若丸《うめわかまる》を尋《たず》ねかね、[1]沙門《しゃもん》のすがたとさまを変《か》へ、その名を引き変へて、蓮心《れんしん》とあらため、東南《とうなん》、西南《さいなん》のこりなく、尋《たず》ねゆけどもかひぞなき。いまはまた[2]東路《あずまじ》や、相模《さがみ》の国にありけるが、[3]つくづく物を案《あん》ずるに、「かほどまで尋ねけるが、御行《おんゆ》き方《がた》の知れざれば、いまは浮《う》き世《よ》にましまさぬか。さあらば、せめて御最《ごさい》期所《ごどころ》を[4]夢《ゆめ》ばかり知るならば、御《おん》はなむけに腹切《はらき》つて、冥途《めいど》の御供《おとも》申すべきが、生死《しょうじ》のほどの知れざれば、[5]とやせん、かくやあらましと、案《あん》じかねてぞゐたりけるが、[6]「げにや、まことに忘《わす》れたり。[7]それ諸仏《しょぶつ》の御願《ごがん》には、種々《しゅじゅ》の方便《ほうべん》立てたまふも、みなこれ衆生《しゅじょう》のためと聞く。[8]わが力になりがたし、かな

17俊兼出家し、…

1　出家した僧。

2　はるかな東路の。「や」は、物事を詠嘆的にいう語。「荒海や佐渡に横たふ」など。

3　よくよく考えてみると。

4　夢にでも知ることができたら、若君が冥途へ行くみやげに自分も腹を切って。

5　ああしようか、こうしたらよかろうかと、考えあぐねて。ここでは蓮心の詞がそのまま地の文に移行している(「凡例」参照)。

6　ああそうだ、まったく忘れていた。

7　そもそも全ての仏が種々の手立てをお立てになるのも衆生済度のため。

8　わたしの力になりがたい、かなわないことを祈らばこそ(願いが叶わぬのも仕方ない)。

はぬことを祈らばこそ。梅若《うめわか》の御行《おんゆ》くへ、生死《しょうじ》の二つを知らんため、命《いのち》を投げうち祈《いの》らんに、験《しる》しのなきことよもあらじ。[9]とかく祈誓《きせい》を掛《か》けん」とて、[10]七日《なぬか》垢離《こり》を取りにける。

さるほどに、東国相模《とうごくさがみ》に立ちたまふ、[11]大山不動《おおやまふどう》に参りつつ、「南無《なむ》や大聖不動明王《だいじょうふどうみょうおう》、それがし祈りたてまつること、別《べち》の儀《ぎ》にて候《そうら》はず。さても、わが君梅若殿《きみうめわかどの》、今生《こんじょう》にましまさば、在《あ》り所《どころ》を知らせてたびたまへ。もしも浮き世にましまさずは、それがしが一命《いちめい》を早く召《め》され候《そうら》へ。ありがたや明王《みょうおう》は、[12]仏智《ぶっち》の不思議《ふしぎ》御身《おんみ》にあまり、火炎《かえん》と現《あらわ》れたまふとなれば、一つの[13]瑞相《ずいそう》、見せしめたまへ」と、[14]水湯《すいとう》の道を止《と》め、三七日《みなぬか》の断《だん》食《じき》にて一命《いちめい》をかけ、一心不乱《いっしんふらん》に余念《よねん》なく、祈りけるこそ殊勝《しゅしょう》なり。

だが梅若様の行方、せめて生き死にを知ろうため、命を捨てて祈るなら、祈りの効果のないことは、よもやあるまい。

9 ともかくわが身を捨てる誓いを立てて仏菩薩に祈願しよう。

10 七日間冷水で身を清めた。

11 大山寺の不動明王。関東の三大不動の一つ。神奈川県伊勢原市大山。

12 仏の霊妙な智恵が仏身からあふれ、それが光背の火炎として現れるとのことなので。

13 めでたいしるし。

14 水や湯を飲まずに、二十一日間の断食をして命がけで。

不動の使い、蓮心に松若を渡す　18

三七日《みなぬか》の明《あ》け方《がた》に、いづくともなく童子《どうじ》二人《にん》、[1]忽然《こつぜん》とうち向かひ、「いかに蓮心入道《れんしんにゅうどう》、さても、なんぢはやさしくも、まことの心を起こし、主《しゅう》に孝《こう》ある殊勝《しゅしょう》さよ。さりながら、なんぢが尋《たず》ぬる梅若《うめわか》は、武蔵《むさし》と下総《しもうさ》の境《さかい》なる、隅田川《すみだがわ》といふところにて、むなしくなりてありけるぞ。その母も、[2]あこがれて、同じ国のかたはら、浅茅《あさじ》が原の池水《いけみず》に身を投げ、むなしくなりければ、[3]今生《こんじょう》の対面、思ひも寄らぬことにてあり。されども、弟《おとと》の松若《まつわか》が、いまだ浮き世にあるあいだ、これを育て、世《よ》に立《た》てよ、引き会《あ》はせん。さらば」とて、虚空《こくう》に向かひて招《まね》かせたまへば、不思議やな、山河草木震動《さんがそうもくしんどう》して、[4]諸山《しょざん》の狗賓伺候《ぐひんしこう》しける。

まづ[5]筑紫《つくし》には肥後《ひご》のくんせん坊、[6]四つ州《しゅう》には[7]白峰《はくふう》、[8]相模《さがみ》

18 不動の使い、…

1 にわかに蓮心の前に現れ。

2 京をさまよい出て。

3 現世で対面するのは、とうてい叶わぬことだ。

4 日本国中の山々の天狗が参上した。狗賓は、天狗の異称。

5 筑紫は、九州の異称。くんせんは、島原半島のうんぜん(雲仙)なら肥前だが、肥後天草に隣接する。

6 四国の異称。

7 底本「はくふう」は、崇徳上皇の怨霊(天狗)伝説で有名な「白峰《しらみね》」(香川県坂出市)の音読み。

8 相模大山《おおやま》の天狗は、相模坊が讃岐白峰《しらみね》へ移り、代わって伯耆大山《だいせん》の伯耆坊が来たともいう。

坊《ぼう》、大山《だいせん》の伯耆坊《ほうきぼう》、[9]飯縄《いづな》の三郎、[10]富士太郎《ふじたろう》、[11]大峰《おおみね》の前鬼《ぜんき》が一党、[12]葛城《かづらき》、比良《ひら》、よつめきが嶽《だけ》の大天狗《だいてんぐ》、小天狗《こてんぐ》、松若殿《まつわかどの》を[13]介錯《かいしゃく》して、刹那《せつな》のあひだに引き来たる。

童子、御覧《ごらん》じて、「いかに蓮心《れんしん》、なんぢがすがたをよく見るに、このごろの荒行《あらぎょう》にて、[14]肉付《にくじき》去つて、枯《か》れ木《き》のごとし。[15]これを服《ぶく》せよ、平癒《へいゆう》すべし。これこそ天のこん[16]水《すい》とて、[17]いつも老いせぬ薬《くすり》ぞ」とて、蓮心に与へたまふ。蓮心、「かたじけなし」とて、服《ぶく》すれば、たちまち肉付出来《にくじきしゅったい》し、もとのごとくになりにけり。

そのとき、かの童子、松若殿を引き渡し、「われをばたれとか思ふらん。われはこれ、明王《みょうおう》に仕へ申す[18]矜羯羅《こんがら》、制吒迦《せいたか》とて二人《ににん》の童子なるが、大聖不動明王《だいしょうふどうみょうおう》よりの仏勅《ぶっちょく》により、来たつてあり。この若を世に立てよ。なほも行《ゆ》く末守《すえまぼ》らん」と

9　長野県北部の修験霊場、飯綱山の天狗。
10　富士山五合目にある修験の霊場、小御嶽（こみたけ）の天狗、太郎坊。
11　奈良県南部の修験の霊場、大峰山。前鬼は後鬼とともに、修験道の開祖役小角（えんのおづぬ）に仕えた夫婦の鬼。
12　葛城山は、大和（奈良県）と河内（大阪府）の国境。比良山は、比叡山の北、琵琶湖西岸にあり、いずれも修験の霊場。なお、「よつめきが嶽」は、比叡山の別称、四明が嶽（しめいがたけ）だろう。
13　補佐して、一瞬のうちに連れてきた。
14　肉付きが失われて、枯れ木のようだ。
15　これを服用せよ、回復するだろう。
16　乾坤（けんこん）（太陽と月）の坤水とすれば、月の水で、不老

て、童子昇《のぼ》らせたまへば、諸天狗《しょてんぐ》ももろともに、さまざまの[19]奇瑞《きずい》をなし、虚空《こくう》を翔《かけ》り失《う》せにけり。

松若と蓮心、隅田川から京へ　19

さて、若君《わかぎみ》も蓮心《れんしん》も、たがひにひしと抱《いだ》きつき、うれしきいまの涙なり。されども、[1]父母《ちちはは》、梅若《うめわか》の、先立《さきだ》ちたまふと聞こしめし、[2]いまひとしほの御涙《おんなみだ》は、げにことわりとぞ聞こえける。

蓮心《れんしん》、涙を押さへて、「先立《さきだ》ちたまふ人びとは、[3]力なし。御身《おんみ》に会ふこと、思へばめでたきことなり。[4]いざや、これより御墓《みはか》に参り、いそぎ都に上《のぼ》らん」とて、松若丸の御供《おとも》し、浅茅《あさじ》が原《はら》に参らるる。[5]御前《おまえ》になれば、花を摘《つ》み、香《こう》を盛《も》り、[6]「南無《なむ》幽霊頓生菩提《ゆうれいとんしょうぼだい》」と回向《えこう》あり。さて、御前《おまえ》を下向《げこう》して、

不死の薬(竹取物語)。
17　いつまでも老いない薬。
18　不動明王の脇侍の二童子。
19　めでたい前兆(吉兆)の不思議を現し。

19　松若と蓮心、…

1　父母と兄梅若は、すでに亡くなられたと。
2　今ひときわの。
3　いたし方ない。
4　さあ。「いざ」を強調した言い方。
5　母の墓前。
6　亡魂の速やかな極楽往生を祈る慣用句。回向は、みずからの読経等の功徳を、故人の追善供養にふり向けること。

「いざや、梅若《うめわか》の御墓《みはか》に参り、御念仏《おねんぶつ》を申さん」とて、しる[7]しの塚《つか》に立ち寄り、[8]閼伽《あか》の水を手向《たむ》けつつ、涙とともに念仏し、「いざや、都へ上《のぼ》り、叡山《えいざん》の師匠《ししょう》を頼《たの》み申し、内裏《だいり》へ奏《そう》聞《もん》申さん」、「もつとも然《しか》るべし」とて、叡山さしてぞいそがるる。

東谷《ひがしだに》にもなりぬれば、日行坊《にちぎょうぼう》に対面あり。[9]初《はじ》め終《お》はりを語りければ、日行、涙を流させたまひて、「いざや、内裏へ奏《そう》聞《もん》せん」とて、松若殿を[10]尋常《じんじょう》に出《い》で立たせ、内裏へ参内《さんだい》なされける。

定景を討ち、隅田川畔に寺を建立　20

帝都《ていと》になれば、始め終りのことどもを、一《いち》いち筆に尽くし奏聞《そうもん》あり。かたじけなくも、君《きみ》もあはれと思《おぼ》しめし、両眼《りょうがん》に

7　柳を目印にした梅若の塚。
8　お供えの水をささげながら。
9　一部始終。
10　立派に(参内にふさわしく)。

20 定景を討ち、…

御涙《おんなみだ》を[1]浮《う》かめたまふ、ありがたき。

その後《のち》、[2]内《うち》よりの宣旨《せんじ》には、「いそぎ叔父《おじ》定景《さだかげ》を誅伐《ちゅうばつ》つかまつれ」とて、軍勢《ぐんぜい》を三百余騎下《くだ》さるる。その上、松若を四《し》位大将是定《いのたいしょうこれさだ》に任《にん》ぜられ、下総《しもうさ》の国《くに》を下《くだ》さるるとの[3]綸言下《りんげんくだ》るぞありがたき。「かたじけなし」と、三度[4]頂戴《ちょうだい》つかまつり、御暇《おいとま》申して御前《おまえ》をまかり立ち、蓮心《れんしん》を召され、「まづ定景を召《め》しとれ」とある。「かしこまつたり」とて、やがて定景を搦《から》めて参りける。

是定《これさだ》立ち出《い》で、対面あり。「[5]いかに定景殿、いにしへの松若なり。[6]不思議《ふしぎ》に世に出《い》で候《そうろ》ふが、[7]久しくて御目《おめ》にかかり、[8]因果《いんが》は車の輪《わ》のごとくなり。助けたくは候《そうら》へども、親《おや》兄弟《きょうだい》の仇《かたき》なれば、[9]はやく暇《いとま》を参らせよ」、「うけたまはる」とて、やがて首をぞ切りにける。憎《にく》まぬ者こそなかりける。

1　「浮かべ」に同じ。日本語のバ行音とマ行音は、今もまぎれやすい。さびしい・さみしいの類。
2　内裏よりのお言葉には。
3　帝の内意を下達する文書(綸旨とも)。
4　綸旨をうやうやしく捧げいただき。
5　呼びかけの語。どうだ。
6　思いもかけず出世したが。「世に出づ」は「山椒太夫」末尾にも複数回見える。
7　久しぶりにお会いして。
8　悪因の報いは、車輪のように必ず回ってくる。
9　早くこの世からいとまを取らせよ。

「さあらば、[10]所知《しょち》入《い》りあらん」とて、[11]上下《じょうげ》ゆゆしく花めいて、下総《しもうさ》さしてぞ下《くだ》らるる。国にもなれば、母上の御為《おんため》とて、鏡《かがみ》が池《いけ》のかたはらに、[12]妙亀山《みょうきさん》を御建立《ごこんりゅう》あり。さてまた、梅若《うめわか》丸《まる》の塚《つか》のほとりに、一重《いちじゅう》の御堂《みどう》を建立《こんりゅう》し、[13]木母寺《もくぼじ》と号し、[14]二《に》六時中《ろくじちゅう》絶えもなし。そのほかにも、兄弟《きょうだい》の御為《おんため》に、[15]御僧供養《おんそうくよう》あり、御《お》とぶらひはかぎりなし。棟《むね》に棟《むね》を建てならべ、富貴《ふっき》の家と栄えたまふ、上古《しょうこ》も今《いま》も末代《まつだい》も、例《ため》し少なき次第《しだい》とて、貴賤上下《きせんじょうげ》押しなべて、感《かん》ぜぬ人はなかりけり。

10　帝に戴いた領地に入ろう。
11　主君是定(松若)も家来たちも大変華やかに装って。
12　妙亀山総泉寺。浅草の橋場(東京都台東区橋場)にあった曹洞宗の古刹。関東大震災で寺は板橋区に移転したが、跡地に妙亀塚が残る。
13　梅柳山木母寺。能、浄瑠璃、歌舞伎等の隅田川物(梅若物)ゆかりの芸道の寺として、今も四月十五日(旧暦三月十五日)の梅若の命日に、梅若忌として大念仏法要と隅田川物の奉納芸能が行われる。東京都墨田区堤通。
14　一日を昼夜それぞれを六等分して十二刻、その間ずっと。昼夜絶え間なく念仏が唱えられる。
15　僧侶に布施をする功徳で兄梅若を供養(回向)する。

解　説

一　説経節について

1　説経節の始まり

説経節の語り手を描いた近世初頭の絵画資料として、京都八坂《やさか》神社蔵の『洛中洛外図屏風』がある(三六八頁図版、参照)。

京都の方広寺《ほうこうじ》近くの大道で、大傘《おおがさ》を肩にかけた男が、ササラを摺《す》りながら語っている。横には、連れ合いらしい女が柄杓を差し出して投げ銭を受け、周囲には、数人の男女がすわって、涙を手で拭いながら聴き入っている。

中世末から近世初期(一六—一七世紀)にかけて、大道の乞食《こつじき》芸として行われたササラ説経の貴重な絵画資料だが、同じく大傘を肩にかけてササラを摺る説経語りのすがたは、徳川美術館蔵の『歌舞伎草紙絵巻』などに描かれている。

図　大道で行われるササラ説経，京都方広寺前(『洛中洛外図屏風』部分，所蔵・図版提供＝八坂神社)

近世初頭のイエズス会宣教師の記録によれば、説経の徒は、「七乞《しちこ》食《じき》(Xichicojiqui)」と呼ばれる最も下賤な民だったという(ロドリゲス『日本大文典』)。説経などの雑芸能の徒は、一七世紀半ばまでには、中世以来の遊行《ゆぎょう》・漂泊の渡世を禁じられ、上方《かみがた》では、関蟬丸《せきせみまる》神社(その別当寺の近松寺《ごんしょうじ》)の配下とされ、関東周辺では、浅草長吏《ちょうり》弾左衛門《だんざえもん》配下の制外《にんがい》身分(被差別民)に組み込まれてゆく。

定住と分業(＝身分制)に基礎を置く近世社会が始発するのだが(兵藤「神話と諸職」一九八九年)、その移行の過程で、都市に止住した一部の説経語りは、人形操《あやつ》りと三味線の伴奏を取り入れた説経浄瑠璃の太夫《たゆう》(語り手)となってゆく。そして都市の芸能として人気を博した説経太夫の語りは、寛永年間(一六三〇年代)には正本《しょうほん》(読み物としての台本)として刊行された。

説経節の正本としては、現在、三十数種の演目が知られている（横山重《しげる》編『説経正本集』全三巻等）。それらの中から、本書は、古くから人口に膾炙し、近世以降の文学・芸能に特に多大な影響をあたえた五作品を選び、本文を校訂し注釈を付けた。

江戸初期の説経節の語りと、その正本の特徴については後述するが、最初にまず注意しておきたいのは、説経の徒の持ちネタとされた説経節の演目は、いずれも近世初頭ないしは中世末より前に、すでに伝承の物語として流布していたことだ。

たとえば、世阿弥の子観世元雅《かんぜもとまさ》（?―一四三二）の作になる「弱法師《よろぼし》」（クセは世阿弥作）は、弱法師の異名で呼ばれる盲目乞食の俊徳丸が、天王寺で父の長者が催す施行《せぎょう》の場に来あわせる。かつて「人の讒言《ざんげん》」ゆえに俊徳丸が家を追われたしだいは、当時の観客には周知の物語だったろう。

一般の俊徳丸伝承では、天王寺で施行を催すのは、継母の呪いがとけて難病から蘇生した俊徳丸である。亡き実母の追善供養のために催した施行だが、その施行の場に、没落して盲目となった父の長者が来あわせる。能の「弱法師」では、そうした既存の物語を、能の一大類型である親子再会物のパターンに合わせて改変したのだが、天王寺の彼岸《ひがん》の中日《ちゅうにち》に行われた日想観《にっそうかん》（落日の光景に極楽浄土を観想する行）を一曲の山場とした趣向の面白さに、この曲の見どころはあったろう。そんな改作が受け入れられたのも、すでに俊徳丸の物語が広く流布していたことを前提にしている。

2　伝承の広がり

「弱法師」と同じく元雅作の能で、狂女の母がわが子の亡霊と対面する「隅田川」も、説経節「隅田川」(本書収録)と同じく梅若伝承に取材している。梅若の物語は、中世物語「秋夜長《あきのよのなが》物語」や説経節「愛護の若」(本書収録)との関係がいわれているが(折口信夫他)、この梅若伝承も、俊徳丸伝承と同じく、単一の起源に遡及できないことは、この物語が各地の口頭伝承として多様なヴァリエーションで行われていることからうかがえる。

二、三の例をあげれば、大正年間に壱岐《いき》(長崎県)の民間伝承を調査した折口信夫は、壱岐の盲僧が「俊徳丸」「小栗判官」「石童丸《いしどうまる》」「葛《くず》の葉」「百合若《ゆりわか》大臣」などの物語を語っていたことを報告している(「壱岐民間伝承採訪記」一九二九年)。

わたし(兵藤)は一九八〇年代から九〇年代初めに、九州の熊本、福岡、佐賀、鹿児島四県の盲僧(座頭)琵琶のフィールド調査を行ったが、折口が壱岐で知りえた説経節ネタの演目は、むしろ九州本土で語られていた。その折に収録した「俊徳丸」「隅田川」「小栗判官」「石童丸(苅萱《かるかや》)」「葛の葉(信田《しのだ》妻《づま》)」等々のビデオ映像と録音資料は、現在デジタル化され、成城大学民俗学研究所に、「盲僧琵琶の語り物・兵藤コレクション」として収蔵される（この「盲僧琵琶コレクション」の一覧リストとその解説は、兵藤「盲僧琵琶の伝承 物語芸能と神事」『民俗学研究所紀要』第47集、二〇二三年三月、参照）。

また、やはり一九八〇年代まで新潟県に伝承されていた瞽女唄《ごぜうた》も、説経節ネタのいくつかの物語を（伝承的にやや崩れてはいるが）レパートリーとしていた。上越市立文化会館等に録音テープが所蔵されるが、録音を字起こしした翻字資料も刊行されており（『日本庶民生活史料集成』第17巻等）、その一部は市販のCDで聴くこともできる（なお、一般には知られていないが、盲目の三味線芸人の瞽女は一九七〇年代まで九州地方にも少なからず存在したことは、前掲の紀要論文参照）。

瞽女唄は瞽女クドキともいわれ、クドキと総称される語り物（唄い物）の一類である。七五調または七七調の連《れん》（ストローフェ strophe）を、単調な朗誦的旋律のくり返しでうたい語るクドキは、中世に流布した平家琵琶のクドキに由来している。

平家琵琶で多用される基本曲節《きょくせつ》のクドキ（口説《くどき》、詢《くどき》とも）は、中世以降、琵琶弾きの盲僧（座頭）によって日本中に伝播し、近世の俗謡や民謡のクドキ節となってゆく。たとえば、関西地方の盆踊りで今もさかんに行われる河内《かわち》音頭や江州《ごうしゅう》音頭は、盆踊りで唄われるクドキの一類であり、北陸から東北の日本海側で行われるチョンガレ（青森ではヂョンガラ）、西日本各地で行われるクドキ（口説）も、盆踊りで唄われるクドキである。

それらクドキ形式の唄い物(語り物)として、説経節ネタの物語が各地で伝承されるのだが、一例をいえば、愛媛県の市町村史類に数多く採録された「口説」には、「俊徳丸」や「石童丸(苅萱)」などの説経節ネタが少なくない。

こうした説経節ネタの物語伝承の広がりについては、近世に上方や江戸で刊行された説経節正本(版本)が地方に流通・伝播したとする説明が行われる。だが、物語の流通と伝播を中央を起点としてしか考えないのは、国文学の陥りやすい(近世国学以来の)一種のエスノセントリズムである。たとえば、九州の盲僧(座頭)が語った「俊徳丸」や「小栗判官」に、説経節正本よりも古い伝承要素が散見されることは、本書の「作品解題」(後出、三八五頁以下)や脚注で言及している。

説経節ネタの物語の成立過程については、折口信夫以後、筑土《つくど》鈴寛《れいかん》、福田晃らによる少なからぬ研究の蓄積があるが、多くは依然として謎につつまれている。だが、伝承の起源はともかくとして(物語伝承に起源があればの話だが)、それらの物語は、中世末には説経の徒のレパートリーとなってゆく。

ササラで拍子をとるだけの説経節(ササラ説経、門《かど》説経とも)は、やがて上方や江戸では人形操りと結びつき、三味線の華やかな伴奏で語られるようになる。そして人気の太夫(語り手)の名を冠した正本が刊行されるのだが、読み物として流布した正本は、近世の浄瑠璃や歌舞伎、小説類に多くの話材を提供することになる。

大道・門付けの乞食芸《こつじき》にはじまり、正本の刊行にいたるすべての過程をふくめて、こんにち説経節ないしは説経というジャンル呼称が行われる。この呼称は、横山重・藤原弘共編『説経節正本集』(一九三六―三七年)、横山重編『説経正本集』(一九六八年)以後、平凡社東洋文庫『説経節』(一九七三年)、新潮日本古典集成『説経集』(一九七七年)等によって広く定着しているが、しかし注意したいのは、現存する説経節正本からうかがえる語り口は、大道・門付けの乞食芸として行われた説経節とはかなり相違があったろうことだ。

3 「正本」とササラ説経

語り物の「正本」は、平家座頭(琵琶法師)の芸道伝授の拠り所とされた正本に由来している。「平家」の正本としては、龍門文庫蔵『平家物語』の文安三年(一四四六)奥書に、「覚一検校《かくいちけんぎょう》伝授之正本」とあるのが、現在知られる最古の例である(兵藤『平家物語の歴史と芸能』第一部、参照)。

芸道としての「平家」の伝来の正統性を保証する文字テクストが、覚一本以下の「平家」の正本(拠り所となる真正な本文)であり、その延長上で、近世初頭の元和《げんな》年間(一六一五―二四)には、「一方《いちかた》検校衆」(覚一検校を祖とする平家座頭の支配組織〈当道座《とうどうざ》〉の上層部)による

「吟味」の奥付を付した正本が開版された。江戸時代をつうじて流布した『平家物語』の流布本である。そのような「平家」正本に倣うかたちで、寛永年間(一六二四—四四)には説経節や浄瑠璃の正本が刊行されるようになる。

それらの正本には、人気の太夫の正本であることを明示するため、読み物であっても節《ふし》付《づ》けが注記された。現存する説経節正本でもっとも刊行年次の古い寛永八年(一六三一)刊の「せつきやうかるかや」(太夫未詳)には、「コトバ」と「フシ」の節付けがそれぞれ十五箇所ほどみられる。コトバは、ストーリーを説明的・叙事的に語る箇所にみられ、フシは、愁嘆場等の聴かせどころの前後に注記される。

また、同じく寛永年間の刊行とされる「さんせう太夫」与七郎正本には、コトバ、フシのほかに、フシクドキ、クドキ、ツメの節付けがみえ、正保五年(一六四八)刊の「せつきやうしんとく丸」佐渡七太夫正本には、ほぼ同数(二十箇所余り)のコトバとフシのほかに、フシクドキ、ツメ、フシツメがそれぞれ二箇所みられる。

ツメとフシツメは緊迫した場面にみられる節付けであり、「平家」でいえば拾《ヒロイ》(おもに合戦場面を語る曲節)、また九州地方の盲僧琵琶でいえばノリに相当する拍節的《シラビック》な旋律だろう。フシクドキは、愁嘆場のせりふの前後にみられ、浄瑠璃や盲僧琵琶のウレイに相当する詠唱的な旋律だろう。

フシツメとフシクドキは、コトバにたいして、いずれも広義のフシだが、朗誦的なコトバに、詠唱的または拍節的なフシを交える語りは、平野健次が述べるように、平家琵琶にその典型がみられるコトバ・フシ型の「語り物」である（平野「語り物における言語と音楽」一九九〇年）。物語の展開に応じて語り口を変えるコトバ・フシ型の語りは、近世の浄瑠璃・文楽や、近代の浪花節にも受け継がれた語りの様式だった。

コトバ・フシ型の語り物は、三味線の華やかな伴奏とも親和的だったろう。すなわち、説経節正本にみられる多様な節付けの語りが、単調なササラの拍子だけで、一定の旋律のくり返しによって（ストローフィックに）演じられたとは考えがたいのだ。

説経節が三味線や人形操りと結びつく以前、すなわち門説経やササラ説経と呼ばれた当時の語りについて考える手がかりとしては、たとえば、明治二三年（一八九〇）に来日したラフカディオ・ハーンの日本滞在記が参考になる。

ハーンが来日してまもないころに書いたエッセイ集『こころ（Kokoro）』（一八九六年）の末尾に、付録として、島根県松江でハーンが採集した「三つの俗謡」が紹介される。松江の町はずれに住み、「山の者」と呼ばれた被差別民が伝承した大黒舞《だいこくまい》という芸能についての記述だが、六人の少女が唄いながら踊る大黒舞は、ササラの拍子に合わせて演じられた。

そのササラの伴奏について、ハーンはつぎのように記している。

……老婆は、両手に二本の細い棒をもっている。一本の棒には一部分に切り目がついていて、そこをもう一本の方の棒でこすると、ガラガラという奇妙な音がでる。

（平井呈一訳）

ハーンの文章に「ササラ」の語はみえないが、しかし切り目のついた棒をもう一本の棒でこするのは、ササラである。ササラを摺り合わせて拍子をとって唄われた「三つの俗謡」として、ハーンは、「俊徳丸」「小栗判官」「八百屋の娘お七の歌」の歌詞を翻訳（英訳）している。

どれもかなり長大な歌詞であり（たとえば、「小栗判官」は、平井呈一訳『東の国から・心』〈恒文社版〉で二十三頁に及ぶ）、そのうち「八百屋の娘お七の歌」の日本語の歌詞の一部を、ハーンはローマ字表記で紹介している。それによれば、ササラで拍子をとる大黒舞は、七五調のくり返しで唄い語られるクドキ型の語り物である。中世末から近世初期に大道・門付けの乞食芸《こつじき》として行われたササラ説経も、朗誦的な節まわしを主体にしたクドキ型の語り物だったろう。

4 「語り」の実態

ところで、口頭的《オーラル》な物語伝承について、その生成のしくみを口頭的作詞法《オーラル・コンポジション》として理論化したのは、ミルマン・パリー(一九〇二―三五)である。ハーヴァード大学でギリシャ古典詩を講じていたパリーは、ホメロス詩に頻出するフォーミュラ(formula、決まり文句)に注目し、場面・テーマごとにストックされたフォーミュラを駆使することで、口誦の叙事詩が一回的かつ即興的に構成されるしくみを説明した。その仮説を検証するため、パリーは一九三〇年代初めに旧ユーゴスラビア地域の吟遊詩人(グスラー)のパフォーマンスを実地調査したのだが、パリーが導いた仮説は、アルバート・ロードによって検証され、こんにちパリー=ロード理論として広く知られている(なお、パリーが収録した録音のコレクション〈The Milman Parry Collection of Oral Literature〉は、ハーヴァード大学図書館に収蔵され、一九四〇年にハンガリーからアメリカに亡命したバルトークによって採譜されたことで知られる)。

このパリー=ロード理論(oral formulaic theory)を日本の口頭伝承研究に最初に適用したのは、山本吉左右《きちぞう》である。北陸地方の瞽女唄の語りに、フォーミュラ(決まり文句)が多いことに着目した山本は、瞽女唄の演唱を口頭的作詞法(山本のいう「口語り」)によって説明し、瞽女唄と同じく多くの決まり文句で構成される説経節の語りも、同様の「口語り」論によって説明した(山本『くつわの音がざざめいて』一九八八年)。

わが国の物語・語り物の研究に口頭的《オーラル》なパフォーマンス理論を適用した先駆的な研究といえるが、しかし注意したいのは、パリーが調査・採集した旧ユーゴスラビア地域の「叙事詩」(oral epic)は、一定の連《ストローフェ》を朗誦的旋律のくり返しでうたうストローフィックな口誦詩だったことだ。そのことは、パリー理論を検証したロードの著書のタイトルが、『物語の唄い手(*The Singer of Tales*)』であることをみてもよい。

パリーが調査した旧ユーゴスラビア地域の叙事詩は、ストローフィックな口誦詩であるという点で、山本が注目した瞽女クドキ(瞽女唄)とも共通する。それはパリー＝ロード理論によって瞽女唄の「口語り」を説明した山本の論が、一定の有効性をもちえた理由だが、しかしクドキ型の瞽女唄から導かれた論を、そのまま説経節正本のコトバ・フシ型の語りに適用することには無理がある。じっさいパリー＝ロード理論は、その後、世界各地のさまざまな口誦詩の事例が集積されるにおよんで、いくつかの点で修正を余儀なくされている(John M. Foley, *The Theory of Oral Composition: History and Methodology*, 1988)。

コトバ・フシ型の盲僧琵琶の語り物も、パリー＝ロード理論をそのままあてはめることはむずかしい。二〇世紀後半まで九州地方(とくに福岡・熊本県)で活動した盲僧は、竈祓《かまどばら》い等の神事の余興や、夜籠《よご》もり(日待ち・月待ち)の「ねむけざまし」等の席で、しばしば数時間に及ぶ段物《だんもの》(複数の段からなる長篇の語り物)を語っていた。

物語のストーリーを一定の朗誦的旋律の繰り返しでたどってゆく瞽女唄にたいして、詠唱的・拍節的な複数の旋律を交えながら、物語を場面構成的に語るコトバ・フシ型の語りだが、しかし演奏時間が限られるときは、朗誦的なコトバによってストーリーを手ばやくたどってしまうクドキ型の語りが行われた。この二種類の演唱様式を適宜とり混ぜて、時と場に応じた多様なパフォーマンスが演じられたのだが、こうした盲僧琵琶の口頭的《オーラル》なパフォーマンスは、中世の琵琶法師の『平家物語』演奏にも共通し(前掲、兵藤紀要論文参照)、それは人形操りと結びついて固定化する以前の説経節のパフォーマンスでもあった。

元禄五年(一六九二)刊の『諸国遊里好色由来揃《しょこくゆうりこうしょくゆらいぞろえ》』には、「説経の出所」は「門説経《かど》」であり、「伊勢乞食ささらすりて、言ひさまよひしを、大坂与七郎始めて操りにしたりしより、世に広まりてもてあそびぬ」とある。説経節を操り芝居にしたとされる「大坂与七郎」は、寛永年間刊行の「さんせう太夫」正本(本書「山椒太夫」の底本)の内題に、「大坂天下一説経与七郎正本」とある「与七郎」である。

大道・門付け芸の説経節を操り芝居にするために、与七郎は語り口を変える必要があったろう。人形操りに合わせるために、語りをある程度固定化する必要があったはずで、また舞台の見せ場を作るために、コトバ・フシ型の語りで物語を場面構成的に語る必要があったろう。口頭的《オーラル》な物語伝承の多くがそうであるように、説経節にも複数の演唱ヴァージョンがあり、それは説経節が、大道・門付け芸でありながら、比較的容易に操り芝居の脚色を受け入れた理由である。

説経節に複数の演唱ヴァージョンがあったことをうかがわせるもう一つの例として、たとえば、宝永五年(一七〇八)版の「あいごの若」天満八太夫正本があげられる。

この「あいごの若」正本を、折口信夫は、『近江輿地志略《おうみよちしりゃく》』(享保一九年〈一七三四〉)記載の愛護の若伝説と比較し、説経節正本が主人公の愛護の若(日吉山王権現《ひえさんのうごんげん》の本地)に奉仕した田《た》畑之《ばたの》助《すけ》兄弟の姓「大道寺」を伝えないこと、また田畑之助兄弟が大津膳所《ぜぜ》の田畑社(粟津社)の神に、四条河原の細工《さいく》の小次郎が唐崎《からさき》明神に転生したことを語らない点に注目した(「愛護若」一九一八年)。そして説経節正本は、操り芝居の必要から、前半の宝競べや申し子のくだりに多くの趣向を盛り込んだが、愛護の若が屋敷を出奔したあとの物語は、「衆人周知の事を言ふので、極《き》めの梗概を語るに止めたものらしい」と推測している。

折口が参照した宝永五年版正本の特徴は、それ以前の万治四年(一六六一)版や寛文・延宝頃の正本にも共通する。折口のいう「極めの梗概」だけを語る正本がありえたのは、要するに、説経節(説経浄瑠璃)のパフォーマンスに、ストーリーを手早くたどってしまうクドキ型の演唱ヴァージョンが存在したからだろう。

5　魅力的な女性像

中世末から近世初期に「七乞食」の一類とされたササラ説経の徒など、社会の底辺を生きた漂泊芸能民の実態については、折口信夫以後、廣末保、岩崎武夫、室木弥太郎らによって考察されてきた。

定住民の社会とはかけ離れた「場所」(倫理)を生きる制外《にんがい》の民(漂泊芸能民)へのまなざしは、この列島の社会に展開したもう一つの文化の可能性を示唆したものとして興味深い。だが、説経節を読みとく枠組《コード》みとして、説経の徒の社会的位相を過大に考えてしまうことには問題もある。なぜなら、説経節ネタの物語の多くは、それらがササラ説経の徒のレパートリーとなる以前から流布していた物語伝承だったからだ。

たとえば、説経節「しんとく丸(俊徳丸)」の読みを現在まで方向づけているのは、折口信夫の説である。俊徳丸伝承の舞台である天王寺近辺で育った折口は、一九一七年に発表した小説「身毒丸《しんとくまる》」の後書きで、「しんとく」は「身毒」にちがいないとしている。「身毒《しんとく》」は天竺(インド)を意味した古い漢語だが、折口の「身毒」説には、文楽・歌舞伎の『摂州合邦辻《せっしゅうがっぽうがつじ》』によって流布した俊徳丸の「病」のイメージが重ね合わされている。

『摂州合邦辻』が語る俊徳丸の物語は、江戸時代の俗信を核としてストーリーが展開する。旅の芸能民(田楽《でんがく》法師)一座の少年を主人公とした折口の小説「身毒丸」にも、「父及び身毒の身には、先祖から持ち伝へた病がある」という一節がある。

その「宿業」の病から逃れるには「冥罰」を恐れ、「浄い生活を送れ」と師匠(父の相弟子)に命じられるのだが、俊徳丸伝承の舞台から至近の地で生まれ育った折口は、幼少時に乳母からくり返し俊徳丸の話を聞かされたらしい。そんな原体験の延長上で書かれたのが小説「身毒丸」であり、それが寺山修司の戯曲『身毒丸』にも影響を与えているわけだ。

折口や寺山の「身毒丸」への思い入れにもかかわらず、本書の「作品解題」や脚注で述べたように、説経節「しんとく丸」のシントクは、シュントク(俊徳)の便宜的な直音表記である。古くから(少なくとも能の「弱法師」以前から)行われた俊徳丸伝承において、説経節ヴァージョンの独自性をいうなら、むしろその古拙《アルカイック》な語りの文体がつくりだす女主人公の驚くほどの行動性だろう。

「病」ゆえに家を追われ、盲目乞食となった俊徳丸は、物語の終盤近くで、天王寺の床下に引きこもる。絶望の果てに干死《ひじに》(餓死)を考えるのだが、そんな男主人公を発見した乙姫は、床下から男を引きずりだし、「俊徳とつて肩にかけ」て町屋に物乞いに歩く。「〇〇とつて肩にかけ」は説経節に頻出する決まり文句《フォーミュラ》だが、こうした口頭的《オーラル》な語りの文体が、説経節の無類に健康な女性像をつくりだしている。

それは餓鬼阿弥となった小栗判官を復活・再生させる照手姫にも、また気弱な弟を叱咤しつづけ、自分の命もかえりみない安寿姫にも共通する、ある神々しさすら感じさせる強靭な女性像である。いわば地母神的な豊饒と愛の化身のような女主人公たちだが、そのような神話的な女性像が、破壊と死という否定的《ネガティブ》な側面を顕在化させたのが、「愛護の若」の雲井の前や、「俊徳丸」の継母なのだろう。

まさに豊饒と破壊、エロスとタナトスとを両義的につかさどる説経節の女主人公たちだが、そんな神話的な記憶の古層から呼び起こされたようなヒロインたちを生み出した説経節の語りが、やがて操り芝居の語り口へと固定化してゆく、そのまぎわに写しとどめられたのが、江戸初期の説経節正本の文体だった。

6　時代による文体の変質

説経節の魅力は、なによりもその口頭的《オーラル》な語りことばがつくりだす独特の文体にある。そのような説経節独特の文体の味わいは、しかし一七世紀後半以降の正本からは急速に失われてゆく。

たとえば、延宝六年(一六七八)刊の『色道大鏡《しきどうおおかがみ》』には、「説経のふし」が「当時(注、現在)は浄瑠璃にちかくなりにたり」とある。たしかに延宝頃(一六七〇年代)の正本は、説経節の文体的特徴の多くを失っている。さきの「〇〇とつて肩にかけ」をはじめとして、決まり文句《フォーミュラ》や、場面・テーマごとの定型的な言いまわしが、説経節では独特の効果を発揮しているが、そうした口語り(口頭的作詞法《オーラル・コンポジション》)の文体が、人形浄瑠璃の影響を受けた一七世紀後半の説経節正本からは失われてゆく。

たとえば、初期の説経節正本を特徴づける言い回しとして、「……てに」という語法がある。「子を儲《もう》けてに」「御供《おとも》なされてに」「名ごりが惜しうてに」等々だが、接続助詞「て」に下接する「に」は、聞き手の注意を喚起したり、念を押したりする文末辞であり(現代語でいえば「……てな」「……てね」)、いまも東海地方の方言にみられる。説経節正本の「……てに」を、ササラ説経の徒を多く輩出した伊勢地方(いわゆる「伊勢乞食」)の方言とする説も行われる。

また、敬語の「お……ある」も、説経節を特徴づける語法である。「申したまふ」「頼みたまふ」「問ひたまふ」ではなく、「お申しある」「お頼みある」「お問ひある」などだが、この語法も、時代が下るにつれて、浄瑠璃ふうの「申したまふ」「頼みたまふ」「問ひたまふ」に移行してゆく。

命令や依頼表現も、一七世紀前半の説経節正本では「……さい」が一般的だ。「申さい」「くれさい」「落ちさい」等々だが、それが一七世紀後半の正本では、「……すべし」「……

したまへ」などの一般的な語法に変わってゆく。本書に収めた説経節正本でいえば、依頼・命令の「……さい」は、寛永頃(一六二四―四四)の「山椒太夫」正本に多く、正保五年(一六四八)刊の「俊徳丸」では、「……さい」とともに「……したまへ」が混用され、万治・寛文頃(一六五八―七三)の「愛護の若」では「……さい」は使われない。

説経節を特徴づける語法や句法が、ほかの物語では味わえない独特の文体の手ざわりを生みだしている。とすれば、説経節正本の本文校訂の方針も、おのずからあきらかだろう。本書は、刊行年次の古い正本を底本とし、欠丁や欠本があるばあいも、可能な範囲内で古いかたちを復元することにつとめた。本文校訂の詳細は、それぞれの作品解題や脚注に記したので参照されたい。

二　作品解題

俊徳丸

説経節で有名なこの物語は、近世には浄瑠璃や歌舞伎となり、なかでも『摂州合邦辻』は、安永二年(一七七三)の初演以来くり返し上演され、その後の俊徳丸伝承のイメージを、よかれあしかれ作りあげている。また、俊徳丸に取材した近代の戯曲として、三島由紀夫の『弱法師』(『近代能楽集』所収)や、寺山修司の『身毒丸』はいまも上演されるが、それら近世・近代の一連の俊徳丸物の起点に位置するのが、説経節の「俊徳丸」である。

本書に収録した説経節正本「俊徳丸」は、正保五年(一六四八)刊の佐渡七太夫正本「せつきやうしんとく丸」(京都山本九兵衛版、天理大学附属天理図書館蔵、安田文庫旧蔵)を底本とした。この本には末尾に欠丁があり、その箇所は、刊年不明の江戸大和屋版(東京大学附属図書館蔵、水谷不倒旧蔵)、および貞享三年(一六八六)刊の江戸鱗形屋版(早稲田大学演劇博物館蔵)で補訂した。

江戸版の大和屋版と貞享三年鱗形屋版は、同じ版に拠った覆刻とみられるが、鱗形屋版には、貞享三年版のほか、天和・貞享頃(一六八〇年代)刊とされる鱗形屋孫兵衛版がある(東京大学附属図書館霞亭文庫ほか諸所に蔵される)。正保五年版末尾の欠丁は、従来、『説経正本集　第一』(横山重編、一九六八年)に翻刻されたこの鱗形屋孫兵衛版で補訂されている。だが、同本は、大和屋版や貞享三年鱗形屋版と較べると、詞章を省筆・簡略化したような箇所が少なくない。説経節の正本は、刊行年次が下るにつれて詞章が簡略化される傾向にあり、よって本書は、正保五年版の欠丁や欠字・誤植は、大和屋版と貞享三年鱗形屋版で補訂した(貞享三年版は刷りがやや不鮮明で欠丁もあり、主として大和屋版を参照した)。

なお、説経節「俊徳丸」は、一般に「しんとく丸」として知られる(底本の正保五年版も、内題に「しんとく丸」とある)。説経節では、盲目になったしんとく丸は「よろぼうし」の異名で呼ばれるが、同じ伝承に取材した能の「弱法師」のシテは「俊徳丸」であり、『摂州合邦辻』の主人公も「俊徳丸」である。

「しんとく丸」の「し」は、拗音シュの便宜的な直音表記とみられ、シュをシと表記した例は、擬宝珠をギボシ、禅画の画題寒山拾得をジツトクと表記した例があり(下学集)、平安時代の古辞書でも「宿」は「シク」と仮名表記される(色葉字類抄)。また、本書「俊徳丸」の底本、正保五年版(上巻)でも、寿命(じゅみょう)は「ちみやう」と表記される。シュントクがシントクと直音で表記され、近世になってそれに「信徳」「神徳」「新徳」等の漢字が宛てられ、その延長上で、「しんとく」は「身毒」にちがいないとする折口信夫の説も行われた(この折口説には、主人公の「病」のイメージも重ね合わされている)。ともあれ、「しんとく丸」は俊徳丸の直音表記とみられ、本書のこの物語の標題も「俊徳丸」とした。

小栗判官

説経節の「小栗判官」は、近世初期に操り芝居に掛けられて人気を博し、以後、浄瑠璃や歌舞伎にくり返し取りあげられた。「小栗判官」の説経節正本としては、寛文六年(一六六六)刊の「おぐり判官」(京都山本九兵衛版)、延宝三年(一六七五)刊の「おぐり判官」(正本屋五兵衛版)があり、江戸版としては、正徳四年(一七一四)刊の「おくりの判官」(版元不明)、享保三年(一七一八)刊の佐渡七太夫豊孝正本「をくりの判官」(惣兵衛版)、享保七年(一七二二)刊の「おくりの判官」(鱗形屋孫兵衛版)等がある。

どれも一七世紀後半以降の正本であり、よって本書は、近世初期(寛永年間だろう)の説経節正本をもとに詞書きが書かれたとみられる「をくり」絵巻を底本とした(宮内庁三の丸尚蔵館蔵。全十五巻の写真図版が『岩佐又兵衛全集　絵画篇』〈藝華書院、二〇一三年〉に収録される)。

江戸初期の人気絵師、岩佐又兵衛の工房で製作された「をくり」絵巻の詞書きは、説経節に特有な語法・語り口(本解説三八四頁参照)を多くのこしている。また、説経節正本は刊行年次が下るほど詞章が省筆・簡略化される傾向にあるが、「をくり」絵巻の詞書きは、現存する他の正本に較べて詳細な記述が多い。ただし絵巻制作の必要から、ストーリーを改変したとみられる箇所もある。

たとえば、物語の冒頭部分で、成人した小栗は妻嫌いをしたあげく、美女に変じたみぞろが池の大蛇と契る。絵巻では、そのことが京童のうわさとなり、怒った父は小栗を常陸の国へ流す。ほかの寛文版や延宝版、正徳版等の説経節正本では、小栗と契った大蛇(延宝版・正徳版等は「竜女」)は懐妊し、水をもとめて神泉苑の池に入ろうとすると、神泉苑の竜神が、人間と交わった大蛇(竜女)を不浄として争いが起こる。そのため、都は天変地異の大混乱となり、陰陽博士の占いで事の次第がわかり、小栗は常陸の国に流罪となる。大蛇と竜神の争いは、九州の盲僧琵琶の「小栗判官」伝承でも語られるが(前掲「盲僧琵琶コレクション」映像16・23・29)、しかし説経節正本に依拠したはずの絵巻「をくり」(および奈良絵本)はこの大蛇と竜神の争いを語らない。絵巻や絵本の大蛇は竜蛇の姿で描かれるが、竜蛇と竜神の争いは、絵柄として困難だったかもしれない。

また、小栗と別れた竜蛇のその後は、説経節正本も絵巻・奈良絵本も語らないが、注意したいのは、異形の竜馬《りゅうめ》、鬼鹿毛《おにかげ》の存在である。常陸に流された小栗が、照手姫のもとに押しかけ婿入りをすると、父の横山は、人を食らう鬼鹿毛を使って小栗の殺害を企てる。だが、鬼鹿毛は、小栗の額にある米《よね》の文字と、両眼にそれぞれ二体の瞳(一種の聖痕)があるのを見て諸膝《もろひざ》を折り、小栗に従う。とくに絵巻「をくり」や延宝版の正本では、小栗を見知った鬼鹿毛は「黄なる涙」を流す。

「黄なる涙」は、畜類が恩愛の思いゆえに流す涙である。たとえば、説経節「愛護の若」で、父親に縛られて木に吊るされた愛護は、いたちに変じた亡母の霊に救われる。縄を食い切ったいたち(亡母の霊)は愛護との別れを惜しみ、「黄なる涙」を流して冥途へ帰ってゆく(ほかに『太平記』巻三十二の獅子国説話、御伽草子「毘沙門の本地」など)。九州の盲僧琵琶の

「小栗判官」伝承では、小栗に会って涙を流す鬼鹿毛は、かつて小栗と契った竜蛇(竜女)の生まれ変わりである。小栗と竜蛇(竜馬)をめぐる因縁の物語が、「小栗」伝承の古層にあったようなのだ。

なお、底本とした絵巻は、標題を「をくり」として「判官」を略している。小栗の地位や身分が「判官」(いわば卑官)にふさわしくないとする判断が、絵巻の制作者や注文主に働いたかと思う。だが、絵巻の詞書きがあきらかに説経節正本に依拠していることから、この物語の本書での標題は、説経節で一般的な「小栗判官」とした。

山椒太夫

説経節「山椒太夫」の現存最古の正本は、寛永末年頃(一六四〇年前後)の刊行と推定される説経与七郎正本「さんせう太夫」(天理大学附属天理図書館蔵、安田文庫旧蔵)である。この与七郎正本には、冒頭や末尾等に数丁分の欠丁がある。

この寛永版のつぎに古い正本として、明暦二年(一六五六)刊の佐渡七太夫正本「せつきようさんせう太夫」(京都山本九兵衛版、天理大学附属天理図書館蔵、安田文庫旧蔵)がある。与七郎正本と同じく上・中・下の三巻構成で、説経節正本の古形を伝えているが、しかしこの本は、刊行時の都合からか、元本の詞章をかなり省筆・簡略化している。よって、明暦版だけで寛永版の欠丁を補うことはできない。

これら寛永版や明暦版以外の正本として、一七世紀後半以降の寛文七年(一六六七)山本九兵衛版、延宝六年(一六七八)正本屋五兵衛版のほか、正徳三年(一七一三)版や享保七年(一七二二)版等があるが、いずれも詞章内容に後代的な改変がみられる。

説経節正本として刊行された寛永版や明暦版とはべつに、正本をもとに作られた物語草子として、寛文年中(一六六一―七三)刊と推定されている草子本「さんせう太夫物語」(江戸鶴屋喜右衛門版)がある。寛永版正本と近似する内容が多く、明暦版正本で省筆・簡略化された部分を本書で補える箇所も少なくない。

この草子本「さんせう太夫物語」は、はやく中巻と下巻(大阪大学附属図書館赤木文庫蔵)が『説経正本集　第二』(一九六八年)に紹介・翻刻され、平凡社東洋文庫『説経節』(一九七三年)、および新潮日本古典集成『説経集』(一九七七年)は、寛永版末尾の欠丁を、草子本「さんせう太夫物語」で補訂している。その後、散失したとみられていた草子本の上巻が発見・紹介され、新日本古典文学大系『古浄瑠璃　説経集』(岩波書店、一九九九年)は、寛永版上巻の欠丁も、草子本の上巻(阪口弘之氏蔵)で補訂している。なお、この草子本が上・中・下の三巻構成である点も、説教節正本の古いかたちを伝えており、この本を参照することで、寛永版正本の欠丁や明暦版正本の省略箇所をある程度補うことができる。

だが、草子本は、説経節正本を物語草子として改変したさいに、説教節特有の語法や語り口の多くを失っている(たとえば、古い説経節正本を特徴づける敬語「お……ある」は「たまふ」、願望や懇願の表現「……さい」は「し給へ」「すべし」に改めている)。草子本によって、寛永版正本の欠丁や明暦版正本の省略箇所を補えても、草子本の本文を機械的に接続することには問題がある。よって本書の校訂方針として、寛永版正本の欠丁は明暦版正本で補い、また明暦版で省筆・簡略化された箇所は草子本を参照したが、あわせて寛文版や正徳版、享保版等の正本を参照することで、説経節の語り口をなるべく保存することにつとめた。

なお、説経節正本の外題や内題は仮名書きが一般的であり、この物語も「さんせう太夫」である。浄瑠璃や草双紙(合巻)の類では、「山椒」「山桝」「山枡」「山升」「三升」「山庄」「三庄」「山荘」「三荘」などの漢字が宛てられる。どの漢字を用いても宛字だが(柳田國男はサンセウは「算所」、林屋辰三郎は「散所」の意とする)、本書は、この物語の一般への流布の度合いを考えて、森鷗外の翻案小説でよく知られた「山椒太夫」とした。

愛護の若

「愛護の若」は、五説経の一つに数えられ(浄瑠璃通鑑)、近世の浄瑠璃・歌舞伎や小説類に多くの話材を提供した。主人公愛護の若への継母の恋慕と、恋が叶わぬゆえの継子虐待の物語は、苛烈な継子いじめという点で、説経節「俊徳丸」と対をなしている。たとえば、文楽や歌舞伎の人気演目『摂州合邦辻』は、俊徳丸伝承に拠りながら、継母の邪恋という趣向は「愛護の若」に取材している。寺山修司の戯曲『身毒丸』も、説経節の「俊徳丸」と「愛護の若」の両話を重ね合わせて作られている。

また、愛護の若が転生する日吉山王権現（比叡山延暦寺の鎮守神）の信仰・祭祀との関連で、享保一九年（一七三四）成立の地誌『近江輿地志略』はこの物語に少なからず言及しており、その延長上で、近代には、折口信夫による「愛護の若」の先駆的な研究が行われた（「愛護若」一九一八年）。

本書の底本には、大阪大学附属図書館赤木文庫蔵の説経節正本「あいごの若」を用いた。この本は、刊記に「太夫直之以正本写之（太夫直《じき》〈太夫直伝の意〉の正本を以て之を写す）」とあり、江戸版とみられるが刊行年は不明である。ほかに刊行年の明記された京版の正本として、万治四年（一六六一）刊の山本九兵衛版（慶應義塾大学図書館蔵、横山重旧蔵）がある。この万治四年版本は第十三丁を欠くが、その欠丁は、同本ときわめて近い本文をもつ刊年不明の国会図書館本（高野辰之旧蔵）や、延宝頃の江戸版とされる大東急記念文庫本（古梓堂《こしどう》文庫旧蔵）で補うことができる（万治四年版を最初に翻刻した『説経節正本集 第二』〈一九三八年〉は、欠丁を古梓堂文庫本〈大東急本〉で補訂しているが、古梓堂文庫本は、国会図書館本と同版であり、両本を見くらべると国会図書館本のほうが刷りがよい)。

そのため、「愛護の若」の底本として、刊行年の明記された最古の説経節正本、万治四年版を用い、欠丁を国会図書館本で補うことも考えたが、しかし脚注でも触れたように、万治四年版には、詞章を省筆・簡略化したような箇所が少なくない。

説経節正本の傾向として、刊行年の下るものほど詞章が簡略化される傾向にあり、同様の傾向は、宝永五年(一七〇八)刊の鱗形屋三左衛門版等にも見られる。よって、大阪大学附属図書館赤木文庫本は、刊行年は明記されないが万治版や延宝版、宝永版等よりも古い詞章を伝えるとみられ、したがって本書「愛護の若」の底本には、大阪大学附属図書館本を用い、あきらかな脱字・脱文や誤植とみられる箇所は、万治版、延宝版、宝永版等を参照して校訂した。

隅田川

「隅田川」(「梅若」とも)は、説経節の代表的な演目として、五説経の一つに数えられた。人買いにさらわれたわが子梅若を尋ねて、母(吉田少将の北の方)は東国の隅田川まで来て梅若の死を知り、入水して果てる。その後、梅若の弟松若が、家督を横領した仇敵を討ち、吉田の家を再興する。

この物語は、近世の文芸世界で梅若物という一大ジャンルを形成しているが、わが子を尋ねあぐねて物狂いとなった母が、隅田川で梅若の霊と対面する場面に取材した能として、観世元雅作の「隅田川」がある。また、梅若の母(かつて野上宿の遊女)と吉田少将とのなれそめの物語に取材した能に、元雅の父世阿弥作の「班女《はんじょ》」がある。「隅田川」も「班女」も、狂女物の名作として知られるが、これらの能が作られた背景に、説経節「隅田川」にみられるような一連の物語が存在したのだろう。

説経節の代表演目とされる「隅田川(梅若)」ではあるが、一七世紀前半の江戸初期にさかのぼる正本は現存しない。現存する正本の多くは、一七世紀後半の浄瑠璃正本であり、説経節正本としては、かろうじて元禄頃刊とされる江戸鱗形屋孫兵衛版、享保一〇年(一七二五)刊の藤田忠兵衛版、享保頃刊の鱗形屋孫兵衛版等がある。元禄頃刊の鱗形屋版は、刊記に「太夫直之正本」(太夫直伝の正本の意、太夫は天満八太夫だろう)とあるが、鱗形屋版、藤田版ともに、ストーリー展開にあきらかに後代的な改変がみられる。

よって、本書の底本には、説経節正本を物語草子に仕立てた明暦二年(一六五六)刊の「角田川物語」(京都山田市郎兵衛版)を用いた。横山重や信多純一の指摘にあるように、この本が上・中・下の三巻構成である点も、説経節正本の古い形式を伝えている。なお、「角田川物語」には、異植版が複数現存するが、本書は、それらの中でも古い版とみられる早稲田大学図書館蔵本を底本とした。

能の「隅田川」では、隅田川で息を引き取る梅若は、里人に、自分は「吉田の某」の「ひとり子」と述べる。弟の松若はいないことになるが、これは能の親子再会物のパターンに合わせた改変と思われる。

同じく元雅作の能「弱法師」にも、俊徳丸伝承を能の親子再会物に仕立てるための改変がみられ、説経節や古浄瑠璃の隅田川物(梅若物)の源流を、一元的に能の「隅田川」にもとめる通説には従えない(ただし底本の「角田川物語」には、近世初頭に流布した謡本「隅田川」の詞章を参照したような箇所も確かにある)。

なお、隅田川物の梅若の物語と、「秋夜長物語」(成立は一四世紀以前)の梅若の物語との関係は古くから言われている(志田義秀、折口信夫等)。また、能の「班女」を思わせる梅若の父吉田少将と母北の方のなれそめが、美濃の国野上宿での一夜の契りとされ、北の方がかつて野上宿の遊女だったとは、近世の隅田川物に共通する設定である。たとえば、九州の盲僧琵琶の「隅田川」伝承でも、梅若の母はもと野上宿の遊女と語られていた(前掲「盲僧琵琶コレクション」映像69—71)。

能の「隅田川」では、狂女の母は、「これは北白川に年経て住める女なるが」とあり、野上宿への言及はない。「班女」のシテ花子(野上宿の遊女)とのつながりが見えにくいが、おそらくもとは一連の伝承だった物語が、それぞれ別途に狂女物の能として脚色されたのが、世阿弥作の「班女」と、元雅作の「隅田川」なのだろう。

［編集付記］

・以下の底本使用について、天理大学附属天理図書館より使用許諾を得た。

「せつきやうしんとく丸」（翻刻番号一三九一号）

「さんせう太夫与七郎正本」（翻刻番号一三九二号）

・以下の底本について、大阪大学附属図書館赤木文庫古浄瑠璃コレクション提供の画像データ（CC BY-SA）を使用した。

「あいごの若」（https://hdl.handle.net/11094/14498）

（岩波文庫編集部）

説経節《せっきょうぶし》 俊徳丸《しゅんとくまる》・小栗判官《おぐりはんがん》 他三篇

2023年7月14日　第1刷発行
2023年9月25日　第2刷発行

編注者　兵藤裕己

発行者　坂本政謙

発行所　株式会社 岩波書店
〒101-8002 東京都千代田区一ツ橋2-5-5
案内 03-5210-4000　営業部 03-5210-4111
文庫編集部 03-5210-4051
https://www.iwanami.co.jp/

印刷・理想社　カバー・精興社　製本・中永製本

ISBN 978-4-00-302861-2　Printed in Japan

読書子に寄す

――岩波文庫発刊に際して――

岩波茂雄

真理は万人によって求められることを自ら欲し、芸術は万人によって愛されることを自ら望む。かつては民を愚昧ならしめるために学芸が最も狭き堂宇に閉鎖されたことがあった。今や知識と美とを特権階級の独占より奪い返すことはつねに進取的なる民衆の切実なる要求である。岩波文庫はこの要求に応じそれに励まされて生まれた。それは生命ある不朽の書を少数者の書斎と研究室とより解放して街頭にくまなく立たしめ民衆に伍せしめるであろう。近時大量生産予約出版の流行を見る。その広告宣伝の狂態はしばらくおくも、後代にのこすと誇称する全集がその編集に万全の用意をなしたるか。千古の典籍の翻訳企図に敬虔の態度を欠かざりしか。さらに分売を許さず読者を繫縛して数十冊を強うるがごとき、はたしてその揚言する学芸解放のゆえんなりや。吾人は天下の名士の声に和してこれを推挙するに躊躇するものである。このときにあたって、岩波書店は自己の責務のいよいよ重大なるを思い、従来の方針の徹底を期するため、すでに十数年以前より志して来た計画を慎重審議この際断然実行することにした。吾人は範をかのレクラム文庫にとり、古今東西にわたって文芸・哲学・社会科学・自然科学等種類のいかんを問わず、いやしくも万人の必読すべき真に古典的価値ある書をきわめて簡易なる形式において逐次刊行し、あらゆる人間に須要なる生活向上の資料、生活批判の原理を提供せんと欲する。この文庫は予約出版の方法を排したるがゆえに、読者は自己の欲する時に自己の欲する書物を各個に自由に選択することができる。携帯に便にして価格の低きを最主とするがゆえに、外観を顧みざるも内容に至っては厳選最も力を尽くし、従来の岩波出版物の特色をますます発揮せしめようとする。この計画たるや世間の一時の投機的なるものと異なり、永遠の事業として吾人は微力を傾倒し、あらゆる犠牲を忍んで今後永久に継続発展せしめ、もって文庫の使命を遺憾なく果たさしめることを期する。芸術を愛し知識を求むる士の自ら進んでこの挙に参加し、希望と忠言とを寄せられることは吾人の熱望するところである。その性質上経済的には最も困難多きこの事業にあえて当たらんとする吾人の志を諒として、その達成のため世の読書子とのうるわしき共同を期待する。

昭和二年七月